本书为广东省哲学社会科学"十三五"规划 2018 年度学科共建项目（项目编号 GD18XZW08）的研究成果

本丛书出版得到以下研究机构和项目经费资助：

嘉应学院客家研究院

梅州市客家研究院

中国侨乡（梅州）研究中心

广东客家文化普及与研究基地

广东省特色重点学科"客家学"建设经费

嘉应学院第五轮重点学科"中国史"建设经费

广东省客家文化研究基地—嘉应学院客家研究院

广东省非物质文化遗产研究基地—嘉应学院客家研究院

理论粤军 · 广东地方特色文化研究基地—客家文化研究基地

广东省普通高校人文社会科学省市共建重点研究基地—嘉应学院客家研究院

客家学研究丛书

第七辑

《岭东恋歌》
校注

黄映琼　校注

暨南大学出版社
JINAN UNIVERSITY PRESS

中国·广州

图书在版编目（CIP）数据

《岭东恋歌》校注/黄映琼校注. —广州：暨南大学出版社，2022. 12
（客家学研究丛书. 第七辑）
ISBN 978 - 7 - 5668 - 3460 - 7

I. ①岭…　Ⅱ. ①黄…　Ⅲ. ①客家人—山歌—作品集—中国　Ⅳ. ①I277. 2

中国版本图书馆 CIP 数据核字（2022）第 120775 号

《岭东恋歌》校注
《LINGDONG LIANGE》JIAOZHU
校注者：黄映琼

出 版 人：张晋升
策划编辑：杜小陆
责任编辑：亢东昌　朱良红
责任校对：刘舜怡　林玉翠　陈慧妍
责任印制：周一丹　郑玉婷

出版发行：暨南大学出版社（511443）
电　　话：总编室（8620）37332601
　　　　　营销部（8620）37332680　37332681　37332682　37332683
传　　真：(8620）37332660（办公室）　37332684（营销部）
网　　址：http：//www. jnupress. com
排　　版：广州良弓广告有限公司
印　　刷：广州市金骏彩色印务有限公司
开　　本：787mm×960mm　1/16
印　　张：22. 75
字　　数：390 千
版　　次：2022 年 12 月第 1 版
印　　次：2022 年 12 月第 1 次
定　　价：79. 80 元

（暨大版图书如有印装质量问题，请与出版社总编室联系调换）

总　序

　　客家文化以其语言、民俗、音乐、建筑等方面的独特性，尤其是客家人在海内外社会经济发展中的突出贡献，引起了历史学、人类学、民俗学和语言学等诸多学科领域内学者的关注。而随着西方人文学科理论和研究方法在 20 世纪初传入我国，客家历史与文化研究也逐渐进入科学规范的研究行列，并相继出现了一批具有开创性的研究成果。1933 年，罗香林《客家研究导论》的出版，标志着客家研究进入了现代学术研究的范畴。20 世纪 80 年代以来，著作、论文等研究成果的推陈出新，也在呼吁学界能够设立专门的学科并规范客家研究的科学范式。

　　作为国内较早成立的专门从事客家研究的机构，嘉应学院客家研究院用二十五载的岁月，换来了客家研究成果在数量上空前的增长，率先成为客家学研究的重要阵地，也引起了国内外学术界的高度关注。但若从质的维度来看，当前的客家研究还面临一系列有待思考及解决的问题：客家学研究的主题有哪些？哪些有意义，哪些纯粹是臆测？这些主题产生的背景是什么？它们是如何通过社会与历史的双重作用，而产生某些政治、经济乃至文化权力的诉求与争议的？当代客家研究如何紧密结合地方社会发展的需要，又如何与国内外其他学科对话与交流？诸如此类的疑惑，需要从理论探索、田野实践和学科交叉等层面努力，以理论对话和案例实证作为手段，真正实现跨区域和多学科的协同创新。

一、触前沿：客家学研究的理论探索

　　当前的客家学研究主要分布在人文社会科学的诸多学科范围之内，所以开展卓有成效的客家研究自然需要敢于接触不同学科领域的学术理论。比如，社会学科先后出现过福柯的权力理论、布尔迪厄的实践理论、吉登斯的结构化理论、鲍曼的风险社会理论、哈贝马斯的沟通行动理论、卢曼的系统理论、科尔曼的理性选择理论和亚历山大的文化社会学理论。社会科学研究经常需要涉及的热点议题，在客家研究中同样不可回避，比如社会资本、新阶层、互联网、公共领域、情感与身体、时间与空间、社会转

型和世界主义。再比如，社会学关于移民研究的推拉理论、人类学对族群研究的认同与边界理论以及社会转型与文化变迁的机制，都可以具体应用到客家研究上，并形成理论对话而提升客家研究的高度。在研究方法上，人文社会科学提倡的建模、机制与话语分析、文化与理论自觉等前沿手段，都可以遵循"拿来主义"的原则为客家研究所用。

可以说，客家研究要上升为独具特色的独立学科，首先要解决的便是理论对话和科学研究的范式问题。客家学作为一门融会了众多社会人文学科的综合性学科，既不是客家史，也不是客家地区政治、经济、文化等内容的汇编或整合，而是一门以民族学基础理论为基础，又比民族学具有更多独特特征、丰富内容的学科。不可否认的是，客家研究具有自身独特的学术传统，但要形成自身的理论构架和研究方法，若离开历史学、文献学、考古学、人类学、语言学、社会学、民俗学等诸多学科理论的支撑，显然就是痴人说梦。要在这方面取得成绩，则非要长期冷静、刻苦、踏实、认真潜心研究不可。如若神不守舍、心动意摇，就会跑调走板、贻笑大方。在不少人汲汲于功名、切切于利益、念念于职位的当今，专注于客家研究的我们似乎有些另类。不过，不管是学者应有的社会良知与独立人格，还是人文学科秉持的历史责任与独立思考的精神，都激励我们坚持实事求是的原则，在触碰前沿理论上不断探索，以积累学科发展所需的坚实理论。

要做到这一点，就得潜下心来大量阅读国内外学术名著，了解前沿理论的学术进路和迁移运用，使客家研究能够进入国际学术研究对话的行列。

二、接地气：客家研究的田野工作

学科发展需要理论的建设与支撑，更离不开学科研究对象的深入和扩展，而进入客家人生活的区域开展田野工作，借助从书斋到田野再回到书斋的螺旋式上升的研究路径，客家研究才能做到"既仰望星空又能接地气"，才能厚积薄发。

人类学推崇的田野工作要求研究者通过田野方法收集经验材料的主体，客观描述所发现的任何事情并分析发现结果。① 田野工作的目标要界定并收集到自己足以真正控制严格的经验材料，所以需要充分发挥参与观察、深度访谈和问卷调查的手段。从学科建设和学科发展的角度，客家族

---

① 托马斯·许兰德·埃里克森著，周云水、吴攀龙、陈靖云译：《什么是人类学》，北京：北京大学出版社，2013 年，第 65－67 页。

群的分布和文化多元特征，决定了客家研究对田野调查的依赖性。这就要求研究者深入客家乡村聚落，采用参与观察、个别访谈、开座谈会、问卷调查等方法调查客家民俗节庆、方言、歌谣等，收集有关客家地区民间历史与文化丰富性及多样性的资料。

而在客家文献资料采集方面，田野工作的精神同样适用。一方面，文献资料可以增加研究者对客家文化的理解，还可以对研究者的学术敏感和问题意识产生积极影响；另一方面，田野工作既增加了文献资料的来源，又能提供给研究者重要的历史感和文化体验，也使得文献的解读可以更加符合地方社会的历史与现实。譬如，到图书馆、档案馆等公藏机构及民间广泛收集对客家文化、客家音乐、客家方言等有所记载的正史、地方志、文集、族谱及已有的研究成果等。田野调查需要入村进户，因此从具有深厚文化传统的客家古村落入手，无疑可以取得事半功倍的效果。

在客家地区开展田野调查，需要点面结合才能形成质量上乘的多点民族志。20 世纪 90 年代，法国人类学家劳格文与广东嘉应大学（2000 年改名为嘉应学院）、韶关大学（2000 年改名为韶关学院）、福建省社会科学院、赣南师范学院、赣州市博物馆等单位合作，开展"客家传统社会"的系列研究。他在长达十多年的时间里，辗转于粤东、闽西、赣南、粤北等地，深入乡镇村落，从事客家文化的田野调查。到 2006 年，这些田野调查的成果汇集出版了总计 30 余册的"客家传统社会"丛书，不仅集中地描述客家地区传统民俗与经济，还具体地描述了传统宗族社会的形成、发展和具体运作及其社会影响。

2013 年以来，嘉应学院客家研究院选择了多个历史悠久、文化底蕴深厚的古村落，以研究项目的形式开展田野作业，要求研究人员采用参与观察、深度访谈、文献追踪等方法，对村落居民的源流、宗族、民间信仰、习俗等民间社会与文化的形成与变迁进行深入的分析和研究，形成对乡村聚落历史文化发展与变迁的总体认识。在对客家地区文化进行个案分析与研究的基础上，再进行跨区域、跨族群的文化比较研究，揭示客家文化的区域特征，进而梳理客家社会变迁和文化发展过程。

闽粤赣是客家聚居的核心区域，很多风俗习惯都能够找到相似的元素。就每年的元宵习俗而言，江西赣州宁都有添丁炮、石城有灯彩，而到了广东的兴宁市和河源市和平县，这一习俗则演变为"上灯"，花灯也成了寄托客家民众淳朴愿望的符号。所以，要弄清楚相似的客家习俗背后有何不同的行动逻辑，就必须用跨区域的视角来分析。这一源自田野的事例足以表明田野调查对客家学研究的重要性。

003

　　无论是主张客家学学科建设应包括客家历史学、客家方言学、客家家族文化、客家文艺、客家风俗礼仪文化、客家食疗文化、客家宗教文化、华侨文化等，① 还是认为客家学的学科体系要由客家学导论、客家民系学、客家历史学、客家方言学、客家文化人类学、客家民俗学、客家民间文学、客家学研究发展史八个科目为基础来构建，客家研究都无法回避研究对象的固有特征——客家人的迁徙流动而导致的文化离散性，所以在田野调查时更强调追踪研究和村落回访②。只有夯实田野工作的存量，文献资料的采集才可能有溢出其增量的效益。

三、求创新：客家研究的学科交叉

　　学问的创新本不是一件易事，需要独上高楼，不怕衣带渐宽，耐得住孤独寂寞，一往无前地上下求索。客家研究更是如此，研究者需要甘居边缘、乐于淡泊、自守宁静的治学态度——默默地做自己感兴趣的学问，与两三同好商量旧学、切磋疑义、增益新知。

　　客家研究要创新，就需要综合历史学、人类学、语言学、音乐学、社会学等学科理论和方法，对客家民俗、客家方言、客家音乐等进行综合分析和研究，以学科交叉合作的研究方式，形成对客家族群全面的、客观的总体认识。

　　客家族群作为中华民族共同体的一个重要支系，在其形成和发展过程中融合多个山区民族的文化，形成独具特色的文化体系。建立客家学学科，科学地揭示客家族群的个性和特殊性，可以加深和丰富对中华民族的认识。用客家人独特的历史、民俗、方言、音乐等本土素材，形成客家学体系并进一步建构客家学学科，将有助于促进中国人文社会科学本土化的发展，从而为中国人文社会科学的发展和繁荣作出应有的贡献。客家人遍布海内外 80 多个国家和地区，客家华侨华人 1 000 余万，每年召开一次世界性的客属恳亲大会，在全世界华人中具有重要影响。粤东梅州是全国四大侨乡之一，历史遗存颇多，文化积淀深厚，华侨成为影响客家社会历史和文化发展的重要因素。建立客家学学科，将进一步拓宽华侨华人研究领域，有助于华侨华人与侨乡研究的深入发展。

　　在当前客家学研究成果积淀日益丰厚、客家研究日益受到社会各界重

---

　　① 　张应斌：《21 世纪的客家研究——关于客家学的理论建构》，《嘉应大学学报》，1996 年第 4 期。

　　② 　康拉德·菲利普·科塔克著，周云水译：《文化人类学——欣赏文化差异》，北京：中国人民大学出版社，2012 年，第 457－459 页。

视的情况下，总结以往研究成果，形成客家学学科理论和方法，构建客家学学科体系，成为目前客家学界非常紧迫而又十分重要的任务。

嘉应学院客家研究院敢啃硬骨头，在总结以往研究成果的基础上，完成目前学科建设条件已初步具备的客家文化学、客家语言文字学、客家音乐学等的论证和编纂，初步建构客家学体系的分支学科。具体而言，客家文化学探讨客家文化的历史、现状和未来并揭示其发生、发展规律，分析客家族群的物质文化、制度文化和精神文化的产生、发展过程及其特征。客家语言文字学探讨客家方言的语音、词汇、语法、文字等的特征，展示客家语言文字的具体内容及其社会意义。客家音乐学探讨客家山歌、汉剧、舞蹈等的发生、发展及其特征，揭示客家音乐的具体内容和社会意义。

客家族群是汉民族的一个支系，研究时既要注意到汉文化、中华文化的普遍性，又要注意到客家文化的独特性，体现客家文化多元一体的属性。客家学研究的对象，决定客家学是一门融合历史学、民俗学、方言学、音乐学、社会学等众多社会人文学科的综合性学科。如何形成跨学科的客家学研究理论与方法，是客家研究必须突破的重要问题。唯有明确客家学研究的基本概念、理论和方法，并通过广泛的田野调查和深入的个案研究，广泛收集关于客家文化、客家方言、客家音乐等各种资料，从多角度进行学科交叉合作的分析和研究，才能实现创新和发展。

嘉应学院地处海内外最大的客家人聚居地，具有开展客家学研究得天独厚的地缘优势。1989 年，嘉应学院的前身嘉应大学率先在全国建立了专门性的校级客家研究机构——客家研究所。2006 年 4 月，以客家研究所为基础，组建了嘉应学院客家研究院、梅州市客家研究院。因研究成果突出、社会影响大，2006 年 11 月，客家研究院被广东省社会科学界联合会评为"广东省客家文化研究基地"；2007 年 6 月，被广东省教育厅评为"广东省普通高校人文社会科学省市共建重点研究基地"。之后其又被广东省委宣传部、广东省社会科学院评为"广东地方特色文化研究基地——客家文化研究基地"，被广东省文化厅评为"广东省非物质文化遗产研究基地"，被广东省教育厅评为"广东省粤台客家文化传承与发展协同创新中心"；还经国家民政部门批准，在国家一级学会"中国人类学民族学研究会"下成立了"客家学专业委员会"。

2009 年 8 月，在昆明召开的第 16 届国际人类学大会上，客家研究院成功组织"解读客家历史与文化：文化人类学的视野"专题研讨会，初步奠定了客家研究国际化的基础。2012 年 12 月，客家研究院召开了"客家

005

文化多样性与客家学理论体系建构国际学术研究会"，基本确立了客家学学科建设的基本途径和主要方法。另外，1990 年以来，嘉应学院客家研究院坚持每年出版两期《客家研究辑刊》（现已出版 45 期），不仅刊载具有理论对话和新视角的论文，也为未经雕琢的田野报告提供发表和交流的平台。自 1994 年以来，客家研究院承担国家社会科学基金项目 2 项，广东省哲学社会科学规划项目等 20 余项，出版《客家源流探奥》① 等著作 50 余部，其中江理达等的著作《兴宁市总体发展战略规划研究》② 获广东省哲学社会科学优秀成果一等奖，肖文评的专著《白堠乡的故事——地域史脉络下的乡村建构》③ 获广东省哲学社会科学优秀成果二等奖，房学嘉的专著《粤东客家生态与民俗研究》④ 获广东省哲学社会科学优秀成果三等奖。深厚的研究成果积淀，为客家学学科建设奠定了坚实的理论基础。经过几代人的不懈努力，嘉应学院的客家研究已经具备了在国际学术圈交流的能力，这离不开多学科理论对话的实践和田野调查经验的积累。

客家学研究丛书的出版，既是客家研究在前述立足田野与理论对话"俯仰之间"兼顾理论与实践的继续前行，也是嘉应学院客家学研究朝着国际化目标迈出的坚实步伐。"星星之火，可以燎原"，这套丛书包括学术研究专著、田野调查报告、教材、译著、资料整理等，体现了客家学学科建设的不同学术旨趣和理论关怀。古人云，"不积跬步，无以至千里；不积小流，无以成江海"，我们愿意从点滴做起。希望丛书的出版，能引起国内外客家学界对客家学学科体系建设的关注，促进客家学研究的科学化发展。

编　者

2014 年 8 月 30 日

---

① 房学嘉：《客家源流探奥》，广州：广东高等教育出版社，1994 年。
② 江理达、邱国锋主编：《兴宁市总体发展战略规划研究》，广州：广东教育出版社，2009 年。
③ 肖文评：《白堠乡的故事——地域史脉络下的乡村建构》，北京：生活·读书·新知三联书店，2011 年。
④ 房学嘉：《粤东客家生态与民俗研究》，广州：华南理工大学出版社，2008 年。

"原汁原味"的客家山歌

——读李金发《岭东恋歌》校注本（代序）

元宵节上午，在学校的文化广场偶遇客家文化研究所严修鸿所长。他说有一本书稿，想让我看看。已经退休多年的我，视力越来越差，原想婉言推辞。但是，听说是李金发《岭东恋歌》的校注，我便欣然允诺，立马答应下来。

李金发是中国的文化名人，现代象征诗派的先驱，杰出的雕塑家。我和许多客家人一样，都以他为傲。30 年前，因编写《广东客家文学史》，我在广州中山图书馆拜读过他的《岭东恋歌》，当时就非常喜欢。我老家在兴宁的星曜村，和李金发故乡梅县的罗田径，虽分属两县，相距却不过二三十里地，同是处于梅江一条支流的上游。乡音相同，读起《岭东恋歌》来，毫无窒碍，句句都懂，感到特别亲切。那时很想把它复印下来，无奈阮囊羞涩，未能如愿。只好利用周末和节假日，把那些有代表性的山歌一首首抄录下来，尽量让它在文学史中展现给读者。

在《李金发：中国象征诗派的始祖》一节之后，我又另立专章《岭东恋歌——民间生活的实录》予以详细介绍："李金发编纂的《岭东恋歌》是难得的民间文学。它从一个侧面最原始、最粗犷，也最鲜活地展现出清末民初客家人的生存状态。读着它，我们仿佛来到客家山乡，在那峰峦起伏间，在那长林浅水处感受青年男女郁积于胸的情绪宣泄。它大胆直率，无拘无束。它是口头流传的文学佳作，它是生活的实录。"接着，从"清末民初社会风貌的剪影""客家妇女对情爱生活的呼唤""男女的'相思酬唱'"三个方面进行阐述，并以《岭东恋歌》中的一首首山歌作为例证，介绍清末民初时期客家山区的青年男女，从"相思"到"情爱"的各种情景。如对爱情的渴望："山歌爱唱琴爱弹，人无两世在人间。人无两世人间在，花无百日在深山。""郎在上坑妹下坑，郎唱山歌妹帮声。阿哥相似阳雕子，老妹好比画眉声。"又如写寡妇的性欲望："急水滩头鱼难上，少年守寡苦难当。睡到三更思想起，新席磨断九条纲。"更有七首之多的《梦五更》，辗转反侧，肝肠寸断。《广东客家文学史》中所引用的山歌多达 72 首，占了总数的八分之一，目的在于让读者能更多也更真切地去感受《岭东恋歌》的文学之美。

但是，李金发处在民国初年文言文过渡到白话文时期，又因远离家乡，还有"母语太生疏"（朱自清语）的毛病。《岭东恋歌》是他凭自己的记忆，或请亲友收集（当他回家时也曾向村童请教），"东搜西索"，编纂而成的山歌集。因来源不一，时间跨度又长，李金发的文字记录出现了用字不规范、前后不统一，甚至讹错的情况，这毫不奇怪。对懂乡音的客家人来说，一读就知道这是记录出了问题，并不影响欣赏。而对非客家地区的广大读者而言，就有莫名其妙的感觉，不能领略其中的奥妙了——这不能不说是个莫大的遗憾。

现在有人能对《岭东恋歌》进行校注，纠正讹错，注释说明，实在是件大好事。所以，老严把《岭东恋歌》校注本的电子版一传来，我就立即打印成大字本，马上拜读，甚至错过了观看北京冬奥会的精彩场面。

校注本有数百页之多，收录了李金发《岭东恋歌》中的"相思酬唱歌"（524 首）和"相思病歌"（38 首）、《梦五更》（7 首）、《十劝妹》（10 首），展现了《岭东恋歌》的全貌。校注者充分运用现代技术手段，对有关李金发和《岭东恋歌》的文献资料，进行了全面检索，尽量吸收已有的文学及方言学方面的研究成果，从而有了扎实的基础。又根据自己对客家文化的认识和亲身感受，深入分析研究，纠正了《岭东恋歌》中的一些讹错，并通过解题、注释和说明用韵情况，使读者能更好地理解和欣赏《岭东恋歌》。

例如，《相思酬唱歌》第 134 首，李金发的原文为：

一条桔树摘九箩，怎样今年桔束多。
拔去桔树种灯草，有了心肝桔就无。
（桔字映射激字，犹言烦恼也。）

这首山歌的意思，若从字面看，读者好像可以理解，但又不太明白，也感受不到有什么客家味。校注者做了很有价值的工作。首先是"解题"："山歌整首以'桔'谐'激'，风趣表达了'有你就没烦恼'的情话。"其次，在"注释"中，指出原文"怎样"，梅县方言说的是"样般"，表示疑问；原文的"拔去"，梅县方言说的是"捞撇"，捞是拉、扯、拔的意思，而撇则是相当于去、掉、了，用在动词后，表示动作的实现或完结。从而校注本将李金发的原文改为：

一条桔树摘九箩，样般今年桔束多。

　　捞撇桔树种灯草，有欨心肝桔就无。

　　这一改动，使这首山歌更贴近原生态，懂得客家方言的人读起来，因客家味十足而倍感亲切；不懂客方言的读者，看了注释，也可以领略到其中的韵味与双关上的机巧。

　　又如《相思酬唱歌》第97首，李金发的原文为：

　　　　大把锁匙响叮当，自家开门自家当。
　　　　一夜想的无别事，只想床上少个人。

　　校注本根据1、2、4句押韵的规律指出，末句的"人"，应该改为"郎"。而第三句中"的"字，梅县方言念"个［ke⁵³］"，结构助词。末句的"个"，梅县方言用"只"，量词。因而将李金发的原文改为：

　　　　大把锁匙响叮当，自家开门自家当。
　　　　一夜想个无别事，只想床上少只郎。

　　类似成功的订正，不胜枚举，合乎上下文语境，合乎客家话的用词用韵的规律。总之，经过改动的山歌，更接近客家地区的乡音，也可以说，这才是"岭东恋歌"的"原汁原味"。李金发自己说过："歌中尤其妙在如诗经中之兴也、赋也的双关语，惟其时在土话中绝妙的，而形诸笔墨则反点金成铁了。此是我在有些地方，把他矫正之后，非常抱歉的。"而校注本的订正，还原本色，如将"排长"订正为"排场"、"无坡无圳"订正为"无陂无圳"等，免除了"点金成铁"的遗憾。我想，李金发若九泉有知，也会深深感谢校注者的用心。

　　又如《相思酬唱歌》第57首，李金发的原文开头为："百三百四我也揩"，校注本把"揩"改为"荷"，这一改表面上不押韵，但是因为有相应的注音［kʰai⁴⁴］（已见第3首），既维持了原有的"客家味"，又让读者了解到方言学界对这个字的最新考证。第三句的"上岗下嵊偓会驳"，校注本指出"岌"是民间讹字，本字是"嵊"（严修鸿考证），将会起到规范当地地名用字的作用。《相思酬唱歌》第8首"钝刀截菜爱缸帮"的"缸"字与"纲"是"谐音双关"，"纲"由"用于成批、成群的动物或人的量词"引申而来，"纲帮"表面指把刀在水缸边沿磨，实际指大伙一起帮忙，一语道破，也反映了方言学界严修鸿教授最新的考究成果。有些在

客家人熟知的土话词语，如"鲁其"，改用生僻的本字"蓇"，也是为了正本清源，希望随着大众文化水平的提高，会有更多的人愿意接受并使用方言本字。

　　就李金发和《岭东恋歌》的研究而言，我认为还可以再深一些、广一些。例如，开展比较研究。钟敬文的《客音情歌集》（1926）、管又新的《客族平民文艺》（1929）、罗香林的《粤东之风》（1936）等，同是20世纪二三十年代的同类著作，编者也都是有影响的文化人，具有可比性。又如李金发在《岭东恋歌》出版时，也翻译了法文版的《古希腊恋歌》，二者亦可进行跨文化研究（我校法语教授黄建华老师说，他准备翻译《古希腊恋歌》，与之比较）。

　　我本来并不认识校注者黄映琼老师。读了书稿，才知道她是嘉应学院一位年青的客家文化学者，从小就受客家文化的熏陶，挚爱客家文化，通过刻苦钻研，辛勤耕耘，取得了耀眼的成果，令人敬佩。祝愿她在学术的道路上继续奋勇前行。

　　衷心感谢黄映琼老师，她让我们赏读到了"原汁原味"的岭东恋歌。

罗可群
2022 年 2 月 24 日于白云山下三平轩

前　言

一、民国时期客家山歌的收集整理概述

　　客家山歌是客家文化的一种载体，具有鲜明的地域特征和民系特征，也具有较高的文学价值、历史价值和民俗价值，2006 年经国务院批准列入第一批国家级非物质文化遗产名录。客家山歌历来以口耳相传为主，据罗香林在《粤东之风·客家歌谣的采集》中记载，明朝以前的客家山歌，已无处可寻。现能看到的最早的相关记载是清朝王渔洋的《渔洋诗话》，收录了几首客家山歌；李调元的《粤风》收集了粤歌 50 首，其中大部分是客家山歌；梁绍壬的《两般秋雨庵随笔》收录粤歌十余首，其中也有客家山歌。但上述三人，都不是广东人，也不是客家人，他们是从文学鉴赏方面去关注客家山歌的。真正有意识地亲自收集客家山歌，应始于晚清的粤东文豪黄遵宪。黄遵宪 1891 年写的书信《关于乡邦文献与山歌寄胡晓岑》[1]中，提到"吾乡土音多与中原音韵符合"，"搜索枯肠"，回忆昔日在家乡"冈头溪尾"听到的山歌，记录了 15 首，让胡晓岑"改正批评"，指出山歌"颇有子夜读曲之意"，"歌声不歇者，何其才之大也"，并约定他日必"分司辑录，我晓岑最工此体，当奉为总裁，汇录成编，当远在粤讴上也"。上述黄遵宪信中提到的胡晓岑，梅州兴宁人，是清朝咸丰年的拔贡生，从此信中也可知黄遵宪对他的推崇。胡晓岑"对于平民文学的涵养，实在说来，比黄氏还要深切一些"[2]，只可惜他家道贫寒，很多著作都没有付印，失散了。在当时他也收集了比较多的客家山歌，可惜现今在其编辑的《梅水汇灵集》中也仅存几首了。

　　民国初年，推翻了两千年封建帝制，在五四运动的背景下，我国出现了以新知识分子为主要力量的收集和整理民间歌谣的活动。1918 年初，北京大学刘半农、沈尹默等教授发起了征集全国近世歌谣的运动，得到北大校长蔡元培的支持，1918 年 2 月 1 日《北京大学日刊》刊登了一则《校长启事》，向北大全校师生、全国报纸杂志、学术团体发出了征集歌谣的号

---

① 黄遵宪：《关于乡邦文献与山歌寄胡晓岑》，《书林》1937 年第 1 卷第 1 期。
② 罗香林：《粤东之风》，上海：北新书局，1936 年，第 84 页。

召。1920 年 12 月北京大学成立"歌谣研究会",1922 年 12 月创办《歌谣》周刊,标志着歌谣采集、整理活动进入了高潮时期。正是在这种风气的带动下,客家的一批青年学者也开始了收集和整理客家山歌的工作。《歌谣》周刊相继刊登了许多客家山歌,1923 年第 11、14、39 期,刊登了蓝孕欧的《平远山歌》共 114 首;第 11、14 期刊登了仝前的《平远情歌》共 18 首;还有第 14 期辉星的《嘉应樵歌三首》,第 39 期谢琪的《五华情歌》(30 首)。此外,1936 年的第 3、7、19、27 期,先后刊登了高亚伟收集的《客家山歌》共 32 首。

1927 年,中山大学民俗学会创办的《民间文艺》(后改为《民俗》)第 4 期刊登了何如见的《梅县山歌六首》。1928 年,《民俗》周刊第 23、24 期发表的《来信及其他》①,是客家歌谣研究会给中大民俗学会编辑部的一封信,信中提到"客家歌谣研究会,是几个留在北平的爱好平民产品的客家青年所组织而成的","专门研究客家歌谣……现在已经搜到的客歌,约一千余篇",信中还提到了罗香林的《粤东之风》,"算已编辑就绪",并做了简单的介绍。同时还附有《征集客家歌谣启事》和《征集客家歌谣简章》。同年,《民俗》第 31、39 期,刊登了温铨贤的《梅县山歌》(4 首)、李葆与的《大埔情歌》(6 首);1929 年,《民俗》第 39、49、50、64、66、75、81 期,分别刊登了镜海、张浮萍、钦珮、林干、郭坚等人收集的各地客家山歌共 109 首;1933 年《民俗》第 114 期、1943 年第 3—4 期,发表了吴绍权《平远山歌五首》和未署名的《赣南的客家民歌》144 首。

此外,《清华周刊》《北京大学研究所国学门月刊》《暨南周刊》《厦大集美国专学生会季刊》《新女性》《青海》《读书杂志》《言殿》《妇女世界》等期刊,在这时期都零星地刊登了各地的客家山歌。详见本书附录二。

这时期出现的单行本有:刘信芳的《梅县歌谣集》(罗香林在《粤东之风》中称其在印刷中),可惜现在已找不到了。现今能找到影印本的有钟敬文的《客音情歌集》(1926 年)、李金发的《岭东恋歌》(1929 年)、陈穆如的《岭东情歌集》(1929 年)、孙圣裔(化名)的《岭东情歌精华》(1929 年)和罗香林的《粤东之风》(1936 年);另外还有一些由梅县地方书局出版的山歌集:管又新的《客族平民文艺》(1929 年)、陈并楼的《梅州天籁集》(1930 年)、陈香宇的《蕉风》(1930 年)。此外还有《梅水歌谣集》,出版年份不详,但《梅州天籁集》第一卷全是依据《梅水歌

---

① 客家歌谣研究会:《来信及其他》,《民俗》周刊 1928 年第 23、24 期。

谣集》创作的酬和山歌，可知应在 1930 年前。在上述山歌集中，罗香林的《粤东之风》是这一时期的集大成之作，也是客家山歌学术研究的一座里程碑。朱自清在为该书写的序中评价道："近来搜集客家歌谣的很多，罗先生的比较是最后的、最完备的……他除排比歌谣之外，还做了一个系统的研究。"① 此后，客家山歌的收集、整理工作一度沉寂。直到 20 世纪 50 年代，客家山歌的收集、整理工作在政府相关机构的组织下才重新开展起来，具有比较鲜明的时代烙印。详见胡希张的《客家山歌史研究》，这里就不再赘述了。

民国初期出现的由文人收集、整理客家山歌的热潮，是客家山歌学术研究的第一个"黄金期"。这一时期收集整理的客家山歌，是早期传统客家山歌的代表，记录了很多经典的传统山歌，保留了很多原生态的山歌语言和民俗事象。上述山歌文献，除了《粤东之风》曾被收录在《民国丛书·第四编》（上海书店，1992 年）和《兴宁文史》（第三十辑）（广东省兴宁市政协文史委员会编，2006 年）按原貌再版外，其余的均一直未再版过，原版大部分已无处可寻，仅在一些古籍网、旧书网中保留有影印本，濒临流失的境地。其中，李金发的《岭东恋歌》收集的山歌数量较多，共579 首，均为传统的原汁原味的客家情歌。2021 年 3 月，陈厚诚等人编撰的《李金发诗全编》，汇集了李金发自 20 世纪 20 年代从事创作以来的全部诗作，其中附录收录了李金发的山歌集《岭东恋歌》，但未对其进行校勘与注释，不便阅读与流传。

二、《岭东恋歌》的相关情况

《岭东恋歌》，李金发收集成书。查询显示，此书现在全国馆藏共 19 家，广东仅有一家，是广东省立中山图书馆，已作为馆藏书，不外借，有扫描的电子书。几年前，一个偶然的机会，笔者在孔夫子旧书网上留意到有《岭东恋歌》原版出售的信息，联系店家，店家说书主人不卖了，笔者心有不甘，向店家索要了书主的电话，联系后，得知书主人是笔者娘家附近人，不禁暗喜并约定了登门请教的日子。见面方知书主人曾是梅县客家学研究会秘书长的邓平原先生。据他介绍，其父 1929 年在上海国立暨南大学读书，1936 年回乡时带回了一本《岭东恋歌》的毛边本（印好后没有切边）。20 世纪 90 年代末，迫于生计，卖掉了家中上千本藏书，其中包括《岭东恋歌》。邓平原先生本人也是山歌爱好者和收集者，因此他自己将原

---

① 罗香林：《粤东之风》，上海：北新书局，1936 年，第 10 页。

版的《岭东恋歌》复印了几本保留。虽然没有看到真正的原版，但终究看到了它最接近原版的样子：左翻横排，封面由"牡风"设计，对称性图案，很有美感且充满生机。不过，它寓意着什么，则让人很难猜度，给予我们很多想象的空间。扉页上写着：上海四马路光华书局印行，1929。封底正面写着：钱牧风装帧。背面写着：一九二九年二月付印，一九二九年四月发行，1—2000册，本书实价大洋四角，版权所有不准翻印。全书共135页，前8页是编者写的《岭东恋歌·序》，署名为"瓶内野蛟三郎"，像日本人名，其实是李金发当时的笔名。邓先生提供的复印本少了第121、122页和第127至134页，有可能是当时复印装订时的疏漏，后来笔者又通过图书馆文献传递的扫描版将其补全。此次对《岭东恋歌》进行整理校对的版本主要来自邓先生的复印本和图书馆文献传递的扫描电子书。但仍有几处字迹模糊，无法准确辨认的，只能猜度着记录。

《岭东恋歌》书影一

《岭东恋歌》书影二

　　李金发（1900—1976），原名李淑良，广东梅县梅南镇罗田上村（原罗田径）人。幼时就读于梅县县立高小，未毕业即赴香港在罗马书院攻读英语，为时一载。17 岁往返于梅县、上海念书。1919 年底赴法勤工俭学，1921 年就读于巴黎帝国美术学校，学习雕塑，雕塑作品入选巴黎美展，同时也醉心于文学与诗歌。5 年后，学成回国，先后任职于国立中央大学、国立西湖艺术院和广东美术学院，并创办《美育》杂志。因他通晓英、法等国文字，又懂国际礼节，后被国民政府调到外交部任职。1938 年广州沦陷，学校解体，李金发辗转流迁西南各地，之后一直在外交部任职，先后奉命出使过越南、伊朗、伊拉克等国家。1951 年全家移居美国，1976 年12 月病逝于美国纽约，终年 76 岁。纵观李金发的一生可知，留学时期和回国执教时期是其文艺活动最活跃的时期，也是其艺术成就最辉煌的时期。他的作品《微雨》（1925 年）、《为幸福而歌》（1926 年）、《食客与凶年》（1927 年），是中国早期象征诗派的代表作，开创了中国象征派诗歌。他的诗歌，惯用新奇晦涩的意象和格调表现对人生命运的感叹，追求虚幻美，被人称为"诗怪"。朱自清则把他誉为"把法国象征派诗人的手法介绍到中国诗坛的第一个人"。此外，他这一时期的作品还有：《雕刻家米西盎则罗》（1926 年）、《意大利及其艺术概要》（1928 年）、《德国文学ABC》（1928 年）、《古希腊恋歌》（1928 年）、《岭东恋歌》（1929 年）、《托尔斯泰夫人日记》（1931 年）。

　　《岭东恋歌》编定于 1926 年，后因承印单位华东印刷局遭遇火灾，书稿被焚，凤愿未能完成。1928 年夏，李金发回到故乡，触景生情，又重燃编辑恋歌的想法。在他哥哥李权发的帮助下，终于遂了一桩心愿。后来，将重新编定的书稿交给上海光华书局，在 1929 年编定出版。当时印刷了 2 000 册，1933 年光华书局再次印刷了 1 000 册，娄子匡在庚戌年（1970年）《民俗丛书》第一辑出版影印的《岭东恋歌》便是 1933 年印刷的。全书分为四个部分："相思酬唱歌"（524 首）、"相思病歌"（38 首）、"梦五更"（7 首）和"十劝妹"（10 首），共计 579 首。其中"相思酬唱歌"是主要部分，绝大部分是七言四句的情歌；其余三部分则是分别围绕着一个主题展开的长篇叙事山歌。

三、整理《岭东恋歌》的意义与原则、方法

（一）整理《岭东恋歌》的意义

　　1. 作为民国初期的客家山歌文献，在客家山歌发展史上有着弥足珍贵的意义，现处于濒危状态，必须及时整理和研究

　　《岭东恋歌》自 1929 年出版、1933 年重印以来，就没有再版，原版已无处可寻，现今能找到的都是影印本，且有些内容不完整，字迹模糊，不易辨认。同时，李金发作为民国初期的文人，受时代的局限以及他个人语言习惯的影响，记录山歌时的用字也比较混乱，在使用繁体字记录的同时，还出现了比较多的错别字、异体字（当时属通用字）、同音字（近音字）、借用字等。甚至同一个意思在山歌集中也因用字标准不统一，出现了不同的字，如第一人称代词，就出现了"我""吾""厓"，第二人称代词就出现了"你"和"吾"，这种用字混乱的现象，无疑增大了阅读难度。《岭东恋歌》自出版以来，除学者们在涉及客家山歌或李金发时会提及以外，几乎看不到有关它的专题研究。相比较同时期的山歌集《粤东之风》，《岭东恋歌》的研究显得格外沉寂，但其所收集的客家情歌，绝不逊色于《粤东之风》，风格也与同时期收集的客家情歌略有不同，有许多堪称客家传统情歌的代表。出现这种沉寂的局面，一个非常重要的原因是留传的版本甚少，令人遗憾。可见，《岭东恋歌》无论是版本的留传还是内容的解读，都处于濒危的状态，抢救与整理工作迫在眉睫。579 首情歌，数量庞大，内容丰富，如果能对其进行校勘、整理和解读，能够让我们更客观地了解传统客家山歌的真实面貌，在客家山歌发展史留下一份珍贵的文献材料。

2. 合理运用方言学的研究成果整理、记录原汁原味的客家山歌，还原丢失的材料，使山歌更接近原生态、更具研究价值

《岭东恋歌》记载的是近百年前客家地区口耳相传的山歌，是当时人们的自然口语，反映的是传统客家社会的生活和情感，山歌中的有些字、词已与今天相去甚远，有些物象、民俗我们已不了解甚至没听过。579 首山歌，首首有比喻、双关，有些双关和由双关构成的歇后语今天我们读起来也比较费解。客家方言不仅是客家山歌的载体，也是客家山歌的一大特色和亮点。近年来，客家方言研究取得了丰硕的成果，在整理记录客家山歌时，若能合理运用这些研究成果，必将使传统山歌更真实，更具原生态。如山歌"嫽得昼来啄目睡，嫽得夜来肚又饥"中的"嫽""昼"，"还座同你歇一晡"中的"歇""晡"，均是古色古香的方言词。若将这些可以被民众接受的用字通过山歌推广普及，必将使方言研究成果在民间得到更加鲜活的运用、更具现实意义。正确、规范的方言用字，不仅有利于传统客家山歌的传承，也为当代客家山歌乃至客家民间口传文学的记录提供有效的借鉴与参考。因此，运用方言学的成果，并结合民俗与文化，对山歌中的方言词、土俗语进行准确记录和详细注释，着力呈现传统民歌独有的"赋比兴"表现手法，更能展现传统客家山歌独特的语言魅力，为后人从各个角度研究《岭东恋歌》，了解客家地区的民俗风情和客家文学艺术等，提供一份真实、可靠的原始素材。

3. 对深入研究李金发思想及其诗歌创作有着特殊的意义

《岭东恋歌》编定于 1926 年，后书稿被焚，补天无术。1928 年李金发回到阔别十年的故乡，再次收集记录，最后于 1929 年编定出版。众所周知，1926—1929 年这一时期，是李金发艺术创作的活跃期和高峰期，其当时主要创作的是带着"洋味"的象征主义诗歌，而《岭东恋歌》则是散发着乡土味的民歌。这看似迥异的两种风格重合在同一时期，是不是也属于李金发传奇人生中的"一怪"呢？当然，其本人在《岭东恋歌序》中也很有感慨地说："这小册子是我费了很多心力的成绩，现把它出版并不是因为年来国人提倡民众文学，而我也来凑凑热闹。其实我在十年前就有这个意思，后在巴黎曾托国内的朋友觅了几本手写的半通非通只能记音小册子……乃想把他译成法文，尚未动手而这个杰作已不翼而飞了。"[1] 如果正如序中所言，十年前，即 1916 年，李金发十六七岁，尚在家乡时就有这种想法，那么，传统客家情歌至少影响着李金发的整个少年时期。而正是这

---

[1]　李金发：《岭东恋歌序》，《岭东恋歌》，上海：光华书局，1929 年。

样一部作者自称花费了很多心血并牵念数十年之久的山歌集，后人的关注和研究却寥寥无几。现今能查阅到的对《岭东恋歌》最详细的介绍和研究，是罗可群先生的《现代广东客家文学史》（2008 年），书中用了两节的篇幅介绍李金发的生平及其创作，其中一节专门介绍《岭东恋歌》，即《岭东恋歌——民间生活的实录》①，书中评价其是"难得的民间文学"，而"读者难见全貌，应详加介绍"；然后分别从"清末民初社会风貌的剪影""客家妇女对情爱生活的呼唤""男女的'相思酬唱'"这三个方面进行阐述，同时引用了《岭东恋歌》中近 80 首的山歌作为例证，让读者真切感受到了早期客家人的生活、情感和审美。在知网上搜索篇名"李金发"，显示有 311 篇；搜索篇名"岭东恋歌"，仅有一篇巫小黎的《李金发和他的〈岭东恋歌〉》（《新文学史料》2001 年第 2 期），文中没有分析歌集中的山歌，而是用《岭东恋歌·序》中的内容来阐述李金发的乡土情怀和故乡之恋。搜索小标题"岭东恋歌"，竟意外出现一篇韩亮的《从〈碧丽蒂斯之歌〉到〈古希腊恋歌〉——论李金发对法国象征主义的一次无意识接受》（《文艺研究》2020 年第 5 期），文中认为"李金发编纂《岭东恋歌》的动机绝不仅仅是表达怀乡之情，而是既有伦理层面上对社会道德的谴责，也有美学层面上对那些被压抑的女性的赞扬"②。这是第一次针对《岭东恋歌》中的山歌进行详细的分析，并将其纳入李金发的诗歌创作系统和创作思想中进行深入研究。因此，《岭东恋歌》的意义就不仅仅体现在客家山歌史上的文献价值了，从某种程度上讲，李金发编纂《岭东恋歌》，也绝不是随意的文献收集过程，这其中体现了他鲜明的倾向性和价值观，甚至与他的创作思想以及与他的某些作品都有可能形成一些隐性的互动关系等。笔者深信，随着人们对《岭东恋歌》的深入解读，对李金发的相关研究也会更加全面、深入地展开，并取得新的突破。

（二）整理《岭东恋歌》的原则与方法

1. 忠实于山歌本来的语言面貌，遵循一定的用字原则记录传统山歌

李金发作为民国初期的文人，发现了客家山歌中独特的魅力，也不自觉地意识到记录山歌时要尽量忠实于原来的面貌，如运用了方言同音字、近音字和部分俗字，但受时代的限制，其在记录时仍不免有早期文人用字的特点，除使用繁体字外，还体现在以下几点：①出现了比较多的异体字

---

① 罗可群：《现代广东客家文学史》，广州：广东人民出版社，2008 年，第 58－65 页。

② 韩亮：《从〈碧丽蒂斯之歌〉到〈古希腊恋歌〉——论李金发对法国象征主义的一次无意识接受》，《文艺研究》2020 年第 5 期，第 81 页。

（以前属通用字）或异体字与正体字混用的情况，如"上墟有个风流子""逢四逢九丙村圩"中的"墟"和"圩"；"单只灯笼庙门弔，神鬼都知厓无双""岭冈顶上一叶松，松树门杈吊灯笼"中的"弔"和"吊"；"请倒七人坐八棹，办转给我始情理""桌边就有交椅子，坐下慢慢讲吾听"中的"棹"和"桌"。②标准不统一，同一个意义，国语、文言和方言的说法混杂使用，如上面的山歌例子中，就出现了"我""吾""厓"三个不同来源的词。③滥用同音字或近音字，如"好田不须妹斛水""亲哥得病晕癫癫""弄到董卓昏齐齐"，就滥用了同音字（近音字）"斛""晕""昏"（应为"戽""忟"）。④对一些特色方言词，直接用国语中的词语记录，如"先今有双不知好，今日没双系寒酸"中的"不""没"；"头面首饰厓打的，谁人教坏我心肝"中的"的"和"谁人"；"桂花手镯一时兴"中的"手镯"等。上述这些混乱的用字现象，破坏了传统客家山歌原本的语言面貌，严重影响了传统客家山歌的阅读和传承。李金发本人也意识到了这点，他在序中说："惟其时有在土话中绝妙的，而形诸笔墨则反点金为铁了，此是我在有些地方，把他矫正之后，非常抱歉的。"

因此，在整理时，我们尽量忠实于山歌原本的语言面貌，使之更接近原生态。在重新记录时的用字主要遵循以下几个原则：首先，如有本字，则借用专家的考证结果，进行注音和释义。如"因为想妹闷脱神"，"想""闷"的本字是"恦"；"左手挪柑一团肉"，"挪"的本字是"捼"；"又好踫跰又好掟"，"踫、掟"的本字是"踜、拕"等。其次，如无本字，则用常见的方言俗字，如"唔（不）""蜗（小青蛙）""勞（荆棘）"等。再次，如既无本字又无方言俗字，则用同音字，如："想（量词，节）""钉（丢弃）""目屎浪（一种小鱼）""囊蚁欻（蜻蜓）"等。最后，需要说明的是，有本字又有方言俗字的，则分两种情况：第一，本字与现在的方言音比较吻合的，则首选本字，如首选"嫽（玩耍、嬉戏）"，淘汰"嬲"；首选"娭（母亲的背称）"，淘汰"嬢"；首选"治"，淘汰"剺"；首选"搣（抓取）"，淘汰"攃"。第二，本字读音与现在的方言音相差较远的，则在注释时既解释本字，又指出俗字，如"新妇"和"心臼"，"荷"和"挍"，"嵊"和"岋"，让大众进行选择，相信不同的方言读者会有不同的选择。重新记录时则统一使用本字，相信随着时间的推移和人们文化水平的提高，能够接受本字的群体会越来越多。按照一定的用字原则有意识地规范方言用字，将更有利于保护传统客家山歌的语言生态，也为当今记录客家口传文学提供一个借鉴。

　　2. 运用方言学研究成果对《岭东恋歌》进行注释

　　《岭东恋歌》记录的是近百年前的山歌，是当时客家人的口头语言，

保留了很多已经消失或即将消失的方言词。挖掘传统山歌的独特魅力，并让外地人也能一睹客家传统山歌的风姿，仅靠整理是不够的，因此，在整理的时候，重点对《岭东恋歌》中出现的古语词（包括近代汉语词）、带有地域特色的土语词和方言熟语进行详细的注释，如"蒸尝斗""饭甑""耷""后生""上手""贴""食禄""打叠""歇"等，这些似乎是老一辈人常说的土得掉渣的方言词，但往往又是历史久远的古语词，既土又古，充分体现了客家山歌的古朴典雅之风。此外，还有"伯公树下""柿花蒂""三堂四横""横排""符不""火囵""白味""脱桌""髻尾""圆头""摸栏""腌生""顶刀""佮硬""唔光"等，这些颇具地域特色的方言词，现在很多已成了历史词，在常见的客家方言词汇调查中也没有列出，但在《岭东恋歌》中却以常见的物象鲜活地存在着，散发着传统客家山歌特有的乡土气息。再如一些方言熟语，"鬼钉筋""鬼刁影""打眼拐""打暗摸""开心花""哄鬼神"等，其独特的表达方式和特殊含义让人忍俊不禁。想让后人读懂这些渐行渐远的山歌，让世人欣赏并感受到其中的语言魅力，就必须对这些方言词语进行准确的注释，并揭示出其中的语言特色。与此同时，把方言学的研究成果运用到山歌注释中，也必将为客家方言的历时研究提供一份真实可靠的活语料。

3. 结合民俗、文化解读《岭东恋歌》

《岭东恋歌》收录了 579 首传统的客家山歌，是早期客家山歌文献中收集山歌数量较多的一本山歌集，真实再现了清末民初客家人的生活状况、风俗人情和男女情爱，具有较高的文学价值、历史价值、民俗价值，为后人从不同的角度进行研究提供了广阔的空间。黄遵宪曾说："山歌每以方言设喻，或以作韵，苟不谙土俗，即不知其妙。"① 这里的"土俗"，既包括方言词，还包括客家习俗，如山歌"二十九日转角圩，两人交情月尽哩，桅杆底下种豆子，望伢嫩心缠到尾"，就包含两个双关语："月尽哩"和"嫩心"；两个传统习俗：赴圩、赶集的习俗和在屋门前树立旗杆、记载功名的习俗。要深入解读山歌，除了"谙土俗"外，还得明"方言设喻"，因为客家山歌的修辞特色，"一是比体极多，二是谐音双关极多，这两种都是六朝时吴声歌曲的风格，……客家歌谣的妙处，也正在此"②。《岭东恋歌》中，几乎首首都有比喻或双关，看似信手拈来，却又独具匠心。如果不懂其中的比喻和双关，则无法理解整首山歌的含义，而一旦破

---

① 黄遵宪：《关于乡邦文献与山歌寄胡晓岑》，《书林》1937 年第 1 卷第 1 期。
② 朱自清：《粤东之风·序二》，《粤东之风》，上海：北新书局，1936 年，第 10－11 页。

解，则会令人拍手称妙。如山歌以"砍竹容易拖竹难，竹头砍脱竹尾缠"来比喻男女之间难以割舍的情感，这不就是客家版的"藕断丝连"吗？再如山歌"新打茶壶啜弯弯，你话锡来𠊎话铅。𠊎话系铅你话锡，自然爱锡正值钱"，表面是在讨论新买茶壶的材质，实则利用谐音双关，"铅"谐音"缘"，"锡"谐音"惜"，表达了两人间的亲密关系不仅仅是"缘"，更应是"惜"，唱出了阿哥对阿妹无限的柔情与怜爱。整首山歌不见一个"情"字，却处处有"情"，充满生活气息，质朴而又贴切，从中也可以感受到客家人的生活情趣与文学智慧。结合客家民俗、文化对《岭东恋歌》进行解读，将有助于我们更感性、更深入地了解传统的客家社会、客家民俗以及客家人的性格特点、思维方式、价值取向、审美艺术等。

凡　例

1. 本书对《岭东恋歌》进行整理校注的版本是民间山歌爱好者邓平原先生提供的复印本和图书馆文献传递的扫描电子书。全书分为四个部分："相思酬唱歌"（524 首）、"相思病歌"（38 首）、"梦五更"（7 首）、"十劝妹"（10 首），共计 579 首。其中"相思酬唱歌"是主要部分，绝大部分是七言四句的情歌；其余三部分则是分别围绕着一个主题展开的长篇叙事山歌。

2. 《岭东恋歌》原版使用的是繁体字，其中错字、别字、同音字、异体字特别多。为保留原版面貌同时又方便现代读者阅读，正文左边是原版转换成简体字后的面貌，右边是按照用字原则重新记录的面貌。为方便研究，对"相思酬唱歌"中的每一首山歌都标注了顺序，每一首山歌下面设解题、注释和押韵；其余三部分分别是三首长篇叙事山歌，没有统一用韵，则只有解题、注释。

3. 本书的"解题"，主要解读山歌的内容，指出修辞特色，从中也可体现出传统客家山歌比喻（比兴）和双关运用极多的特点。

4. 本书的"注释"。山歌涉及的方言词，若专家已考证出本字，如第一次出现时，则作详细注释。如第 3 首"草鞋不着留来揩"，注释为"揩 [kʰai⁴⁴]：挑。本字是'荷'，《公羊传·宣公六年》：'有人荷畚自闺而出者。'何休注：'荷，负也。'常俗写作'核'。"如在不同山歌中再次出现该方言词，则作简单注释。如"揩"在第 57 首重现时，则注释为"揩：挑。本字是'荷'，常俗写为'核'。详见第 3 首。"这类注释主要依据温美姬的《梅县方言古语词研究》以及严修鸿、温昌衍等人的相关著作。一些大家已普遍接受的本字，为节约篇幅，文中就不一一注明出处，只在"参考文献"中列出相关文献；对有争议或新考证出来的本字，则标明"×××认为本字是……"古语词用例大部分引自《汉语大字典》《汉语大词典》等工具书。如需要注释的方言词出现在相邻的几首山歌中时，则只在第一次出现的那首中进行注释，如第 252、253 首均出现了"拜箕"这个词，则只在第 252 首对该词进行注释。

5. 考虑到有些词在山歌中反复出现，为节省篇幅，此处作一个总的注释，除特殊情况外，正文中不再一一加注：①恋［lian⁴⁴］、连［lian⁴⁴］：在客家山歌中均可表示男女的恋爱关系，但语义略有区别，所用语境也不尽相同。"恋"指"恋爱"，"连"在表示"男女关系"的程度方面比"恋"轻，但语义比"恋"丰富，可指男女之间的联系、勾连、牵连、心相连等。《岭东恋歌》中大部分用"恋"，未注意到与"连"的区别。特别是作为韵脚时，用"连"，平声，才押韵，"恋"是去声，不符合押韵规律。正文中出现这种情况需要注释时，则进行简单的说明。②嬲：本字是"嫽"，语义丰富，玩耍、嬉戏；歇息、闲聊；也特指男女之间的交往。正文注释时只进行有侧重的说明。③我、吾、厓：歌集中有时指"我"，有时指"我的"，俗写作"厓（我）"和"伢（我的）"。④老妹：本指妹妹，在山歌中常用于对女性的昵称，与"阿妹、妹子、细妹"相同。⑤柬：程度副词，很、那么。老一辈读为［kan³¹］，"个腌"的合音，此歌集中常用"柬"。现在梅县多读为［an³¹］，俗写作"咹"或"咁"。⑥莫：别；不要。⑦无：没有。⑧没、未：梅县方言用"无［mo¹¹］"，没有。⑨不：梅县方言用"［m¹¹］"，俗写为"唔"。⑩不曾、未曾：梅县方言用"唔曾"，合音读为［m¹¹tʰian¹¹］，故民间也常俗写作"唔田"。⑪要：梅县方言用"爱［oi⁵³］"。⑫不要：梅县方言用"唔爱"，合音读为"［m¹¹moi⁵³］"。⑬是：判断动词，梅县方言用"系［he⁵³］"。⑭不是：梅县方言用"唔系"，合音读为［m¹¹me⁵³］。⑮食：吃、喝、吸，表示各种进食方式。⑯相似：梅县方言用"好比"。⑰灯草：又叫"灯芯"，其茎细长，茎的中心部分渗油性强，旧时常用作油灯的灯芯；同时也指一种中药药材。⑱着、著：梅县方言用"等"，动态助词，表示动作正在进行或状态持续。⑲到：结果补语的标志，梅县方言用"倒［tau³¹］"。⑳这、那：代词，梅县方言分别读作"［ke³¹］""［ke⁵³］"，本字是"个"。为方便区别，用训读字"这""那"记录。㉑矣、唎、呢、里、哩、理：助词，来自"来"的古音［li²/le²］，相当于普通话的"了"，梅城及周边县城念"［e¹¹］"，俗写为"欸"；兴宁、五华和丰顺的个别地区念"［li¹¹］"，俗写为"哩"。记录时根据山歌前后的语境和押韵的情况，有时记作"欸"，有时记作"哩"。㉒得：补语的标志，梅县方言读"［e³¹］"。㉓里：方位词，梅县方言读"［e¹¹］"。㉔子：名词后缀，梅县方言读"［e³¹］"。上面㉑㉒㉓㉔中的"［e³¹］"或"［e¹¹］"，读音都会受前面音节末尾音素的影响，同化现象与名词"子"尾相同（详见附录一）。

在上述作注的词条中，"莫""无""系""食"同时又是古语词，书中第一次出现时注明出处，如第5首"又没家娘只自家"，注释为"没：梅县方言用'无'。《诗·小雅·车攻》：'之子于征，有闻无声。'"后面就不再列词条作注，重新记录时也直接用"无"。若上述字词出现在另外的组合中，需要作注时，则直接把方言对应的用字，"无""唔""系"等写在旁边，用"（）"表示。如第8首"这往行当郎不光"，注释为："不（唔）光：不熟悉、不内行。"第40首"没打紧来没相干"，注释为："没（无）打紧：不要紧。"

6. 本书采用正文之后附的《梅县话的语音系统》注音，此音系表来自《梅州方言民俗图典》。书中词条标音采用的是粤东客家话代表点梅县（即现在的梅州市梅县区）的发音。《岭东恋歌》收录的都是广东，尤其是以李金发故乡梅县为代表的客家山歌，故如果山歌记录与方言说法不一致时，会在注释中标明"梅县方言用（说）"，如山歌"谁人拾起来凑双"，注释为"谁人：梅县方言用'［man³¹ ŋin¹¹］'，常俗写作'瞒人'"。但既为"岭东"，说明其中的山歌肯定不局限于梅县，还包括周边乡镇，从个别山歌的用词、押韵情况来看，还能看出有兴宁、五华、平远等地的口音，如"饭子""堆是堆"的说法，语气词"哩""里"的使用等，这些都是梅县方言中没有的，则会在词条中特别注明是梅州哪个县的。

7. 本书"押韵"一栏，以梅县语音为主。如果韵脚是 an、uan、ian、ien 四个韵母的，统一表述为押［an］韵，如第55首的韵脚分别是浅［ien³¹］、圆［ian¹¹］、言［an¹¹］；第88首的韵脚分别是弯［uan⁴⁴］、铅［ian¹¹］、钱［ien¹¹］，均记为"【押韵】1、2、4押［an］韵"。有部分山歌，用梅县语音和其他县的语音都可押韵，但略有不同，如第75首的韵脚"缨""兵""身"，梅县方言押［in/ən］韵，兴宁、五华方言押［in］韵；第6首的韵脚"蓝""名""行"，梅县方言押［am/aŋ］韵，兴宁方言押［aŋ］韵；再如第351首的韵脚"心""斟""金"，梅县方言押［im/əm］韵，兴宁方言押［uŋ］韵，五华方言押［im］韵。上述这几种情况，正文中的"押韵"所用韵母，仍采用梅县语音。另外，有个别山歌，用梅县方言不押韵，但用梅州其他县的方言却是押韵的，则在前面标注所属方言。如第66首"讲得同来唔遂心，遂欸心来嫌偓穷。单只灯笼庙门吊，神鬼都知偓无双"，梅县方言"心""穷""双"的韵母分别是"im""uŋ""uŋ"，首句不押韵，兴宁方言这三个字韵母同为"uŋ"，则记为"【押韵】（兴宁）1、2、4押［uŋ］韵"。再如第98首"入山看见藤缠树，出山看见树缠藤。树死藤生缠到死，树生藤死死也缠"，梅县方言"藤""缠"的韵母分别是"en""an"，不押韵，但兴宁、五华方言"藤""缠"的韵母都是"en"，则记为"【押韵】（兴宁、五华）2、4句押［en］韵"。

目 录
Contents

岭东恋歌序[①]

瓶内野蛟三郎

一九二六年把素愿所欲急公同好的岭东恋歌一集付印，但后来因华东印刷局招了"回禄"，把我的原稿都烧了，真是补天无术。可幸今年夏跋跋地回去离别十年的故乡，触景生情，以是又复振起编辑恋歌的精神，东搜西索而得了这一集的材料。可是注释抄写，向村童中聆教等等，费了不少时间。后又承蔚霞君费心寻出文学周报上已无原稿的"岭东恋歌"序给我，因乐得不再去做序，就复收它移用于此。

一九二八年夏记于故乡之仰天一草庐

这小册子是我费了很多心力的成绩，现把它出版并不是因为年来国人提倡民众文学，而我也来凑凑热闹。其实我在十年前就有这个意思，后在巴黎曾托国内的朋友觅了几本手写的半通非通只能记音小册子，读之沁人胸怀，多年不见的故乡，竟得于这种山歌中把印象一一呼唤回来，快何如之！巴黎是不能出版的，乃想把他译成法文，尚未动手而这个杰作已不翼而飞了。

所谓岭东是五岭以东客族所居之地，此种山歌以吾故乡梅县为最盛行，我据实不谦不夸的说梅县人口虽不过三十万左右，而文物是极盛的，小小的县城里有一所嘉应大学，五所中学，中学之大者，每校约千人，少者亦四五百，全县小学有七百余所，据一个德国牧师说：梅县教育之发达，是世界有数的，这也许是过誉的话罢，因为男人中虽有百分之八九是识字的，（乡谚有谓：斯斯文文打得，粗粗鲁鲁写得，是形容梅县人之秉赋的）但女人的大部都没有受过学校教育，这是很可惜的一件事，——教育是如许发达，亦不过是新兴的罢，除产过驻日大使黄公度（他就是山歌赏识的先进，在他人境庐诗集中曾有绝妙的山歌载着，他的文言诗，很有

---

① 校注者按：此序用字、标点等与现代汉语规范多有不同，为保持原貌，整理时基本未作改动。

白话的原素，在胡适之君的尝试集郑振铎君的文学大纲曾评论其文艺的价值），革命先烈温生才陈敬岳婆罗洲土王郑和等外于历史上尚无所表现的。——可是其地山多田少，致男子多往南洋谋生，岁入颇钜，故人民生活颇称充裕，因为男人恒外出十年八年不归，支持家庭门户的责任，悉委之女人，但稍有性灵不甘独宿的人，就桑间濮上你唱我和，这是山歌产生的重大原因了。

梅县的妇人，最能耐劳任苦，日间工作，田间跣足科头衣食已极简单，礼教又非常之严格，换言之，她们的地位是奴隶的地位，亦是痛心疾首之余，所亟欲解放的，其他姓与族的观念极重，大族的妇女，在田野间锄种，或岗岭上割薏，（一种羊齿类植物，以供日间燃料的）不能有所轻佻俍褭，一经发觉，则亲夫或伯叔兄弟可随意鞭打，莫捉获奸夫，则纵不丧失性命，亦体无完肤的，因此之故，姓与姓之械斗时有，常常因一个极滑稽无谓之问题，而他们则以为纲常名教之所系，必须据理力争，至于小姓或弱族的妇女在山野工作，则"强房"（由先祖分出之支派曰房）大姓的登徒子，乘机去挑诱他们，守生寡的人，已少家族的束缚，——小族姓之纲常名教，比较马虎一点，诚因无暇去"救面子"也，——当然求之不得的了。

他们的结合是这样：男子们知道某姓的妇女在工作，遂三三五五结队去游山，隔远便唱有意义极合地位的山歌，去引诱他们，女人们有意交结，便反口酬唱，迨愈行愈近，男子们便开始调笑，或强迫地摸抚其自然伸展的奶子，再放肆一点，他们就席地干起他们所最愿意干的事情来，此即歌中所谓"上手""上身""兼""恋"者也，这样幕天席地的喜剧，是多么令人羡慕啊！自此之后，女子便向家庭托言要回外婆家去，潜来男子处勾留三数天，这种勾留的地点，不在男子的家庭，而在乡村中某人所设之'鬻馆'中，日间行踪全要秘密，（即有妇之夫的此种行为，女子知道了，亦多作为不知，仅暗嗟薄命，莫可如何哉！）夜间则置酒菜，给来访的朋友吃一顿饱，我记得十三岁那年，跟着堂兄去参与过一次，还有一种办法，是名"进窑子"，即是男子潜进女子的家中，埋守房内，不动声色，侥幸则尽欢而散，不幸为人捉着，便焦头烂额，或则受"推沙公"，（言将与沙石同揞死也，）"溜针"，（其法与针入小胡鳅鱼内，强奸夫下吞，迨鱼在腹中消化了，而人则为针刺死，）"溜锡"，"落猪笼"（以人纳猪笼投之江中），"食粪"等，种种残酷的待遇，然这些野蛮的行为，极少见诸实行，或不外一种口号而已。

歌中的情绪之表现，是何等缠绵，爱情何等真挚，境遇何等可哀，有时是大诗人所不及的，吾尝谓梅县人聪颖异常，此即是民众文化之结晶，其外无所长也，歌中尤其妙在如诗经中之兴也、赋也的双关语，惟其时有在土话中绝妙的，而形诸笔墨则反点金为铁了，此是我在有些地方，把他矫正之后，非常抱歉的，两性的冲动，在歌中都有显明和深刻的要求之表现，他们或遇人不淑，或家法森严，我们读之如身受其苦，这些辗转于十八层地狱的姊妹们，我们有人道责任的，应该起来援之以手啊。

在有些聪明的女人，可随口歌唱，恰合他所欲表示的情思，如七言诗之入韵，其辞句组织的妙丽，真有出人意料者，记得我当年于赤日停午，闲行于峰峦起伏间，辄闻悠扬的歌声，飘渺于长林浅水处，个中快慰的情绪，和青春的悲哀，令人百思不厌也，噫吁，我千里外的故乡！

此集仓卒付印，错误的地方当然很多，这集不外是吾乡山歌中之九牛一毛，希望以后能续出数集，此集搜材料时，多叨权发爱兄帮助，是非常感激的。

相思酬唱歌

1

一心都想唱山歌，　　　　　　　　一心都想唱山歌，
鼻公又塞痰又多。①　　　　　　　　鼻公又塞痰又多。
一心都想同妹嫐，②　　　　　　　　一心都想同妹嫐，
一同妹嫐心事多。③　　　　　　　　一同妹嫐心事多。

【解题】作者以想唱山歌却又喉咙不舒服的尴尬来比喻男子想与妹子接近，却又思虑极多的矛盾心情。

【注释】①鼻公：鼻子。②嫐：本字是"嫽"，玩耍、嬉戏；歇息、闲聊；也特指男女之间的交往。《广韵·萧韵》："嫽，相嫽戏也。"③心事：心中惦记的事，想法。唐刘皂《长门怨三首》其三："旁人未必知心事，一面残妆空泪痕。"

【押韵】1、2、4句押〔o〕韵。

2

郎在上坑妹下坑，①　　　　　　　　郎在上坑妹下坑，
郎唱山歌妹帮声。　　　　　　　　　郎唱山歌妹帮声。
阿哥相似阳鵰子，②　　　　　　　　阿哥相似阳雕子，
老妹好比画眉声。　　　　　　　　　老妹好比画眉声。

【解题】山歌分别用"阳雕子"和"画眉鸟"来比喻阿哥和阿妹，描写了男女双方在山野田间一唱一和的快乐场景。

【注释】①坑：客家地区常见地名，常用于指称两山之间的平地。本义是"山坑、沟壑"，《玉篇·土部》："坑，堑也；丘虚也；壑也。"②鵰："雕"的异体字；阳雕子：泛指大的鸟。

【押韵】1、2、4句押〔aŋ〕韵。

3

草鞋不着留来揩，①	草鞋唔着留来荷，
鸡公不剖留来啼。②	鸡公唔羯留来啼。
老妹今年十四五，	老妹今年十四五，
不曾嫁人定把厓。③	唔曾嫁人定分𠊎。

（揩者，担也。剖者，阉也。土人称我曰厓。）

【解题】山歌前两句起兴，后两句直白大胆地向妹子表示爱意。

【注释】①着：穿。《资治通鉴》："恂常私着胡服。"元马彦良《一枝花·春雨》："穿一领布衣，着一对草履。"揩［kʰai⁴⁴］：挑。本字是"荷"，《公羊传·宣公六年》："有人荷畚自闺而出者。"何休注："荷，负也。"常俗写作"核"。②鸡公：公鸡。剖［ȶat²］：阉鸡。本字是"羯"，《广雅·释兽》："羯，羠也。"清翟灏《通俗编·禽鱼》："羯鸡，阉鸡也。见《素问》。"啼［tʰai¹¹］：鸣叫。王维《听百舌鸟》："入春解作千般语，拂曙能先百鸟啼。"③定：预定。把：梅县客家话用"分［pun⁴⁴］"，介词。

【押韵】1、2、4句押［ai］韵。

4

鸡公相打脚先来，①	鸡公相打脚先来，
未曾上手就讲财。②	唔曾上手就讲财。
一万八千都敢出，	一万八千都敢出，
总爱阿妹敢过来。③	总爱阿妹敢过来。

【解题】山歌前两句以公鸡打架先用脚的反常现象（公鸡打架一般用嘴）来比喻没有开始交往便贪财的妹子，后两句豪爽地表示只要对方愿意，将不吝重金收买。唱出了只图一时风流快活的潇洒快意。

【注释】①相打：打架。②上手［soŋ⁴⁴su³¹］：到手，达到某种目的。明凌濛初《初刻拍案惊奇》卷六："看见人家有些颜色的妇人，便思勾搭上场，不上手不休。"讲财：讲求钱财。③总爱：只要。

【押韵】1、2、4句押［oi］韵。

5

老妹住在细屋家，①	老妹住在细屋下，

又没家娘只自家。②　　　　　又无家娘只自家。

东西好比"征常"斗，③　　　　东西好比蒸尝斗，

谁人爱用就来拿。④　　　　　瞒人爱用就来拿。

（"征常"是一族公共租产，每年轮流着去执行祭祀。）

【解题】山歌以"蒸尝斗"来比喻小户人家守寡的妇女，像公用财物一样，常被人欺凌。反映了旧时客家社会底层女性的悲惨命运。

【注释】①老妹：妹子。细屋家：应为"细屋下［se⁵³ vuk² kua⁴⁴］"，指小户人家。②没：梅县方言用"无"。《诗·小雅·车攻》："之子于征，有闻无声。"家娘：背称丈夫的母亲。自家：自己。《北史·魏纪一·太宗明元帝》："冬十一月壬年，诏使者巡行诸州，校阅守宰资财，非自家所赍，悉簿为赃。"③征常：应为"蒸尝"，本指秋冬二祭，后泛指祭祀。《国语·楚语下》："国于是乎蒸尝。"《后汉书·冯衍传下》："春秋蒸尝，昭穆无列。"旧时客家地区各宗族均有蒸尝田，是宗族里的公有财产，由本宗族的人轮流耕种，所得收入用于本宗族一年所有祭祀的开销。蒸尝斗则是宗族公用的、用来计量粮食的量器。④谁人：梅县方言用"［man³¹ ŋin¹¹］"，常俗写作"瞒人"。

【押韵】1、2、4句押［a］韵。

6

新做蓝衫蓝对蓝，①　　　　　新做蓝衫蓝对蓝，

借问心肝什么名。②　　　　　借问心肝脉个名。

借问心肝姓什没，③　　　　　借问心肝姓脉个，

等厓上下转来行。④　　　　　等倕上下转来行。

（蓝对蓝，喻我们同是姓蓝。转来行，言来拜望也。）

【解题】山歌巧用双关，利用双方都姓"蓝"的关系，向对方搭讪、套近乎。

【注释】①蓝衫：又叫"大襟衫""士林衫"，是旧时客家人的传统服饰，布料的颜色大部分是蓝色。蓝对蓝：语义双关，表面指同是蓝色衣服，实际指同姓蓝。②什么：梅县方言用"［mak² ke⁵³］"，常俗写作"脉个"。③什没：应为"什么"。④上下：泛指经过、路过。转来：回来。明凌濛初《初刻拍案惊奇》卷一："急忙取了钱转来，文若虚已此剩不多了。"行：交往、来往。

【押韵】（梅县）1、2、4句押［am/aŋ］韵。

7

阿妹今年十三四，　　　　　　　阿妹今年十三四，
乳姑相似柿花苞。①　　　　　　　乳菇好比柿花蒂。
又给阿哥捏一下，②　　　　　　　又分阿哥捏一下，
当过鲩圆淹白味。③　　　　　　　当过鲩圆蘸白味。

【解题】山歌运用比喻和通感，从男性角度描写了刚发育少女的生理特征和男子对少女缺乏尊重的挑逗。

【注释】①乳姑：本字为"乳菇"，乳房，"菇"表突出状。柿花苞［ni⁵³］：柿花将要结果子时突出的小蕾。②给：梅县方言用"分［pun⁴⁴］"，介词，相当于"被"。③当过：胜似；超过。鲩圆：客家美食，用鲩鱼肉剁成肉泥后加上木薯粉等配料做成的鱼丸。淹：应为"蘸［tsi-am³¹］"，在液体或粉末的东西里蘸一下就拿出来。白味：旧时客家人自制的调味料。一般是在五月节前将黑豆煮熟后用竹叶、布荆叶遮盖使其发酵出绿霉，再加盐水、生姜，放太阳底下曝晒而成。颜色是黑色的，"黑"客家话说"乌［vu⁴⁴］"，"乌"与"污"同音，表示脏东西，如"乌蝇"，出于求洁净的心理，客家人便把此调味料说成"白味"。

【押韵】1、2、4 句押［i］韵。

8

许久不曾到这往，①　　　　　　　崍久唔曾到这往，
这往行当郎不光。②　　　　　　　这往行当郎唔光。
有情妹妹郎不识，③　　　　　　　有情妹妹郎唔识，
钝刀截菜爱缸帮。④　　　　　　　钝刀切菜爱缸帮。

（这往，言这处也。以钝刀向水缸上磨砺，曰缸帮，同时影射出妹要帮忙之意。）

【解题】山歌唱的是男子初来乍到、人生地不熟，希望得到有情妹子的帮助。

【注释】①许久：梅县方言用"崍久［kan³¹ kiu³¹］"。崍［kan³¹］：程度副词，很、那么。老一辈读为［kan³¹］，"个腌"的合音，此歌集中常用"崍"。现在年轻人多读为［an³¹］，俗写作"唵"或"咁"。这往［ke³¹ von⁴⁴］：此处。②行当：行业。此处指各种大大小小的店铺。不（唔）光：不熟悉、不内行。③识：认识。《孟子·告子上》："今为所识

穷乏者得我而为之。"④截菜：应为"切菜〔tsʰiet² tsʰoi⁵³〕"。此句是歇后语，钝刀切菜——爱缸（纲）帮，谐音双关，表面指将钝刀在水缸上磨一磨，使其变得锋利；实际指要大伙帮忙。纲：量词，用于成批、成群的动物或人。如梅县方言说"一纲猪（一窝猪）、一大阵纲人（一大群人）"。本义是成批运输货物的组织，《新唐书·食货志三》"（刘）晏为歇艎支江船二千艘，每船受千斛，十船为纲，每纲三百人，篙工五十。"梅县方言在此基础上引申出量词的用法。

【押韵】1、2、4句押〔oŋ〕韵。

9

新买凉帽卍字花，①	新买凉帽卍字花，
头上不戴手里拿。	头上唔戴手里拿。
凉帽里边打眼拐，②	凉帽里背打眼拐，
割去割转开心花。③	割去割转开心花。
（打眼拐，言以斜眼视人也。）	

【解题】山歌以新买凉帽起兴，描绘了一个情窦初开的女子：手拿凉帽，半遮半掩，偷看着意中人，越看越欢喜。

【注释】①凉帽：旧时客家妇女劳作、外出时戴的有帽帘的竹篾编织的帽子。卍字花：指凉帽编织的卍字格子。②里边：梅县方言说"里背〔ti⁴⁴ poi⁵³〕"，里面。打眼拐：用眼神示意，此处指暗送秋波、眉目传情。③割去割转：眼珠转来转去。开心花：心花怒放。

【押韵】1、2、4句押〔a〕韵。

10

许久不见去那来，①	柬久唔见去哪来，
不知死了抑还在。②	唔知死欸啊还在。
还生也有口信搭，③	还生也有口信搭，
死了也应托梦来！	死欸也应托梦来！

【解题】山歌直抒胸臆，以抱怨的口吻唱出了对突然杳无音讯的情人的牵挂与思念。

【注释】①许久：梅县方言说"柬久〔kan³¹ kiu³¹〕"。②抑：梅县方言说"啊〔a⁵³〕"，常受前面音节末尾音素的同化，产生音变，用于正反疑问句中，连接表示选择项的词或短语，相当于普通话的"还是"。③生：

生存、活，与"死"相对。《论语·颜渊》："爱之欲其生，恶之欲其死。"
搭：捎带，附上。《字汇·手部》："搭，附也。"元张国宾《合汗衫》第
四折："我也到那里去搭一份斋，追荐我亡夫张孝友去来。"

【押韵】1、2、4 句押［oi］韵。

11

新买凉帽叶叶飞，	新买凉帽叶叶飞，
邻舍阿嫂好去归。①	邻舍阿嫂好去归。
嬲得昼来督目睡，②	嫽得昼来啄目睡，
嬲得夜来肚又饥。③	嫽得夜来肚又饥。
（督目睡，言假寐也。）	

【解题】山歌首句起兴，男子奉劝女子尽早回去，自己已没有多大热
情与她交往，也可能是求之不得后为挽留面子而唱。
【注释】①邻舍：邻居。《后汉书·陈忠传》："邻舍比里，共相压
迮。"阿嫂：本指嫂子，此处指比自己年长的女性。好：应该、可以。北
魏贾思勰《齐民要术·种桑柘》："二十年，好作犊车材。"归：返回。
《广雅·释言》："归，返也。"②嬲：本字是"嫽"，此处指玩耍、闲聊。
详见第 1 首。昼：中午。《广韵·去宥》："昼，日中。"《左传·昭公元
年》："君子有四时：朝以听政，昼以访问，夕以修令，夜以安身。"督目
睡：应为"啄目睡［tuk² muk² soi⁵³］"，打瞌睡。③饥：饿。《说文·食
部》："饥，饿也。"

【押韵】1、2、4 句押［i］韵。

12（男）

许久不曾到河下，①	柬久唔曾到河下，
不知河下柬多砂。	唔知河下柬多沙。
柬多老妹郎不识，②	柬多老妹郎唔识，
莫怪阿哥没载吗。③	莫怪阿哥无嗖码。
（柬多，言如许多也。没载吗，言无招呼之口才。）	

【解题】阿哥以自我解嘲的方式介绍自己，礼貌接近对方。
【注释】①许久：梅县方言说"柬久［kan³¹ kiu³¹］"。②识：认识。详
见第 8 首。③莫：别；不要。汉陈琳《饮马长城窟行》："作书与内舍，便
嫁莫留住。"载吗：读为"［tsoi⁵³ ma⁴⁴］"，口才；［tsoi⁵³］温昌衍认为本字

是"啜"，《说文》："啜，尝也。"梅县方言引申出名词"嘴巴"义。"[ma⁴⁴]"本字不详，记为同音字"码"。

【押韵】 1、2、4 句押 [a] 韵。

13

你要断情尽管断，	你爱断情尽管断，
隔壁还有嫩心肝。	隔壁还有嫩心肝。
人情比你又过好，①	人情比你又过好，
声音比你也过软。②	声音比你也过软。

【解题】 此山歌为断情歌，唱出了"天涯何处无芳草，何必单恋一枝花"的干脆与洒脱。

【注释】 ①过：程度副词，表程度较高，更加；越发。②软：声音好听叫"软"。

【押韵】 1、2、4 句押 [on] 韵。

14

柬久不曾到菴下，①	柬久唔曾到庵下，
不知菴下柬繁华。	唔知庵下柬繁华。
观音菩萨打眼拐，②	观音菩萨打眼拐，
怪得阿哥带货麻。③	怪得阿哥带货嫲。

（货麻，即勾引而得之女人。）

【解题】 男子运用荒谬可笑的想象（观音菩萨尚且送秋波），为自己寻花问柳的行为寻找冠冕堂皇的理由。

【注释】 ①柬久：许久。菴："庵"的异体字；庵下，尼姑住的寺庙。②打眼拐：用眼神示意，此处指眉目传情、暗送秋波。③怪得：难怪。唐曹唐《小游仙诗九十八首》其四十四："怪得蓬莱山下水，半成沙土半成尘。"货麻：应为"货嫲"，妍妇；嫲，指称女性的后缀，有贬义色彩。

【押韵】 1、2、4 句押 [a] 韵。

15

新做大屋四四方，①	新做大屋四四方，
拣好时日就上梁。②	拣好时日就上梁。

三堂四横都做尽，③
问妹爱廊不爱廊。④
（廊与郎同音，是双关语。）

三堂四横都做尽，
问妹爱廊唔爱廊。

【解题】山歌整首运用双关，表面叙述盖新房，架主梁，要不要走廊等问题，实际是男子在不断地试探妹子的想法。

【注释】①屋：房屋。《广雅·释宫》："屋，舍也。"宋梅尧臣《陶者》："陶尽门前土，屋上无片瓦。"②拣：挑选。《广雅》："拣，择也。"时日：时间、日期。上梁［song⁴⁴ liong¹¹］：建造新屋时架上主梁，在整个建房过程中，上梁仪式最为隆重。谐音"商量"。《金瓶梅》第十八回："一日，西门庆新盖卷棚上梁，亲友挂红庆贺，递果盒的也有许多。"③三堂四横：客家围龙屋的传统模式。堂，厅堂；横，横屋，围龙屋两厢一排排的房子。做尽：做好。④爱廊：谐音"爱郎"。

【押韵】1、2、4句押［oŋ］韵。

16

老妹生得不大方，①
你的髻尾还東长。②
阿哥毛辫都舍得，③
梳转圆头总排长。④

老妹生得唔大方，
你个髻尾还東长。
阿哥毛辫都舍得，
梳转圆头总排场。

【解题】阿哥借此山歌嘲笑妹子的发型，梳发髻露"髻尾"已过时，要梳"圆头"才显得端庄大方。山歌反映了清末民初客家妇女发型的变化，即由梳"高髻"改为梳"盘龙"（俗称"圆头"），梳妆简便多了。梁伯聪《梅县风土二百咏》："女梳高髻转盘龙，再变妆时发改松。"并自注说："旧时妇女梳发，环城用髻套，乡间用帕裹，项背发兜起数寸，名髻尾。后改梳盘龙，名曰圆头。"

【注释】①生：长，指相貌呈现出来的样子。《清平山堂话本·简帖和尚》："（洪官人）教我讨个细人，要生得好的。"②的：梅县方言说"个［ke⁵³］"，结构助词。隋炀帝《赠张丽华》："坐来生百媚，实个好相知。"唐齐己《水鹤》："归路分明个，飞鸣即可闻。"髻尾：旧时乡间妇女用"头帕"包结在发髻上，后面露出来的发尾。③毛辫：读［mau⁴⁴ pian⁴⁴］或［mao⁴⁴pin⁴⁴］，发辫，辫子。④圆头：清末民初客家妇女流行的比较简便的发型，即把辫子扭起盘结在后脑，像龙盘起扎紧，再插上一支"毛锸"簪子。总：总归、毕竟。排长：应为"排场"，形容场面铺张、风光。

【押韵】1、2、4句押［oŋ］韵。

17

水打石子磊是磊,①　　　　　　　　水打石子堆是堆,

大的荡了小的来。②　　　　　　　　大个宕撤细个来。

连妹要连两子嫂,③　　　　　　　　连妹爱连两子嫂,

大的做月小的来。④　　　　　　　　大个做月细个来。

(两子嫂,是妯娌之意。俗言分娩期为做月。)

【解题】 山歌前两句比兴,男子肆无忌惮地唱出了想要脚踏两只船的心声。

【注释】 ①磊是磊:形容很多石头;旧时民间三石就为"堆"。故现记为"堆是堆"。②荡了:应为"宕撤〔 $t^hoŋ^{53}\,p^het^2$ 〕":错过。宕,本义是"经过",《说文》:"宕,过也。"客家话引申出"错过"义。现梅县话还常说"睡过宕(睡过头)""宕过欬(错过了)"。撤,用在动词后作结果补语或动态助词,表完结,相当于普通话的"掉"或"了"。元秦简夫《东堂老》一折:"你有祸根有祸苗,你抛撤了这丑妇家中宝。"小:梅县方言年龄小用"细"。宋袁文《瓮牖闲评》卷一:"世有娘惜细儿之语。"③连妹:与妹子交往。两子嫂:妯娌俩。④的:梅县方言说"个",结构助词。详见第16首。做月:指坐月子。

【押韵】 1、2、4句押〔oi〕韵。

18

烧柴莫烧圆筒柴,①　　　　　　　　烧樵莫烧圆筒樵,

未曾着火唧唧条。②　　　　　　　　唔曾着火唧唧跳。

恋妹莫恋十四五,　　　　　　　　　恋妹莫恋十四五,

未曾兼身缩缩条。③　　　　　　　　唔曾兼身缩缩跳。

(俗读柴为Tchiau音,条字系形容词之助语。)

【解题】 山歌前两句比兴,以男性的口吻描绘了十四五岁少女与异性独处时表现出来的惊慌、恐惧。

【注释】 ①柴:梅县方言说"樵〔 ts^hiau^{11} 〕",薪柴。《说文·木部》:"樵,散木也。"徐锴系传:"樵,散木也。散木不入于用也。"桂馥义证:"既不入用,惟堪作薪焚烧。"《广韵·宵韵》:"樵,柴也。"②唧唧条:木柴受热发出的声音;条,形容词词缀,本字应为"跳","……的样子",梅县方言现在还有"跳〔 $thiau^{11}$ 〕上跌落(形容上蹿下跳)"的说法。③缩缩条:应为"缩缩跳",受到惊吓的样子。

【押韵】1、2、4句押［au］韵。

19

新做茶亭四条柱，①	新做茶亭四条柱，
茶亭里边捏乳姑。②	茶亭里背捏乳菇。
捏了乳姑捏脚臂，③	捏欸乳菇捏脚髀，
捏了脚臂试功夫！④	捏欸脚髀试功夫！

【解题】山歌以男性的口吻唱出了旧时客家社会偷情者在田间乡陌的肆意放荡。

【注释】①茶亭：客家地区常见的供过往路人歇息的亭子。②里边：梅县方言说"里背［ti⁴⁴ poi⁵³］"。乳姑：本字为"乳菇"，乳房，"菇"表突出状。③臂［pi³¹］：本字是"髀"，大腿。《集韵·旨韵》："髀，《说文》：'股也。'"《礼记·深衣》："带，下毋压髀，上毋压胁。"④试功夫：比喻男女之欢。

【押韵】1、2、4句押［u］韵。

20

食烟要食二三分，①	食烟爱食两三分，
恋妹爱恋两三宗。②	恋妹爱恋两三宗。
第一就要言语好，③	第一就爱言语好，
又要人才盖广东。④	又爱人才盖广东。

【解题】山歌首句比兴，唱的是男子寻寻觅觅，希望找到温柔而美丽的恋人。

【注释】①食：吃、喝、吸，表示各种进食方式。《诗·魏风·硕鼠》："硕鼠硕鼠，无食我黍。"《正字通·食部》："饮酒亦曰食。"②宗：量词，用于事件。③言语：说出来的话。《易经·颐·象》曰："君子以慎言语，节饮食。"④人才：人的容貌。宋孙光宪《北梦琐言》卷十七："楷人才寝陋，兼无德行。"盖：胜过、超过。《庄子·应帝王》："老聃言：'明王之治，功盖天下而似不自己，化贷万物而民弗恃。'"

【押韵】2、4句押［uŋ］韵。

21

妹妹叫郎床上坐，^①　　　　　　妹妹喊郎床上坐，
叫郎来唱风流歌。　　　　　　　　喊郎来唱风流歌。
今夜同郎眠着唱，^②　　　　　　今夜同郎眠等唱，
风流一夜笑呵呵。　　　　　　　　风流一夜笑呵呵。

【解题】 阿哥阿妹以山歌为媒，两情相悦，共度良宵。

【注释】 ①叫：梅县方言用"喊［ham^{53}］"，召唤。②眠：躺；休息。《玉篇》："眠，寐也。"梅县方言引申出新义。

【押韵】 1、2、4句押［o］韵。

22

大阿妹来细阿娘，^①　　　　　　大阿妹来细阿娘，
𠊎知妹妹有口塘。^②　　　　　　偅知妹妹有口塘。
阿哥有只金鲤子，^③　　　　　　阿哥有只金鲤子，
送给妹妹塘里养。^④　　　　　　送分妹妹塘里养。

【解题】 这是一首"半荤斋"山歌，运用语境双关，唱出了男子对女子放肆的挑逗和暗示。

【注释】 ①细：年龄小；年轻。详见第17首。②知：知道。塘：池塘，此处暗指女性生殖器。③金鲤子［kim^{44} li^{44} ie^{31}］：金鲤鱼，此处暗指男性生殖器。④给：梅县方言说"分"，介词。

【押韵】 1、2、4句押［oŋ］韵。

23

上了岌来过横排，^①　　　　　　上欸嵊来过横排，
妹系先行要等𠊎。^②　　　　　　妹系先行爱等偅。
伯公树下来取总，^③　　　　　　伯公树下来聚总，
一唱山歌就系𠊎。　　　　　　　　一唱山歌就系偅。

【解题】 崇山峻岭中，阿哥用山歌向心上人传递约会的地点与暗号。

【注释】 ①岌［in^{53}］：民间讹字，指陡坡，小山坡。严修鸿考证本字是"嵊"，山名。《广韵·证韵》："嵊，山名。在剡县也。"《水经注》："江水北径嵊山。"梅县方言剩饭的"剩"也读［in^{53}］，音义吻合。民

间常俗写作"岃"或"岾",后讹变为"岐",再进一步讹变为"岋"。横排:山岗之间相连的一段路。②系:是。宋苏轼《相度准备赈济第三状》:"访闻苏、秀最系出米地方。"行:行走。《释名·释姿容》:"两足进曰行。"③伯公树:庇佑一方的树神,旧时客家地区几乎每个地方都有伯公树,即在一些古树(通常是榕树)下面供奉伯公伯婆。取总:应为"聚总",集合、碰头。

【押韵】1、2、4句押〔ai〕韵。

24

民国不是好天年,①	民国唔系好天年,
一到四月就晒田。	一到四月就晒田。
好田不须妹斛水,②	好田唔使妹戽水,
好妹不须郎多言。	好妹唔使郎多言。

【解题】山歌以"好的田地不用妹子引水灌溉"作比喻,形象说明"善解人意的妹子无须言语也能明白郎的心意"。

【注释】①天年:时期、年代。②不须:梅县方言说"唔使",不用。斛水:应为"戽水",用戽斗或水车引水灌田。宋范成大《夏日田园杂兴》其六:"下田戽水出江流,高垄翻江逆上沟。"

【押韵】1、2、4句押〔an〕韵。

25

噫的嗳来百花开,①	噫的嗳来百花开,
眉清目秀行前来。②	眉清目秀行前来。
脚踏荳芽贪妹嫩,③	脚踏豆芽贪妹嫩,
手攀花树望花开。④	手攀花树望花开。

【解题】春天是百花盛开的季节,也是最适合恋爱的季节,阿哥在花树丛中放开歌喉,希望能邂逅年轻漂亮的妹子。

【注释】①噫的嗳来:山歌衬词。②行:行走。详见第23首。③荳芽:应为"豆芽","荳"是异体字。④花树:开花的树。望:盼望、期待。《说文·亡部》:"望,出亡在外,望其还也。"《楚辞·九歌·湘君》:"望夫君兮未来,吹参差兮谁思。"

【押韵】1、2、4句押〔oi〕韵。

26

上园韭菜下园葱，①	上园韭菜下园葱，
看妹不曾嫁老公。	看妹唔曾嫁老公。
嫁里老公看得出，	嫁欸老公看得出，
身子过扁乳过中。②	身子过扁乳过中。

（中，言凸起也。）

【解题】山歌以男性的角度，对女子已婚与否做出判断，带有不太尊重的挑逗意味。

【注释】①上园：上面的菜园。韭菜：应为"韭菜"，"韭"是异体字。②乳：读［nen⁵³］，乳房。过：程度副词，相当于"比较"。中［tuŋ⁴⁴］：顶起。本义是"承受"，《广韵》："堪也、任也。"梅县方言的"中头（牵头）"保留了古义，并引申出"（头）顶、凸出"之义，如"中头帕（旧时客家妇女专用的头饰）"。

【押韵】1、2、4句押［uŋ］韵。

27

纸做财宝哄鬼神，①	纸做财宝哄鬼神，
火烧棉绢假热绩。②	火烧棉绢假热绩。
打米问仙同鬼讲，③	打米问仙同鬼讲，
烂鞋拖踭撤死人。④	烂鞋拖胼撤死人。

（俗称纱绉之属曰绩，与情同音，故借此以作影射。全首俱是双关语，用以讽女子之无情。）

【解题】此山歌四句均是歇后语，以诙谐的口吻影射了口是心非、虚情假意的女子。

【注释】①此句是歇后语：纸做财宝——哄鬼神，语义双关，表面指用纸钱和纸做的元宝哄骗鬼神，实际指人做事不实在，善于哄骗他人。②此句是歇后语：火烧棉绢——假热绩（情）。绩［tsʰin¹¹］：梅县方言将纱、线之类称为"绩"；谐音"情"。③此句是歇后语：打米问仙——同鬼讲，语义双关，表面指巫婆"转童"跟死人说话，实际指信口雌黄。④踭：本字是"睁"，脚跟、胳膊肘。本义是"足跟筋"或"足筋"，《集韵·梗韵》："睁，足跟筋也。"今梅县方言脚跟、胳膊肘说"脚睁""手睁"。此句是歇后语：烂鞋拖睁——撤（趿）死人，谐音双关，表面指烂鞋拖着鞋跟走路时发出"踢趿"的脚步声；实际影射对方哄骗人。撤：本义是"撤回",严修鸿认为由"收回承诺"引申出"哄骗"义,即现在梅县话表示欺骗义的"[tʰat²]"的本字。

【押韵】1、2、4句押 [in] 韵。

28
半山岌上两枝梅,[①]	半山嵊上两枝梅,
红花谢了百花开。	红花谢欸百花开。
柑子来寻桔子嫲,[②]	柑子来寻桔子嫽,
系我姻缘辗前来。[③]	系𠊎姻缘黏前来。

【解题】山歌前两句起兴,后两句用"柑子"和"桔子"的关系来暗喻彼此的缘分不浅。

【注释】①岌 [in⁵³]:民间讹字,指陡坡、小山坡。本字是"嵊",山名。详见第23首。枝:读 [ki⁴⁴]。②柑子、桔子:客家人柑、桔不分,认为是"姐妹货",大的叫柑,小的叫桔。寻:寻找。《墨子·修身》:"思利寻焉。"高亨《诸子新笺·墨子·修身》:"寻,求也。"嫲:本字是"嫽",玩耍、嬉戏。详见第1首。③辗:应为"黏 [ŋam¹¹]",附着、黏着。在梅县方言中还可用于专指男女之间的依恋关系,如"佢在外背黏倒一只细哥子(她在外面跟了一个小伙子)"。

【押韵】1、2、4句押 [oi] 韵。

29
郎在广东妹往番,[①]	郎在广东妹往番,
梨花送酒薛丁山。[②]	梨花送酒薛丁山。
竹叶做船撑你走,[③]	竹叶做船撑你走,
过洋时节爱机关。[④]	过洋时节爱机关。

(番者南洋之俗称。过洋系影射过阳,丢精之意。)

【解题】山歌借外族女将樊梨花和薛丁山相识相爱的故事来比喻两人的关系,表达了阿哥对将要前往南洋的妹子无私的成全和含蓄的叮咛。

【注释】①在:读"[tshoi⁴⁴]"或"[hoi⁴⁴]"。往:去。番:客家人称南洋为"番",也叫"番片"。②梨花:樊梨花,在民间传说中,她是一个武艺高强、神通广大、敢爱敢恨、胸怀宽广的西凉国(西突厥)女将,投降唐朝后和薛仁贵之子薛丁山成亲。此处以樊梨花与薛丁山的爱情故事来比喻郎与妹的关系。③此句意思是无论如何都会想办法送你走。客家山歌

另有"灯芯架桥你爱过，竹叶做船你爱来。"④过洋：去南洋；谐音"过阳"，指男女之事。时节：时候。爱机关：要小心、留心。

【押韵】1、2、4句押［an］韵。

30

硬骨上砧就鼎刀，^①   硬骨上砧就顶刀，

油鱼落锅就鼎柴。^②   鱿鱼落镬就顶樵。

亲哥好比明笋样，^③   亲哥好比明笋样，

放落锅里任妹熬。   放落镬里任妹熬。

（明笋，系硬笋干。）

【解题】山歌在两个比兴的基础上，再运用明喻，将热恋期间，哥哥任凭妹妹使唤，百依百顺的情形，比作硬笋干在锅里慢慢熬制，形象而又贴切，颇具生活气息。

【注释】①砧：砧板。鼎刀：形容物体坚硬，用刀也很难斩断。鼎：应为"顶"，相抗衡、用力抵拒。梅县话形容食物硬，很难咬烂，用"顶牙"；形容食物硬，难煮烂，用"顶樵"。②锅：铁锅。梅县方言用"镬［vok⁵］"，《说文·金部》："镬，鑴也。"段玉裁注："镬，所以煮也。"柴：梅县方言用"樵［tsʰiau¹¹］"，薪柴。详见第18首。③明笋：淡笋干。明李时珍《本草纲目·菜二·竹笋》："南人淡干者为玉版笋、明笋、火笋，盐曝者为盐笋，并可为蔬食也。"

【押韵】1、2、4句押［au］韵。

31

爱寻风水行过来，^①   爱寻风水行过来，

双膝一落龙门开。^②   双膝一落龙门开。

先生符顿钉落去，^③   先生符不钉落去，

先管人丁后管财。^④   先管人丁后管财。

【解题】山歌整首运用双关，表面是叙述风水先生选墓址时"寻龙点穴"的情形，实际表达的是男女情爱之事，希望女性能为家族"添丁添财"。

【注释】①行：行走。详见第23首。②龙门：山门，风水学中的"龙"是对山脉的统称，选墓址时要根据山脉走势最终"寻龙点穴"。此处

暗指女性生殖器。③符顿：应为"符不[pʰu¹¹tun³¹]"，画有风水符的楔子，地理先生定穴的工具，此处暗指男性生殖器。"不"是古代的象形字。④人丁：人口。《清史稿·卷一二〇·食货志一》："康熙五十一年，有'新增人丁永不加赋'之谕。"

【押韵】 1、2、4句押［oi］韵。

32

食了你茶领你情，　　　　　　食欸你茶领你情，
茶杯照影影照人。①　　　　　　茶杯照影影照人。
并茶并杯吞落肚，②　　　　　　并茶并杯吞落肚，
十分难舍有情人。　　　　　　　十分难舍有情人。

【解题】 山歌运用顶真和叠字，借"喝茶"礼貌而委婉地向对方表达谢意和爱意。

【注释】 ①此句说明茶水清澈，是好茶。②并茶并杯：茶和杯一起。吞落：吞下。

【押韵】 1、2、4句押［in］韵。

33

食烟只好食一筒，①　　　　　　食烟只好食一筒，
食了两筒费人工。　　　　　　　食欸两筒费人工。
恋妹只好恋一只，②　　　　　　恋妹只好恋一只，
恋得二只怕争风。③　　　　　　恋得两只怕争风。

【解题】 山歌前两句比兴，后两句告诫男子要用情专一，否则会引起事端。

【注释】 ①一筒：一烟筒，旧时抽烟用烟筒。②一只：一个。③二：应为"两"。争风：争风吃醋。

【押韵】 1、2、4句押［uŋ］韵。

34

雨天着屐去了鞋。①　　　　　　雨天着屐丢撇鞋，
你今有双来丢厓，②　　　　　　你今有双来丢㑇。
斑鸠有双树上嬲，③　　　　　　斑鸠有双树上嬲，
鹧鸪无双日夜啼。④　　　　　　鹧鸪无双日夜啼。

【解题】山歌前两句运用比兴，控诉对方的遗弃行为，后两句以"斑鸠有双"与"鹧鸪无双"为比喻作对比，表达了被抛弃者愤懑之后的孤寂与悲痛之情。

【注释】①着：穿。详见第3首。屐〔tʰak⁵〕：木屐。去了：梅县方言说"丢撇"，丢掉。②有双：有伴。③嬲：本字是"嫽"，玩耍、嬉戏。详见第1首。④啼〔tʰai¹¹〕：鸣叫。详见第3首。此句以鹧鸪春季发情时的啼叫，来比喻被抛弃者求而不得的痛苦。

【押韵】1、2、4句押〔ai〕韵。

35

食烟**要**食黄烟筒，①	食烟**爱**食黄烟筒，
味道又好烟又浓。	味道又好烟又浓。
恋妹**要**恋十七八，	恋妹**爱**恋十七八，
工夫又好胆又雄。②	工夫又好胆又雄。

【解题】山歌前两句运用比兴手法，后两句以男性口吻直白露骨地唱出了与十七八岁妹子相恋的美好。

【注释】①黄烟筒：一种用竹筒制成的抽烟用具，因烟叶是黄色的，故名。②工夫：本领。雄：勇猛；厉害。三国魏刘劭《人物志·英雄》："胆力过人谓之雄。"

【押韵】1、2、4句押〔uŋ〕韵。

36

你若练打心**要**专，①	你若练打心**爱**专，
妹贴工钱**及**饭飧。②	妹贴工钱**搭**饭餐。
有日奸情人捉到，	有日奸情人捉到，
刀上架了刀下趱。③	刀上架歁刀下钻。

（练打，是练习拳斗之意。）

【解题】山歌以妹子的口吻唱出了对阿哥一往情深、义无反顾的感情。

【注释】①练打：练武。反映了旧时客家地区有习武之风。客谚有："斯斯文文打得，粗粗鲁鲁写得。"②贴：贴补（钱、物等）。《说文·贝部》："贴，以物为质也。"工钱：劳动的报酬。《红楼梦》第十三回："拿一千两银子来，只怕也没处买去。什么价不价，赏他们几两工钱就是了。"及：梅县方言用"搭"，捎带，附上，详见第10首。饭飧：应为"饭餐"，请人帮工时管工人吃的饭菜。③趱：音义不通，应为"钻"，进入。《中国歌谣资料》："还我江山还我权，刀山火海爷敢钻。"

【押韵】1、2、4句押［on］韵。

37

新做背心倍蓝里，①	新做背心配蓝里，
不曾上手有人知。②	唔曾上手有人知。
不曾上手有人讲，③	唔曾上手有人讲，
两人甲硬做并渠。④	两人佮硬做分渠。

（上手，即达到目的之谓。末句，犹言索性一干也。）

【解题】山歌运用比兴，唱的是既然两人的关系被人发现、议论，索性就大胆公开相恋算了。

【注释】①倍：应为"配［pʰi⁵³］"，搭配。蓝里：蓝色的里布。②上手［soŋ⁴⁴su³¹］：到手，达到某种目的。详见第4首。③讲：议论。④甲硬：应为"佮硬［kap²ŋaŋ⁵³］"，硬来。并渠：梅县方言说"分渠［pun⁴⁴ki¹¹］"，用在句末，表不耐烦的语气。

【押韵】1、2、4句押［on］韵。

38

柑树拿来割佛神，①	柑树拿来割佛神，
愈看愈真愈桔人。②	越看越真越桔人。
担竿头上挽菩萨，③	担竿头上挽菩萨，
问妹担神不担神。④	问妹担神唔担神。

（桔人，系影射激人。担神，影射耽神。）

【解题】山歌运用两个双关，表达了主人公生气的情绪，并追问妹子是否挂念"我"。

【注释】①割：用刀刻。佛神：佛像。②愈……愈……：梅县方言说"越［iat⁵］……越……"。桔人：谐音"激人"，让人生气。③担竿：扁担。④担神：语义双关，表面指挑着神（菩萨），实际指牵挂、挂念。现在老人还会说这个词，如"子女外出母担神"。

【押韵】1、2、4句押［in/ən］韵。

39

自从不曾到你家，[1]　　　　　　　自从唔曾到你家，
不知你家柬儒雅。　　　　　　　　唔知你家柬儒雅。
兜出一张三脚凳，[2]　　　　　　　兜出一张三脚凳，
拿出一壶隔夜茶。　　　　　　　　拿出一壶隔夜茶。

【解题】一直没到过你家，不知你家竟然这么儒雅，用"三脚凳"
"隔夜茶"来招待我。山歌运用反语嘲讽对方的家庭贫苦、寒酸。
【注释】①自从：一直，从过去到现在。②兜：端，搬（凳等）。本义
是"提起"，宋向子諲《鹧鸪天》："垂玉箸，下香阶。并肩小语更兜鞋。"
梅县方言今义由此引申而来。三脚凳：旧时客家常见的是四脚条凳，此处
指少了一只脚的条凳。
【押韵】1、2、4句押［a］韵。

40

没打紧来没相干，[1]　　　　　　　无打紧来无相干，
柬好情义也会断。　　　　　　　　柬好情义也会断。
柬好红花也会谢，　　　　　　　　柬好红花也会谢，
柬好甲酒也会酸。[2]　　　　　　　柬好甲酒也会酸。

【解题】山歌运用叠字和三个排比，用"红花也会谢""甲酒也会酸"
来比喻"再好的情意也会断"。
【注释】①没（无）打紧：不要紧。元郑光祖《智勇定齐·第二折》：
"玉带价值百金，量这桑木梳有甚打紧。"没（无）相干：不要紧，没关
系。②甲酒：旧时客家人的家酿酒分甲酒和黄酒，甲酒是上等的客家娘
酒，指完全由大米发酵酿制而成的纯娘酒，未兑水，浓度高。酸：（酒或
饭菜等食物）变酸，变质。
【押韵】1、2、4句押［on］韵。

41

你莫嫌我鬼钉筋，[1]　　　　　　　你莫嫌𠊎鬼钉筋，
十三十四嫖到今。　　　　　　　　十三十四嫖到今。
一州四县嫖光转，[2]　　　　　　　一州四县嫖光转，
不曾嫖过二婚亲。[3]　　　　　　　唔曾嫖过二婚亲。

（鬼钉筋，是含口尚乳臭之讥语，二婚亲，是再嫁之女。）

【解题】山歌中的男性主人公自夸虽长相其貌不扬，但艳史丰富并以此为荣。

【注释】①鬼钉筋：形容人形体瘦小，其貌不扬。②一州四县：指旧时嘉应州统领的兴宁、长乐、平远、镇平四县。嫖光转：到处嫖的意思。"光转"放在动词后作补语，表示周遍，如"全家都分佢骂光转（全家都被他骂尽了）"。③二婚亲：指再嫁之女。

【押韵】1、2、4句押［in］韵。

42

同妹上山割薯莳，①	同妹上山割蔺萁，
讲讲笑笑没人知。②	讲讲笑笑无人知。
倘若路上人看倒，	倘若路上人看倒，
厓会转口叫满姨。③	𠊎会转口叫满姨。

（满姨，是表妹之意。）

【解题】一对青年男女一起上山割蔺萁，有说有笑的，倘若路上遇到人，男子便赶紧改口叫女子为小姨。山歌非常有画面感，让人忍俊不禁。

【注释】①薯莳：本字是"蔺萁［lu⁴⁴ki⁴⁴］"，生长在山上，客家人常割来当柴火烧。②讲讲笑笑：说说笑笑。知：知道。《玉篇》："知，识也。"③转口：改口。明凌濛初《二刻拍案惊奇》卷六："〔翠翠〕遂转口道：'是有个哥哥，多年隔别了。'"满姨：排行最小的姨妈。

【押韵】1、2、4句押［i］韵。

43

锡打戒指系出奇，①	锡打戒指系出奇，
面上镶金来送你。②	面上镶金来送你。
虽然物轻人意重，③	虽然物轻人意重，
心中系锡你不知。④	心中系锡你唔知。

（俗称爱曰鹊，与锡同音，故有此影射。）

【解题】山歌前两句利用"锡打戒指"起兴，后两句运用双关，利用"锡"与"惜"的谐音，含蓄表达了对意中人的怜爱之情。

【注释】①打：制作，造。宋欧阳修《归田录》卷二："工造金银器，亦谓之打。"出奇：奇怪。《儒林外史》第四十六回："举人、进士，我和表兄两家，车载斗量，也不是甚么出奇东西。"②面上［mian⁵³hoŋ⁵³］：表

面。③人意：情意。④锡：谐音"惜"，疼爱。《楚辞·九章·惜诵》："惜诵以致愍兮。"朱熹集注："惜者，爱而有忍之意。"

【押韵】（兴宁、五华）1、2、4句押［i］韵。

44

上村人讲我偷恋，^①　　　　　　上村人讲𠊎偷连，
下村人话我未曾。^②　　　　　　下村人话𠊎唔曾。
水浸禾苗心里定，　　　　　　　水浸禾苗心里定，
不怕两边人闲言。　　　　　　　唔怕两边人闲言。

【解题】山歌唱的是主人公内心坦荡，不畏惧流言蜚语。
【注释】①讲：议论。恋［lian⁵³］：从意义和押韵两方面看，此处为"连［lian⁴⁴］"更合适，表示"牵连、联系"，且押平声韵。②话：动词，谈说，议论。唐孟浩然《过故人庄》："开轩面场圃，把酒话桑麻。"
【押韵】1、2、4句押［an］韵。

45

新买烟筒梨木竿，^①　　　　　　新买烟筒梨木竿，
梨木虽硬车得穿。^②　　　　　　梨木虽硬车得穿。
一日问妹两三次，　　　　　　　一日问妹两三次，
铁打心肝也会软。^③　　　　　　铁打心肝也会软。

【解题】山歌前两句以"梨木竿虽硬也能被切断"比兴，唱的是阿哥希望每天的嘘寒问暖能感动铁石心肠的妹妹。
【注释】①烟筒：用硬木或金属制成的吸烟用具。梨木竿：用花梨木制成的烟管。②车，动词，（用缝纫机）缝制、（用车床）切削东西。客家话现在还说"车衫裤（用缝纫机缝衣服）""车眼窍（用机器钻孔）"。宋洪皓《松漠纪闻·补遗》："麋角与鹿角不同，麋角如驼骨，通身可车，却无纹。"得：补语的标志，读作"［e³¹］"。③铁打心肝：铁石心肠。
【押韵】1、2、4句押［on］韵。

46

不相不熟无话讲，^①　　　　　　唔相唔熟无话讲，
面子相识有商量。　　　　　　　面子相识有商量。

百般言语都讲尽，②　　　　　　　百般言语都讲尽，
不曾上身心不凉。③　　　　　　　唔曾上身心唔凉。

【解题】山歌唱的是男子和女子有一面之缘，便趁机百般讨好，不达目的绝不罢休。

【注释】①不相不熟：梅县方言说"唔相唔熟"，完全不认识。②讲尽：说完。③上身：指男女发生实质性关系。

【押韵】1、2、4 句押［oŋ］韵。

47
新打酒壶嘴弓弓，①　　　　　　　新打酒壶啜弓弓，
亲哥送给妹手中。②　　　　　　　亲哥送分妹手中。
酒壶张得千年酒，③　　　　　　　酒壶装得千年酒，
同妹来结万年双。④　　　　　　　同妹来结万年双。

【解题】山歌运用语义双关手法，表达了阿哥想与阿妹结为夫妻，永不分离的心愿。

【注释】①打：制作，造。详见第 43 首。嘴弓弓［tsoi⁵³ toŋ⁴⁴ toŋ⁴⁴］：表面指酒壶嘴弯弯的样子，暗指男性生殖器。嘴是训读字，本字是"啜"。详见第 12 首。②给：梅县方言说"分［pun⁴⁴］"，介词。③张："装"的本字，现写作"装"。④结：结缘、结亲。

【押韵】1、2、4 句押［uŋ］韵。

48
天上落雨云走南，①　　　　　　　天上落雨云走南，
又想落雨又想晴。　　　　　　　　又想落雨又想晴。
老妹做出扭肘事，②　　　　　　　老妹做出扭揪事，
又想断情又想行。③　　　　　　　又想断情又想行。

【解题】山歌前两句以"阴晴不定的天气"比兴，后两句表达了阿哥的不满，因为妹子在感情方面优柔寡断。

【注释】①落雨：下雨。②扭肘：应为"扭揪"，犹疑，不爽快。③行：交往、来往。

【押韵】（兴宁）1、2、4 句押［aŋ］韵。

49

白纸写信红纸封，   白纸写信红纸封，
千里寄到妹手中。   千里寄到妹手中。
信上不写什么语，①   信上唔写脉个话，
只写夜里厓磨双。②   只写夜里厓无双。

【解题】山歌唱出了异地相思之苦，千里寄情书，只写"厓无双"，情真意切，感人至深。

【注释】①什么：梅县方言说"[mak² ke⁵³]"，常俗写作"脉个"。②磨：应为"无"。

【押韵】1、2、4 句押 [uŋ] 韵。

50

石榴打花艳艳红，   石榴打花艳艳红，
看妹不曾人开封。①   看妹唔曾人开封。
开里封门看得出，   开哩封门看得出，
身子过扁乳过中。②   身子过扁乳过中。

【解题】山歌首句比兴，接着运用比喻，从男性的角度对女子评头论足，表现出对女性不尊重的态度。

【注释】①开封：拆封。"唔曾人开封"暗指是处女。②过：程度副词，相当于"比较"。中 [tuŋ⁴⁴]：顶起、凸出。详见第 26 首。

【押韵】1、2、4 句押 [uŋ] 韵。

51

同妹行路过山下，①   同妹行路过山下，
日头晒得热嗟嗟②   日头晒得热嗟嗟。
手攀肩头接下喙，③   手攀肩头斟下啜，
即时止渴当细茶。④   即时止渴当细茶。

【解题】山歌描写了热恋中的男女大中午在田间乡陌卿卿我我、如胶似漆的情景。

【注释】①行：行走。详见第 23 首。②日头：太阳。《儒林外史》第十四回："手持黑纱团香扇替他遮着日头，缓步上岸。"热嗟嗟 [ȵat⁵ tsia⁴⁴ tsia^{44}]：热辣辣。③肩头［kin^{44} t^{h}eu^{11}］：肩膀。《儒林外史》第十二回："肩头上横捐着一根尖匾担，对面一头撞将去，将他的个高孝帽子横挑在匾担尖上。"接下㖷：梅县方言说"斟下啜［tsəm^{44} ha^{53} tsoi^{53}］"，亲一下嘴。啜，嘴巴。详见第12首。④即时：立刻、马上。细茶：好茶。

【押韵】1、2、4句押［a］韵。

52

郎系塘唇竹节草，①	郎系塘唇竹节草，
妹系园中四季葱。	妹系园中四季葱。
郎今贫穷妹富贵，	郎今贫穷妹富贵，
贫穷富贵讲不同。②	贫穷富贵讲唔同。

【解题】山歌用"塘唇竹节草"和"园中四季葱"来比喻郎与妹的出身，两人非门当户对，不可能结合。

【注释】①塘唇：池塘的边沿。竹节草：民间常见的、生于向阳贫瘠的山坡草地或荒野中的一种野草，因外形像竹子而得名。②讲不（唔）同：讲不到一块。

【押韵】2、4句押［uŋ］韵。

53

着袜不知脚下暖，①	着袜唔知脚下暖，
脱袜正知脚下寒。	脱袜正知脚下寒。
先今有双不知好，②	先日有双唔知好，
今日没双系寒酸。	今日无双系寒酸。

【解题】山歌前两句运用对比起兴，后两句嘲讽了不懂得珍惜感情的人。

【注释】①着袜：穿袜。②先今：梅县方言说"先日"，往日、以前。《汉书·邹阳传》："吾先日欲献愚计。"有双：有伴。

【押韵】1、2、4句押［on］韵。

54

苦瓜没油苦愀愀，①	苦瓜无油苦愀愀，
茄子没油滑溜溜。	茄子无油滑溜溜。

两人讲起断情事，
目汁双双流枕上。②

两人讲起断情事，
目汁双双枕上流。

【解题】山歌前两句比兴，唱的是一对明明相爱，却不得不分手的恋人依依不舍、含泪话别。

【注释】①没：梅县方言说"无［mo¹¹］"。苦愀愀［fu³¹ tsiu⁴⁴ tsiu⁴⁴］：形容很苦。②目汁：眼泪。《释名·释形体》："汁，涕也，涕涕而出也。"流枕上：改为"枕上流"，更押韵。

【押韵】1、2、4句押［iu］韵。

55

味碟种菜园分小，①
扁柴烧火炭不圆。②
哑子食着单只筷，③
心想成双口难言。

味碟种菜园分浅，
扁樵烧火炭唔圆。
哑支食等单只筷，
心想成双口难言。

（园分小系寓缘分小意，炭不圆犹言叹不圆。）

【解题】山歌连用三个双关，唱出了缘浅分薄的无奈与辛酸。

【注释】①味碟：装调料的小碟子。此句是歇后语：味碟种菜——园分浅（缘分浅），谐音双关，表面指用味碟种菜太小了，实际指缘分浅薄。②柴：梅县方言说"樵［tsʰiau¹¹］"，薪柴。详见第18首。烧火：指起火做饭。此句也是歇后语：扁樵烧火——炭唔圆（叹唔圆），谐音双关，表面指扁柴烧成的炭不圆，实际是哀叹不团圆。③哑子：梅县方言说"哑支［a³¹ tsɿ⁴⁴］"，哑巴。单只筷：一根筷子。后面两句构成一个歇后语，表面指哑巴想要成双的筷子却有口难言，实际指相思之苦，有口难言。

【押韵】1、2、4句押［an］韵。

56

无情妹子切莫恋，①
不曾相交喊买棉。②
煮粥话出煮饭米，③
青菜缴出肉价钱！④

无情妹子切莫连，
唔曾相交喊买棉。
煮粥话出煮饭米，
青菜缴出肉价钱！

【解题】山歌劝诫世人"无情妹子切莫连"，列举了无情妹子自私、贪小便宜的种种表现。

【注释】①切莫：务必不要。南唐冯延巳《应天长》："同心牢记取，切莫等闲相许。"恋［lian⁵³］：从意义和押韵两方面看，此处为"连［lian⁴⁴］"更合适，表示"牵连、联系"，且押平声韵。②相交：交朋友。明凌濛初《初刻拍案惊奇》卷六："凭着一味甜言媚语哄他，从此做了长相交，也未见得。"棉：棉衣。③话：动词，说，告诉。《书·盘庚》："乃话民之弗率。"陆德明释文："（话），马（融）云：告也，言也。"④缴：交付，支付。梅县话把供小孩子读书叫作"缴细人子读书"。③④句均是客家熟语，比喻要价或所提条件很高，亦形容人势利、贪心。

【押韵】1、2、4句押［an］韵。

57

百三百四𠊎也揢，①　　　　　　　百三百四𠊎也荷，
无须老妹思量𠊎。②　　　　　　唔使老妹思量𠊎。
上岗下岌𠊎会驳，③　　　　　　上岗下嵊𠊎会驳，
平阳所在𠊎会揢。④　　　　　　平洋所在𠊎会荷。

【解题】山歌唱出了一个能吃苦、敢担当、有大丈夫气概的阿哥形象。

【注释】①百三百四：一百三十斤或一百四十斤。揢：挑。本字是"荷"，常俗写为"揢"。详见第3首。②无须：梅县方言说"唔使［m¹¹sₗ³¹］"，不用。思量：体谅。③岌［in⁵³］：民间讹字，指陡坡，小山坡。本字是"嵊"，山名。详见第23首。驳：分载、转运。④平阳：应为"平洋"，平地。

【押韵】1、2、4句押［ai］韵。

58

隔远看来火华华，①　　　　　　隔远看来火华华，
行前正知系妹家。②　　　　　　行前正知系妹家。
心肝留便洗脚水，③　　　　　　心肝留便洗脚水，
背后还有二三蛇。④　　　　　　背后还有两三侪。

（两三蛇，言两三人也。）

【解题】山歌描写了阿哥夜间赶路经过阿妹家，阿妹贴心地为其准备好了洗脚水，阿哥倍感温暖并引以为豪的情景。

【注释】①隔远：相隔较远处。火华华［fo³¹fa¹¹fa¹¹］：灯火明亮；华

029

华：形容词后缀。②行：行走。详见第23首。正知：才知道。③留便：准备好；便，放在动词后作补语，表示动作完成或准备好。④背后：后面。二三蛇：应为"两三侪 [liɔŋ³¹ sam⁴⁴ sa¹¹]"，两三个人。侪：同类的人。《说文·人部》："侪，等辈也。"

【押韵】1、2、4句押 [a] 韵。

59

来久不曾到这坑，①	来久唔曾到这坑，
鸟子没叫妹没声。②	鸟子无叫妹无声。
鸟子没叫出了薮，③	鸟子无叫出欸斗，
妹子没声出了坑。	妹子无声出欸坑。

【解题】山歌运用整句，唱的是阿哥旧地重游，希望能再次邂逅心上人，却未能如愿。

【注释】①坑：客家地区常见地名，常用于指称两山之间的平地。详见第2首。②鸟子：读 [tiau⁴⁴ ve³¹]，鸟。③薮 [teu⁵³]：动物的窝。严修鸿认为本字是"斗"，"斗"有"接合、凑集"义。《古今小说·新桥市韩五卖春情》："我们斗分子钱，与你作贺。"客家话凑钱说"斗钱"。窝就是禽鸟凑集处。

【押韵】1、2、4句押 [aŋ] 韵。

60

松江行上嘉应州，①	松江行上嘉应州，
麻皮绞索不当苧。②	麻皮绞索唔当苎。
上山不当行平路，③	上山唔当行平路，
老婆不当大细姑。④	老婆唔当大细姑。
（大细姑，与货麻同意。）	

【解题】山歌运用比兴和整句，反映出在旧时客家社会聚族而居的环境下，男女间容易日久生情，产生暧昧关系。

【注释】①松江：松口最大的一条河。行上：往上走。嘉应州：梅州旧名。②绞：用两股以上条状物拧成一根绳索。《说文·交部》："绞，缢也。"段玉裁注："两绳相交而紧谓之绞。"不（唔）当 [m¹¹ tɔŋ⁵³]：不如。苧：同"苎"，苎麻。③行：行走。详见第23首。④大细姑：男性指称自己同宗亲或同姓的姐妹，比自己大的叫大姑，比自己小的叫细姑。以前同宗族的人都居住在同一围龙屋内，比较了解，男女之间容易日久生情。故"大细姑"在特定场合下也常被戏谑为"老相好""老情人"。

【押韵】1、2、3、4句押［u］韵。

61

月光来清风来凉，　　　　　　　月光来清风来凉，
胡椒细细辣过姜。　　　　　　　胡椒细细辣过姜。
老妹来好又打粉，①　　　　　　老妹来好又打粉，
害死几多少年郎。②　　　　　　害死几多少年郎。

【解题】山歌运用比兴和夸张的手法，盛赞妹子的美貌。
【注释】①打粉：抹粉。②几多：多少。南唐李煜《虞美人·春花秋月何时了》："问君能有几多愁？恰似一江春水向东流。"
【押韵】1、2、4句押［oŋ］韵。

62

来好人才不晓花，①　　　　　　来好人才唔晓花，
情愿单身圆自家。②　　　　　　情愿单身屈自家。
百鸟都晓寻双对，③　　　　　　百鸟都晓寻双对，
鸭子也要交卵渣。④　　　　　　鸭子也爱交卵渣。

（末句言交媾也。）

【解题】山歌以动物作喻，劝诫年轻人要懂得及时行乐，别辜负青春委屈自己。
【注释】①人才：人的容貌。详见第20首。不晓花：梅县方言说"唔晓花"，不谙风流；晓：懂得、明白。《列子·仲尼》："公子牟曰：'智者之言，固非愚者之所晓。'"花：花心，寻花问柳。②圆：本字是"屈［vut²］"，委屈。《史记·老子韩非列传》："径省其辞，则不知而屈之。"自家：自己。详见第5首。③寻：寻找。详见第28首。双对：成双成对。④交卵渣：（鸡鸭）交配。
【押韵】1、2、4句押［a］韵。

63

无双恰似风吹竹，①　　　　　　无双恰似风吹竹，
日吹东来夜吹西。　　　　　　　日吹东来夜吹西。

雉鸡入园寻粟食，^②　　　　　　雉鸡入园寻粟食，

因为单身来这里。　　　　　　　　因为单身来这里。

【解题】山歌表面描写风吹竹和雉鸡，实际是写单身的人形单影只，心无所依。

【注释】①无双：没有伴。②雉鸡［tsɿ³¹ke⁴⁴］：一种会飞的野鸡，灰白色。

【押韵】2、4句押［i］韵。

64

你要回来我要留，^①　　　　　　你爱转来偓爱留，

留转厓来没赢油。^②　　　　　　留转你来无赢油。

血脉留来养身子，^③　　　　　　血脉留来养身子，

面目留来见朋友。^④　　　　　　面目留来见朋友。

【解题】山歌唱的是感情走到尽头时，想要挽留都是白费力气，只能自我宽慰。

【注释】①回来：梅县方言说"转来［tson³¹loi¹¹］"。②没（无）赢油［mo¹¹iaŋ¹¹iu¹¹］：没有输赢。③血脉："脉"是异体字，应为"血脉"，体内血液流通的经路，《后汉书·卷八二·方术传下·华佗传》："动摇则谷气得销，血脉流通，病不得生。"④面目：面子、脸面。《汉书·李广苏建传》："何面目以归汉。"

【押韵】1、2、4句押［iu］韵。

65

路上逢妹笑西西，^①　　　　　　路上逢妹笑嘻嘻，

丢下眼拐乐死里。^②　　　　　　丢下眼拐乐死哩。

你今好比蜻蜓子，^③　　　　　　你今好比囊蚁子，

到了吾手不放你。　　　　　　　　到欸伢手唔放你。

【解题】山歌描写的是青年男女路上相逢，眉目传情，男子暗自窃喜，认为追求妹子胜券在握了。

【注释】①逢［p^huŋ¹¹］：遇见，相逢。《说文·辵部》："逢，遇也。"笑西西：应为"笑嘻嘻"。②丢下：抛下。眼拐：指暗示的眼神。里：应

为"哩",语气助词,相当于"了"。③蜻蜓子:梅县方言说"囊蚁子
［noŋ¹¹ni⁴⁴ie³¹］",蜻蜓。

【押韵】(兴宁、五华)1、2、4句押［i］韵。

66
讲得同来不遂心,①　　　　　讲得同来唔遂心,
遂里心来嫌吾穷。　　　　　遂欸心来嫌偃穷。
单只灯笼庙门吊,②　　　　　单只灯笼庙门吊,
神鬼都知厓无双。③　　　　　神鬼都知偃无双。

【解题】谈得来的人自己不喜欢,自己喜欢的人又嫌弃我穷,我就像
寺庙门前吊着的单个灯笼,连鬼神都知道我没有伴。山歌以自嘲的口吻唱
出了单身者的无奈,令人忍俊不禁。
【注释】①同:相同、一致。心:兴宁读"［siuŋ⁴⁵］"。②庙门:寺庙
门前。③无双:没有伴。
【押韵】(兴宁)1、2、4句押［uŋ］韵。

033

67
龙眼不比生荔枝,①　　　　　龙眼唔比生荔枝,
火窗不当绵羊皮。②　　　　　火囱唔当绵羊皮。
货麻阿哥都嬲过,③　　　　　货嫲阿哥都嬲过,
还坐同你宿一晡。④　　　　　还座同你歇一晡。

【解题】山歌前两句运用比兴,后两句自诩是情场老手,对女子进行
大胆的挑逗和勾引。
【注释】①龙眼:桂圆。②火窗:应为"火囱",旧时客家人寒冬的取
暖之物,用竹篾编织外壳,中间安放陶制火钵。不(唔)当:不如。③货
麻:应为"货嫲",妓女。嬲:本字是"嫽",此处特指男女间的交往。详
见第1首。④坐:选择、选取,本字不详,记作同音字"座［tsʰo⁵³］"。
宿:梅县方言说"歇［çat²］",留宿、住宿。《说文》:"歇,息也。"晡:
下午或晚上,此处指晚上。梅县方言把下午叫"下晡",晚上叫"暗晡"。
《广韵·平声·模韵》:"晡,申时。"汉班固《汉书》:"贺发,晡时至
定陶。"
【押韵】1、2句押［i］韵。

68

妹系深山沙泉水，
郎系山上横坑茶。
两人同心来入口，
味道到了开心花。①

妹系深山沙泉水，
郎系山上横坑茶。
两人同心来入口，
味道到欸开心花。

【解题】山歌把两人水乳交融的关系比作"水"和"茶"冲泡在一起后茶芯绽放的情形，抽象的感情具象化，奇思妙想而出于天籁。

【注释】①开心花：语义双关，表面指茶芯在开水中绽放，实质指人心花怒放。

【押韵】2、4句押［a］韵。

69

脚挟禾秧没手莳，①
火炙烧饼扯面皮，②
鱼子食落茶苦水，③
肠断始知肚坯里。

脚夹秧苗无手莳，
火炙烧饼扯面皮。
鱼子食落茶枯水，
肠断正知肚坏哩。④

（没手莳，言没手势也，即本领之意。肚子与赌同音。）

【解题】山歌借用三个双关，道出了赌博的危害，不仅一事无成，还会因赌债与他人撕破脸皮，甚至自取灭亡。

【注释】①挟：应为"夹［ȶap⁵］"。此句是歇后语：脚夹秧苗——无手莳（无手势）。禾秧：梅县方言说"秧苗"。无手莳［sŋ⁵³］：谐音"无手势"，表面是没有手插秧，实际指没有本领；莳：插秧。《说文·艸部》："莳，更别种。"段玉裁注："今江苏人移秧插田中曰莳秧。"②此句是歇后语：火炙烧饼——扯面皮。炙：烘烤，烘干。《释名·释饮食》："炙，炙也，炙于火上也。"梅县方言把烘衣服说成"炙衫裤"，火盆烤火说成"炙火"，晒太阳说成"炙日头"。扯面皮：语义双关，表面指烧饼粘锅把饼皮扯烂了，实际指撕破脸皮。③鱼子：鱼。食落：吃下。茶苦：应为"茶枯"，茶籽榨油后剩下的渣料加碎稻草包裹压制成圆块状的东西，是一种理想的清塘药物，能毒死鱼。④正：强调确定语气，相当于"才"。肚坏哩：谐音"赌坏哩"，表面指肚子不舒服，实际指赌得穷困潦倒。

【押韵】1、2、4句押［i］韵。

70

会唱山歌歌驳歌，①　　　　　　会唱山歌歌驳歌，
会织绸缎梳驳梳。②　　　　　　会织绫罗梳驳梳。
会拉胡弦多厌指，③　　　　　　会拉胡弦多㪺指，
会恋老妹花子多。④　　　　　　会恋老妹花子多。

【解题】山歌运用叠字和排比，以"会唱山歌""会织绫罗""会拉胡弦"的人所具有的特点来比喻情场高手的特点是花点子多。

【注释】①驳：（将某物）扩展，连接。②绸缎：梅县方言说"绫罗"，泛指高级的织物。③胡弦：通常指二胡，有时泛指拉的民族丝弦乐器。厌：本字是"㪺"，抖动。本义是"以手散物"，《集韵·艳韵》："㪺，以手散物。"梅县方言在保留古义的基础上引申出以手散物时的动作"抖动"。④花子：花点子。

【押韵】（兴宁、五华）1、2、4句押［o］韵。

71

顶身白衫件件新，①　　　　　　顶身白衫件件新，
裙短衫长脚臂清。②　　　　　　裙短衫长脚髀清。
你今相似云下日，③　　　　　　你今好比云下日，
阴阴沈沈热死人。④　　　　　　阴阴沉沉热死人。

【解题】你穿着崭新的白色上衣和短裙，外表清秀斯文。但你却像那六月天里藏在积云下面的太阳，让人捉摸不透却又充满诱惑。歌者是个为情所困的男性。

【注释】①顶身［tin³¹sən⁴⁴］：全身。②脚臂［pi³¹］：腿。"臂"的本字是"髀"，大腿。详见第19首。清：纯洁、白净。③云下日：夏季有淡积云，太阳时隐时现，特别闷热。客谚有："云下日，晒死人。"④阴阴沈沈：应为"阴阴沉沉"。热死人：语义双关，表面指天气闷热，实际指人内心火热。

【押韵】1、2、4句押［in］韵。

72

老妹要来自己来，①　　　　　　老妹爱来自家来，
三三两两莫同来。②　　　　　　三三两两莫同来。

郎今好比荔枝肉，　　　　　　　　郎今好比荔枝肉，
同得人多分不开。③　　　　　　　同得人多分唔开。

【解题】山歌表达了阿哥对阿妹情有独钟，并希望能够单独约会。

【注释】①自己：应为"自家"。②同：一起。③同：动词，特指男女相好。本义是"会同、聚集"，《说文·冂部》："同，合会也。"唐钱起《送钟评事应宏词下第东归》："劝君稍尽离筵酒，千里佳期难再同。"梅县方言由此引申出新义。

【押韵】1、2、4句押［oi］韵。

73

老酒参醋永久酸，①　　　　　　　老酒掺醋永久酸，
妹系不来人情断。　　　　　　　　妹系唔来人情断。
胡鳅跌落没水地，②　　　　　　　胡鳅跌落无水地，
没泥没水怎么趲。③　　　　　　　无泥无水样欵钻。

【解题】山歌首句比兴，希望妹子能前来相会，末两句以"胡鳅在无水的地面无法钻洞"为喻，表达了追求无门的焦急和无奈。

【注释】①老酒：指家酿的陈年老酒。参：应为"掺"。②胡鳅：泥鳅。跌落：掉进。③怎么：梅县方言用"样欵［ŋoŋ⁵³ŋe¹¹］"。趲：意义不通，应为"钻［tson⁴⁴］"。

【押韵】1、2、4句押［on］韵。

74

三六九日长沙墟，①　　　　　　　三六九日长沙圩，
老妹好比红金鲤。②　　　　　　　老妹好比红金鲤。
缯网粪箕打不到，③　　　　　　　缯网粪箕打唔到，
亲哥白手擒到里。　　　　　　　　亲哥白手擒到哩。

【解题】阿哥把追求到手的妹子比喻成徒手捕捉到的金鲤鱼，忍不住沾沾自喜。

【注释】①三六九日：农历逢三六九是长沙镇（梅州地名）赶集的日子。墟：同"圩"。客家人把约定俗成的集市交易日称为"圩日"或"圩"。②红金鲤：金鲤鱼。③缯：大型渔网，有支架支撑的类似蒙古包结

构的大型捕鱼工具，利用滑轮装置收网的过程叫"起缯"。唐钱起《江行无题》之八十六："细竹渔家村，晴阳看结缯。"粪箕［pun⁵³ki⁴⁴］：用竹篾或柳条编成的器具，用来挑泥土、粪土、杂草或粮食等。南朝宋刘义庆《幽明录·石长和》："（石长和）斯须见承阁西头来，一手捉扫帚粪箕，一手捉把筹，亦问家消息。"

【押韵】1、2、4句押［i］韵。

75

亮纱马褂衬柳缨，①	亮纱马褂衬柳缨，
不是粮差就是兵。②	唔系粮差就系兵。
老妹包头又絜脑，③	老妹包头又扎脑，
不是做月也损身。④	唔系坐月也损身。

（做月，分娩也。损身，小产也。）

【解题】山歌以粮差的装束起兴，认为妹子"包头又扎脑"，不是坐月子就是小产。

【注释】①马褂：穿在长袍外面的对襟短褂，流行于清代及民国时期。衬：搭配。柳缨：应为"柳缨"，清朝官吏所戴的帽子顶端下垂的缨子。②粮差：清代地方州县等衙门内负责征收粮食的差役。③絜："扎"的异体字。④做月：坐月子。损身：指小产或流产。

【押韵】1、2、4句押［in／ən］韵。

76

食了饭子出门前，①	食欵饭子出门前，
听说老妹人偷恋。②	听讲老妹人偷连。
火烧竹筒心里热，③	火烧竹筒心里热，
锅头没盖气冲天。④	镬头无盖气冲天。

【解题】山歌运用双关和夸张手法，表现了阿哥听到有人暗恋妹子后着急与生气的心情。

【注释】①饭子：梅县不说，平远、兴宁会说。②听说：梅县方言用"听讲"。恋［lian⁵³］：从意义和押韵两方面看，此处为"连［lian⁴⁴］"更合适，表示"牵连、联系"，且押平声韵。③此句是歇后语，火烧竹筒——心里热，语义双关，表面指竹筒里面很热，实际指心里着急。④锅

头：梅县方言说"镬头［vok⁵tʰeu¹¹］"，详见第 30 首。此句是歇后语，镬头无盖——气冲天，语义双关，表面指没有盖的锅热气冲天，实际指人怒火冲天。

【押韵】1、2、4 句押［an］韵。

77

老妹生得白飘飘，①　　　　　　　　老妹生得白飘飘，
好似深山杉树苗。②　　　　　　　　好似深山杉树苗。
杉树大了吾要砍，②　　　　　　　　杉树大欸𠊎爱倒，
老妹大了吾要嫖。　　　　　　　　　老妹大欸𠊎爱嫖。

【解题】山歌运用比喻，描写了一个肤白貌美、亭亭玉立的少女形象，直白露骨地表达了一个放荡公子哥对女性的占有欲望。

【注释】①生：长，指相貌呈现出来的样子。详见第 16 首。白飘飘：形容皮肤白皙；飘飘：形容词后缀。②砍：梅县方言说"倒［tau³¹］（树）"。

【押韵】1、2、4 句押［au］韵。

78

山歌唱来系排长，①　　　　　　　　山歌唱来系排场，
一放开声满肚肠。②　　　　　　　　一放开声满肚肠。
老妹同吾眠着唱，　　　　　　　　　老妹同𠊎眠等唱，
竟没番渣到天光。③　　　　　　　　竟无翻渣到天光。

【解题】山歌描写了一对男女青年，情投意合，躺着对唱山歌，唱了整整一宿，仍意犹未尽。

【注释】①排长：应为"排场"，形容场面铺张、风光。②放开声：放开歌喉。③番渣：应为"翻渣［fan⁴⁴ tsa⁴⁴］"，重复。天光：天亮。明吴承恩《西游记》第十五回："路过宝坊，天色将晚，特投圣祠，告宿一宵，天光即行。"

【押韵】1、2、3、4 句押［oŋ］韵。

79

食茶要食盖杯茶，①　　　　　　　　食茶爱食盖杯茶，

恋妹要恋上下家。②　　　　　　恋妹爱恋上下家。

万一奸情人捉到，　　　　　　万一奸情人捉到，

假作两人扛风车。③　　　　　　假作两人扛风车。

【解题】山歌以"喝盖杯茶"起兴，希望能与邻家妹子相恋，万一恋情暴露，还能以"扛风车"作为掩饰。

【注释】①盖杯茶：有盖的杯子泡的茶。②上下家：左邻右舍。③假作：假装。《敦煌变文集·维摩诘经讲经文（六）》："况维摩是独步上人，假作无垢居士。"风车：人力鼓风机，旧时客家人利用这个工具可以把灰尘、秕谷（空壳的稻子）吹走，剩下的是结实的稻谷。

【押韵】1、2、4句押［a］韵。

80

五月五日系端阳，①　　　　　　五月五日系端阳，

买便粽子盘来张。②　　　　　　买便粽子盘来装。

等到妹妹一同食，③　　　　　　等到妹妹一同食，

一人一口味道长。　　　　　　一人一口味道长。

【解题】山歌唱的是阿哥提前准备好了粽子，等着端午节跟阿妹一起吃，一人一口，情意绵绵。

【注释】①端阳：端午节。明冯应京《月令广义·岁令一·礼节》："五月初一至初五日名女儿节，初三日扇市，初五日端阳节，十三日龙节。"②便：放在动词后作补语，表示动作完成或准备好。张："装"的本字，现写作"装"。③一同：一起。

【押韵】1、2、4句押［oŋ］韵。

81

九月登高纸鸢风，①　　　　　　九月登高纸鹞风，

妹子凉帽叶叶动。　　　　　　妹子凉帽叶叶动。

今番问妹不答应，②　　　　　　今番问妹唔答应，

假作怕羞诈耳聋。③　　　　　　假作怕羞诈耳聋。

【解题】秋高气爽的季节，阿哥阿妹一起放风筝，妹妹的帽子随风飘扬，撩动着阿哥的心弦，阿哥趁机向阿妹表白，阿妹害羞假装没听见。

【注释】①纸鸢：梅县方言说"纸鹞［tsʅ³¹ iau⁵³］"，风筝。②今番：这次。③假作：假装。详见第79首。诈：作假，装作。《尔雅·释诂下》："诈，伪也。"

【押韵】1、2、4句押［uŋ］韵。

82

一对鸳鸯共树栖，	一对鸳鸯共树栖，
成双成对正合时。①	成双成对正合时。
老妹前门不敢进，②	老妹前门唔敢入，
后门开锁切莫迟。③	后门开锁切莫迟。

【解题】山歌前两句以"一对鸳鸯在树上栖息"比兴，后两句描写了男女私会时偷偷摸摸、小心翼翼的情形。

【注释】①合时［kap² sʅ¹¹］：正合时宜。②进：梅县方言说"入［ŋip²］"。③切莫：千万不要。详见第56首。

【押韵】2、4句押［ʅ］韵。

83

老妹何必柬娇刁，①	老妹何必柬娇刁，
花言巧语来做娇。②	花言巧语来做娇。
再过几年颜色变，③	再过几年颜色变，
有时有日会讨饶。④	有时有日会讨饶。

【解题】山歌以阿哥的口吻奉劝妹子年轻时别太刁蛮任性，容颜易老，总有一日会后悔。

【注释】①娇刁：娇纵、刁钻。②做娇：撒娇。③颜色：女子姿色。唐白居易《长恨歌》："回眸一笑百媚生，六宫粉黛无颜色。"④有时有日：总有一日。

【押韵】1、2、4句押［iau］韵。

84

钓到鲫鱼又想鲤，①	钓到鲫鱼又想鲤，
恋到老妹不娶妻。	连倒老妹唔娶妻。
讲着嫖行系高兴，②	讲等嫖行系高兴，

有了病痛要药医。③　　　　　　　有欤病痛爱药医。

【解题】山歌首句运用比兴，唱出了花心男子放浪形骸的行径和纵欲伤身的结果。

【注释】①鲤：鲤鱼。②嫖行［pʰiau¹¹hoŋ¹¹］：嫖色这一行当。③医：动词，医治。唐曹松《吊北邙》："无人医白发，少地著新坟。"

【押韵】1、2、4句押［i］韵。

85

壬子年来大水多，①　　　　　　　壬子年来大水多，
坡头崩了浸田禾。②　　　　　　　陂头崩了浸田禾。
村中低处无禾割，　　　　　　　　村中低处无禾割，
看来今日受冰波。③　　　　　　　看来今日受崩波。

【解题】山歌整首运用双关，表面叙述水稻遭遇洪水破坏，实际含蓄表达了感情受挫或婚姻发生变故后的痛苦。

【注释】①壬子年：1912 年。大水：洪水。②坡头：应为"陂头［pi⁴⁴tʰeu¹¹］"，沟渠中的拦水坝、堤坝。《广韵·支韵》："陂，泽障。"《诗·陈风·泽陂》："彼泽之陂，有蒲与荷。"毛传："陂，泽障也。"崩：（堤坝）决堤。禾：水稻。唐聂夷中《田家》："六月禾未秀，官家已修仓。"③冰波：应为"崩波"，波折、灾难。

【押韵】1、2、4句押［o］韵。

86

老妹相貌厓都知，①　　　　　　　老妹相貌𠊎都知，
叫夫叫主柬孤凄。②　　　　　　　喊夫喊主柬孤凄。
日后方圆你要嫁，　　　　　　　　日后方圆你爱嫁，
几十花边厓娶你。③　　　　　　　几十花边𠊎娶你。

【解题】山歌唱出了阿哥对女子的理解和同情，并表白只要她愿意，会不惜重金迎娶她。

【注释】①知：知道，了解。②叫夫叫主：应为"喊夫喊主"，形容十分悲凄，现已没有这种说法。③花边：银圆俗称，因其周边有花纹图案，故称"花边"，旧时一个花边相当于一贯钱，即 1 000 文铜钱。清梁绍壬

《两般秋雨庵随笔·洋钱》："其后外洋钱有花边之名，来自米时哥。"

【押韵】1、2、4句押［i］韵。

87

新做白屋上栋梁，①	新做白屋上栋梁，
爆竹连天闹洋洋。	爆竹连天闹洋洋。
看见亲哥发财了，②	看倒亲哥发财欸，
抵托媒人来商量。③	抵托媒人来商量。

【解题】山歌反映了以财富为目的的婚姻观：看到阿哥发财盖了新房，赶紧委托媒人上门提亲。

【注释】①白屋：不施彩色、露出本材的房屋。上［soŋ³¹］栋梁：客家人建房的习俗，房子墙体基本成型时，就要选取黄道吉日上正梁（俗称栋梁），有钱人家会隆重设宴招待客人。②看见：梅县方言用"看倒"。③抵托：委托。

【押韵】1、2、4句押［oŋ］韵。

88

新打茶壶嘴湾湾，①	新打茶壶嘬弯弯，
你话锡来我话铅。②	你话锡来偃话铅。
我说是铅你说锡，③	偃话系铅你话锡，
自然爱锡正值钱。④	自然爱锡正值钱。

（锡是爱惜之影射语。）

【解题】山歌表面是在讨论新买茶壶的材质，实际利用谐音双关，"铅"谐音"缘"，"锡"谐音"惜"，表达了两人间的亲密关系不仅是"缘"，更应是"惜"，唱出了阿哥对阿妹无限的柔情与怜爱。

【注释】①打：制作，造。详见第43首。②话：动词，说，告诉。详见第56首。③说：梅县方言用"话"。④锡［siak²］：谐音"惜"，疼爱。详见第43首。正［tsaŋ⁵³］：强调确定语气，相当于"才"。

【押韵】1、2、4句押［an］韵。

89

细茶方便烟也有，①	细茶方便烟也有，
妹子恋郎不怕羞。	妹子恋郎唔怕羞。

那位亲哥较中意，②　　　　　　　哪位亲哥过中意，
今夜两人来风流。　　　　　　　　今夜两人来风流。

【解题】山歌表达了阿哥爱要大胆说出来，及时行乐的主题。
【注释】①细茶：嫩茶叶加工制成的比较好的茶。方便：便利。②较：梅县方言用"过"，程度副词，相当于"比较"。中意：合意；喜欢。
【押韵】1、2、4句押［iu］韵。

90
妹耍断情郎不愁，　　　　　　　　妹爱断情郎唔愁，
当初谁人做因头。①　　　　　　　当初瞒人做因头。
绿竹做笋从底起，②　　　　　　　绿竹做笋从底起，
食水要寻水源头。　　　　　　　　食水爱寻水源头。

【解题】山歌表达了阿哥对分手无所谓的态度，想当初也是妹子先主动示好，希望妹子好好反省。
【注释】①谁人：梅县方言说"［man³¹ ŋin¹¹］"，常俗写作"瞒人"。因头：原因、缘故。《醒世恒言·卷二九·卢太学诗酒傲王侯》："只为自己货儿果然破损，没个因头，难好开口。"②做笋：制作笋筐。

043

【押韵】1、2、4句押［eu］韵。

91
不声不气吾也知，①　　　　　　　唔声唔气𠊎也知，
那句言语得罪你。②　　　　　　　哪句言语得罪你。
那句言语得罪妹，　　　　　　　　哪句言语得罪妹，
洗碗也有相碰时。③　　　　　　　洗碗也有相碰时。

【解题】山歌以"洗碗也有相碰时"这一常理来宽慰爱生闷气的妹子，要正确看待两人的矛盾。
【注释】①不声不气：梅县方言说"唔声唔气"，不言不语。②那：应为"哪"。③此句是客家熟语，意思是人与人生活在一起难免会有一些小矛盾，劝慰人要宽容一点，不要斤斤计较。
【押韵】1、2、4句押［i］韵。

92

一阵老妹束雅邪,①	一阵老妹束牙邪,
红衣红粉髻尾斜。②	红衣红粉髻尾斜。
隔远听来歌声好,③	隔远听来歌声好,
坐落山头唱采茶。④	坐落山头唱采茶。

【解题】山歌描写了一群衣着打扮时尚得体的妹子在远处的山顶放开歌喉大声唱采茶歌的场景。

【注释】①一阵：一群。雅邪：应为"牙邪 [ŋa¹¹sia¹¹]"，形容女性过分打扮、活泼过头。②红衣红粉：红色的衣服红色的脂粉。髻尾：旧时乡间妇女用"头帕"包结在发髻上，后面露出来的发尾。详见第 16 首。③隔远：远处。④采茶：指采茶歌。

【押韵】1、2、4 句押［a］韵。

93

枯木做桥不耐行,①	枯木做桥唔耐行,
秀才革了枉成名。②	秀才革了枉成名。
火烧棉缲情难救,③	火烧棉卷綪难救,
水浸爪眼要断城。④	水浸垛眼爱断城。

（俗称城雉为爪眼，城与成同音，故云。）

【解题】山歌四句均由歇后语组成，表达了感情已走到尽头，不可挽回。

【注释】①此句是歇后语：枯木做桥——唔耐行，语义双关，表面指枯木做的桥不牢固，实际指感情不长久；耐：禁得起。②革：取消。此句是歇后语：秀才革了——枉成名，语义双关，表面指科举取消，秀才枉费了功名，实际指枉自得了个不好的名声。③棉缲：应为"棉卷"，成卷的棉纱线。情：此处应为"綪"，客家话旧时将纱、线称为"綪"，谐音"情"。此句是歇后语：火烧棉卷——綪（情）难救，谐音双关，明指丝织品救不了火，实指感情难以挽回。④爪眼：梅县方言没有这一用法，疑为"垛眼"，指城墙上的洞口。城：谐音"成"，表示动作结果。此句是歇后语：水浸垛眼——爱断城（成），谐音双关，表面指（短墙）要断了，实际指（感情）要断了。

【押韵】1、2、4 句押［aŋ］韵。

94

当初差是自己差，^①　　　　　当初差系自家差，

不该用钱像泥沙。　　　　　　唔该用钱像泥沙。

拆开屋顶放纸鸢，^②　　　　　拆开屋顶放纸鹞，

因为风流不顾家。　　　　　　因为风流唔顾家。

【解题】 山歌直抒胸臆，唱出了浪荡公子风流败家的荒唐行为和落魄后的悔恨之情。歌者可以是当事人，也可以是旁观者。

【注释】 ①差：差错，失当。《荀子·天论》："乱生其差，治尽其详。"自己：梅县方言说"自家"。②屋顶：房屋顶。纸鸢：梅县方言说"纸鹞〔tsŋ³¹iau⁵³〕"，风筝。

【押韵】 1、2、4句押〔a〕韵。

95

不怕死来不怕生，　　　　　　唔怕死来唔怕生，

不怕血水流脚踭。^①　　　　　唔怕血水流脚踭。

不怕脚上无脚趾，　　　　　　唔怕脚上无脚趾，

两人有命总要行。^②　　　　　两人有命总爱行。

【解题】 山歌运用三个"唔怕"，表达了为追求真爱义无反顾，甚至不惜付出生命代价的炽烈情感。

【注释】 ①血水：血液。明罗贯中《三国演义》第二十一回："止有血水，安有蜜水？"踭：本字是"睜"，脚跟、胳膊肘。详见第27首。脚踭：脚跟。旧时偷情败露后会被"斩脚骨"，故有"血水流脚踭"的说法。②行：交往、来往。

【押韵】 1、2、4句押〔aŋ〕韵。

96

先日同你有来往，^①　　　　　先日同你有来往，

今日搅到東郎当。^②　　　　　今日搅倒東郎当。

早知老妹情東短，　　　　　　早知老妹情東短，

不如守本过清香。^③　　　　　不如守本过清香。

【解题】 一段无果的感情让"我"如此潦倒落魄，早知今日，何必当

初。歌者是男性，可能是特意唱给女方听，也可能是自怨自艾。

【注释】①先日：往日，以前。详见第 53 首。同：介词，和、与。②郎当：吊儿郎当。③守本：安守本分。过：程度副词，相当于"比较"。清香：指好名声。

【押韵】1、2、4 句押［oŋ］韵。

97

大把锁匙响叮当，①	大把锁匙响叮当，
自家开门自家当。②	自家开门自家当。
一夜想的无别事，③	一夜想个无别事，
只想床上少个人。④	只想床上少只郎。

【解题】山歌以钥匙碰撞发出的声音起兴，衬托了一个人在家冷冷清清的场面，抒发了主人公对恋人的深切思念。

【注释】①大把：一大串。锁匙：钥匙。②自家：自己。详见第 5 首。当：掌管，主持。《广韵·唐韵》："当，主也。"《儒林外史》第二回："你亲家自从当了门户，时运也算走顺风。" ③的：梅县方言说"个［ke⁵³］"，结构助词。详见第 16 首。④个：梅县方言用"只"，量词。人：改为"郎［loŋ¹¹］"更押韵。

【押韵】1、2、4 句押［oŋ］韵。

98

入山看见藤缠树，①	入山看见藤缠树，
出山看见树缠藤。	出山看见树缠藤。
树死藤生缠到死，	树死藤生缠到死，
树生藤死死也缠。②	树生藤死死也缠。

【解题】山歌借景抒情，利用整齐的句式和词语的回环反复，以深山老林中树和藤浑然一体、生死相缠的现象，来比喻男女之间生死相依、永不分离的关系，情真意切，肝肠寸断。

【注释】①入山：走进大山。②此句也常唱作"藤死树生死也缠"。

【押韵】（兴宁、五华）2、4 句押［en］韵。

99

三十一过初一朝，^①　　　　　三十一过初一朝，
手拿香纸庙里烧。^②　　　　　手拿香纸庙里烧。
郎系断情本分个，^③　　　　　郎系断情本分个，
妹系断情斩千刀。^④　　　　　妹系断情斩千刀。

【解题】山歌以善男信女在寺庙烧香拜佛起兴，唱出了传统观念下，男女在感情方面不同的地位和世人不同的评价标准。

【注释】①一过：刚过。朝：早上。②香纸：祭奠死者用的香和纸钱。《清平山堂话本·夔关姚卞吊诸葛》："令承局于镇市买香纸、酒果、盘馔，先去庙中罗列。"③个：结构助词，相当于"的"。详见第16首。④斩千刀：千刀万剐。

【押韵】1、2、4句押［au］韵。

100

鸦鹊落田喙颞公，^①　　　　　阿鹊落田嘴蠊公，
那知嗷到蜈蚣虫，^②　　　　　样知嘴倒蜈蚣虫。
早知你是束多脚，^③　　　　　早知你系束多脚，
话到舌脱我不同。^④　　　　　话到舌脱𠊎唔同。

【解题】山歌运用比兴、双关和夸张，表达了遇人不淑、交友不慎的悔恨。

【注释】①鸦鹊［a⁴⁴tsiok²］：喜鹊。落田：下田。喙：应为"嘴［tsui³¹］"，动词，啄。颞公：应为"蠊公［ȿan³¹kuŋ⁴⁴］"，蚯蚓。②那知：梅县方言说"样知［ȵoŋ⁵³ti⁴⁴］"，哪知，表反问。嗷到：应为"嘴倒［tsui³¹tau³¹］"，啄到。③束多脚：语义双关，表面指蜈蚣很多脚，实际指很多情。④话到舌脱：费尽口舌。同：动词，特指男女相好。详见第72首。

【押韵】1、2、4句押［uŋ］韵。

101

桅竿顶上种苦瓜，^①　　　　　桅杆顶上种苦瓜，
苦瓜拖藤打白花。^②　　　　　苦瓜拖藤打白花。
一心都想上去折，　　　　　一心都想上去摘，

没个大胆不敢惹。③   无个大胆唔敢惹。

【解题】山歌表面唱的是想要摘取桅杆上面开的苦瓜花，需要胆量；实际唱的是想要追求心爱之人，需要很大的勇气。

【注释】①桅竿：现记为"桅杆〔ŋui¹¹kon⁴⁴〕"，旧时客家地区考取了秀才、举人、进士和四品以上官职者便会在屋门前竖立记载了功名的旗杆，因貌似船上的桅杆，故名为"石桅杆"或"桅杆"，现多叫"楣杆石〔mi¹¹kon⁴⁴sak⁵〕"，是语音演变的结果，〔ŋui〕变为〔mi〕，声母唇化。顶上〔taŋ³¹hoŋ⁵³〕：最上面。②拖藤〔tʰai⁴⁴tʰen¹¹〕：藤蔓延伸。拖：读〔tʰai⁴⁴〕，严修鸿考证其保留上古歌部〔ai〕韵母，本义是"下垂、披覆"，《汉书·司马相如传》："奔星更于闺闼，宛虹拖于楯轩。"颜师古注："拖谓申加于上也。"打白花：开白色的花。③不（唔）敢惹：语义双关，表面指不敢摘，实际指不敢招惹对方。

【押韵】1、2、4句押〔a〕韵。

102

十七十八不知天，①   十七十八唔知天，
又想恋妹会变仙。   又想恋妹会变仙。
草帽放在火灶上，②   草帽放在火灶上，
久后正知束烟圈。③   久后正知束烟圈。
（烟圈是影射偃蹇。）

【解题】山歌运用比喻和双关，唱的是年轻时盲目追求爱情，惹下很多冤孽债。

【注释】①不（唔）知天：不知天高地厚。②火灶：烧火做饭的设备，多以砖坯砌成。③正知：才知道。烟圈〔ian⁴⁴tʰan⁴⁴〕：谐音"冤牵"，冤孽。客谚有"多子多女多冤牵"。明徐田臣戏文《杀狗记》："（净）老身不敢。分明杀狗作冤牵，只恐违了院君言。"

【押韵】1、2、4句押〔an〕韵。

103

双扇大门单面开，①   双扇大门单面开，
时时搭信望妹来。②   时时搭信望妹来。
脚踏竹头望生笋，③   脚踏竹头望生笋，
手攀花树望花开。   手攀花树望花开。

【解题】山歌运用比兴和比喻，传神地描绘出了一位痴情男子对意中人的翘首期盼。

【注释】①单面：单扇。②时时：每时每刻。搭信：传话、传信。望：盼望。③竹头：竹子。生：生长。《广韵·庚韵》："生，生长也。"《诗·大雅·卷阿》："梧桐生矣，于彼朝阳。"

【押韵】1、2、4 句押 ［oi］ 韵。

104

茶树开花毬是毬，①	茶树开花球是球，
人生世上爱风流。	人生世上爱风流。
假使不做风流事，	假使唔做风流事，
检到愁切检到忧。②	捡到愁切捡到忧。

【解题】山歌首句起兴，唱的是人生在世要及时行乐，别自寻烦恼。

【注释】①毬："球"的异体字；球是球：形容很多茶花盛开的样子。②愁切：忧愁、悲切。检：拾取，今用"捡"。

【押韵】1、2、4 句押 ［iu］ 韵。

105

讲着连妹心滑冷，①	讲等连妹心滑冷，
更起等到二三更。	更起等到两三更。
鸡又啼来狗又吠，②	鸡又啼来狗又吠，
一场欢喜一场惊。③	一场欢喜一场惊。

【解题】山歌唱的是阿哥半夜与妹子相会，在阵阵鸡鸣狗叫声中，惊喜交集，患得患失。

【注释】①连妹：与妹子交往、相恋。滑冷：很冷；滑：程度副词。②啼［tʰai¹¹］：鸣叫。详见第 3 首。吠：狗叫。《说文》："吠，犬鸣也。"③惊：恐惧，惊慌。《尔雅·释诂上》："惊，惧也。"

【押韵】1、2、4 句押 ［aŋ］ 韵。

106

上树你要上到尾，①	上树你爱上到尾，
切莫上到半树企。②	切莫上到半树徛。

交情你要交到老，③　　　　　　交情你爱交到老，
半途而废枉心机。④　　　　　　半途而废枉心机。

【解题】 山歌前两句比兴，唱的是对感情要负责任，用情要专一。

【注释】 ①尾：尽头。②切莫：务必不要。详见第56首。半树：树的中间。企：应为"徛〔kʰi⁴⁴〕"，站立。《广韵·纸韵》："徛，立也。"③交情：结交情谊。④枉心机：枉费心机。

【押韵】 1、2、4句押〔i〕韵。

107

兴宁腊蔗汤坑鸡，①　　　　　　兴宁蜡蔗汤坑鸡，
你若不肯也算里。②　　　　　　你系唔肯也算欸。
你又做出貂蝉样，③　　　　　　你又做出貂蝉样，
弄到董卓昏齐齐。④　　　　　　弄倒董卓惂齐齐。

【解题】 山歌首句起兴，然后借貂蝉和董卓的故事，嘲讽对方装腔作势、卖弄风情，大概是男子求而不得后恶意诋毁。

【注释】 ①腊蔗：应为"蜡蔗"，甘蔗的一种，皮薄肉脆，皮光滑，像打了蜡，又叫"果蔗"。②若：梅县方言说"系"。③样：模样、样子。汉崔寔《四民月令》："齐人呼寒食为冷节，以曲为蒸饼样，团枣附之，名曰枣糕。"④到：应为"倒"，补语的标志，相当于"得"。昏齐齐：梅县方言说"〔fun¹¹tsʰe⁴⁴tsʰe⁴⁴〕"，神魂颠倒、不清醒的样子。昏"〔fun¹¹〕"，严修鸿认为本字是"惂"，内心迷糊混乱。唐释玄应《一切经音义》卷二十引《通俗文》："心乱曰惂。"《集韵·惂韵》："惂，心迷也。""齐齐"是形容词叠音后缀。

【押韵】 1、2、4句押〔i〕韵。

108

起初始义你在先，①　　　　　　起初起蒂你在先，
传声寄信使吾恋。②　　　　　　传消寄信使𠊎连。
你今来讲断情事，　　　　　　　你今来讲断情事，
搅到厓家断火烟。③　　　　　　搞到𠊎家断火烟。

（断火烟，言家无嘰类也。）

【解题】 山歌直接指责了在感情方面有始无终的人对自己家庭造成的

伤害。

【注释】①始义：梅县方言说"起蒂［hi³¹ni⁵³］"，指产生最初的想法。清好古主人《赵太祖三下南唐》："吾姊妹三人今初起蒂，全仗汝夫妻之力，探察分明，方得有救。"②传声寄信：梅县方言说"传消寄信［tshon¹¹siau⁴⁴ki⁵³sin⁵³］"，传递消息或信件。元关汉卿《救风尘》第三折："平生做不的买卖，止是与歌者姐姐每叫些人，两头往来，传消寄信都是我。"恋［lian⁵³］：从意义和押韵两方面看，此处为"连［lian⁴⁴］"更合适，表示"建立关系"，且押平声韵。③搅：应为"搞"。断火烟：人烟灭绝。明徐咸《徐襄阳西园杂记》："灶前数日断火烟，腹中饿病无由痊。"

【押韵】1、2、4句押［an］韵。

109

你要休时尽管休，①　　　　　　你爱休时尽管休，
上午断了下午有，②　　　　　　上昼断欸下昼有。
背面穿针没眼看，③　　　　　　背面穿针无眼看，
烂船没篙任其流。④　　　　　　烂船无篙任其流。

【解题】山歌表达了对分手无所谓的态度和天涯何处无芳草的洒脱乐观。

【注释】①休：断绝夫妻关系或恋爱关系。②上午、下午：梅县方言说"上昼［soŋ⁵³tsu⁵³］、下昼［ha⁴⁴tsu⁵³］"。清吴敬梓《儒林外史》第三十三回："到上昼时分，客已到齐，将河房窗子打开了。"明凌濛初《初刻拍案惊奇》卷十一："下昼时节，是有一个湖州姓吕的客人叫我的船过渡。"③此句是歇后语：背面穿针——无眼看；背面：身体背部。宋苏轼《续丽人行》序："李仲谋家有周昉画背面欠伸内人，极精，戏作此诗。"没眼看：梅县方言说"无眼看"，语义双关，表面指背面穿针线，眼睛看不到，实际指不想看。④此句是歇后语：烂船无篙——任其流；篙：撑船用的竹竿，也叫"竹篙"；任其流：语义双关，表面指无篙的船随意漂流，实际指放任自流。

【押韵】1、2、4句押［iu］韵。

110

桅竿顶上种金蕉，①　　　　　　桅杆顶上种金蕉，
没形没影被人噢。②　　　　　　无形无影分人謷。

051

手捉虾蟆腰上系，③   手捉蛤蟆腰上緤，

气吹气鼓怎得销。④   气吹气鼓样欸消。

（噢，言诬枉也。）

【解题】山歌首句起兴，然后运用比喻，描绘了主人公莫名其妙被旁人捕风捉影时生气的样子。

【注释】①桅竿：现记为"桅杆"，客家人树立在家门口记载功名的旗杆。详见第 101 首。②没形没影：梅县方言说"无形无影"，空虚不实或消失不见形迹。《孤本元明杂剧·破风诗·第三折》："无形无影透人怀，四季能吹万物开。"噢：本字是"謷 [au⁴⁴]"，诋毁，造谣中伤。《吕氏春秋·怀宠》："辟远圣制，謷丑先王，排訾旧典。"③系：绑，梅县方言说"緤 [tʰak²]"。《中华大字典·未集·系部》："緤，以索胃物也。"④气吹气鼓：形容气鼓鼓的样子。怎得：梅县方言说"样欸 [ŋoŋ⁵³ tet²]"，怎么。销：应为"消"，消气。

【押韵】1、2、4 句押 [au] 韵。

111

吾今不讲你不知，①   偓今唔讲你唔知，

几多愁切在肚里。②   几多愁切在肚里。

三十三只水桶耳，③   三十三只水桶耳，

九十九剟妹不知。④   九十九屈妹唔知。

【解题】山歌以水桶耳的"屈（弯曲）"为双关，唱出了阿哥长期憋在心里的委屈。

【注释】①今：现在。《说文·亼部》："今，是时也。"《诗·鲁颂·有駜》："自今以始，岁其有。"②几多：多少。详见第 61 首。③水桶耳：水桶的把手。④剟：本字是"屈 [vut²]"，语义双关，表面指（水桶把手）弯曲处，《玉篇·出部》："屈，曲也。"实质指委屈、憋屈，《史记·老子韩非列传》："径省其辞，则不知而屈之。"

【押韵】1、2、3、4 句押 [i] 韵。

112

鳄骨潭是海样深，①   鳄骨潭系海样深，

那有恋妹不挂心。②   哪有恋妹唔挂心。

饭甑肚里放灯草，③　　　　　　　饭甑肚里放灯草，
久后正知郎蒸心。④　　　　　　　久后正知郎蒸心。
（俗称灯草曰灯芯，故以此影射心字。蒸心与真心同意。）

【解题】山歌首句起兴，以"蒸心"谐"真心"，表达了阿哥对阿妹的牵挂及"爱久见深情"的誓言。

【注释】①鳄骨潭：在梅县丙村锦江上游处，两岸悬崖绝壁，水深数丈。是：客家方言用"系〔he⁵³〕"。详见第23首。海样深：像海一样深。②那：应为"哪"。挂心：挂念。南朝梁沈君攸《双燕离》："左回右顾还相慕，翩翩桂水不忍渡，悬目挂心思越路。"③饭甑〔tsen⁵³〕：旧时客家人做饭蒸食用的加盖高桶。《说文·瓦部》："甑，甗也。"段玉裁注："《考工记》陶人为甑，实二鬴，厚半寸，唇寸，七穿。按：甑所以炊烝米为饭者，其底七穿，故必以箅蔽甑底而加米于上，而馓之，而馏之。"灯草：又叫灯芯草。其茎细长，茎的中心部分渗油性强，旧时常用作油灯的灯芯；同时也是一种中药药材。④蒸心：谐音"真心"。

【押韵】1、2、4句押〔əm/im〕韵。

113
半山岽上一坵田，①　　　　　　　半山嵊上一丘田，
无坡无圳绝水源。②　　　　　　　无陂无圳绝水源。
好田不用高车水，③　　　　　　　好田唔用高车水，
好妹不用郎多言。④　　　　　　　好妹唔使郎多言。

【解题】山歌以"好田不用水车灌溉"为喻，说明通情达理的妹子不需要阿哥太多的花言巧语，总能心领神会。

【注释】①岽〔in⁵³〕：民间讹字，指陡坡，小山坡，常俗写为"岃"或"岈"。本字是"嵊"，山名。详见第23首。坵："丘"的异体字，量词。②坡：应为"陂"，沟渠中的拦水坝、堤坝。详见第85首。圳：田野间通水的小沟渠。③高车水：用水车从低处向高处排灌。车，动词，用水车戽水。唐段成式《酉阳杂俎·乐》："（皇甫）直遂集客，车水竭池，穷池索之。"④不用：梅县方言说"唔使"。

【押韵】1、2、4句押〔an〕韵。

114

山歌唱来句句真，　　　　　　　山歌唱来句句真，
句句唱来解化人。①　　　　　　　句句唱来解化人。
两十以外不改正，②　　　　　　　两十以外唔改正，
不知几时始成人。③　　　　　　　唔知几时正成人。

【解题】山歌有劝解人的作用，希望对方能浪子回头，成为有用的人。

【注释】①解化：使人解脱看透。本义是"解脱转化"，宋黄庭坚《书问政先生诰后》："杨氏（杨行密）之未解化而去，弟子葬之。举棺，唯衣履存焉。"梅县方言引申出新义。②两十以外：二十岁以上，旧时民间认为二十岁便是成年人了。③几时［kit³¹ sɿ¹¹］：什么时候。宋苏轼《水调歌头·明月几时有》："明月几时有，把酒问青天。"始：梅县方言说"正［tsaŋ⁵³］"，强调确定语气，相当于"才"。成人：成才、成器。元秦简夫《东堂老·楔子》："父母与子孙成家立计，是父母尽己之心，久以后成人不成人，是在于他，父母怎管的他到底。"客家话常用"唔成人"骂不务正业、游手好闲的人。

【押韵】1、2、4 句押［ən/in］韵。

115

上垰流水出下垰，①　　　　　　　上丘流水出下丘，
郎系难舍妹难休。②　　　　　　　郎系难舍妹难休。
十字街头来分手，　　　　　　　　十字街头来分手，
远看心肝目汁流。③　　　　　　　远看心肝目汁流。

【解题】山歌运用比兴，描写了阿哥阿妹离别时依依不舍、泪目远送的场景。

【注释】①垰：现写作"丘"，量词。上丘、下丘：分别指相对位置在上、相对位置在下的一块水田。②休：罢休、停止。《诗·大雅·瞻卬》："妇无公事，休其蚕织。"③目汁：眼泪。详见第 54 首。

【押韵】1、2、4 句押［iu］韵。

116

郎今行年二十三，①　　　　　　　郎今行年二十三，
闲爱风流七年添。②　　　　　　　还爱风流七年添。

过了七年三十岁，
新情老情一样掉。③
（掉，应读如钉音。）

过欸七年三十岁，
新情老情一样钉。

【解题】 山歌唱的是放荡不羁的浪子认为自己还年轻，还能再风流快活几年。

【注释】 ①今：现在。详见第 111 首。行年：年龄。《庄子·达生》："行年七十，而犹有婴儿之色。"②闲：应为"还 [han¹¹]"。添：放在句末的数量补语后面，表示量的增加。③一样：一起、同样。掉：读 [taŋ⁴⁴]：抛掷、扔掉。现已少用。本字不详，记作同音字"钉"。

【押韵】 （兴宁）1、2、4 句押 [aŋ] 韵。

117

石岩顶上下斑鸠，①
没门没窍怎样搜。②
胡鳅跌落三寸土，③
没人引进难入头。④

石岩顶上下斑鸠，
无门无窍样欸搜。
胡鳅跌落三寸土，
无人引进难入头。

【解题】 山歌前两句以"没有办法捉到岩石上的斑鸠"比兴，后两句利用"难入头"的双关隐语，表达了没有机会接近对方的无奈。

【注释】 ①石岩：岩石。顶上 [taŋ³¹hoŋ⁵³]：最上面。下 [ha³¹]：动词，取下，客家话现在仍说"下灯笼""下灯泡"。②没门没窍：梅县方言说"无门无窍 [mo¹¹mun¹¹mo¹¹tʰau⁵³]"：没有门路、方法。③胡鳅：泥鳅。跌落：掉进。④难入头：语义双关，表面指泥鳅钻不进去，实际指难入心头。

【押韵】 1、2、4 句押 [eu] 韵。

118

睡目不得听鸡啼，①
无缘故事讲衰厓。②
白纸糊窗没个字，③
水桶装鲩圆死厓。④
（没个字，是影射没个事。）

睡目唔得听鸡啼，
无缘故事讲衰俚。
白纸糊窗无个字，
水桶装鲩屈死俚。

【解题】 山歌运用两个歇后语，一语双关，表达了被人误解、诋毁，

却有口难辩的愤懑与无奈。

【注释】①睡目：睡觉。不得：梅县方言说"唔得"。啼［tʰai¹¹］：鸣叫。详见第3首。②无缘故事：无缘无故。讲衰厓：败坏我的名声。③此句是歇后语，即白纸糊窗——无个字（事），谐音双关，表面指没有一个字，实际指没有的事情。④囻：本字是"屈［vut²］"。此句是歇后语，水桶装鲩——屈死偎，语义双关，表面指鲩鱼在水桶里无法伸展，"屈"是"弯曲"义；实际指心情不舒畅，"屈"是"委屈、憋屈"义。详见第111首。

【押韵】1、2、4句押［ai］韵。

119

塘里鱼子堆是堆，①　　　　　　　塘里鱼子堆是堆，
心想鲢鱼就走来。②　　　　　　　心想鲢鱼就走来。
因为破鱼割到手，　　　　　　　　因为破鱼割到手，
今番没血几时来。③　　　　　　　今番无血几时来。

（鲢鱼影射恋你，俗称你曰吾。没血影射没歇，言没留宿也。）

【解题】山歌表面写钓鱼，实际以"鲢鱼"谐"连你"，"血"谐"歇（留宿）"，委婉地向妹子表露心声，希望妹子今晚能留下。

【注释】①塘：池塘。堆是堆：一堆又一堆，很多堆。②鲢鱼［lian¹¹ n¹¹］：谐音"连你"，与你交往、相恋。③今番：这次。没血：梅县方言说"无血［mo¹¹hiat²］"，谐音"无歇"，没有留宿。详见第67首。几时：什么时候。详见第114首。

【押韵】1、2、4句押［oi］韵。

120

恋妹不着时运高，①　　　　　　　恋妹唔着时运高，
时衰运败妹来招。②　　　　　　　时衰运败妹来招。
东园改竹西园种，③　　　　　　　东园改竹西园种，
茎纵不死叶也燥。④　　　　　　　根纵唔死叶也熸。

【解题】山歌表达了"红颜祸水"的思想，把自己的时运不济归咎于与妹子的相识。

【注释】①着［tsʰok⁵］：用在动词后，表示已经达到目的或有了结果。

北魏贾思勰《齐民要术·八和齑》："（齑曰）底尖捣不着，则蒜有粗成。"时运：气运、命运。《后汉书·卷七〇·郑太传·论曰》："方时运之屯邅，非雄才无以济其溺。"②时衰运败［sɿ¹¹soi¹¹iun⁵³pʰai⁵³］：时运不济，身处逆境。③改［koi³¹］：（用锄头等工具）挖。④茎：应为"根［kin⁴⁴］"，植物长在土中（或水中）的部分，谐音"今"，现在。详见第111首。燥：梅县方言说"燶［tsau⁴⁴］"，干燥、没有水分。《说文·火部》："燶，焦也。"

【押韵】 1、2、4 句押［au］韵。

121
新打戒指八宝莲，① 　　新打戒指八宝莲，
那有心肝不要钱。② 　　哪有心肝唔爱钱。
三岁孩儿呱呱叫， 　　三岁孩儿呱呱叫，
谁人带大给你恋。③ 　　瞒人带大分你连。

【解题】 山歌首句以戒指起兴，反映了农村普遍存在的结婚要给女方彩礼的习俗。

【注释】 ①打：制作、造。详见第43首。八宝莲：也叫观音莲，指戒指的图案。②那：应为"哪［ŋai⁵³］"。③谁人：梅县方言说"［man³¹ŋin¹¹］"，俗写作"瞒人"。给：梅县方言用"分［pun⁴⁴］"，介词。

【押韵】 1、2、4 句押［an］韵。

122
二丈八布做裆衣，① 　　二丈八布做裆衣，
钩针密步恋到你。② 　　钩针密步恋倒你。
你今讲着断情事，③ 　　你今讲等断情事，
马褂单重系没里。④ 　　马褂单重系无里。
（没里，犹言没理也。）

【解题】 山歌运用夸张与双关，唱的是主人公当初追求对方时的不易和如今对分手的不理解。

【注释】 ①裆衣：袈裟。②钩针密步：用钩针编织密实。③今：现在。详见第111首。④此句是歇后语：马褂单重——系无里（理），谐音双关，表面指没有里布，实际指没有道理；单重：单层。

【押韵】 1、2、4 句押［i］韵。

057

123

三只洋船过浙江，①
一船胡椒一船姜。
老妹莫嫌胡椒细，
胡椒细细辣过姜。②

三只洋船过浙江，
一船胡椒一船姜。
老妹莫嫌胡椒细，
胡椒细细辣过姜。

【解题】 山歌前两句比兴，后两句阿哥以"胡椒虽小却比姜辣"为喻，自夸矮小精干，希望妹子别小瞧。

【注释】 ①只：艘。洋船：海上航行的大船。②细细：形容很小。辣过姜：比姜辣。

【押韵】 1、2、4 句押〔oŋ〕韵。

124

新买担竿曲湾湾，①
不知担到何时年。②
担担一事无了日，③
不如恋妹出头天。④

新买担竿曲弯弯，
唔知担到何时年。
担担一事无了日，
不如恋妹出头天。

【解题】 山歌前两句以"新买的扁担很弯曲，不知何时才能变直"起兴，后两句直接表白，追到妹子的那一天，才是自己真正的出头之日。

【注释】 ①担竿：扁担。曲湾湾：应为"曲弯弯"，很弯曲的样子。②担：肩挑。《国语·齐语》："负、任、担、荷、服牛、轺马，以周四方。"韦昭注："背曰负，肩曰担。"曹操《苦寒行》："担囊行取薪，斧冰持作糜。"时年：时岁。犹时代，明陈所闻《南宫词纪·锁南枝·风情》："你休当顽常耍，如今的时年是个人也有三句话。"③担担〔tam⁴⁴ tam⁴⁴〕：挑担子。无了日：没有结束之日。④出头天：出人头地。

【押韵】 1、2、4 句押〔an〕韵。

125

月光出世真崩波，①
团圆时少缺过多。②
十五十六光明夜，③
二十七八打暗摸。④

月光出世真崩波，
团圆时少缺过多。
十五十六光明夜，
二十七八打暗摸。

（同时寓言女人年至二十八则无味也。）

【解题】山歌整首运用双关，表面叙述月亮的阴晴圆缺，实际描述了女孩子在不同年龄的不同境遇。从侧面反映出了旧时传统社会里女性的适婚年龄，十五六岁是最佳年龄，二十七八岁则是老姑娘了。

【注释】①出世：出生。东晋王嘉《拾遗记·蓬莱山》："有大螺，名裸步……明王出世，则浮于海际焉。"崩波：波折、灾难。②缺：残缺。过：程度副词，相当于"比较"。③光明夜：语义双关，表面指农历十五十六，明月皎皎，实际指十五六岁的女孩风华正茂。④打暗摸：在黑暗中摸索着行走的样子。此句语义双关，表面指农历二十七八，月色朦胧，实际指女孩二十七八岁，已年老色衰。

【押韵】1、2、4句押［o］韵。

126

三十一出年纪有，①　　　　　　三十一出年纪有，
百般症头都爱休。②　　　　　　百般症头都爱休。
月到三十光明少，③　　　　　　月到三十光明少，
人到中年万事休。　　　　　　　人到中年万事休。
（症头，是恶习之意。）

【解题】山歌以"月亮在农历三十已暗淡无光"作比喻，表达了"人到中年万事休"的感慨。

【注释】①三十一出：刚过三十岁。②症头：嗜好、恶习。休：罢休、停止。详见第115首。③三十：农历三十。

【押韵】1、2、4句押［iu］韵。

127

十三十四不堪恋，①　　　　　　十三十四唔堪连，
十五十六出花园，②　　　　　　十五十六出花园。
十七十八人恋走，　　　　　　　十七十八人恋走，
枉为心机日夜缠。③　　　　　　枉为心机日夜缠。

【解题】山歌唱的是阿哥眼看着阿妹长大成人却随他人而去的伤感和无奈。

【注释】①恋［lian⁵³］：从意义和押韵两方面看，此处为"连［lian⁴⁴］"更合适，表示一般意义上的"建立关系"，并未实现，且押平声韵。②出花园：梅州客家地区的成年礼。旧时16虚岁就算成年，要"出

小花园"，19 虚岁则"出大花园"。③枉为心机：枉费心机。日夜缠：日夜纠缠。

【押韵】1、2、4 句押〔an〕韵。

128

一心种竹望上天，^①   一心种竹望上天，
谁知愈大尾愈湾，^②   样知越大尾越弯。
你今讲起断情事，   你今讲起断情事，
不念今日要念先。^③   唔念今日爱念先。

【解题】山歌前两句以"竹子越长越弯"比兴，联想到自己对感情无私付出却换来分手的结局，希望对方能念及旧情。

【注释】①望：希望。详见第 25 首。上天：升天。②谁知：梅县方言说"样知〔ŋoŋ⁵³ ti⁴⁴〕"，怎知。愈……愈……：梅县方言说"越〔iat⁵〕……越……"。尾：竹尾。湾：应为"弯"。③念：挂念、想念。《诗·秦风·小戎》："言念君子，温其在邑。"先：先日、往日。详见第 53 首。

【押韵】1、2、4 句押〔an〕韵。

129

山歌不唱不风流，   山歌唔唱唔风流，
猪肉不煎不出油。   猪肉唔煎唔出油。
梧桐落叶心不死，   梧桐落叶心唔死，
不同妹嬲心不休。   唔同妹嬲心唔休。^①

【解题】山歌运用两组整句和三个日常现象作为引喻，表达了想与妹子交往的强烈愿望。

【注释】①嬲：玩耍、嬉戏。详见第 1 首。休：罢休、停止。详见第 115 首。

【押韵】1、2、4 句押〔iu〕韵。

130

新打钗子翠绿花，^①   新打钗子翠绿花，
四月一过端节下。^②   四月一过端节下。

亲哥今年没世界，③　　　　　　　　亲哥今年无世界，

不曾打算妹名下。④　　　　　　　　唔曾打算妹名下。

（言未预备送礼也。）

【解题】 山歌首句起兴，唱的是阿哥今年没有发大财，不能给阿妹送礼物了。

【注释】 ①打：制作、造。详见第43首。钗子：金钗。翠绿花：翠绿色的花纹。②一过：刚过。端节下：端午节到。③没（无）世界：指没有发财。④名下：名义之下。宋苏轼《论积欠六事并乞检会应诏所论四事一处行下状》："虽契勘得逐户名下见欠各只是二百贯以下。"

【押韵】 1、2、4句押［a］韵。

131

禾雀细细瓦上企，①　　　　　　　　罗毕细细瓦上徛，

又想食谷又想飞。　　　　　　　　又想食谷又想飞。

灯草拿来织细布，　　　　　　　　灯草拿来织细布，

上耕不得枉心机。②　　　　　　　　上经唔得枉心机。

（灯草影射心字，心在织机上曰，心机，俗言用计划曰心机，俗曰织布曰耕布。）

【解题】 山歌以"麻雀既想吃谷又想飞"的样子来比喻人在面对感情时的优柔寡断，最后只是枉费心思罢了。

【注释】 ①禾雀：梅县方言用"罗毕"，麻雀。细细：很小。企：应为"徛［kʰi⁴⁴］"，站立。详见第106首。②上耕：应为"上经［soŋ⁴⁴ kaŋ⁴⁴］"，放在织布机上织。经：织布。《说文·糸部》："经，织纵丝也。"《韩非子·外储说右上》："（吴起）使其妻织组而幅狭于度，吴子使更之……其妻对曰：'吾始经之而不可更也。'"梅县话织布说"经布"，年轻人已少用。枉心机：语义双关，表面指浪费织布机上的灯芯，实质指枉费心机。

【押韵】 1、2、4句押［i］韵。

132

新做大屋白营营，①　　　　　　　　新做大屋白营营，

一对金鸡瓦上行。②　　　　　　　　一对金鸡瓦上行。

瓦片割烂金鸡脚，　　　　　　　　瓦片割烂金鸡脚，

血水淋脚也要行。③　　　　　　　　血水淋脚也爱行。

（末句犹言海枯石烂我们亦要恋也。）

【解题】山歌整首运用双关，表面描写的是一对在瓦房上行走的金鸡，实际唱的是男女双方不离不弃，愿为爱付出一切代价。

【注释】①大屋：大房子。白营营 [pʰak⁵ iaŋ¹¹ iaŋ¹¹]：白茫茫，营营是叠音后缀。②行：行走。详见第 23 首。③血水：血液。详见第 95 首。行：交往、来往。

【押韵】1、2、4 句押 [aŋ] 韵。

133

年又过了节又兼，①	年又过欸节又兼，
又爱手镯溜金簪。②	又爱手鈪溜金簪。
手镯簪子都不打，	手鈪簪子都唔打，
断情恐怕断得成。	断情恐怕断得成。

（此是女人怨情夫口吻罢。）

【解题】山歌反映了恋爱中的男女在过节时送手镯、金簪、戒指等定情物的习俗，否则就会被认为没有诚意。

【注释】①兼：临近。②手镯：梅县方言说"手鈪 [su³¹ ak²]"。溜金簪：镀金的簪子。

【押韵】1、2、4 句押 [am] 韵。

134

一条桔树摘九箩，①	一条桔树摘九箩，
怎样今年桔束多。②	样般今年桔束多。
拔去桔树种灯草，③	捇撇桔树种灯草，
有了心肝桔就无。④	有欸心肝桔就无。

（桔字影射激字，犹言烦恼也。）

【解题】山歌整首以"桔"谐"激"，风趣表达了"有你就没烦恼"的情话。

【注释】①九箩：九筐。②怎样：梅县方言说"样般 [ŋɔŋ⁵³ pan⁴⁴]"，怎么，表疑问。③拔去：梅县方言说"捇撇 [paŋ⁴⁴ pʰet²]"。捇：拉、扯、拔。《集韵·庚韵》："捇，相牵也。"撇：用在动词后，表示动作的实现或完结，相当于"去、掉、了"。④桔：谐音"激"，恼火、生气。

【押韵】1、2、4 句押 [o] 韵。

135

八月薯草满山有，① 　　　　　　八月薗草满山有，
上昼割来下昼收。② 　　　　　　上昼割来下昼收。
郎今好比薯草样， 　　　　　　郎今好比薗草样，
任妹抛来任妹抽。③ 　　　　　　任妹抛来任妹抽。

（凡薯草均须以索绑成大束，以便挑运，故有此象征。）

【解题】山歌中阿哥以满山的薗草自喻，末句利用双关，表面描写妹子抛薗萁并捆绑成束的样子；实际表达了阿哥任由妹子安排使唤的"性"福。

【注释】①薯草：梅县方言又叫"薗萁［lu⁴⁴ki⁴⁴］"，芒萁，生长在山上，客家人常割来当柴火烧。②上昼：上午。下昼：下午。详见第109首。③抛：谐音双关，表面指"抛掷"，实际指"跑马"，骑马奔跑的样子，旧时民间常以"骑马"喻做爱。此用法又见第199首。抽［tsʰu⁴⁴］：语义双关，表面指收紧、收缩；实际指教训、收拾，由"抽"的"鞭打"义引申而来，也暗指男女之欢。

【押韵】1、2、4句押［u］韵。

136

月光一出就带蘭，① 　　　　　　月光一出就戴栏，
夜夜做梦在身边。② 　　　　　　夜夜发梦在身边。
夜间做梦妹身上， 　　　　　　夜间发梦妹身上，
醒后始知隔重天。③ 　　　　　　醒后正知隔重天。

【解题】山歌首句以月晕之景起兴，唱出了阿哥对阿妹魂牵梦萦的相思之苦。

【注释】①带蘭：应为"戴栏"。月光戴栏：指月晕，月晕时月亮周围的光圈就像围栏，民间以此形象命名。元王实甫《西厢记·第二本·第四折》："姐姐你看月阑，明日敢有风也？"②做梦：梅县方言说"发梦［pot²mu⁵³］"。③始：梅县方言说"正［tsaŋ⁵³］"，强调确定语气，相当于"才"。

【押韵】1、2、4句押［an］韵。

137

隔远听到厓妹声，①	隔远听到伢妹声，
害我赶过几多坑。②	害𠊎赶过几多坑。
看去又没鬼刁影，③	看去又无鬼刁影，
石灰砌路打白行。④	石灰结路打白行。

【解题】阿哥远远听到妹子的歌声，苦苦追寻，但始终不见妹子的踪影。

【注释】①隔远：远处。声：声音。②赶：急赴。几多：多少。详见第61首。坑：客家地区常见地名，常用于指称两山之间的平地。详见第2首。③鬼刁影：形容渺无人烟。④砌：梅县方言说"结［ʨat²］"，构筑、建造。东晋陶潜《饮酒》："结庐在人境，而无车马喧。"梅县方言砌墙、砌灶台说"结墙""结灶头"。此句是歇后语：石灰砌路——打白行；语义双关，表面指走石灰砌成的白色的路，实际指白走一趟。

【押韵】1、2、4句押［aŋ］韵。

138

松口行上甘露亭，①	松口行上甘露亭，
敢唱山歌怕谁人。②	敢唱山歌怕瞒人。
阿哥好比诸葛亮，	阿哥好比诸葛亮，
不怕曹操百万兵。	唔怕曹操百万兵。

【解题】阿哥一边赶路一边唱山歌，自负其能，豪情万丈。

【注释】①松口、甘露亭：梅州地名。行上：往上走。②谁人：梅县方言说"［man³¹ŋin¹¹］"，常俗写作"瞒人"。

【押韵】1、2、4句押［in］韵。

139

丙村行入宫背塘，①	丙村行入宫背塘，
听知亚妹想恋郎。②	听倒阿妹想恋郎。
脱棹食饭莫斗紧，③	脱桌食饭莫斗紧，
老鼠缘桁漫上梁。④	老鼠缘桁慢上梁。

（斗紧言急促，上梁与商量同音，故云。）

【解题】山歌首句起兴，运用两个双关语，含蓄地奉劝想要恋爱的妹子不要着急，要慢慢商量。

【注释】①丙村、宫背塘：梅州地名。行入：走进去。②听知：梅县方言说"听倒"。亚：应为"阿"。③棹："桌"的异体字。此句是歇后语：脱桌食饭——莫斗紧；脱桌：桌面和桌脚可以分开的八仙桌，又叫"活桌"；莫斗紧：语义双关，表面指不要拼接在一起，此时"斗"是安装、拼接的意思，《敦煌变文集·维摩诘经讲经文》："白玉斗成龙凤巧，黄金缕出象牙边。"实际指不要着急。④此句是歇后语：老鼠缘桁——慢上梁（慢商量），谐音双关，表面指老鼠慢慢爬上屋梁，实际指慢慢商量。缘：顺、沿。《广雅·释诂四》："缘，循也。"桁：屋梁上的横木。《玉篇·木部》："桁，屋桁也。"

【押韵】1、2、4 句押〔oŋ〕韵。

140

丙村行过小河唇，①
鲫鱼鲤子羣打羣。②
两块茶枯丢落水，③
毒鱼不死也会晕。④

丙村行过小河唇，
鲫鱼鲤子群打群。
两块茶枯丢落水，
毒鱼唔死也会晕。

（茶枯是茶子出油后之渣，鱼之食者辄死，末句之鱼，犹言你也。）

【解题】山歌整首运用双关，表面叙述的是成群的鱼会被两块茶枯毒死，实际表达的是阿哥因妹子而神魂颠倒。

【注释】①行过：走过去。②鲤子：鲤鱼。羣："群"的异体字；群打群：一群群。③茶枯：茶籽榨油后剩下的渣料加碎稻草包裹压制成圆饼状的东西，能毒死鱼。详见第 69 首。④鱼〔n¹¹〕：谐音"你"。晕：本字是"忳〔fun¹¹〕"，内心迷糊混乱。详见第 107 首。

【押韵】1、2、4 句押〔un〕韵。

141

天上星多月不清，①
塘中鱼多浪不停。
朝里臣多会乱国，
妹系郎多害己身。

天上星多月唔清，
塘中鱼多浪唔停。
朝里臣多会乱国，
妹系郎多害己身。

【解题】山歌连用三个引喻和四个整句，劝诫妹子用情要专，否则将自作自受。

【注释】①清：明亮。

【押韵】1、2、4句押［in/ən］韵。

142

说了要交就爱交，①　　　　　　　　讲欸爱交就爱交，

不怕你夫柬精刁。②　　　　　　　　唔怕你夫柬精刁。

十日半月来一转，③　　　　　　　　十日半月来一转，

黄澈下饭不知烧。④　　　　　　　　黄蚻傍饭唔知臊。

（黄澈是厨中蟋蟀类，身发奇臭，俗称为"烧味"，俗言不知烧，犹言毫无所觉也。）

【解题】阿哥唱出了与有夫之妇偷情却不被发现的狂妄与得意。

【注释】①说：梅县方言说"讲［koŋ³¹］"。交：交往。②精刁：精明、狡猾。③转：量词，次、回。④黄澈：应为"黄蚻［voŋ¹¹ tsʰat⁵］"，指蟑螂。下饭：梅县方言说"傍饭［poŋ³¹ fan⁵³］"。烧：应为"臊"，动物体上散发的一种难闻气味。此句是歇后语：黄蚻傍饭——唔知臊（骚），谐音双关，表面指闻不到蟑螂的臊味，实际指不知对方如此放荡、轻佻。

【押韵】1、2、4句押［au］韵。

143

生要缠来死要缠，　　　　　　　　　生爱缠来死爱缠，

生死同妹结姻缘。　　　　　　　　　生死同妹结姻缘。

脱头恰似风吹帽，①　　　　　　　　脱头恰似风吹帽，

坐监恰似嬲花园。②　　　　　　　　坐监恰似嬲花园。

【解题】山歌把"杀头"比作"风吹帽"，把"坐牢"比作"在花园玩"，表达了阿哥愿与阿妹同生共死、永结同心的强烈愿望。

【注释】①脱头：杀头。②坐监：坐牢。嬲：本字是"嬲"，玩耍、嬉戏。详见第1首。

【押韵】1、2、4句押［an］韵。

144

戴了笠子莫擎伞，①　　　　　　戴欸笠嘛莫擎遮，
恋了郎时莫恋他。　　　　　　　恋欸郎时莫恋他。
一壶难张两样酒，②　　　　　　一壶难装两样酒，
一树难开两样花。　　　　　　　一树难开两样花。
（俗读伞为遮音。）

【解题】 山歌用了三个引喻来说明"单恋一枝花"的道理，劝诫世人用情要专一，不要脚踏两只船。

【注释】 ①笠子：梅县方言说"笠嘛"，斗笠。擎：手持。《集韵·映韵》："擎，持也。"伞：因与"散 [san⁴⁴]"同音，为避讳而用"遮 [tsa⁴⁴]"，表示"遮掩"。②张："装"的本字，现写作"装"。样：量词，表示事物的品种。《朱子语类》卷三："《周礼》所谓天神、地示、人鬼三样，其实只是一般。"

【押韵】 1、2、4 句押 [a] 韵。

145

有了笠子又爱伞，　　　　　　　有欸笠嘛又爱遮，
恋了你后还恋他。　　　　　　　恋欸你后还恋他。
鸳鸯壶装两样酒，　　　　　　　鸳鸯壶装两样酒，
寄生树开两样花。①　　　　　　寄生树开两样花。
（此首是答辩词。）

【解题】 此首是上一首的对歌。也用三个引喻来说明"恋了你后还恋他"，表达了与上首完全相反的意思，诙谐幽默，让人忍俊不禁。

【注释】 ①寄生树：将植物的根扎在另一棵树的躯体内生长，其树则称为寄生树。

【押韵】 1、2、4 句押 [a] 韵。

146

急水滩头鱼难上，　　　　　　　急水滩头鱼难上，
少年守寡苦难当。①　　　　　　少年守寡苦难当。
睡到五更思想起，②　　　　　　睡到五更思想起，
新席磨断九条纲。③　　　　　　新席磨断九条纲。
（纲言席中索也。）

【解题】山歌首句以"急水滩头的鱼"比兴，唱出了守寡少妇夜不能寐、辗转反侧的孤凄。

【注释】①难当［toŋ⁴⁴］：难以承受。三国魏曹植《白鹤赋》："狭单巢于弱条兮，惧冲风之难当。"②五更：天将亮时。思想：思念、想念。三国魏应璩《与侍郎曹长思书》："足下去后，甚相思想。"③新席：新的席子。磨：摩擦。纲：编织草席时起固定作用的粗绳子，从本义"提网的总绳"引申而来。《说文·系部》："纲，维纮绳也。"

【押韵】1、2、4 句押［oŋ］韵。

147

你真恋其莫恋厓，①　　　　　　　你真恋渠莫恋倕，
自古船多总碍溪，②　　　　　　　自古船多总碍溪。
三面堊墙必倒一，③　　　　　　　三面堊墙必倒一，
不是绝他就绝厓。　　　　　　　　唔系绝佢就绝倕。

（溪读如 Hai。）

【解题】山歌运用两个引喻，奉劝对方要用情专一，否则会殃及无辜。

【注释】①其：第三人称代词，本字是"渠"，常俗写作"佢"。详见第 37 首。②碍溪：阻碍溪流。③堊墙［ok²siɔŋ¹¹］：白泥墙，方言中现在不说这个词。

【押韵】1、2、4 句押［ai］韵。

148

学堂里边种盆花，①　　　　　　　学堂里背种盆花，
踏出踏入望人遮，②　　　　　　　踏出踏入望人遮。
腹中有冤无处诉，　　　　　　　　腹中有冤无处诉，
驼背下山囫自家。③　　　　　　　驼背下山屈自家。

【解题】山歌以花自喻，说明自己的不得志，希望能得到他人的关心和照顾。

【注释】①学堂：学校。明凌濛初《初刻拍案惊奇》卷二九："罗家把女儿寄在学堂中读书。"里边：梅县方言说"里背［ti⁴⁴ poi⁵³］"，里面。②踏出踏入：进进出出。望：盼望、期待。详见第 25 首。③囫：本字是"屈［vut⁵］"。此句是歇后语：驼背下山——屈自家。语义双关，表面指身体不能伸展，"屈"是"弯曲"义；实际指委屈自己，"屈"是"委屈、

憋屈"义。详见第 111 首。自家：自己。详见第 5 首。

【押韵】1、2、4 句押［a］韵。

149

蝴蝶飞入百花园，	蝴蝶飞入百花园，
采了海棠采牡丹。①	采了海棠采牡丹。
百样鲜花都采过，②	百样鲜花都采过，
不曾采过嫩娇莲。③	唔曾采过嫩娇莲。

（嫩娇莲是窈窕淑女之意。）

【解题】山歌将蝴蝶拟人化，唱的是"百花任我采，却未曾邂逅嫩娇莲"。

【注释】①了：了结、完。②样：量词，表示事物的品种。详见第 144 首。③嫩娇莲：又叫嫩娇娘，指妙龄少女。

【押韵】1、2、4 句押［an］韵。

150

米筛筛米拜箕裁，①	米筛筛米簸箕裁，
谷系心肝米系厓。	谷系心肝米系𠊎。
以前包等都束好，	以前包等都束好，
一上笼甑就休厓。②	一上砻甑就休𠊎。

【解题】山歌以谷去壳前后（即从谷到米、壳分离的变化），来比喻两人感情的突变，质朴而又贴切，充满生活气息。

【注释】①米筛［mi³¹si⁴⁴］：碾米后用来过滤稻米的竹编的筛子，从筛眼漏下的是米，留下的是谷。拜箕：应为"簸箕［pai⁵³ki⁴⁴］"，竹篾编成的一种圆形平底的盛具。双手抖动，可将米糠等扬弃出去。《唐诗纪事·卷六二·郑嵎》："大开内府恣供给，玉缶金筐银簸箕。"裁：指双手拿着簸箕往顺时针方向快速旋转，使较轻的杂质集中在精米上面，以便去除。"裁"此处是"去除、削减"的意思，《尔雅·释言》："裁，节也。"郝懿行义疏："裁者，制也，有减损之义。"东汉班固《汉书·食货志上》："其后，上郡以西旱，复修卖爵令，而裁其贾以招民。"梅县方言保留此用法，如"裁钱分细人子读书（筹钱给小孩读书）。"②笼甑：应为"砻甑［luŋ¹¹tsen⁵³］"，旧时常见的磨稻谷去壳的工具，形状略像磨，多以木料制成。

069

【押韵】1、2、4 句押［ai］韵。

151

遮遮掩掩检些惊,^①   遮遮掩掩捡兜惊,

天天夜里检些行。^②   天天夜路捡兜行。

有情妹子还值得,   有情妹子还值得,

无情妹子不花成。^③   无情妹子唔划成。

(不花成,言不止算也。)

【解题】山歌唱的是每天担惊受怕、偷偷摸摸地与妹子相会,如果妹子是个有情人,那还值得,否则就不划算了。

【注释】①检:应为"捡"。些:梅县方言说"兜",表示不定的数量。惊:恐惧、惊慌。详见第 105 首。②行:行走。详见第 23 首。③花成:应为"划成［fa¹¹saŋ¹¹］",划算、值得。

【押韵】1、2、4 句押［aŋ］韵。

152

水打芒头一颇茎,^①   水打芒头一棵根,

热在心头行友情。^②   热在心头行友情。

针筒乘米落锅蒸,^③   针筒升米落镬蒸,

不知几时始上升。^④   唔知几时正上升。

(上升与上身同音,言达到目的也。)

【解题】山歌首句起兴,热恋中的主人公借双关语"上升"谐"上身",试探着追问对方,两人的关系不知何时才能有进一步的发展。

【注释】①打:冲走。芒头［mioŋ¹¹ tʰeu¹¹］:茅草的一种。颇［pʰo⁴⁴］:本字是"棵",语音发生变化,［kʰuo］变为［pʰo］,常俗写作"蔢"。茎:应为"根［kin⁴⁴］",植物长在土中(或水中)的部分。②心头:心里。唐李山甫《山中寄梁判官》:"更无尘事心头起,还有诗情象外来。"行友情:交朋友。③乘米:应为"升米［sən⁴⁴ mi³¹］",量米。锅:梅县方言说"镬［vok⁵］"。详见第 30 首。④几时:什么时候。详见第 114 首。始:梅县方言说"正［tsaŋ⁵³］",强调确定语气,相当于"才"。上升［soŋ⁴⁴ sən⁴⁴］:谐音"上身",表面指达到一升(米),实际指男女发生实质性关系。

【押韵】1、2、4 句押［in/ən］韵。

153

山哥二字厓在行，^①	山歌二字倕在行，

山哥二字厓在行，^①　　　　　山歌二字倕在行，
搭郎搭妹真萧洋。^②　　　　　搭郎搭妹真潇洋。
夜晚来做风流事，　　　　　夜晚来做风流事，
吾就同妹出战场。　　　　　倕就同妹出战场。

【解题】阿哥借此山歌表达了大胆追求爱情的勇气和"情场如战场"、无所畏惧的态度。

【注释】①山哥：应为"山歌"。②搭：捎带、附上。详见第 10 首。萧洋：客家方言没有这一说法，应是潇洒、洋气的简称。

【押韵】1、2、4 句押〔oŋ〕韵。

154

妹系使盾郎用鎗，^①　　　　　妹系使盾郎用枪，
山哥样样开心肠。^②　　　　　山歌样样开心肠。
唱了山歌运气好，　　　　　唱欸山歌运气好，
多赚白银九万两。　　　　　多赚白银九万两。

【解题】阿哥和阿妹一起唱山歌，心情越唱越好，运气也越来越旺。

【注释】①使：使用。盾〔tun³¹〕：盾牌。鎗："枪"的异体字。②样样：量词的重叠。详见第 144 首。开心肠：开心。

【押韵】1、2、4 句押〔oŋ〕韵。

155

半夜敲门敲不开，^①　　　　　半夜摧门摧唔开，
手拿石子瓦上摂，^②　　　　　手拿石头瓦上摂。
灯草拿来挑螺肉，^③　　　　　灯草拿来挑螺肉，
怎得心肝肉出来。^④　　　　　样得心肝肉出来。

【解题】山歌唱的是半夜偷偷到心上人家敲门、往瓦房上面扔石子，想让心上人出来相会。

【注释】①敲：梅县方言说"摧〔kok⁵〕"，敲击。《说文·手部》："摧，敲击也。"②摂〔voi⁴⁴〕：向上扔。平远方言的说法。③挑：用针、指甲等挖剔。南朝宋刘敬叔《异苑》卷四："有相者师圭谓侃曰：'君左手

中指有竖理，若彻于上，位在无极。'侃以针挑令彻，血流弹壁，乃作公字。"明凌濛初《初刻拍案惊奇》卷四："怀中取出一包白色有光的药来，用小指甲挑些些弹在头断处。"④怎得：梅县方言说"样得 [ŋon⁵³ tet²]"，怎能，表反问。此句语义双关，表面是怎样才能把螺肉挑出来呢？实际是怎样才能让心上人出来相见呢？

【押韵】1、2、4 句押 [oi] 韵。

156

新打酒壶两面光，①	新打酒壶两面光，
打起酒壶有酒张。②	打起酒壶有酒装。
亲哥斟的梅花酒，	亲哥斟个梅花酒，
老妹斟的桂花香。③	老妹斟个桂花香。

【解题】山歌唱的是阿哥阿妹各自拿出珍藏的好酒，把酒言欢，其乐融融。

【注释】①打：制作、造。详见第 43 首。两面：指里面、外面。光：光滑。②张："装"的本字，现写作"装"。③的：梅县方言说"个"，结构助词。详见第 16 首。

【押韵】1、2、4 句押 [oŋ] 韵。

157

新买钓竿节过多，①	新买钓竿节过多，
因为钓鱼石下坐。	因为钓鱼石下坐。
次次钓的鲫鱼子，②	次次钓个鲫鱼子，
心想鲢鱼虾过多。③	心想鲢鱼虾过多。

（鲢鱼，犹言恋你，读吾音。）

【解题】山歌叙述的是想用新鱼竿钓鲢鱼，但每次都钓到虾。以"鲢鱼"谐音"连你"，表达了主人公对心上人的情有独钟。

【注释】①钓竿：钓鱼竿。节：竹节。过：程度副词，相当于"比较"。②鲫鱼子：鲫鱼。③鲢鱼 [lian¹¹ n¹¹]：谐音"连你"，与你交往、相恋。

【押韵】1、2、4 句押 [o] 韵。

158

今朝买肉真稀奇，①　　　　　　　今朝买肉真稀奇，
三两猪肉四两皮。②　　　　　　　三两猪肉四两皮。
朝朝都有猪心搭，③　　　　　　　朝朝都有猪心搭，
今朝心肝那去里④　　　　　　　　今朝心肝哪去哩。
(末言何以今日不见吾所欢也。)

【解题】 山歌叙述的是买猪肉时未像往常那样额外赠送猪心，从而追问"心肝"哪去了。看似无意，实则有心。

【注释】 ①朝：早晨。②皮：猪皮。③搭：捎带、附上，此处指额外赠送。详见第 10 首。④心肝：语义双关，明指猪内脏，实指心上人。那：应为"哪"。里：应为"哩"，语气助词，相当于"了"。

【押韵】 1、2、4 句押［i］韵。

159

买肉不如买心肝，①　　　　　　　买肉唔当买心肝，
新情不当老交官。②　　　　　　　新情唔当老交官。
河里劏鸡失肠肚，③　　　　　　　河里治鸡失肠肚，
有钱难买本心肝。④　　　　　　　有钱难买本心肝。

【解题】 山歌运用两个引喻，巧用"心肝"，希望对方能珍惜眼前人，不要喜新厌旧。

【注释】 ①不如：梅县方言说"唔当［m^{11} $toŋ^{53}$］"。②新情：新交情。老交官：老主顾、老交情。③劏［$ts^hŋ^{11}$］：民间常用俗字，本字是"治"，宰杀。《说文解字·刀部》："劏，楚人谓之治鱼也。"《晏子春秋·内篇·谏下》："景公走狗死……趣庖治狗，以会朝属。"注云："治，宰也。"北魏贾思勰《齐民要术·炙法》第八十"衔炙法"："取极肥鹅子一只，净治，煮令半熟。"④心肝：语义双关，明指动物内脏，实指心上人。

【押韵】 1、2、4 句押［on］韵。

160

因为同你束出名，①　　　　　　　因为同你束出名，
行没几久就说丢。②　　　　　　　行无几久就讲钉。
六月天光晒灯草，③　　　　　　　六月天光晒灯草，

使我心头怎样冷。④　　　　　　　　使倕心头样欸冷。

（丢应读如 Duin，六月天光即六月之意。）

【解题】山歌前两句直抒胸臆，后两句以"晒得发烫的灯草"比喻"火热的内心"，唱的是主人公在热恋中突然被抛弃，难以接受。

【注释】①同你：与你交往。②行：交往、来往。几久［kit² kiu³¹］：多久。说：梅县方言用"讲"。丢：抛弃。结合第 116 首，此处应为"［taŋ⁴⁴］"，本字不详，用同音字"钉"。③六月天光：特指农历六月日照最强的季节。④使：梅县方言说"喊［ham⁵³］"。心头：心里。详见第 152首。怎样：梅县方言说"样欸［ŋₒoŋ⁵³ ŋe¹¹］"，表示反问。

【押韵】1、4 句押［aŋ］韵。

161

同妹不易好名声，①　　　　　　　　同妹唔系好名声，
遮遮掩掩检些惊。②　　　　　　　　遮遮掩掩捡兜惊。
风车里边摊床睡，③　　　　　　　　风车肚里摊床睡，
把我身子搅到轻。④　　　　　　　　将俋身子搅到轻。

（风车是去谷壳等用木机，俗言转风车曰搅，搅字又别有弄字意义，故云。）

【解题】山歌唱出了偷情者既怕又想的尴尬处境和纠结心情。

【注释】①同妹：与妹子交往。不易：应为"不是"，梅县方言说"唔系［m¹¹he⁵³］"。②检：拾取，今用"捡"。些：梅县方言说"兜"，表示不定量。惊：恐惧、惊慌。详见第 105 首。③风车：人力鼓风机。详见第 79 首。里边：梅县方言说"里背［ti⁴⁴ poi⁵³］"或"肚里［tu³¹ e¹¹］"。④把：梅县方言用"将"，介词。搅：转动风车叫"搅风车"；谐音"搞"，搞男女关系。

【押韵】1、2、4 句押［aŋ］韵。

162

买鞋要买有踭鞋，①　　　　　　　　买鞋爱买有睜鞋，
又好踏踭又好掋。②　　　　　　　　又好踏睜又好拖。
恋妹要恋上下屋，③　　　　　　　　恋妹爱恋上下屋，
要紧要漫任在厓。④　　　　　　　　爱紧爱慢任在倕。

【解题】山歌前两句比兴，以男性的口吻唱出了与隔壁家妹子相恋的方便与好处。

【注释】①跰：本字是"踭"，脚跟、胳膊肘。详见第27首。②好：宜于、便于。南朝梁刘缓《江南可采莲》："楫小宜回径，船轻好入丛。"脚跰（踭）：踩鞋跟。挮［tʰai¹］：鞋跟拖着地走。本字是"拖"，下垂、披覆。梅县方言说法有所引申。详见第101首。③上下屋：左邻右舍。④任在厓（偃）：任由我。

【押韵】1、2、4句押［ai］韵。

163

买鞋莫买有踭鞋，	买鞋莫买有踭鞋，
未曾落地先上坭。①	唔曾落地先上泥。
恋妹莫恋黄花拐，②	恋妹莫恋黄花蜗，
不曾上身讲衰厓。③	唔曾上身讲衰偃。

【解题】山歌前两句以"穿有跟鞋易沾泥"比兴，联系到与黄花闺女相恋，容易身败名裂。

【注释】①坭："泥"的异体字。上［soŋ⁴⁴］坭：沾上泥。②黄花拐：黄花闺女，常俗写作"黄花蜗［kuai³¹］"。③上身：指男女发生实质性关系。讲衰厓（偃）：败坏我（名声）。

【押韵】1、2、3、4句押［ai］韵。

164

成名叫做大细姑，①	成名叫做大细姑，
自从未曾睡一晡。②	自从唔曾睡一晡。
好比唐王得天下，③	好比唐王得天下，
南京不曾结帝都。④	南京唔曾结帝都。

【解题】山歌把唐王不曾建帝都的遗憾与主人公不曾与同宗亲女子相好的遗憾联系在一起，看似意料之外，却在情理之中。

【注释】①成名：命名、有名分。女性出嫁后同宗族的人便称其为大细姑，未出嫁前是没有名分的。叫：梅县方言说"喊［ham⁵³］"。②自从：一直，从过去到现在。晡：下午或晚上，此处指晚上。详见第67首。③唐王：此处指南明政权中一位较有作为的帝王隆武帝。④结：构筑、建造。

详见第 137 首。

【押韵】1、2、4 句押［u］韵。

165

天上七星七孤单，①	天上七星七孤单，
没个亲人在身边。②	无个亲人在身边。
虾蟆跌落深古井，③	蛤蟆跌落深枯井，
不知几时出头天。④	唔知几时出头天。

【解题】天上的北斗七星，衬托了"我"的孤独和寂寞；"我"就像跌落枯井的青蛙，不知什么时候才能出人头地。

【注释】①天上七星：指北斗七星。②没：梅县方言说"无［mo¹¹］"。详见第 5 首。③跌落：掉进。④出头天：出人头地的日子。

【押韵】1、2、4 句押［an］韵。

166

先日交情喜欢欢，①	先日交情喜欢欢，
今日当我没相干。②	今日当偃无相干。
猪肝拿来炒韮菜，③	猪肝拿来炒韭菜，
那下截到厓心肝。④	哪下擉倒伢心肝。

【解题】山歌运用对比和双关，抱怨对方前后态度的变化，同时也在反思：何时让我的心肝伤心了？

【注释】①先日：往日。详见第 53 首。②没（无）相干：没有关系。③韮菜：韭菜，"韮"是异体字。④那下：应为"哪下［ŋai⁵³ha⁵³］"，哪次。截：梅县方言说"擉［tsʰiuk²］"，刺、戳。《集韵·觉韵》："擉，刺取鳖蜃也。"《庄子·则阳》："冬则擉鳖于江。"心肝：语义双关，表面指猪内脏，实际指心上人。

【押韵】1、2、4 句押［on］韵。

167

逢四逢九丙村圩，①	逢四逢九丙村圩，
假意交情吾也知。	假意交情偃也知。
假意行来没了日，②	假意行来无了日，

不如二人断了之。　　　　　　　　　　不如两人断了之。

（丙村圩是村落间之小市场名，定四九日为集市期。）

【解题】 山歌首句起兴，直接唱出了欲与虚情假意者断绝交往的心声。

【注释】 ①丙村圩：丙村圩镇，也是旧时梅州地区比较繁华的集市交易地。农历逢四、九日是丙村圩的圩日。②行：交往、来往。没（无）了日：没有了结的日子。

【押韵】 1、2、4 句押 ［i］ 韵。

168

实是你鬼害死厓，①　　　　　　　　　　实系你鬼害死𠊎，
害我走路头都低。　　　　　　　　　　害𠊎走路头都低。
事到临头我要死，②　　　　　　　　　　事到临头𠊎爱死，
春秋你要祭祀厓。③　　　　　　　　　　春秋你爱祭祀𠊎。

（桑间濮上之悲剧，于此可见。）

【解题】 山歌反映了旧时客家社会偷情者的悲剧，但即便如此，重情义者依然义无反顾。

【注释】 ①实：实在。你鬼：你这死鬼。②事到临头：指恋情被发现，面临着受宗法处置的时候。③春秋：指客家地区的春秋两祭，春祭是在清明前后，秋祭是在重阳前后。

【押韵】 1、2、4 句押 ［ai］ 韵。

169

锡打灯盏溜里金，①　　　　　　　　　　锡打灯盏溜哩金，
有油点火没灯心。　　　　　　　　　　有油点火无灯芯。
手拿灯芯风吹走，　　　　　　　　　　手拿灯芯风吹走，
枉为亲哥一条心。②　　　　　　　　　　枉为亲哥一条心。

【解题】 山歌运用语义双关，表面唱的是阿哥小心翼翼地拿着灯芯，却被风吹走了，实际表达的是"阿哥有心，妹子无意"的遗憾。

【注释】 ①打：制作、造。详见第 43 首。灯盏：油灯。《旧唐书·卷一一九·杨绾传》："绾应声指铁灯树曰：'灯盏柄曲。'众咸异之。"溜里（哩）金：镀了金。②枉为：徒然，白费。

【押韵】 1、2、4 句押 ［im］ 韵。

170

妹妹四七郎五三，①   妹妹四七郎五三，
百年偕老行不淡。②   百年偕老行唔淡。
今生同你嫽不够，③   今生同你嫽唔够，
后生还要嫽些添。④   后生还爱嫽兜添。

【解题】山歌直抒胸臆，主人公与妹子相约，希望来世能再续前缘。
【注释】①四七：四十七岁。五三：五十三岁。②行：交往、来往。
③嫽：本字是"嫽"，此处特指男女之间的交往。详见第1首。④后生：
来生。北齐颜之推《颜氏家训·归心》："若引之先业，冀以后生，更为通
耳。"些：梅县方言说"兜"，表示不定的数量。添：放在句末的数量补语
后面，表示量的增加。
【押韵】1、2、4句押［am］韵。

171

先日同你糖样甜，①   先日同你糖样甜，
今日同你雪样冷。②   今日同你雪样冷。
糖锅拿来炒猪胆，③   糖镬拿来炒猪肝，
先甜后苦心不甘。   先甜后苦心唔甘。

【解题】山歌运用对比和比喻，唱的是昔日的感情有多甜蜜，今日的
分手就有多苦涩，让人心有不甘。
【注释】①先日：往日、以前。详见第53首。同你：与你交往。糖样
甜：像糖一样甜。②雪样冷：像雪一样冷。③锅：梅县方言说"镬
［vok⁵］"。详见第30首。猪胆：应为"猪肝"。
【押韵】1、2、4句押［am/aŋ］韵。

172

亲哥入坑妹出坑，①   亲哥入坑妹出坑，
你要断情加早声。②   你爱断情加早声。
你要断情加早话，③   你爱断情加早话，
这条大路免郎行。④   这条大路免郎行。

【解题】妹子故意躲着阿哥，阿哥直接表达了心中的不满。

【注释】①坑：客家地区常见地名，常用于指称两山之间的平地。详见第2首。②加早：提前。声：动词，出声。《仪礼·士虞礼》："祝升，止哭，声三，启户。"梅县方言引申出"告知"义，如"你声𠊎知（你告诉我）"。③话：动词，说，告诉。详见第56首。④行：语义双关，表面指行走，实际指交往、来往。详见第23首。

【押韵】1、2、4句押［aŋ］韵。

173

实实在在话你知，	实实在在话你知，
死良绝心就是你。①	死良绝心就系你。
一年都无两次嬲，②	一年都无两次嫽，
虫咬绿竹想坏里。③	虫咬绿竹想坏哩。

（俗称竹节曰想，故云。）

【解题】山歌前两句直接咒骂对方的绝情，末句运用双关，表达了对情人的思念，感情一放一收，直白而热烈。

【注释】①死良绝心：没有良心，绝情。②嬲：本字是"嫽"，此处特指男女间的交往。详见第1首。③想坏里：谐音双关，表面是指竹节被虫蛀了，实际指非常想念。想［sioŋ³¹］：植物的节，本字不详。梅县方言竹节说"竹想"，一节甘蔗说"一想蔗"。

【押韵】1、4句押［i］韵。

174

食里火炭黑里心，	食哩火炭黑哩心，
鸢子飞过别人笼。①	鸟子飞过别人笼。
苧子拿来截底种，②	苎子拿来截底种，
侧面生芽起横心。③	侧面生芽起横心。

【解题】你的心就像吃了火炭那样黑，你像鸟一样飞入别人的笼子里，你就好比那截底种的苎麻，居然生出歪心来。山歌运用比喻和双关，痛斥移情别恋的情人。

【注释】①鸢：应为"鸟［tiau⁴⁴］"。②苧："苎［tsʰu¹¹］"的异体字，苎麻。截底种：从底部截断再移植，苎麻是盘根生长的，从底部截断后就会侧面生芽。③生：生长。详见第103首。起横心：语义双关，明指苎麻的地下根在地表横向生长，实指起坏心，有二心。

【押韵】（兴宁）1、2、4句押［im］韵。

175

麻竹做桥肚里空，①	麻竹做桥肚里空，
两人交情莫透风。②	两人交情莫透风。
燕子喊坭口要稳，③	燕子衔泥啜爱稳，
蜘蛛结丝在肚中。④	喇蟛经丝在肚中。

【解题】山歌首句起兴，后两句利用"稳"和"丝"构成的双关，主人公希望情人能守口如瓶、不露声色。

【注释】①麻竹：竹子的一个种类。②莫透风：不要走漏风声。③喊：应为"衔［ham¹¹］"，用嘴含。坭："泥"的异体字。口要稳：梅县方言说"啜爱稳［tsoi⁵³oi⁵³vun³¹］"，语义双关，表面指嘴巴要咬紧，实际指不能说漏嘴。详见第12首。④蜘蛛：梅县方言说"喇蟛［la¹¹tʰa⁴⁴］"。结丝：梅县方言说"经丝［kaŋ⁴⁴sɿ⁴⁴］"；"丝"谐音"思"。

【押韵】1、2、4句押［uŋ］韵。

176

甜酒拿来炒猪肝，①	甜酒拿来炒猪肝，
甜不甜来酸不酸。	甜唔甜来酸唔酸。
我今恋到无情妹，②	偃今恋倒无情妹，
行不行来断不断。③	行唔行来断唔断。
（俗称酸醋为甜酒。）	

【解题】山歌运用比兴和整句，主人公觉得与无情的妹子交往，若即若离，患得患失。

【注释】①甜酒：旧时客家人的食用醋，是用黄酒制成的。最简单的制作方法是将烧得通红的铁器放入黄酒中冷却，令黄酒变酸。②今：现在。详见第111首。③行：交往、来往。

【押韵】1、2、4句押［on］韵。

177

想上天来天又高，	想上天来天又高，
想来恋妹人又多。①	想来连妹人又多。

铁打荷包难开口，②　　　　　　　铁打钱包难开口，
石上破鱼难下刀。　　　　　　　　石上破鱼难下刀。

【解题】山歌运用倒喻和"难开口"的一语双关，含蓄地表达了主人公想与妹子相恋但又羞于启齿的心情。

【注释】①恋：此处为"连"更合适，表示一般意义上的"建立男女关系"。②铁打荷包：用铁制作的钱包。打：制作、造。详见第43首。荷包：钱包。明冯梦龙《喻世明言》："张公接过银子，看一看，将来放在荷包里。"难开口：语义双关，表面指钱包难打开，实际指不知如何开口。

【押韵】1、4句押［au］韵。

178
日出东边落在西，　　　　　　　　日出东边落在西，
同妹柬好各乡里。　　　　　　　　同妹柬好各乡里。
筷子拿来倒头使，①　　　　　　　筷子拿来倒头使，
久后始知箸坏里。②　　　　　　　久后正知箸坏里。
（箸与住同音，故云。）

【解题】山歌首句以太阳比兴，后两句以非正常的现象构成双关兼倒喻，以男性的口吻唱出了非正常交往（可能是男子久住女方家）导致的名声不好或关系不顺。

【注释】①此句把"筷子尾当筷子头用"比喻颠倒了的做法或关系。②始：梅县方言说"正［tsaŋ⁵³］"，强调确定语气，相当于"才"。箸：筷子；谐音"住"，居住。《说文·竹部》："箸，饭攲也。"王筠句读："攲，持去也。《通俗文》：'以箸取物曰攲。'"《汉书·周勃传》："上居禁中，召亚夫赐食。独置大胾，无切肉，又不置箸。"

【押韵】1、2、4句押［i］韵。

179
龙眼打花千百枝，①　　　　　　　龙眼打花千百枝，
不当芙蓉开一枝。②　　　　　　　唔当芙蓉开一枝。
自己妻子千百日，③　　　　　　　自家妻子千百日，
不如同妹嬲一时。④　　　　　　　唔当同妹嬲一时。

081

【解题】山歌前两句利用两种花的对比起兴，唱出了花心者"野花总比家花香"的心声。

【注释】①龙眼：桂圆。打花：开花。枝〔ki⁴⁴〕：量词，相当于"朵"。②不当：不如。梅县方言说"唔当〔m¹¹ toŋ⁵³〕"。③自己：梅县方言说"自家"。④嬲：本字是"嫽"，此处特指男女间的交往。详见第1首。

【押韵】1、2、4句押〔i〕韵。

180

杂货店里拿花边，①	杂货店里拿花边，
水货店里拿零钱。②	水货店里拿零钱。
要钱要银你挪去，	爱钱爱银你拿去，
莫来寒天讲冷言。③	莫来寒天讲冷言。

（俗称大洋为花边。）

【解题】山歌直抒胸臆，主人公大方表态，钱财任你贪，但希望你不要恶语相向。

【注释】①杂货店：百货店，旧时的综合商店。花边：银圆的俗称。详见第86首。②水货店：旧时指卖水产干货的店。③寒天：冷天、冬天。唐白居易《华城西北雉堞最高，崔相公首创楼台，钱左丞继种花果，合为胜境，题在雅篇。岁暮独游，怅然成咏》："况是寒天客，楼空无主人。"

【押韵】1、2、4句押〔an〕韵。

181

恋妹不得发妹颠，①	恋妹唔倒发妹癫，
瓦片落地叫花边。	瓦片落地喊花边，
三月清明叫端节，②	三月清明喊端节，
九月重阳叫新年。	九月重阳喊新年。

【解题】山歌运用夸张手法，描写了单相思者荒唐可笑的言行举止，表现了相思之深、相思之苦。

【注释】①不得：梅县方言说"唔倒"，不成。发妹颠：得花癫症；发：疾病发作。《史记·项羽本纪》："（范增）行未至彭城，疽发背而死。"②叫："叫"的异体字。梅县方言用"喊〔ham⁵³〕"，称作、叫作。

【押韵】1、2、4句押〔ian〕韵。

182

妹也不是初交情，①	妹也唔系初交情，
看你年纪也系轻。	看你年纪也系轻。
上山点火爱照岽，②	上山点火爱照嵊，
入庙烧香爱看神。③	入庙烧香爱看神。

（照岽是照应，看神是看承之双关语。）

【解题】山歌运用两个双关，唱的是希望与妹子携手相伴、互相照顾。

【注释】①是：梅县方言说"系"。初交情：新结交的情谊。②岽 [in⁵³]：民间讹字，指陡坡，小山坡。本字是"嵊"，山名。详见第23首。照嵊，谐音"照应"。③看神 [kʰon⁵³sən¹¹]：谐音"看承"，照顾、帮助。宋韩琦《和袁陟节推龙兴寺芍药》："问得龙兴好事僧，每岁看承不敢暇。"

【押韵】1、3、4句押 [in/ən] 韵。

183

先日同妹暖温温，①	先日同妹暖温温，
口水挪来当茶吞。②	口水拿来当茶吞。
今日来讲断情话，	今日来讲断情话，
县官来判心不忍。	县官来判心唔忍。

【解题】昔日炽烈的感情与今日的冷酷无情形成鲜明的对比，借"县官来判心不忍"，表达了歌者的不舍与无奈。

【注释】①先日：往日、以前。详见第53首。②挪：应为"拿"。

【押韵】1、2、4句押 [un] 韵。

184

萝葡腌生口里豹，①	萝卜腌生口里豺，
摸蘭睡目委圆厓。②	摸栏睡目委屈偃。
老蟹吊颈无头描，③	老蟹吊颈无头苗，
火炙虾公烟曲厓。④	火炙虾公烟曲偃。

（悉是不得志之警语，豹饥饿想食也，摸蘭是竹制之盘，无头描言毫无头绪也，烟曲厓是冤屈厓之双关语。）

【解题】山歌首句起兴，后三句每句一双关，表达了主人公的各种委屈。

【注释】①萝葡：应为"萝卜"。腌生：将未煮熟的食物放在醋、糖等调料里浸泡后直接吃。客家地区很多带"腌"的小吃，如"腌面""腌粉""腌萝卜""腌牛肉""腌牛百叶"等。口里：读［heu³¹ve¹¹］，嘴里。豺［sai¹¹］：梅县方言把蛔虫叫作"［sai¹¹tsʰuŋ¹¹］"，把饥饿的感觉叫作"［sai¹¹］"，本字不详，用同音字"豺"。②蘭：应为"阑"，同"栏"；摸栏：客家地区用来晾晒东西的大而圆的竹编器具。睡目：睡觉。囮：本字是"屈"；委屈［vi⁴⁴vut²］：语义双关，表面指弯曲，不能伸展，实际指委屈、憋屈。详见第111首。③老蟹：螃蟹。吊颈：上吊自杀。明兰陵笑笑生《金瓶梅》（崇祯本）第十九回："饱哭了一场，可怜走到床上，用脚带吊颈悬梁自缢。"无头描：应为"无头苗"，语义双关，表面指螃蟹没有头，实际指没有头绪。④炙：烘烤、烘干。详见第69首。虾公：虾；公是名词后缀，类似的还有"猫公""鼻公""耳公"等。烟曲厓（偲）：谐音"冤屈厓（偲）"，表面指虾变弯曲，实际指冤枉我。

【押韵】1、2、4句押［ai］韵。

185

阿哥就是州城人，①	阿哥就系州城人，
山歌唱来过文明。②	山歌唱来过文明。
谁人敢来同我对，③	瞒人敢来同偲对，
算你乡中第一人。	算你乡中第一人。

【解题】山歌叙述的是妹子自信大方地邀请斯文的阿哥前来斗歌。

【注释】①州城人：指嘉应州的城里人。②过：程度副词，相当于"比较"。③谁人：梅县方言说"［man³¹ŋin¹¹］"，俗写作"瞒人"。对：对歌。

【押韵】1、2、4句押［in］韵。

186

一扇拨来两面风，①	一扇泼来两面风，
火烧船衣救船篷。②	火烧船衣救船篷。
十八阿哥带眼镜，	十八阿哥戴眼镜，
因为探花目始朦。③	因为贪花目始朦。

【解题】山歌以不合常理的现象比兴，嘲讽十八岁的阿哥戴眼镜，是

因为贪恋女色，反映了民间中医"肾主目"的观点。

【注释】①拨：应为"泼（扇）"。②船衣：覆盖在船上的罩子。船篷 [pʰuŋ¹¹]：覆盖在小木船上的拱形物，用来遮蔽日光和风雨。③探花：应为"贪花 [tʰam⁴⁴fa⁴⁴]"，贪好美色。唐韩琮《春愁》："秦娥十六语如弦，未解贪花惜杨柳。"目：眼睛。《说文·目部》："目，人眼。"朦：眼花，看不清。

【押韵】1、2、4 句押［uŋ］韵。

187

<table>
<tr><td>

八股落甑蒸斯文，①
洋毡遮卵盖一春。②
味碟种菜园分浅，③
檀香落炉暗中焚。④

</td><td>

八股落甑蒸斯文，
洋毡遮卵盖一春。
味碟种菜园分浅，
檀香落炉暗中焚。

</td></tr>
</table>

（蒸斯文犹言真斯文，盖一春犹言盖一村，俗称蛋曰春，园分浅犹言缘份浅，暗中焚犹言暗中昏迷，俱双关语。）

【解题】山歌每句一个歇后语，盛赞对方的人品相貌，表达了有缘无分的遗憾和相思之苦。

【注释】①甑：饭甑，旧时客家人做饭蒸食用的加盖高桶。详见第 112 首。蒸斯文：谐音"真斯文"。②洋毡：毛毯。卵：蛋，《说文·卵部》："凡物无乳者卵生。"有些地方因避讳又叫作"春 [tsʰun⁴⁴]"，寓意"春春光光（顺顺利利）"。盖一春：谐音"盖一村"，表面意思是遮住蛋，实际指超过全村的人。盖：胜过、超过。详见第 20 首。③园分浅：谐音"缘分浅"。此句是歇后语：味碟种菜——园分浅（缘分浅），谐音双关，表面指用味碟种菜太小了，实际指缘分浅薄。④炉：香炉。暗中焚：谐音"暗中忳"，表面指在香炉中焚烧，实际指独自发呆、单相思。

【押韵】1、2、4 句押［un］韵。

188

<table>
<tr><td>

柑子拿来割佛形，①
愈想愈真是桔人。②
戌时过了来出世，③
愈想愈真系亥人。④

</td><td>

柑子拿来割佛形，
愈想愈真系桔人。
戌时过欸来出世，
愈想愈真系亥人。

</td></tr>
</table>

（亥人是影射害人。）

【解题】山歌以"桔"谐"激",以"亥"谐"害",风趣地表达了生气、怨恨的情绪。

【注释】①割佛形:刻成佛像。②愈……愈……:梅县方言说"越[iat⁵]……越……"。桔人:谐音"激人",刺激人。③出世[tsʰut²se⁵²]:出生。详见第 125 首。④亥人[hoi⁵³ŋin¹¹]:亥时出生的人;谐音"害人"。

【押韵】1、2、4 句押[in]韵。

189

点火来烧蔬菜坪,①	点火来烧蔬菜坪,
五更落露心还生。②	五更落露心还生。
烂鞋拿来搭四掌,③	烂鞋拿来搭四掌,
不曾想到还有行。④	唔曾想倒还有行。

【解题】山歌两句一双关,唱的是情思难断,前缘未了。

【注释】①蔬菜坪:种了大片蔬菜的场地。②心还生:表面指菜心还未完全枯萎,实际指情感还未断。③搭:附着、紧贴。四掌:手掌、脚掌的统称。④行:语义双关,表面指行走,实际指交往、来往。

【押韵】1、2、4 句押[aŋ]韵。

190

十六两平非正斤,①	十六两平非正斤,
有谷沉底假甚精。②	泛谷沉底假甚精。
虾蟆来搅观音脚,③	蛤蟆来搞观音脚,
真神不怕拐上身。④	真神唔怕蚋上身。

(正斤犹言正经,假精犹言欲爱故推,俗称蛙曰拐子,拐上身犹言被拐诱而达到目的也。)

【解题】山歌连用三个双关,讽刺了在感情方面假正经、虚情假意的人,也可能是求而不得后的恶意攻击。

【注释】①非正斤:谐音"非正经",表面指不到一斤,实际指生活作风不正派。旧时沿用的是一斤十六两的计量方法。在民间交易时,卖家为体现让利行为,称一斤东西的时候,往往都会让秤杆尾稍微上翘,才算是"真正一斤",而如果秤杆正好是平稳的,则是未达到一斤。②有谷:应为"冇谷[pʰaŋ⁵³kuk²]":秕谷,不饱满的稻谷;"[pʰaŋ⁵³]",李如龙认为本字是"泛"，《说文·水部》："泛，浮也。"段玉裁注："《北风》曰：'汎彼柏舟，亦汎其流。'上'汎'谓'汎'，下'汎'当作'泛'，浮也。"梅县方言引申出"不饱满、不踏实"的用法。假精：语义双关，表面指泛谷假作精谷（好谷），实际指做作，虚情假意。③虾蟆：应为"蛤蟆"。搅：应为"搞"，玩、玩弄。④真神［tsən⁴⁴ sən¹¹］：谐音"真诚"，表面指真的神明，实际指正经的人。拐：应为"蜗"，青蛙；谐音"拐"，诱拐。蜗上身：表面指青蛙之类的跳到身上，实际指被诱拐从而达到目的。

【押韵】1、2、4 句押［in／ən］韵。

191

两条花树共盆生，①	两条花树共盆生，
一样开花一样腈。②	一样开花一样腈。
手盘手背也是肉，③	手盘手背也系肉，
会着拖鞋不要跭。④	会着拖鞋唔爱跭。

（跭与争同音，犹言不要争。全首是男子同时有两情妇之辞。）

【解题】山歌以两棵花树比兴，以"跭"谐"争"，花心男子表示会雨露均沾，希望两边的情人能够和平相处。

【注释】①共盆生：共同生长在一个盆里。②一样：一起、同样。腈：漂亮。本义是瘦肉。③手盘：手掌心。④着：穿，详见第 3 首。跭：本字是"跭"，脚跟、胳膊肘。详见第 27 首。不要跭：梅县方言说"唔爱跭［m¹¹moi⁵³tsaŋ⁴⁴］"，谐音"唔爱争"，表面指不要脚后跟，实际指不要争风吃醋。

【押韵】1、2、4 句押［aŋ］韵。

192

你系要归好先行，①	你系爱归好先行，
番转头来看下添。②	翻转头来看下添。
咸菜包盐吞落肚，	咸菜包盐吞落肚，
教郎心头怎样淡。③	喊郎心头样欸淡。

（俗称小心走为好生行。）

【解题】山歌前两句叙事，后两句利用"淡"的一语双关，唱的是主人公虽已与情人挥手告别，但激情难平。

【注释】①归：回。详见第 11 首。好：可以、应当。详见第 11 首。

行：行走。详见第 23 首。②转：回、返。徐锴《说文传·车部》："转，
还也。"《诗·邶风·柏舟》："我心匪石，不可转也。"下：一下，表示时
间短。添：放在句末的数量补语后面，表示量的增加。③教：梅县方言说
"喊［ham⁵³］"，叫、让。心头：心里。详见第 152 首。怎样：梅县方言说
"样欸［ŋɔŋ⁵³ŋe¹¹］"，怎么。淡：语义双关，表面指味道淡，实际指感情
冷淡。

【押韵】（兴宁）1、2、4 句押［aŋ］韵。

193

领了我定系我人，①	领欸倻定系倻人，
当初不愿莫应承。②	当初唔愿莫应承。
鲤鱼食了金钩钓，③	鲤鱼食欸金钩钓，
挣得脱时去身鳞。	挣得脱时去身鳞。

【解题】 山歌前两句叙事，后两句比喻，表达了对违背婚约的女子的
指责和不愿善罢甘休的心态。

【注释】 ①定：定金。②应承：应允、承诺。元关汉卿《玉镜台》第
四折："你只要应承了这一首诗，倒被我勒掯的情和睦。"③金钩钓：金
钓钩。

【押韵】 1、2、4 句押［in/ən］韵。

194

日日落雨日日晴，①	日日落雨日日晴，
新做田唇不敢行。②	新做田唇唔敢行。
麻竹造桥不敢过，	麻竹造桥唔敢过，
我今想妹不敢声。③	倻今想妹唔敢声。

【解题】 山歌以雨天不敢走田梗，不敢过桥比兴，顺势联想到想念妹
子却不敢大胆表白。

【注释】 ①落雨：下雨。②田唇：田埂。行：行走。详见第 23 首。
③今：现在。详见第 111 首。声：动词，出声。详见第 172 首。

【押韵】 1、2、4 句押［aŋ］韵。

195

初一落雨初二晴，　　　　　　　　初一落雨初二晴，
初三落雨变坭坪。①　　　　　　　　初三落雨变泥坪。
新制脚锄给妹使，②　　　　　　　　新打镢头分妹使，
开条大路给郎行。③　　　　　　　　开条大路分郎行。

（末句是求女人要慨然允诺也。）

【解题】山歌表面描写接连下雨，道路泥泞，阿哥希望妹子为其开路；实际表达的是阿哥希望妹子能够克服重重阻碍，与阿哥大方交往。

【注释】①坭："泥"的异体字。泥坪：淤积大片烂泥的地方。②制：梅县方言说"打"，制作，造。详见第43首。脚锄：梅县方言说"镢头[ȶok²tʰeu¹¹]"。《说文·金部》："镢，大锄也。"给：梅县方言说"分[pun⁴⁴]"：介词，给。使：使用。③行：语义双关，表面指行走，实际指交往、来往。

【押韵】1、2、4句押［aŋ］韵。

196

竹头尾上吊对联，①　　　　　　　　竹头尾上吊对联，
见天容易见妹难。　　　　　　　　　见天容易见妹难。
见天好像容易得，②　　　　　　　　见天好像容易得，
见妹恰似遇神仙。　　　　　　　　　见妹好比遇神仙。

【解题】山歌运用夸张和比喻，主人公表示很久没有见到妹子了。
【注释】①竹头：竹子。尾上：末梢。②得：得到、实现。
【押韵】1、2、4句押［an］韵。

197

不声不气我也知，①　　　　　　　　唔声唔气𠊎也知，
去年生日欠过礼。　　　　　　　　　去年生日欠过礼。
今年生日郎记得，　　　　　　　　　今年生日郎记得，
怎苦也要出贺礼。②　　　　　　　　更苦也爱出贺礼。

【解题】山歌唱的是阿妹去年没收到阿哥的生日礼物而生闷气，阿哥表示今年再穷也会给妹子送份礼物。

【注释】①不声不气：梅县方言说"唔声唔气"，不言不语。知：知道。②怎：梅县方言说"更［aŋ⁵³］"，程度副词，相当于"再、更加"。五代李煜《清平乐》："离恨恰如春草，更行更远还生。"

【押韵】1、2、4句押［i］韵。

198

旧年同妹断了情，①
拍手拍脚笑到今。②
捉只虱麻灭个口，③
断条棉线减条清。④

旧年同妹断了情，
拍手拍脚笑到今。
捉只虱嫲减个口，
断条棉线减条绩。

【解题】山歌前两句叙事，后两句运用两个双关，唱出了主人公与阿妹断绝关系后的轻松与自在。

【注释】①旧年：去年。南朝宋鲍照《凌烟楼铭·序》："悲积陈古，赏绝旧年。"同：介词，和、与。②今：现在。详见第111首。③虱麻：应为"虱嫲"，虱子；嫲：名词后缀。灭个口：语义双关，表面指灭掉虱子，实际指少个人。④清：应为"绩"，谐音"情"，表面指纱、线等，实际指感情。

【押韵】1、2、4句押［in］韵。

199

世间货麻不好嫖，①
银钱用了没功劳。②
瘦马拿来放夜草，③
畜得肥时别人跑。④

世间货嫲唔好嫖，
银钱用了无功劳。
瘦马拿来放夜草，
畜得肥时别人跑。

（跑与抛同音，是猥琐之形容词。）

【解题】山歌前两句点题，后两句利用"跑"的双关隐语，唱出了嫖客人财两空的结局。歌者可能是深受其害的嫖客，也可能是旁观者在劝诫世人。

【注释】①货麻：应为"货嫲"，妓女。②了：完，没有。③放夜草：夜间给马喂草。④畜：饲养。《易·离》："亨，畜牧牛吉。"孔颖达疏："畜养牝牛乃得其吉。"跑：语义双关，明指骑马，实指做爱，旧时民间常以"骑马"喻做爱。

【押韵】1、2、4句押［au］韵。

200

三日不食肚不饥，①　　　　　　三日唔食肚唔饥，
四日不食因为你。　　　　　　　四日唔食因为你。
灯草跌落猪血盌，②　　　　　　灯草跌落猪血碗，
赤血攻心妹不知。③　　　　　　赤血攻心妹唔知。

【解题】山歌前两句点题，后两句利用"赤血攻心"的一语双关，表达了相思之苦、思念之痛。

【注释】①饥：饿。详见第11首。②盌："碗"的异体字。③赤血攻心：语义双关，表面指灯芯被猪血染红，实际指因日思夜想引起的气血攻心症状。

【押韵】1、2、4句押［i］韵。

201

许久不见系过争，①　　　　　　柬久唔见系过争，
听妹言语系过冷。②　　　　　　听妹言语系过冷。
听妹言语不一样，　　　　　　　听妹言语唔一样，
七三讲来六四听。　　　　　　　七三讲来六四听。

【解题】山歌唱的是阿哥与妹子见面后，明显感觉她的态度变冷淡了。

【注释】①许久：梅县方言说"柬久［kan³¹ kiu³¹］"。过：程度副词，相当于"比较"。争：相差、不及。唐杜荀鹤《自遣》："百年身后一丘土，贫富高低争几多？"宋方岳《满庭芳·擘蟹醉题》："笑鲈鱼虽好，风味争些。"②冷：冷淡。

【押韵】1、2、4句押［aŋ］韵。

202

心肝吾肉惊死里，①　　　　　　心肝伢肉惊死哩，
屋背人马围满里。②　　　　　　屋背人马围满哩。
老鼠打家遇着猫，③　　　　　　老鼠打猳遇倒猫，
今日风流死定矣。　　　　　　　今日风流死定哩。

（俗称兽类交尾曰打家，此描写家法难犯之实情也。）

【解题】山歌前两句叙事，后两句运用比喻，唱的是偷情者在事情败露后，面临宗法处置时的惊慌和恐惧。

【注释】①惊：担心、怕。详见第 105 首。②屋：房屋。详见第 15 首。背：后面。③打家：本字是"打豭 [ta³¹ka⁴⁴]"，动物交配；狗交配叫 "驳豭 [pok²ka⁴⁴]"。豭：本义是公猪。《说文·豕部》："豭，牡豕也。" 梅县的一些乡镇（如梅西）公猪现在还说"猪豭"。

【押韵】1、2、4 句押 [i] 韵。

203

甲子以后断了科，①	甲子以后断了科，
时运过刼怎奈何。②	时运过劫样奈何。
梧桐落叶心不死，③	梧桐落叶心唔死，
问妹还有转身么。④	问妹还有转身无。

【解题】山歌唱的是主人公用甲子算命法断算了一下姻缘，桃花运不济，但依然也有不甘，问心上人是否还有机会再重来。

【注释】①甲子：特指甲子算命法。断 [ton⁵³]：指断算姻缘。②刼："劫"的异体字。过劫：经历劫难。怎奈何：梅县方言说"样奈何 [ŋoŋ⁵³ nai⁵³ho¹¹]"，怎么办。③心不死：语义双关，表面指梧桐树干未枯萎，实际指人不死心。④转身：回头，回心转意。么：应为"无"，没有，放在句末表正反问。

【押韵】1、2、4 句押 [o] 韵。

204

唱着山歌就爱和，	唱等山歌就爱和，
有了秤子就要陀。①	有欸秤子就爱砣。
食禄姻缘天生定，②	食禄姻缘天注定，
那有束多媒人婆。③	哪有束多媒人婆。
（俗称秤锤曰秤陀。）	

【解题】山歌利用"山歌要一唱一和""有秤就要有砣"的现象来比喻男女结合的必然性，认为人生、姻缘都是命中注定。

【注释】①秤子：秤。陀：应为"砣"，秤砣。②食禄：迷信者称人一生注定享有之食。宋周密《齐东野语·洪端明入冥》："复扣平生食禄，遂于袖中出大帙示之。"③那：应为"哪 [ŋai⁵³]"。

【押韵】1、2、4 句押 [o] 韵。

205

石榴打花满树红，①
包粟开花一朵绒。②
猫公贪花屋上叫，③
老妹怀春带笑容。

（俗称玉蜀黍曰包粟。）

石榴打花满树红，
包粟开花一朵绒。
猫公贪花屋上叫，
老妹怀春带笑容。

【解题】 山歌连用三个日常现象作为比兴，形象衬托出了少女怀春的样子。

【注释】 ①打花：开花。②包粟：玉米。③猫公：猫；公，名词后缀，梅县方言另有"碗公（碗）""虾公（虾）""鼻公（鼻子）""耳公（耳朵）"等。贪花：贪好美色。详见第 186 首。屋：房屋。详见第 15 首。

【押韵】 1、2、4 句押［uŋ］韵。

206

你要断情只管断，
好好言语安两安。①
只要言语说得好，②
断了当过不曾断。③

你爱断情只管断，
好好言语安两安。
只爱言语讲得好，
断了当过唔曾断。

【解题】 山歌唱的是分手无所谓，只希望对方能好好说再见。

【注释】 ①安两安：安慰一下。②说：梅县方言用"讲"。③当过：胜似，超过。

【押韵】 1、2、4 句押［on］韵。

207

半斤猪肉四两盐，
因为没菜煮许咸。①
今日讲着断情事，
使郎心头怎样淡。②

半斤猪肉四两盐，
因为无菜煮死咸。
今日讲等断情事，
喊郎心头样欸淡。

【解题】 山歌前两句运用比兴，唱的是阿哥面对分手，百般不舍。

【注释】 ①许咸：梅县方言用"死咸"，很咸；死：表示程度。②使：梅县方言用"喊［ham⁵³］"。心头：心里。详见第 152 首。怎样：梅县方

言用"样欸 ［ŋoŋ⁵³ ŋe¹¹］"，表反问。
【押韵】1、2、4句押［am］韵。

208

亲哥得病晕癫癫，①	亲哥发病忟痴痴，
没人搭信话妹知。②	无人搭信话妹知。
再过两日没见面，	再过两日无见面，
灵丹圣药都难医。③	灵丹妙药都难医。

【解题】山歌唱的是阿哥相思成病，迫切希望妹子能前来探望。
【注释】①得病：梅县方言用"发病"；发［pot²］：疾病发作。详见第181首。癫："痴"的异体字。梅县方言没有"晕痴痴［fun⁴⁴ tsʰ1⁴⁴ tsʰ1⁴⁴］"的说法，但有类似表达"［fun¹¹ tsʰe⁴⁴ tsʰe⁴⁴］"，浑浑噩噩、不清醒的样子，记为"忟齐齐"。忟：内心迷糊混乱。详见第107首。"齐齐"是叠音后缀，本字不详。②搭信：传话、传信。话：动词，说，告诉。详见第56首。知：知晓、知道。③灵丹圣药：梅县方言说"灵丹妙药"，民间老人现在也还常用"灵丹"代称"药"。
【押韵】1、2、4句押［i］韵。

209

灯盏没油提油瓶，①	灯盏无油车油瓶，
妹如没郎总过争。②	妹系无郎总过争。
郎系没妹还过得，	郎系无妹还过得，
妹系没郎面起青。③	妹系无郎面起青。

【解题】山歌运用对比，以男性的口吻唱出了在情感世界中，男性始终处于优势地位的得意。
【注释】①灯盏：油灯。详见第169首。提：梅县方言用"车［tsʰa⁴⁴］"，由"用水车戽水"引申出"提"的意思。②如：梅县方言不说，改为"系"，若是。争：相差、不及。详见第201首。③面起青：脸色发青。民间郎中认为，脸色发青的人通常都是郁郁寡欢、满腹愁情的。
【押韵】1、2、4句押［aŋ］韵。

094

210

妹系不肯亦算里，①　　　　　　妹系唔肯也算哩，
待你东西□□去，②　　　　　　等你东西歿撇去，
有日阿哥开药店，③　　　　　　有日阿哥开药店，
金银贴手吾不医。④　　　　　　金银贴手㑷唔医。

【解题】山歌前两句点题，后两句运用双关，以男性口吻唱出了对求而不得的女子的诅咒。

【注释】①亦：梅县方言用"也"，表示两事并列。②待：梅县方言用"等"。东西：此处特指女性生殖器。□□：根据上下文可记为"歿撇 [mut²pʰet²]"：腐烂。③有日：有朝一日。④此句语义双关，表面指金银贴在手上都不帮你医治，实际指待你年老色衰时，贴钱我都不要了。贴：贴补（钱、物等）。详见第36首。

【押韵】1、2、4句押 [i] 韵。

211

天上没光怎㑊光，①　　　　　　天上无光样㑊光，
凹里没风怎㑊凉，②　　　　　　凹里无风样㑊凉，
细妹今年十七八，③　　　　　　细妹今年十七八，
身上没花怎㑊香。　　　　　　　身上无花样㑊香。

【解题】山歌前两句以环境起兴，唱的是在月明风清的夜晚，阿哥与妹子郊外幽会，年轻的妹子香气袭人。

【注释】①怎：梅县方言用"样 [ŋɔŋ⁵³]"，怎么。光：明亮。《广雅·释诂四》："光，明也。"《易·益》："自上下下，其道大光。"屈原《楚辞·九章·涉江》："吾与天地兮比寿，与日月兮齐光。"②凹里：山坳里。③细妹：指称年轻女子；细：年龄小、年轻。详见第17首。

【押韵】1、2、4句押 [ɔŋ] 韵。

212

好久未曾发大风，①　　　　　　好久唔曾发大风，
一发大风雨就淋。　　　　　　　一发大风雨就淋。
好久不曾见妹面，　　　　　　　好久唔曾见妹面，
一见妹面身就松。②　　　　　　一见妹面身就松。

【解题】山歌以风和雨的关系起兴，唱的是阿哥见到久别的妹子后，掩饰不住内心的欣喜和激动。

【注释】①发 [pot²] 大风：起大风。②松：酥软。

【押韵】（兴宁）1、2、4 句押 [uŋ] 韵。

213

日头笔出照在西，①	日头必出照在西，
妹系有心郎亦知。②	妹系有心郎也知。
有情老妹看得出，	有情老妹看得出，
一边行路一边企。③	一边行路一边徛。

【解题】山歌首句起兴，唱的是有情妹子一步一回首，阿哥心领神会。

【注释】①日头：太阳。详见第 51 首。笔：李如龙考证本字是"必"，裂开但未分离，此处形容太阳刚从云缝里透出的样子。《文源·卷十·会意》："《说文》云：'必，分极也。从八、戈，戈亦声。'按，坼裂也。"②亦：梅县方言用"也"，表示两事并列。③行路：走路。企：本字是"徛 [kʰi⁴⁴]"，站立。详见第 106 首。

【押韵】1、2、4 句押 [i] 韵。

214

十两鸡子不可刣，①	十两鸡子唔好治
十七八岁正当时。②	十七八岁正当时
鸽子带铃云下走，	鸽子带铃云下走，
今不风流等几时。③	今唔风流等几时。

【解题】山歌唱的是十七八岁是最好的年华，要及时行乐。

【注释】①鸡子：小鸡。不可：梅县方言用"唔好 [m¹¹hau³¹]"。刣 [tsʰɿ¹¹]：宰杀，本字是"治"。详见第 159 首。②正当时：正是时候。③几时：什么时候。详见第 114 首。

【押韵】1、2、4 句押 [i] 韵。

215

郎今好比貂鼠皮，	郎今好比貂鼠皮，
阿妹好比嫩家机。①	阿妹好比嫩家机。

机布拿来挂皮子，②　　　　　机布拿来挂皮子，
同吾面子倍坏里。③　　　　　同伢面子配坏哩。

（嫩家机，布名。面子是影射面目之面字。）

【解题】山歌以"貂鼠皮"和"嫩家机"的不搭配来比喻男女双方不般配。

【注释】①嫩家机：旧时客家人自己用木机织的布叫家机布，又叫土布。织得比较好、比较细的就叫"嫩家机"。②皮子［pʰi¹¹e³¹］：皮裘。③面子：语义双关，表面指衣料，实际指面子、脸面。倍：应为"配［pʰi⁵³］"，搭配。

【押韵】1、2、4句押［i］韵。

216

昭英人才真斯文，①　　　　　昭英人才真斯文，
面目生来白似银。②　　　　　面目生来白似银。
人才不高又不矮，　　　　　　人才唔高又唔矮，
难怪亲哥日夜晕。③　　　　　难怪亲哥日夜忶。

（晕犹言迷醉也。）

【解题】山歌唱的是一个叫昭英的女孩子，人品、才貌都很好，让阿哥日夜神魂颠倒。

【注释】①昭英：人名。人才：人的容貌。详见第20首。②面目：面孔、面貌；《诗·小雅·何人斯》："有靦面目，视人罔极。"③晕［fun¹¹］：本字是"忶"，内心迷糊混乱。详见第107首。

【押韵】1、2、4句押［un］韵。

217

桅竿顶上扯黄旗，①　　　　　桅杆顶上扯黄旗，
招兵买马过广西。　　　　　　招兵买马过广西。
世乱年间寻妹嬲，②　　　　　世乱年间寻妹嫽，
嬲了一时得一时。　　　　　　嫽欸一时得一时。

【解题】山歌表达的是兵荒马乱的年代，要懂得及时行乐。

【注释】①桅竿：现记为"桅杆"，客家人树立在家门口记载功名的旗杆。详见第101首。黄旗：古代军中用的黄色旗。②世乱年间：乱世年间。

嬲：本字是"嫽"，特指男女之间的交往。详见第 1 首。

【押韵】1、2、4 句押 [i] 韵。

218

水打芒头一把根，①	水打芒头一把根，
去年想妹到于今。②	去年想妹到如今。
蓝衫拿来藏柜角，③	蓝衫拿来偋柜角，
自从不曾上过身。④	自从唔曾上过身。

【解题】山歌利用蓝衫一直未曾"上身"的一语双关，表达了阿哥想要追求妹子，却一直未能如愿的遗憾。

【注释】①芒头 [mioŋ⁴⁴tʰeu¹¹]：芒草。根：读 [kin⁴⁴]。②于今 [i³¹ kim⁴⁴]：如今、现在。《史记·季布栾布列传》："于今创痍未瘳，哙又面谀，欲摇动天下。"现常写作"如今"。③藏：梅县方言用"偋 [piaŋ⁵³]"，《广韵·去声·劲韵》："偋，隐僻也，无人处。"屏，《说文·尸部》："屏，蔽也。"《书·金縢》："尔不许我，我乃屏璧与珪。"柜角：衣柜角落。④自从：一直，从过去到现在。上身：语义双关，明指新衣服穿在身上，实指男女发生实质性关系。

【押韵】（兴宁、五华）1、2、4 句押 [in] 韵。

219

新做蓝衫乌托肩，①	新做蓝衫乌托肩，
去年想妹到于今。	去年想妹到如今。
新打剪刀难开口，②	新打剪刀难开口，
六月火窗难上身。③	六月火囱难上身。

（火窗是冬天的取暖器，状如小筐，中置炭，轻便提携。）

【解题】山歌运用起兴和双关，唱的是阿哥想追求妹子，却一直羞于开口，未能如愿。

【注释】①蓝衫：蓝色上衣。详见第 6 首。乌托肩 [vu⁴⁴tʰok²kin⁴⁴]：黑色的肩垫。旧时客家人因为经常要挑担子，上衣的肩膀处特别容易磨烂，因此都会做个肩垫，叫"托肩布"。②此句是歇后语：新打剪刀——难开口。打：制作、造。详见第 43 首。难开口：语义双关，表面指新的剪刀难开合，实际指羞于开口。③此句是歇后语：六月火囱——难上身；火囱：旧时客家人寒冬的取暖之物。详见第 67 首。难上身：语义双关，表面指六月的火囱靠近不得，实际指妹子难以亲近。

【押韵】1、2、4句押［in/ən］韵。

220

肥皂洗衫出白波，①　　　　　　　番枧洗衫出白波，
想起恋妹真崩破。②　　　　　　　想起恋妹真崩波。
桔子树下摊床睡，③　　　　　　　桔子树下摊床睡，
风流过少桔过多。④　　　　　　　风流过少桔过多。
（桔与激同音。）

【解题】山歌以"桔"谐"激"，唱出了恋情的坎坷与不顺。

【注释】①肥皂：梅县方言用"番枧［fan⁴⁴ ʨan³¹］"。衫：上衣、衣服，《广韵·衔韵》："衫，衫衣。"《玉台新咏·古诗为焦仲卿妻作》："朝成绣夹裙，晚成单罗衫。"②崩破：应为"崩波"，波折、灾难。③摊床：铺床。④过：程度副词，相当于"比较"。桔：谐音"激"，恼火、生气。

【押韵】1、2、4句押［o］韵。

221

路上逢妹路边坐，①　　　　　　　路上逢妹路边坐，
两人牵手笑呵呵。　　　　　　　　两人牵手笑呵呵。
一心都想交情事，　　　　　　　　一心都想交情事，
壁上挂网横眼多。②　　　　　　　壁上挂网横眼多。

【解题】山歌描写了热恋中的男女沉醉在二人世界里，在路边卿卿我我，完全无视路人异样的目光。

【注释】①逢［pʰuŋ¹¹］：遇见、相逢。详见第65首。②此句是歇后语：壁上挂网——横眼多。横眼：语义双关，表面指渔网被扯开挂在墙上时的网格子，实际指旁人异样的目光。

【押韵】1、2、4句押［o］韵。

222

七八个月坐栏坐，①　　　　　　　七八只月坐栏坐，
小时同你玩得多。②　　　　　　　还细同你嫽得多。
十五六岁脱颈秒，③　　　　　　　十五六岁脱颈㬎，
颈秒一脱寻阿哥。④　　　　　　　颈㬎一脱寻阿哥。

【解题】"我"和你青梅竹马，谁知你长大了就去找男朋友了。遗憾和痛惜之情溢于言表。

【注释】①个：梅县方言用"只［tsak²］"，量词。坐栏：旧时客家地区常见的供幼童坐或站的器具，特点是底座牢固、四周有围栏，小孩在里面安全且能自由站立，一般为木制，也有竹制的。②小：梅县方言说"细［se⁵³］"，年龄小、年轻。详见第 17 首。玩：梅县方言用"嫽［liau⁵³］"，玩耍、嬉戏。详见第 1 首。③脱颈秽：应为"脱颈膗［tʰot² tɕaŋ³¹ man⁵³］"：指脖子上的体垢被洗干净了，引申为长大了。旧时卫生条件不好，小孩的脖子、耳朵等处常会藏有体垢，长大后，才会有意识地清洗这些体垢。《玉篇·皮部》："膗，皮脱也。亦作脕。"④一：放在动词前，相当于"一……就……"。寻：寻找。详见第 28 首。

【押韵】1、2、4 句押［o］韵。

223

屋沟流水不成河，①	屋沟流水唔成河，
副榜老爷不成科。②	副榜老爷不成科。
监生赴科来中举，③	监生赴科来中举，
先捐后取天下多。④	先捐后取天下多。

（先捐后取，是先奸后娶之意。）

【解题】山歌运用比兴和双关，以旧时科举监生"先捐后取"的现象来映射、调侃民间的"先奸后娶"。

【注释】①屋沟：屋顶上面的排水系统。②副榜：落榜的委婉说法。不成科：未登科。③监生：通过捐纳方式取得的与秀才相当的功名。赴科：参加科举考试。④先捐后取：指通过捐纳方式取得监生资格后，参加乡试中举；谐音"先奸后娶"。

【押韵】1、2、4 句押［o］韵。

224

鸡母生卵学唱歌，①	鸡嫲生卵学唱歌，
学台过山要响锣。②	学台过山爱响锣。
老妹不是大官府，	老妹唔系大官府，
怎样教我跪㤙多。③	样欸监佢跪㤙多。

【解题】山歌以"下蛋的母鸡、摆谱的学台"比兴，讽刺了骄横恣肆的妹子。

【注释】①鸡母：梅县方言用"鸡嫲［ke⁴⁴ma¹¹］"，母鸡。生卵：下蛋；卵：蛋，详见第187首。②学台：职官名，学政的别称，清代掌管教育行政及各省学校生员考课升降事务的官。③怎样：梅县方言用"样欸［ŋoŋ⁵³ŋe¹¹］"，表反问。教：梅县方言用"喊［ham⁵³］"，叫、让。

【押韵】1、2、4句押［o］韵。

225

绿竹尾拖系叶多，①
吾今崩波是妹多。②
苏木煎胶因色死，③
石榴枝折为花多。④

（后段影出色之害，取材新颖。）

绿竹尾拖系叶多，
厓今崩波系妹多。
苏木煎胶因色死，
石榴枝折为花多。

【解题】山歌首句比兴，二句点题，三四句利用"色"和"花"的一语双关。唱的是风流男子因拈花惹草、迷恋女色，导致自我毁灭。

【注释】①尾拖：竹尾下垂状；拖［tʰo⁴⁴］：下垂、披覆。详见第101首。②崩波：波折、灾难。③因色死：语义双关，表面指苏木熬制成胶时，熬制时间越长颜色越浓，实际指人因纵情女色而死。④折：断、弄断。此句语义双关，表面指石榴花多枝弱，实际指人因色伤身。

【押韵】1、2、4句押［o］韵。

226

不嫖不赌也贫穷，
又嫖又赌无见双。
鸭麻一年嫖到晚，①
虾蟆无嫖住坭垅。②

唔嫖唔赌也贫穷，
又嫖又赌无见双。
鸭嫲一年嫖到夜，
蛤蟆无嫖住泥窿。

【解题】山歌将动物作为对比，为嫖客们的风流艳史寻找荒谬的理由。

【注释】①鸭麻：应为"鸭嫲"，母鸭子。晚：梅县方言用"夜"。②虾蟆：应为"蛤蟆"。坭垅：应为"泥窿［nai¹¹luŋ⁴⁴］"，泥洞。

【押韵】1、2、4句押［uŋ］韵。

227

猪肉好食就爱钱，   猪肉好食就爱钱，

好妹東好没姻缘。   好妹東好无姻缘。

哑子食著单只筷，^①   哑支食等单只筷，

心想成双口难言。^②   心想成双口难言。

【解题】 山歌运用比兴和双关，唱的是与心上人无缘牵手，相思之苦，有口难言。

【注释】 ①哑子：梅县方言说"哑支 [a^{31} ts^{44}]"，哑巴。②此句语义双关，表面指哑巴用单只筷子吃饭，有口难言，实际表达的是相思之苦，有口难言。

【押韵】 1、2、4 句押 [an] 韵。

228

睡目不得揽床刀，^①   睡目唔得揽床刀，

天涯海角想得交。^②   天涯海角想得交。

天涯海角想得尽，   天涯海角想得尽，

还想同妹揽腰交。^③   还想同妹揽腰交。

【解题】 山歌直接描写了主人公因思念妹子而彻夜难眠、辗转反侧的情状。

【注释】 ①睡目：睡觉。揽：读 "[nam^{31}]"，抱。床刀：旧式床是四栏床，其中两边较长的床栏谓之"床刀"或"床杠"。②交：放在动词后作补语，表示全、周遍。③揽腰交：本指摔跤、打架，此处指男女之间搂搂抱抱。

【押韵】 1、2、4 句押 [au] 韵。

229

新做背心沿蓝边，^①   新做背心沿蓝边，

如今老妹不比先。^②   如今老妹唔比先。

从前老妹三五百，^③   从前老妹三五百，

如今老妹要花边。^④   如今老妹爱花边。

【解题】 山歌运用比兴和对比，唱的是妹子今非昔比，身价飙升。

【注释】 ①沿蓝边：镶上蓝色的花边。②不比先：与以前不同。③三五百：指三五百个铜钱。④花边：银圆的俗称。详见第86首。

【押韵】 1、2、4句押［ian］韵。

230

你要恋郎我教你，　　　　　　　你爱恋郎倕教你，
洒杓冷水溉门皮。①　　　　　　泼勺冷水饮门皮。
到了三更情夫到，　　　　　　　到了三更情夫到，
轻步开门无人知。②　　　　　　轻步开门无人知。

【解题】 山歌唱的是男女晚上偷偷约会时，用水把木门淋湿，只为防止开门有响声惊动他人，真实而又生动。

【注释】 ①洒：梅县方言用"泼"，洒水。杓："勺"的异体字。溉：梅县方言用"饮［im⁵³］"，使湿润不干枯，宋叶适《绩溪县新开塘记》："为新塘六十八，竭六。买田有自亩三十至六十步，出钱有自缗二百三十以上至千文，饮田有自亩二千至三千，然后绩溪之田无不得水。"门皮：木门的表面。②轻步：蹑手蹑脚。

【押韵】 （兴宁、五华）1、2、4句押［i］韵。

231

十七八岁做生理，①　　　　　　十七八岁做生理，
全被阵党带坯矣。②　　　　　　全分阵党带坏哩。
钱财用光无了日，③　　　　　　钱财用光无了日，
榕树落叶茎死矣。④　　　　　　榕树落叶根死哩。

（茎死矣，寓今死矣，意犹言从今以后一败涂地也。）

【解题】 山歌唱的是年纪轻轻就出来做生意，被朋友带坏了，如今钱尽财空，余生无望。歌者可能是当事人，也可能是旁观者。

【注释】 ①生理［sien⁴⁴li⁴⁴］：生意。宋龚明之《中吴纪闻·朱氏盛衰》："朱冲微时以买卖为业，后其家稍温，易为药肆，生理日益进。"②被：梅县方言用"分［pun⁴⁴］"，介词。阵党［tsʰən⁵³toŋ³¹］：同伴、伙伴。坯："坏"的异体字。③无了日：没有结束之日。④茎：应为"根［kin⁴⁴］"，植物长在土中（或水中）的部分，谐音"今"，现在。

【押韵】 1、2、4句押［i］韵。

232

柯树落叶茎死矣，①　　　　　柯树落叶根死哩，
墙脚被人挖坏里。②　　　　　墙脚被人挖坏哩。
请倒七人坐八棹，③　　　　　请倒七人坐八桌，
办转给我始情理。④　　　　　办转分倨正情理。

（挖墙脚是所爱被人夺去也。）

【解题】山歌运用双关，唱的是女方有二心，男方大方赔礼请客，希望调解之人能帮忙让女方回心转意。这从侧面反映出旧时婚姻出现矛盾时，主要由宗族长者调解和决定的现象。

【注释】①柯树〔ho¹¹su⁵³〕：一种常绿乔木，人接触其树干粉末后会奇痒无比。②被：梅县方言用"分〔pun⁴⁴〕"，介词。③棹："桌"的异体字。八桌：八仙桌，一般坐八个人，只有七个人坐，说明出手阔绰、大方。④转：回、返。详见第192首。始：梅县方言用"正〔tsaŋ⁵³〕"，表确定语气，相当于"才"。

【押韵】1、2、4句押〔i〕韵。

233

先日同妹太好矣，①　　　　　先日同妹忒好哩，
今日始知别人妻。　　　　　　今日正知别人妻。
脚帕洗面有袜味，②　　　　　脚帕洗面有袜味，
茶叶番渣味贪理。③　　　　　茶叶翻渣味淡哩。

（俗言有什么味云有袜味。）

【解题】山歌运用倒喻和"淡"的一语双关，唱出了得知心上人是有夫之妇后的不爽与失落。

【注释】①太：梅县方言用"忒〔tʰiet²〕"：程度副词，相当于"太、过于"。段玉裁《说文解字注·心部》："忒之引申为已甚，俗语用之。"宋杨万里《题张垣夫腴庄图》："不分腴庄最无赖，一时奄有忒伤廉。"②脚帕：洗脚布。面：脸。《说文·面部》："面，颜前也。"《墨子·非攻中》："君子不镜于水而镜于人。镜于水，见面之容；镜于人，则知吉与凶。"袜味：臭袜子的味道，也泛指不好的味道。③番渣：应为"翻渣〔fan⁴⁴tsa⁴⁴〕"，重复。贪：即"淡"，语义双关，表面指茶水味道淡了，实际指感情淡了。理：应为"哩"，语气词，相当于"了"。

【押韵】1、2、3、4句押〔i〕韵。

234

丙村下去观音宫，^①　　　　　　　丙村下去观音宫，
郎系打鼓妹打钟。　　　　　　　　郎系打鼓妹打钟。
三飧食饭单只筷，^②　　　　　　　三餐食饭单只筷，
难得两人成一双。　　　　　　　　难得两人成一双。

【解题】山歌运用起兴和"双"的一语双关，唱的是希望两人能琴瑟
和鸣，但现实中却是形单影只。

【注释】①丙村：梅州乡镇名。观音宫：丙村的村落名，现叫"观音
庵"。下去：往下走。②飧："餐"的异体字。

【押韵】1、2、4 句押［uŋ］韵。

235

二十九日转角圩，^①　　　　　　　二十九日转角圩，
两人交情月尽呢。　　　　　　　　两人交情月尽哩。
桅竿底下种荳子，^②　　　　　　　桅杆底下种豆子，
望吾嫩心缠到尾。^③　　　　　　　望伢嫩心缠到尾。
（月尽呢寓热尽呢之意。）

【解题】山歌运用起兴和双关，唱的是激情过后归于平淡，希望能一
直温柔相伴。

【注释】①二十九日：指农历二十九。转角圩：指月底的圩日。②桅
竿：现记为"桅杆"，客家人竖立在屋门前记载功名的旗杆，详见第 101
首。荳：同"豆"。③望：盼望。详见第 25 首。嫩心：语义双关，表面指
嫩豆苗，实际指心爱之人。

【押韵】1、2、4 句押［i］韵。

236

芒花做被盖不烧，^①　　　　　　　芒花做被盖唔烧，
子脚恋妹会做娇。^②　　　　　　　子脚恋妹会做娇。
六百七百声声要，^③　　　　　　　六百七百声声爱，
串三串四得人懊。^④　　　　　　　串三串四得人恼。
（俗言暖曰烧，做娇犹言故意作态也，子脚言非老手也。）

【解题】山歌运用比兴，讽刺了新手嫖客，自以为手中有几个铜钱就

了不起的可笑情态。

【注释】①被：被子。烧：暖和。②子脚：新手，不老练。做娇：撒娇。③六百七百：指六七百的铜钱。④串三串四：指三四串的铜钱，民间一串铜钱大概是 100 个。懊：应为"恼［nau⁴⁴］"，恼恨、生气。《集韵·皓韵》："嫐，《说文》：'有所恨也。今汝南人有所恨曰嫐。'或作恼。"唐卢仝《寄男抱孙》："任汝恼弟妹，任汝恼姨舅。"

【押韵】1、2、4 句押［au］韵。

237

竹笋出土粘坭皮，①	竹笋出土黏泥皮，
不相不识同倒你。②	唔相唔识同倒你。
十字街头排八字，③	十字街头排八字，
命带桃花注定里。	命带桃花注定哩。

【解题】山歌运用比兴，为婚外情寻找看似合理的解释，认为是"命中注定"。

【注释】①粘：附着，读"［ŋam¹¹］"，旧同"黏"。坭皮：粘在物体表面的泥。"坭"是"泥"的异体字。②不相不识：梅县方言说"唔相唔识"，素不相识。同：动词，特指男女相好。详见第 72 首。③排八字：指算命先生将一个人的"时生月日（八字）"进行阴阳五行的演算，据此推算人的命运。旧时人们一般会在小孩子刚出生时、结婚前或出现重大问题时找算命先生"排八字"。

【押韵】1、2、4 句押［i］韵。

238

野云野雨起野风，	野云野雨起野风，
野神野鬼住野宫。	野神野鬼住野宫。
野心野肝野肠肚，	野心野肝野肠肚，
野情野义野嫩心。①	野情野义野嫩心。

【解题】山歌运用叠字，将情与景用"野"字串联在一起，表达了幽灵之境和野性之情。

【注释】①嫩心：嫩心肝，心爱之人。

【押韵】（兴宁）1、2、4 句押［uŋ］韵。

239

斜风斜雨落斜河，①
斜树斜来掩斜禾。②
斜布做衫安斜钮，③
斜妹出来弄斜郎。
（俗读斜与邪同意，故云。）

斜风斜雨落斜河，
斜树斜来掩斜禾。
斜布做衫安斜钮，
斜妹出来弄斜郎。

【解题】山歌运用叠字和双关，将情与景用"斜（邪）"串联在一起，唱的是非正常的男女关系。

【注释】①斜：谐音"邪"，指不正派。②禾：水稻。详见第 85 首。③钮：今写作"纽"。

【押韵】1、2 句押［o］韵。

240

壁上画马郎难骑，
冷水劏鸡扯了皮。①
饭甑里边蒸稚鸭，②
我今给妹气死里。③

壁上画马郎难骑，
冷水治鸡扯了皮。
饭甑里背蒸子鸭，
偃今分妹气死哩。

【解题】山歌运用比喻和双关，表达了郁闷、生气、无奈等复杂情感。

【注释】①劏［tsʰɿ¹¹］：宰杀，本字"治"。详见第 159 首。此句是歇后语：冷水治鸡——扯了皮；扯了皮：表面指扯烂了鸡皮，实际指双方撕破了脸。②饭甑：旧时客家人做饭蒸食用的加盖高桶。详见第 112 首。里边：梅县方言说"里背［ti⁴⁴poi⁵³］"。稚鸭：应为"子鸭"，刚成熟的嫩鸭子；子［tsɿ³¹］：幼小的、稚嫩的。曹操《四时食制》："郫县子鱼，黄鳞赤尾。"③今：现在。详见第 111 首。给：梅县方言用"分［pun⁴⁴］"，介词，相当于"被"。

【押韵】1、2、4 句押［i］韵。

241

新买棉枕锦花被，①
未曾同到人都知。②
外家知了绞脚骨，③
丈夫知了出嫁你。④
（外家是娘家之意，绞脚骨有从此不许往来意。）

新买棉枕锦花被，
唔曾同倒人都知。
外家知欸斩脚骨，
老公知欸出嫁你。

【解题】山歌唱的是女子无缘无故置换新的花色被子等，让人不免起疑心，如果让娘家人知道了，会与你断绝关系，老公知道了会休了你。旧时生活条件艰苦，一般家庭只有在出嫁时才会给女子置办新的被褥、枕席等，若突然置换，会让人说闲话，被认为是相好者买的。

【注释】①锦花被：彩色花纹的被子。②同：动词，特指男女相好。详见第72首。到：应为"倒"。③外家［ŋoi⁵³ka⁴⁴］：娘家。《晋书·卷四一·魏舒传》："少孤，为外家宁氏所养。"现梅县方言说"妹家［moi⁵³ka⁴⁴］"，是语音演变的结果，［ŋoi］变为［moi］，声母唇化。绞脚骨：梅县方言说"斩脚骨"，指斩断脚筋，由此引申出"断绝关系，从此不相往来"的意思。④出嫁：此处指旧时女子偷情被发现后，夫家会把她卖到更远的地方。

【押韵】1、2、4句押［i］韵。

242

买梨莫买蜂蜇梨，①	买梨莫买蜂叮梨，
里面坏掉没人知。②	里背坏撇无人知。
手拿利刀破梨子，③	手拿利刀破梨子，
切来切去切坏里。	切来切去切坏哩。

（似乎此首曾见于黄公庭④诗集中，一作因为食梨始亲切，虽知亲切转伤梨，并不佳。）

【解题】山歌以"蜂咬梨"来比喻不为人知的心酸。黄遵宪《山歌》中有类似的一首：买梨莫买蜂咬梨，心中有病没人知，因为分梨故亲切，谁知亲切转伤离。以"分梨"谐"分离"，"亲切"表面指亲自切梨，实际指离别前的亲密与温情，婉曲有味，意蕴更丰富。

【注释】①蜇：梅县方言说"叮"。蜂蜇梨：被马蜂蜇过的梨。②里面：梅县方言说"里背［ti⁴⁴poi⁵³］"。坏掉：梅县方言说"坏撇［pʰet²］"。③破：劈开、剖开。《晋书·杜预传》："今兵威已振，譬如破竹，数节之后，皆迎刃而解。"梅县话剖竹子说"破竹头"，开西瓜说"破西瓜"。④黄公庭：应为"黄公度"。

【押韵】1、2、4句押［i］韵。

243

风吹竹叶半天飞，①	风吹竹叶半天飞，
难得竹叶回竹尾。	难得竹叶回竹尾。

三飧食的断头米，②　　　　　　三餐食个断头米，
难得团圆转米筛。③　　　　　　难得团圆转米筛。

【解题】山歌以"竹叶难回竹尾"和"碎米再难团圆"来比喻感情破裂后很难和好如初。形象而生动，充满生活气息。

【注释】①半天飞［pi⁴⁴］：在半空中飞扬。②飧："餐"的异体字。的：梅县方言用"个［ke⁵³］"，结构助词。详见第16首。断头米：碎米。③转：回、返。详见第192首。米筛：竹子编织成的筛米用的工具。详见第150首。

【押韵】1、2、3、4句押［i］韵。

244
束久不见怎束奇，①　　　　　　束久唔见样束奇，
心肝吾事怎样呢。　　　　　　　心肝伊事样欸呢。
有行没行话一句，②　　　　　　有行无行话一句，
免吾心头挂念你。③　　　　　　免𠊎心头挂念你。

【解题】歌者借此山歌向好久不见的心上人询问两人交往的可能性，非常干脆直接。

【注释】①怎（样）：梅县方言说"样欸［ŋɔŋ⁵³ŋe¹¹］"，怎样，表反问。奇：奇怪。②行：交往、来往。话：动词，说，告诉。详见第56首。③心头：心里。详见第152首。

【押韵】1、2、3句押［i］韵。

245
妹系爱归就去归，①　　　　　　妹系爱归就去归，
今日不闲心送你。②　　　　　　今日唔闲心送你。
老妹好比花边样，③　　　　　　老妹好比花边样，
暗打凿记有谁知。④　　　　　　暗打凿记瞒人知。

【解题】山歌把心上人比喻成烙上了印记的银圆，只有"我"知道。暗示两人情投意合，已有私情。

【注释】①归：返回、回去。详见第11首。②不（唔）闲：没有空闲。③花边：银圆的俗称。详见第86首。④暗打凿记：语义双关，表面指

暗地里给银圆烙上印记，实际指两人有了私密关系。有谁：可改为"瞒人"，谁。

【押韵】（兴宁、五华）1、4 句押［i］韵。

246

老妹住在大塘尾，①	老妹住啊大塘尾，
柬好颜容枉撇里。②	柬好颜容枉撇哩。
灯草拿来肚裙袋，③	灯草拿来肚裙袋，
给我心肝囮坏里。④	将伢心肝屈坏哩。

【解题】山歌运用双关，唱的是漂亮的妹子不为人所知，深感惋惜的同时，爱慕之情溢于言表。

【注释】①在：读"啊［a⁵²］"，介词。大塘尾：梅州地名。②颜容：容颜。枉撇里（哩）：白费了。③肚裙［tap²］：肚兜。袋：装入袋内。明费信《星槎胜览·剌撒国》："数年无雨，凿井绞车，羊皮袋水。"④给：梅县方言用"分［pun⁴⁴］"。囮：本字是"屈［vut²］"。屈坏里（哩）：语义双关，表面指灯草被折坏了，"屈"是"弯曲"义；实际指漂亮的妹子住在大塘尾这个地方可惜了，"屈"是"委屈、憋屈"义。详见第 111 首。

【押韵】1、2、4 句押［i］韵。

247

兰盘石上晒条被，	兰盘石上晒条被，
早晨晒到日落西。①	朝晨晒到日落西。
六月天光拿来盖，②	六月天光拿来盖，
等你两人热死去。③	等你两人热死渠。

【解题】山歌利用双关，表面指六月天晒的被子，热死人，实际诅咒热恋中的男女"热死去"。歌者可能是心生嫉妒的旁观者。

【注释】①早晨：梅县方言用"朝晨"。②六月天光：指农历六月日照最强的季节。③热死去：应为"热死渠［ki⁴⁴］"，平声押韵，语义双关，表面指被子很热，实际诅咒热恋中的人。

【押韵】1、2、4 句押［i］韵。

248

郎在东时妹在西,^①　　　　　　　郎在东时妹在西,
两人有事怎得知。^②　　　　　　　两人有事样得知。
手中有弓又没箭,　　　　　　　　手中有弓又无箭,
使我怎样射得你?^③　　　　　　　让𠊎样欤射得你?
(射得你寓舍得你意,因同俗。)

【解题】 山歌前两句叙事,后两句运用双关点题,表达了对妹子的思念和留恋。

【注释】 ①时:……的时候。②怎得:梅县方言说"样得 [ŋᵢoŋ⁵³ tet²]",怎么能。③怎样:梅县方言说"样欤 [ŋᵢoŋ⁵³ ŋe¹¹]"。射得你:谐音"舍得你"。

【押韵】 1、2、4句押 [i] 韵。

249

妹也无须怒㧁㧁,^①　　　　　　　妹也唔使恶㧁㧁,
恋新丢旧不单厓。^②　　　　　　　恋新丢旧唔单𠊎。
郎今相似白蝴蝶,　　　　　　　　郎今好比白蝴蝶,
大小花树任吾裁。^③　　　　　　　大小花树任𠊎裁。
(俗言翱翔曰裁。)

【解题】 山歌将自己比作"到处随意采花的蝴蝶",为自己的花心寻找貌似理直气壮的说辞。

【注释】 ①无须:梅县方言说"唔使 [m¹¹sɿ³¹]"。怒㧁㧁:应为"恶㧁㧁 [ok²sai¹¹sai¹¹]",凶巴巴的样子。㧁㧁,形容词叠音后缀,本字不详。②恋新丢旧:喜新厌旧。不单厓(𠊎):不只是我。③裁:裁断、裁决。《左传·僖公十五年》:"若晋君朝以入,则婢子夕以死,夕以入,则朝以死。唯君裁之。"

【押韵】 1、2、4句押 [ai] 韵。

250

恋妹不得志愿低,^①　　　　　　　恋妹唔得志愿低,
自愿削发来食斋。^②　　　　　　　自愿削发来食斋。
壁上钉钉挂灯盏,^③　　　　　　　壁上钉钉挂灯盏,
有心就来照应厓。^④　　　　　　　有心就来照应𠊎。

111

【解题】山歌前两句叙事，后两句运用双关，唱的是阿哥痴恋妹子不成，想削发为僧，希望妹子能体恤、关照"我"。

【注释】①不得：不成。志愿低：志气低。②食斋：吃素。③壁上：墙上。钉钉：钉钉子。灯盏：油灯。详见第169首。④照应厓（倨）：语义双关，表面指用灯笼照明，实际指关照"我"。

【押韵】1、2、4句押［ai］韵。

251

变作妇人眼柬歪，^①　　　　　　　变作妇人眼柬歪，

番去番转来看厓。^②　　　　　　　翻去翻转来看倨。

放个大方任你看，　　　　　　　　放个大方任你看，

过后相思莫怨厓。　　　　　　　　过后相思莫怨倨。

【解题】山歌直接唱出了男子在博取了异性青睐后的沾沾自喜。

【注释】①歪［vai⁴⁴］：语义双关，明指斜眼，实际指人不正派。②番去番转：应为"翻去翻转"，形容一次又一次地转过头来。

【押韵】1、2、4句押［ai］韵。

252

米筛筛米拜箕裁，^①　　　　　　　米筛筛米簸箕裁，

妹係无心莫约厓。　　　　　　　　妹系无心莫约倨。

旧年赊去白面粉，^②　　　　　　　旧年赊去白面粉，

今年面钱借给厓。^③　　　　　　　今年面钱还分倨。

（面钱借给厓，寓你的面前东西借给我之意。）

【解题】山歌首句以"筛米场景"起兴，以"面钱"谐"面前"，阿哥含蓄而又大胆地向妹子调情。

【注释】①米筛［mi³¹ si⁴⁴］：碾米后用来过滤稻米的竹编的筛子，从筛眼漏下的是米粒，留下的是谷粒。拜箕：应为"簸箕［pai⁵³ ki⁴⁴］"，竹篾编成的一种圆形平底的盛具。双手抖动，可将米糠等扬弃出去。详见第150首。裁：去除、删减。详见第150首。②旧年：去年。详见第198首。③面钱：谐音"面前"，表面指面粉钱，实际指女性的胸前。借：此处用"还"更合适。给：梅县方言用"分［pun⁴⁴］"，介词。

【押韵】1、2、4句押［ai］韵。

253

米筛筛米拜箕裁，　　　　　　米筛筛米簸箕裁，
妹系无心莫约厓。　　　　　　妹系无心莫约倨。
阿妹好似腈猪肉，①　　　　　阿妹好比腈猪肉，
戏得郎多也会歾。②　　　　　戏得郎多也会豺。
（歾字解见上。）

【解题】 山歌首句以"筛米场景"起兴，希望妹子若无心，就不要留情。

【注释】 ①腈：瘦肉。《玉篇·肉部》："腈，腈肉也。"《集韵·清韵》："腈，肉之粹者。" ②戏：戏弄。歾［sai¹¹］：饥饿的感觉。本字不详，用同音字"豺"。

【押韵】 1、2、4 句押［ai］韵。

254

对面阿妹假甚乖，①　　　　　对面阿妹假甚乖，
唱条山歌来骂厓。　　　　　　唱条山歌来骂倨。
合路相逢总有日，　　　　　　狭路相逢总有日，
生死两人共下埋。②　　　　　生死两人共下埋。

【解题】 山歌直接嘲讽妹子假正经，诅咒对方死后说不定还会与"我"狭路相逢。

【注释】 ①假甚乖：卖什么乖，书面语的说法。②共下：一起。

【押韵】 1、2、4 句押［ai］韵。

255

因为你鬼害了厓，　　　　　　因为你鬼害了倨，
出门三步头都低。　　　　　　出门三步头都低。
出门三步有人讲，①　　　　　出门三步有人讲，
不是讲你就讲厓。　　　　　　唔系讲你就讲倨。

【解题】 山歌中的主人公咒骂情人，因为这段感情给自己带来了巨大的舆论压力。

【注释】 ①讲：议论。

【押韵】1、2、4 句押〔ai〕韵。

256

阿妹生得好人才，①	阿妹生倒好人才，
眼拐打来割不开。②	眼拐打来割唔开。
老妹好比鸡母样，③	老妹好比鸡嫲样，
手中没米诱不来。④	手中无米喽唔来。

【解题】山歌前两句直接赞扬了妹子的相貌和风姿，后两句以"米喽鸡"为喻，通俗而又贴切地说明"没有钱财很难俘获姑娘的芳心"。

【注释】①生：长，指相貌呈现出来的样子。详见第 16 首。人才：人的容貌。详见第 20 首。②眼拐打来：即打眼拐，用眼神示意，此处指暗送秋波，眉目传情。割：此处特指斜眼看人，目光像刀子一样锋利。③鸡母：梅县方言说"鸡嫲"，母鸡。样：模样、样子。详见第 107 首。④诱：梅县方言说"喽〔leu⁵³〕"，语义双关，表面指呼叫鸡（梅县方言说"喽鸡"），实际指引诱人。

【押韵】1、2、4 句押〔oi〕韵。

257

平平白白两枝梅，①	平平白白两枝梅，
借问心肝那里来。②	借问心肝哪里来。
虽然人貌似相识，③	虽然人貌似相识，
一时不觉想不来。	一时不觉想唔来。

（此歌是遇不识女人挑逗之佳作。）

【解题】山歌运用比兴，唱的是男子偶遇漂亮的妹子，似曾相识，但又一时记不起来。男子借此歌向女子套近乎。

【注释】①平平白白：平白无故。②那里：应为"哪里〔ŋai⁵³ie¹¹〕"。③人貌：容貌、相貌。《晋书·西戎传》："风俗及人貌、衣服略同大宛。"唐三藏法师《佛说譬喻经》："人貌多同华夏，亦类疏勒。"

【押韵】1、2、4 句押〔oi〕韵。

258

茶子采掉茶花开，①	茶籽摘撇茶花开，

心肝今年做里哀。②　　　　　　　　心肝今年做哩娭。

满月不曾剪衫子，③　　　　　　　　满月唔曾剪衫子，

明年周岁一齐来。④　　　　　　　　明年周岁一下来。

（俗称成了母亲曰做里哀，剪衫子是对小儿之贺礼。）

【解题】山歌以"茶籽摘后茶花开"比兴，含蓄地传达了对刚为人母的旧情人的牵挂和来年的许诺。

【注释】①采掉：梅县方言说"摘撇〔tsak² pʰet²〕"。②哀：本字是"娭"，母亲的背称；本义是"婢"，《广雅·释诂四》："娭，婢也。"梅县方言引申出"母亲"义。③剪衫子：此处指满月给小孩买布做衣服。旧时的衣服大都是买布料做的，梅县话买布叫"剪布"。④一齐：一起，梅县方言说"一下"。

【押韵】1、2、4句押〔oi〕韵。

259

大树坎了头还在，①　　　　　　　　大树倒欬头还在，

冷水淋了生转来。②　　　　　　　　冷水淋欬生转来。

妹今要听人解劝，③　　　　　　　　妹今爱听人解劝，

一钩一挽行转来。④　　　　　　　　一钩一挽行转来。

【解题】山歌前两句以"砍掉的树尚且起死回生"比兴，劝解妹子，希望她能够回心转意。

【注释】①坎：砍，梅县方言用"倒（树）"。头：此处指树根。②生转来：重新生长。③今：现在。详见第111首。解劝：劝解、劝慰。明凌濛初《初刻拍案惊奇》卷三三："天祥虽在傍边解劝，喊道：'且问个明白。'却是自己又不认得侄儿，见浑家抵死不认，不知是假是真，好生委决不下。"④一钩一挽：形容再三挽留。行转来：走回来，此处指回头、重新开始。

【押韵】1、2、4句押〔oi〕韵。

260

石榴打花漫漫开，①　　　　　　　　石榴打花慢慢开，

恋妹不着漫漫来。②　　　　　　　　恋妹唔倒慢慢来。

恰似鸢婆攫鸡子，③　　　　　　　　好比鹞婆捵鸡子，

这番不到下次来。④　　　　　　　这摆唔倒下次来。

【解题】 山歌运用比兴和比喻，唱的是追求妹子要有耐心和恒心。

【注释】 ①打花：开花。漫漫：应为"慢慢"。②不着：梅县方言说"唔倒"，不成。③恰似：梅县方言用"好比"。鸢婆：应为"鹞婆"，老鹰。擭：梅县方言说"擭［ia³¹］"，（用手或爪子）抓取。《集韵·麻韵》："擭，手捉物。"《类编·手部》："擭，吴俗谓手爬物曰擭。"④番：量词，次，今梅县方言用"摆"。到：梅县方言"倒"，得到、成功。

【押韵】 1、2、4句押［oi］韵。

261

新买伞子打不开，①　　　　　　　新买遮子打唔开，
这条人情爱留在。②　　　　　　　这条人情爱留在。
别树有花我不采，　　　　　　　　别树有花𠊎唔采，
此树无花等到开。　　　　　　　　此树无花等到开。

【解题】 山歌运用起兴，唱的是"我"心甘情愿单恋"你"这枝花。

【注释】 ①伞子：梅县话用"遮子［tsa⁴⁴ve³¹］"，雨伞。②在：读"［tsʰoi⁴⁴］"，存在。

【押韵】 1、2、4句押［oi］韵。

262

妹仔要来只管来，①　　　　　　　妹仔爱来只管来，
莫被两边人阻开。②　　　　　　　莫分两边人阻开。
莫怕两边人阻隔，　　　　　　　　莫怕两边人阻隔，
水浮灯草放心来。③　　　　　　　水浮灯草放心来。

【解题】 山歌运用双关，鼓动妹子要冲破阻碍，大胆去爱。

【注释】 ①妹仔：小姑娘。②被：梅县方言用"分"，介词。③此句是歇后语：水浮灯草——放心来；语义双关，表面指放开灯芯浮过来，实际指放心前来。

【押韵】 1、2、4句押［oi］韵。

116

263

隔远看妹冉冉来，①　　　　　　　隔远看妹㑈㑈来，

阿哥心头花花开。②　　　　　　　阿哥心头花花开。

行到面前又不是，③　　　　　　　行到面前又唔系，

千斤石板压也来。④　　　　　　　千斤石板笮啊来。

【解题】山歌中的主人公远远地看到心上人走过来，顿觉心花怒放，谁知走近一看却不是，那种瞬间的失落啊，就像有千斤的石板迎面压来。

【注释】①隔远：远处。冉冉来：形容径直走过来，有可能是"㑈㑈来［ŋuŋ³¹ ŋuŋ³¹ loi¹¹］"，《集韵·上声》："㑈，㑈侗，直行。"②心头：心里，详见第152首。花花开［fa³¹ fa³¹ kʰoi⁴⁴］：形容心花怒放。③行：行走。详见第23首。④压：《玉篇·竹部》："笮，压也。"《论衡·幸偶》："蝼蚁行于地，人举足而涉之，足所履，蝼蚁笮死。"也：梅县方言说"啊［a⁵³］"，动态助词，常放在中心语和补语之间，表示动作突然、快速。

【押韵】1、2、4句押［oi］韵。

117

264

石榴打花漫漫开，①　　　　　　　石榴打花慢慢开，

不曾相约你走来。　　　　　　　　唔曾相约你走来。

路上拾得年声帖，②　　　　　　　路上拈倒年生帖，

系吾姻缘天送来。　　　　　　　　系俋姻缘天送来。

(年生帖即定婚纸上书女人之生年月日时。)

【解题】山歌主人公在石榴开花的季节，如愿与心上人相会，得意地唱着"姻缘天注定"。

【注释】①打花：开花。漫漫：应为"慢慢"。②拾得：梅县方言说"拈倒［ŋam⁴⁴ tau³¹］"，捡到。年声帖：应为"年生帖"，又叫"年庚帖"，写着生辰八字的纸片。旧时订婚，男女双方要互换"年生帖"，帖上写着各自的姓名、生辰八字、籍贯、祖宗三代等。

【押韵】1、2、4句押［oi］韵。

265

河里没水起沙堆，①　　　　　　　河里无水起沙堆，

好花不得月月开。　　　　　　　　好花唔得月月开。

好妹不须郎搭信，②　　　　　　好妹唔使郎搭信，
遇着空闲就会来。③　　　　　　遇倒空闲就会来。
（搭信犹言寄语。）

【解题】山歌以"好花不常开"喻"妹子不常来"，但有情、机灵的妹子一定会抽空前来相会。

【注释】①起沙堆：变成沙堆。②不须：梅县方言说"唔使"，不用。搭信：传话、传信。③遇着：梅县方言说"遇倒"。

【押韵】1、2、4句押［oi］韵。

266

河里没水起沙堆，　　　　　　　河里无水起沙堆，
不高不矮好人才。①　　　　　　唔高唔矮好人才。
芋荷腌生下烧酒，②　　　　　　芋荷腌生傍烧酒，
老实阿哥也会晕。③　　　　　　老实阿哥也会忲。

【解题】山歌利用"忲"的一语双关，形象地描绘出了阿哥因思念妹子而神魂颠倒的憨态。

【注释】①人才：人的容貌。详见第20首。②芋荷［vu⁵³ho¹¹］：芋艿，因其叶似荷，故名。汉东方朔《七谏》："拔搴玄芝兮，列树芋荷。"腌生［iam⁴⁴saŋ⁴⁴］：将未煮熟的食物放在醋、糖等调料里浸泡后直接吃。客家地区很多带"腌"的小吃，如腌面、腌粉、腌萝卜、腌牛肉、腌牛百叶等。下（酒、饭）：梅县方言用"傍［poŋ³¹］（酒、饭）"。烧酒：指酒精含量高的蒸馏酒。③晕：本字是"忲"，迷糊、混乱。详见第107首。语义双关，表面指头晕，实际指痴想、不清醒。

【押韵】1、2句［oi］押韵。

267

十场赌博没场赢，　　　　　　　十场赌博无场赢，
手拿麻索上楼棚。①　　　　　　手拿麻索上楼棚。
一心都想自尽死，②　　　　　　一心都想吊颈死，
看到心肝死不成。　　　　　　　看到心肝死唔成。

【解题】山歌唱的是男子因赌博欠债欲寻短见，直至看到心上人才求

118

死未成。

【注释】①麻索：麻制的绳索。《墨子·备蛾传》："以木为上衡，以麻索大遍之，染其索涂中。"楼棚：楼上的棚阁，常用于储物。②自尽：结合上句的"麻索"，此处应为"吊颈"，上吊。

【押韵】1、2、4句押〔aŋ〕韵。

268
老妹生得十分腈，^①   老妹生得十分腈，
十句问来没句声。^②   十句问来无句声。
路上逢着问不答，^③   路上逢倒问唔答，
看我灯草一样轻。   看𠊎灯草一样轻。

【解题】山歌前三句叙事，末句运用比喻点题，唱的是妹子长得很漂亮，对"我"不理不睬，把"我"看得像灯芯一般轻。

【注释】①生：长，指相貌呈现出来的样子。详见第16首。腈：漂亮。本义是瘦肉，"肉之粹者"。详见第253首。②声：动词，出声。详见第172首。③逢〔pʰuŋ¹¹〕：遇见、相逢。详见第65首。逢着：梅县方言说"逢倒"。

【押韵】1、2、4句押〔aŋ〕韵。

269
新摘荳叶皮皮青，^①   新摘豆叶皮皮青，
妹要恋郎赶后生。^②   妹爱恋郎赶后生。
妹子今年十七八，   妹子今年十七八，
不是春草年年青。   唔系春草年年青。

【解题】山歌运用比兴和倒喻，劝诫妹子年华易老，恋爱要趁早。

【注释】①荳："豆"的异体字。皮：量词，相当于"片"。②赶：趁。明佚名《风月南牢记》第二折："今日赶个空，便瞒着周家去走一遭。"后生：年轻。明凌濛初《初刻拍案惊奇》卷二："望见了个花朵般后生妇人，独立岸边。"

【押韵】1、2、4句押〔aŋ〕韵。

270

花生好食坭里生，^①　　　　　　　番豆好食泥里生，
坭里生根坭里行。　　　　　　　　　泥里生根泥里行。
显面开花暗结子，^②　　　　　　　当面开花暗结子，
两人假作友情行。^③　　　　　　　两人假作友情行。

【解题】 山歌以"花生表面开花，暗地里结子"来比喻"两人表面是友情，实则是恋人的关系"。

【注释】 ①花生：梅县方言用"番豆"。坭："泥"的异体字。②显面：表面，梅县方言少说，结合 490 首可改为"当面"。结子：植物结成果实或种子。唐杜甫《少年行二首》："巢燕养雏浑去尽，江花结子已无多。"③假作：假装。详见第 79 首。行：交往、来往。

【押韵】 1、2、4 句押〔aŋ〕韵。

271

风吹禾苗满塅青，^①　　　　　　　风吹禾苗满塅青，
新情老情一样行。^②　　　　　　　新情老情一样行。
新情老交都係恋，^③　　　　　　　新情老交都系恋，
穿着破鞋不要踭。^④　　　　　　　着等烂鞋唔爱睁。
（踭争同音。）

【解题】 山歌以"睁"谐"争"，风流浪子希望脚踏两只船，新旧情人能和平相处。

【注释】 ①塅：应为"塅〔tʰon⁵³〕"，面积较大的平坦地区。梅县话有"田塅、地塅"的说法。②一样：同样。③老交：指老交情、老情人。④穿着：梅县方言说"着等〔tsok²ten³¹〕"。踭：本字是"睁"，脚跟、胳膊肘。详见第 27 首。不要踭：梅县方言说"唔爱睁〔m¹¹moi⁵³tsaŋ⁴⁴〕"，谐音"唔爱争"，表面指不要脚后跟，实际指不要争风吃醋。

【押韵】 1、2、4 句押〔aŋ〕韵。

272

猪肝心肺好名声，^①　　　　　　　猪肝心肺好名声，
实在不如甲心膅。^②　　　　　　　实在唔当夹心膅。
十七八岁名声好，　　　　　　　　　十七八岁名声好，

鼎真不当两十零。③   顶真唔当两十零。
（甲心脂是肉之最瘦者。）

【解题】山歌以生活中买猪肉的经验比兴，认为十七八岁的妹子还真不如二十多岁的妹子。

【注释】①心肺：指猪心猪肺。②不如：梅县方言说"唔当"。甲心脂：应为"夹心脂〔kak²/kap²sim⁴⁴ tsiaŋ⁴⁴〕"，心脏旁边的瘦肉，民间认为是最好的瘦肉；脂：瘦肉，"肉之粹者"。详见第 253 首。③鼎真：应为"顶真"，实际上，的确。

【押韵】1、2、4 句押〔aŋ〕韵。

273

打里三更转四更，   打哩三更转四更，
金鸡一啼妹着惊。①   金鸡一啼妹着惊。
强吾心肝睡转去，②   监佢心肝睡转去，
怎大事情郎出名。③   更大事情郎出名。
（此首描出私奔者战战兢兢之态。）

【解题】山歌唱的是男女偷情，妹子被鸡鸣声吓醒，男子贴心安慰她，并表示自己愿意承担所有的后果。

【注释】①啼〔tʰai¹¹〕：鸣叫。详见第 3 首。着惊：吓一跳。②强：应为"监〔kam⁴⁴〕"，强迫。睡转去：再睡回去。③怎大：梅县方言说"更大〔aŋ⁵³tʰai⁵³〕"；更，程度副词，相当于"再、更加"。详见第 197 首。出名：具名、出面。清吴趼人《二十年目睹之怪现状》第三十九回："我在此地做官，不便出面做生意，所以一切都用的是某记，并不出名。"

【押韵】1、2、4 句押〔aŋ〕韵。

274

不怕死来不怕生，   唔怕死来唔怕生，
不怕血水流脚踭。①   唔怕血水流脚踭。
总要两人情义好，②   总爱两人情义好，
颈上架刀也爱行。③   颈上架刀也爱行。

【解题】山歌直抒胸臆，唱的是愿为爱情上刀山下火海。

【注释】①血水：稀薄血液。详见第95首。脚踭：脚跟；踭：本字是"睁"，脚跟、胳膊肘。详见第27首。②总要：梅县方言说"总爱"，只要。③行：交往、来往。

【押韵】1、2、4句押［aŋ］韵。

275

田不耕来地不耕，①	田唔耕来地唔耕，
十分美貌得人惊。②	十分美貌得人惊。
走去井中照人影，	走去井中照人影，
虾公老蟹都着惊。③	虾公老蟹都着惊。

【解题】山歌描绘了一个令耕者痴迷的沉鱼落雁般的女子，略带滑稽的夸张，令人忍俊不禁。

【注释】①地：旱地。②得人惊：令人惊讶。③虾公：虾。老蟹：螃蟹。着惊：吓一跳。

【押韵】1、2、3、4句押［aŋ］韵。

276

松树千枝插不生，	松树千枝插唔生，
不是我人说不听。①	唔系伢人话唔听。
急水滩头唤鸪鸭，②	急水滩头嘮湖鸭，
愈唤愈走心愈冷。③	越嘮越走心越冷。

【解题】山歌以"急水滩头唤湖鸭，越唤越走心越冷"这一极富乡村气息的画面来比喻"再三挽留，心上人仍渐行渐远"，无尽的惆怅与酸楚跃然纸上。

【注释】①话：动词，说，告诉。详见第56首。②唤：梅县方言说"嘮［leu⁵³］"，呼叫牲畜。鸪鸭：应为"湖鸭"，野鸭子。③愈……愈……：梅县方言说"越［iat⁵］……越……"。

【押韵】1、2、4句押［aŋ］韵。

277

自从不曾到这坑，①	自从唔曾到这坑，
这条坑水怎柬冷。②	这条坑水样柬冷。

122

| 不曾同妹共下嬲，^③ | 唔曾同妹共下嫽， |
| 锅头洗脚就企鉎。^④ | 镬头洗脚就徛鉎。 |

（企鉎寓欺生之意。）

【解题】 山歌以"徛鉎"谐"欺生"，唱的是男子初来乍到，受到妹子的提弄。

【注释】 ①自从：一直，从过去到现在。坑：客家地区常见地名，常用于指称两山之间的平地。详见第 2 首。②怎：梅县方言说"样 [ŋɔŋ⁵³]"，怎么。③共下：一起。嬲：本字是"嫽"，此处特指男女之间的交往。详见第 1 首。④锅头：梅县方言说"镬 [vok⁵] 头"，锅。详见第 30 首。企鉎 [kʰi⁴⁴saŋ⁴⁴]：应为"徛鉎"，谐音"欺生"，表面指站在鉎铁上，实际指欺负初来乍到的人。鉎：鉎铁，民间称含杂质较多的铁叫"鉎铁"，比较纯的铁叫"熟铁"；鉎本义是"铁锈"，《集韵·庚韵》："鉎，铁衣也。"梅县方言引申出"鉎铁"的用法。

【押韵】 1、2、4 句押 [aŋ] 韵。

123

278

自从不曾到这往，^①	自从唔曾到这往，
这往行当吾不光。^②	这往行当𠊎唔光。
東多阿妹不相识，	東多阿妹唔相识，
莫谓阿哥不大方。^③	莫话阿哥唔大方。

（行当犹言规矩。）

【解题】 山歌唱的是男子初来乍到，遇到众多妹子，为自己瞬间的窘迫解嘲。

【注释】 ①这往：这里。②行当：行业规矩、情况。不（唔）光：不熟悉、不内行。③谓：应为"话"，动词，说。

【押韵】 1、2、4 句押 [oŋ] 韵。

279

十三四岁来连郎，	十三四岁来连郎，
不曾做过不在行。^①	唔曾做过唔在行。
老妹相似目使浪，^②	老妹好比目屎浪，
自从不曾漂大江。^③	自从唔曾漂大江。

（目使浪是乡间水滨小鱼名。）

【解题】山歌运用倒喻，唱的是小女孩见识少，对感情之事也比较茫然。

【注释】①不（唔）在行：不内行、不熟悉。②目使浪：应为"目屎浪"，乡间河溪里常见的长不大的小鱼，大约两三根牙签大小，以前农村常捞来给鸡吃；目屎：眼屎，客家话常用眼屎、鼻屎形容小的东西。③自从：一直，从过去到现在。

【押韵】1、2、3、4句押［oŋ］韵。

280

大路荡荡全平阳，①	大路荡荡全平洋，
连问三声不答郎。	连问三声唔答郎。
头面首饰厓打的，②	头面首饰厓打个，
谁人教坏我心肝。③	瞒人教坏伢心肝。

【解题】山歌唱的是妹子路遇情郎，却爱理不理，阿哥非常委屈和不忿，认为是有人从中挑拨。

【注释】①荡荡［tʰoŋ³¹tʰoŋ³¹］：平坦的样子。平阳：平地。②头面：头和脸。打：制作、造。详见第43首。的：梅县方言说"个"，结构助词。详见第16首。③谁人：梅县方言说"［man³¹ŋin¹¹］"，常俗写作"瞒人"。

【押韵】1、2、4句押［oŋ/on］韵。

281

风吹莲叶响叮当，	风吹莲叶响叮当，
嘱妹恋郎心莫慌。	嘱妹恋郎心莫慌。
倘有大郎叔官问，①	倘有大郎叔公问，
假作出去看姑丈。②	假作出去看姑丈。
（大郎叔官犹言父老们。）	

【解题】山歌运用起兴，唱的是阿哥叮嘱妹子，出来约会时，若遇到熟人，要灵活应对。

【注释】①倘：倘若、假使。大郎叔官：应为"大郎叔公"，泛指同宗族的男性；大郎：背称丈夫的哥哥。②假作：假装。详见第79首。

【押韵】1、2、4句押［oŋ］韵。

282

新买茶杯圆叮当，　　　　　　　　新买茶杯圆叮当，
阿妹斟茶不敢当。①　　　　　　　　阿妹斟茶唔敢当。
双手端来单手接，　　　　　　　　双手端来单手接，
鱼子破肚鲤难当。②　　　　　　　　鱼子破肚鲤难当。

（鲤与理同音，故云。）

【解题】山歌唱的是阿哥单手接过妹子双手端来的茶，趁机向妹子套近乎。

【注释】①斟茶：倒茶。②难当［tɔŋ⁴⁴］：难以承受。详见第 146 首。此句是歇后语：鱼子破肚——鲤难当（理难当），谐音双关，表面指鲤鱼承受不起，实际指情理难当。

【押韵】1、2、4 句押［ɔŋ］韵。

283

猪肉煮酒坐食汤，①　　　　　　　　猪肉煮酒座食汤，
一心恋妹望帮忙。②　　　　　　　　一心恋妹望帮忙。
早知恋了无钱使，③　　　　　　　　早知恋欸无钱使，
穿眼灯笼坐吊筐。④　　　　　　　　穿眼灯笼座吊筐。

（吊筐寓吊腔意，言清高自负也。）

【解题】山歌唱的是男子想靠妹子吃软饭，却未能如愿，心生怨气。

【注释】①坐：选择，选取，本字不详，记作同音字"座［tsʰo⁵³］"。②望：希望。详见第 25 首。③使：使用、花。④穿眼灯笼：指烂了、有窟窿的灯笼；眼：孔穴、窟窿。唐杜甫《石笋行》："古来相传是海眼，苔藓蚀尽波涛痕。"吊筐：吊着的筐子，谐音"吊腔"，摆谱、故作清高。

【押韵】1、2、4 句押［ɔŋ］韵。

284

烂灯笼来吊甚筐，①　　　　　　　　烂灯笼来吊甚筐，
姊的事情吾并光。②　　　　　　　　姊个事情𠊎并光。
阿妹可比溪边鬼，　　　　　　　　阿妹可比溪边鬼，
怎样敢见海龙王。③　　　　　　　　样欸敢见海龙王。

125

【解题】山歌讽刺阿姐故作清高，"我"知道阿姐的秘密，但人微言轻，不敢公开揭发。

【注释】①吊甚筐：谐音"吊甚腔"，摆什么谱、装什么假清高。②的：梅县方言用"个"。详见第16首。井光：非常清楚。③怎样：梅县方言说"样斂〔ȵoŋ⁵³ŋe¹¹〕"，怎么，表反问。

【押韵】1、2、4句押〔oŋ〕韵。

285

三月莳田行实行，①
风吹禾叶响叮当。②
有日落田检稗子，③
郎要拔了妹说秧。④

三月莳田行实行，
风吹禾叶响叮当。
有日落田捡快子，
郎爱捹撇妹讲秧。

（稗字状如禾属，盛生稻田中，阻碍稻之生长，未出谷之稻曰秧，此秧字与痒字同音，故有此寓意，然太觉猥亵矣。）

【解题】山歌表面叙述男女在田里除杂草，争论拔掉的不知是秧苗还是稗草。末句运用双关，实际暗指男女情爱之事，是一首半荤斋山歌。

【注释】①莳田：插秧。详见第69首。行实行：一行又一行，很多行。②禾：水稻。详见第85首。③有日：有朝一日。落田：下田。检稗子：应为"捡快子"，除稗草。稗草，是稻田里的恶性杂草，形状像稻子，会吸收稻田里的养分。客家话中"稗"与"败"同音，因避讳说成"快〔kuai⁵³〕"，希望禾苗快快长大。④拔了：梅县方言说"捹撇〔paŋ⁴⁴ pʰet²〕"，拔掉。详见134首。秧〔ioŋ⁴⁴〕：秧苗，谐音"痒"。

【押韵】1、2、4句押〔oŋ〕韵。

286

沙井打水取不干，①
同妹交情说不断。
灯草拿来挑牙缝，
口中柬硬心也软。②

沙井打水取唔干，
同妹交情讲唔断。
灯草拿来挑牙缝，
口中柬硬心也软。

（言口强硬而心不忍也。）

【解题】山歌运用比兴和双关，唱的是感情并非说断就能断的，往往都是嘴硬心软。

【注释】①沙井：沙地里的井。打水：提水。②心也软：语义双关，表面指灯草里面的灯芯软，实际指人嘴硬心软。

【押韵】1、2、4 句押［on］韵。

287

行不安来坐不安，^①   行不安来坐不安，

时时挂念妹心肝。   时时挂念妹心肝。

三只铜钱买张纸，   三只铜钱买张纸，

画妹颜容床上安。^②   画妹颜容床上安。

【解题】山歌中的主人公对妹子牵肠挂肚，只能用画像缓解相思之苦。

【注释】①行：行走。详见第 23 首。安：安心、安定。②颜容：容颜。安：安放。北魏贾思勰《齐民要术·安石榴》："其斸根栽者，亦圆布之，安骨石于其中也。"

【押韵】1、2、4 句押［on］韵。

288

三条直线就保川，   三条直线就保川，

于字去钩吾心肝。   于字去钩伢心肝。

山字下头加女字，   山字下头加女字，

问妹心头安不安。^①   问妹心头安唔安。

【解题】此首是拆字山歌，利用"干"的谐音和"安"的结构，巧妙而含蓄地问"心肝"是否"心安"。

【注释】①心头：心里。详见第 152 首。安：安心、安定。

【押韵】1、2、4 句押［on］韵。

289

后生唱歌喜欢欢，^①   后生唱歌喜欢欢，

老成看倒没相干。^②   老成看倒无相干。

八十公公摘苣角，^③   八十公公摘豆角，

许老还来花下穿。^④   冻老还来花下钻。

【解题】山歌运用双关，以"老年人尚且花下钻"来为年轻人的风流

快活寻找借口。

【注释】①后生：年轻人。《五代史平话·汉史·卷上》："只听得骰盆内掷骰子响声，仔细去桥亭上觑时，有五个后生在桥上赌钱。"②老成[sen¹¹]：阅历多而练达世事的人。元乔吉《金钱记·第一折》："明日起，驾一辆细车儿，著梅香相伴，叫两个老成伴当，伏侍你去。"相干：相关联。《左传·僖公四年》"风马牛不相及"，唐孔颖达疏："谓牛马风逸，牝牡相诱，尽是末界之微事。言此事不相及，故以取喻不相干也。"③荳："豆"的异体字。④许老：梅县方言说"栋老"，很老。花下穿：梅县方言说"花下钻"，语义双关，表面指在豆角花下穿梭，实际指拈花惹草。

【押韵】1、2、4句押［on］韵。

290

汶水过河不知深，①	浑水过河唔知深，
不知阿妹怎样心。②	唔知阿妹脉个心。
灯草拿来两头点，③	灯草拿来两头点，
久后正知共条心。④	久后正知共条心。

【解题】山歌运用比兴和双关，唱的是猜不透妹子的心思，希望能日久见真情。

【注释】①汶水：应为"浑水"。②怎样：此处语义不通，改为"脉个［mak²ke⁵³］"，什么。③点：点燃。④正知：才知道。共条心：一条心，同心同德；心：谐音双关，表面指灯芯，实际指人心。

【押韵】1、2、4句押［im/əm］韵。

291

三日不食饿九飱，①	三日唔食饿九餐，
床上卧着心不安。②	床上眠等心唔安。
一心都想妹服侍，	一心都想妹服侍，
谁知阿妹没心肝。③	样知阿妹无心肝。

【解题】山歌唱的是卧病在床的阿哥盼望妹子能来照顾自己，谁知妹子却无情无义。

【注释】①飱："餐"的异体字。②卧着：梅县方言说"眠等［min¹¹ten³¹］"。眠：躺、卧。详见第21首。安：安心。③谁知：梅县方言说

128

"样知［ŋoŋ⁵³ti⁴⁴］"，表反问。没（无）心肝：没有良心。

【押韵】 1、2、4句押［on］韵。

292

吾无草帽望云遮，①　　　　　　　偃无草帽望云遮，
吾无相好望别蛇，②　　　　　　　偃无相好望别侪。
阿哥好比旱田地，　　　　　　　　阿哥好比旱田地，
无坡无圳望天花。③　　　　　　　无陂无圳望天花。

（别蛇是别人之意，天花水言天上之水。）

【解题】 山歌运用起兴和比喻，唱的是男子无依无靠，也没有相好，只能寄希望于他人或命运。

【注释】 ①望：希望。详见第25首。②别蛇：应为"别侪［pʰiet⁵sa¹¹］"，别人。侪：同辈，同类的人。《说文·人部》："侪，等辈也。"③坡：应为"陂［pi⁴⁴］"，沟渠中的拦水坝、堤坝。详见第85首。天花：指天下雨。客谚有："天花雨，落唔多。"

【押韵】 1、2、4句押［a］韵。

293

阿妹好比茉莉花，　　　　　　　　阿妹好比茉莉花，
露水一打叶些些。①　　　　　　　露水一打叶些些。
郎今相似过云雨，②　　　　　　　郎今好比过云雨，
点点滴来㲈姊花。③　　　　　　　点点滴来饮姊花。

（些些是开张之态。）

【解题】 山歌以茉莉花得到雨露的滋养，比喻妹子获得爱情的滋润。

【注释】 ①一：放在动词前，相当于"一……就……"。打：淋。叶些些［sia⁴⁴sia⁴⁴］：形容叶子张开且下垂的样子。梅县方言把手无力张开、下垂的样子叫"手些些"。有人认为"些"的本字是"奢"，《说文·奢部》："奢，张也。"②过云雨：小阵雨。雨随云至，云过雨停，故称。③㲈：应为"溉"之误，使湿润不干枯，梅县方言说"饮［im⁵³］"。详见第230首。

【押韵】 1、2、4句押［a］韵。

294

这番做事真闲差，[①]	这摆做事真还差，
不曾送到妹屋家。[②]	唔曾送到妹屋下。
灯草跌落墁水角，[③]	灯草跌落涌水角，
这条心事放不下。[④]	这条心事放唔下。

【解题】山歌运用双关，唱的是阿哥对未亲自将妹子送回到家里表示懊恼和牵挂。

【注释】①番：梅县方言说"摆"，量词，相当于"次"。闲：应为"还"，副词，表示程度，相当于"太、更加"。东晋陶潜《杂诗十二首》其四："丈夫志四海，我愿不知老。亲戚共一处，子孙还相保。"差：失当、差错。详见第 94 首。②屋家：应为"屋下 [vuk² kʰua⁴⁴]"，"下 [ha⁴⁴]"的语音发生变化，声母"h"脱落，与前一音节末尾音素"k"同化，产生音变。③墁水角：梅县方言说"涌 [ŋiuŋ⁵³] 水角"，水流回旋处。涌，本义是"水向上冒"，《说文·水部》："涌，滕也。"段玉裁注："滕，水超踊也。"《玉篇·水部》："涌，水滕波。"④心事：心中惦记的事；想法。详见第 1 首。放不下：语义双关，表面指灯草在旋涡处打转，无法往下流，实际指放不下对方。

【押韵】1、2、4 句押 [a] 韵。

295

郎今相似烂笠麻，[①]	郎今好比烂笠嫲，
被妹掉在天井下。[②]	分妹扐在天井下。
希望上天下大雨，[③]	希望上天落大雨，
要郎遮盖始知差。[④]	爱郎遮盖正知差。

【解题】山歌运用比喻和双关，把"我"比作"被妹子丢弃的烂笠嫲"，提醒妹子指不定哪天还得依靠"我"。

【注释】①笠麻：应为"笠嫲"，笠帽，是用竹篾或棕皮编制的遮阳挡雨的帽子。②被：梅县方言用"分 [pun⁴⁴]"，介词。掉：此处应为"扐 [fit²]"，丢弃、甩。《集韵》："扐，掷也。"在：梅县方言用 [a⁵³]，介词，相当于"在"。天井：客家大型民居中一般都有天井，是住宅的核心，具有采光、集雨、排水的功能。下：方位词，常用于处所名词或地名中，如"屋下（家里）""炙下（厨房）""梨园下（地名）"。《史记·乐毅列传》："齐田单后与骑劫战，果设诈诳燕军，遂破骑劫于即墨下。"③下：下雨，梅县方言说"落（雨）"。④遮盖：语义双关，表面指（伞）遮挡，实际指帮衬、保护。元曾瑞《哨遍·塵腰》套曲："你不肯遮盖咱，咱须当遮盖你。"始：梅县方言用"正〔tsaŋ⁵³〕"，强调确定语气，相当于"才"。差：失当、差错。详见第94首。

【押韵】1、2、4句押〔a〕韵。

296

河里洗脚沙对沙，	河里洗脚沙对沙，
无情阿妹不敢惹。	无情阿妹唔敢惹。
恰似上滩拖船缆，①	恰似上滩拖船缆，
郎耍上时妹耍下。	郎爱上时妹爱下。

（乡间帆船遇溯急水处，须三数人以缆前拉，故云。）

【解题】山歌把"与执拗妹子相恋"比喻成"上滩拖船缆"，阿哥表示不敢招惹。

【注释】①上〔soŋ⁴⁴〕：动词，从低处到高处。滩：江河中水浅多沙石而流急之处。北魏郦道元《水经注·江水一》："峡中有瞿塘、黄龛二滩，夏水回复，沿溯所忌。"

【押韵】1、2、4句押〔a〕韵。

297

吾今愈老眼愈花，①	俚今越老眼越花，
斑鱼吾作狗麻蛇，②	斑鱼俚作狗嫲蛇，
轮谷吾作雷公响，③	砻谷俚作雷公响，
他人老婆吾作雅。	别人老婆俚作伢。

（轮谷是以极简约之木机，去谷壳之谓，其声隆隆然。俗言我的曰雅。）

【解题】山歌以自己老眼昏花为由，列举了种种荒谬行为，搞笑而又滑稽。

【注释】①今：现在。详见第111首。愈……愈……：梅县方言说"越〔iat⁵〕……越……"。②作：当作。狗麻蛇：应为"狗嫲蛇"，客家话又叫"四脚蛇"，学名叫中华石龙子，属蜥蜴科。③轮：本字为"砻〔luŋ¹¹〕"，用砻磨稻谷去壳。《玉篇·石部》："砻，磨谷为砻。"

【押韵】1、2、4句押〔a〕韵。

131

298

塘唇打网尽力丢，^①　　　　　塘唇打网尽力丢，
网中有鱼漫漫遊。^②　　　　　网中有鱼慢慢游。
系吾姻缘天注定，　　　　　　系伢姻缘天注定，
系吾食禄迟早有。^③　　　　　系伢食禄迟早有。

【解题】山歌运用比兴，唱出了从容面对婚姻、乐观面对生活的态度。
【注释】①塘唇：池塘岸边。打网：撒网。②漫漫：应为"慢慢"。
遊："游"的异体字。③食禄：迷信者称人一生注定享有之食。详见第
204 首。
【押韵】1、2、4 句押［iu］韵。

299

石榴打花红愀愀，^①　　　　　石榴打花红愀愀，
阿妹娇容难得有。　　　　　　阿妹娇容难得有。
十番逢到九番笑，^②　　　　　十摆逢到九摆笑，
未曾上手当过有。^③　　　　　唔曾上手当过有。
（上手犹言达目的也。）

【解题】山歌运用比兴，唱的是妹子笑靥如花，给了男人无限的遐想。
【注释】①打花：开花。红愀愀［tsiu⁴⁴tsiu⁴⁴］：红艳艳，愀愀是形容
词叠音后缀。②番：梅县方言说"摆［pai³¹］"，量词，相当于"次"。逢
［p^huŋ¹¹］：遇见、相逢。详见第 65 首。③上［soŋ⁴⁴］手：到手。详见第 4
首。当过：胜似、超过。
【押韵】1、2、4 句押［iu］韵。

300

讲着交情心就休，^①　　　　　讲等交情心就休，
同得你来没赢由，^②　　　　　同得你来无赢由。
好比山中松树样，^③　　　　　好比山中松树样，
出得油多总会枯。^④　　　　　出得油多总会枯。

【解题】山歌运用比喻，唱的是一段彼此消耗的感情不值得留恋。
【注释】①休：罢休、停止。详见第 115 首。②同：动词，特指男女

相好。详见第 72 首。赢由：好处。③样：模样、样子。详见第 107 首。④
出：流出。油：松油、松脂。

【押韵】1、2、4 句押［u］韵。

301

怎睛怎丑吾不贪，① 　　　　　　　　　更睛更丑倕唔贪，
中咧吾意吾无嫌。② 　　　　　　　　　中欸伢意倕无嫌。
阿妹先行郎在后，③ 　　　　　　　　　阿妹先行郎在后，
恰似吕布赶貂蝉。 　　　　　　　　　　恰似吕布赶貂蝉。

【解题】山歌直抒胸臆，表达了阿哥对妹子的情有独钟。
【注释】①怎：梅县方言说"更［aŋ⁵³］"，程度副词，相当于"再、
更加"。详见第 197 首。睛：漂亮。本义是瘦肉，"肉之粹者"。详见第 253
首。②嫌：嫌弃。③行：行走。详见第 23 首。

【押韵】1、2、4 句押［am］韵。

302

榄子好食两头尖，① 　　　　　　　　　榄子好食两头尖，
断情阿妹十二三。② 　　　　　　　　　断情阿妹十二三。
柑子放盐吞落肚，③ 　　　　　　　　　柑子放盐吞落肚，
桔在心头怎得淡。④ 　　　　　　　　　桔在心头样得淡。

【解题】山歌运用双关，唱的是遇到无情妹子的无奈和痛苦。
【注释】①榄子：橄榄。②十二三：泛指很多。③柑子：柑橘。④桔：
谐音"激"，激气。客家人柑、桔不分，认为是"姐妹货"，大的叫柑，小
的叫桔。心头：心里。详见第 152 首。怎得：梅县方言说"样得［ŋoŋ⁵³
tet²］"，怎么，表反问。淡：语义双关，表面指咸味淡，实际指感情淡。

【押韵】1、2、4 句押［am］韵。

303

天井洗身无浴堂，① 　　　　　　　　　天井洗身无浴堂，
又怕雨来又怕霜。 　　　　　　　　　　又怕雨来又怕霜。
一心都想妹遮盖，② 　　　　　　　　　一心都想妹遮盖，
谁知雪上又加霜。③ 　　　　　　　　　样知雪上又加霜。

【解题】山歌前两句运用起兴，衬托出阿哥的困窘，阿哥本想得到妹子的关照，谁知却是雪上加霜。

【注释】①天井：客家大型民居中一般都有天井，是住宅的核心，具有采光、集雨、排水的功能。明施耐庵《水浒传》第一百零一回："一日在家闲坐，此时已是五月下旬，天气炎热，王庆掇条板凳，放在天井中乘凉。"洗身：洗澡。浴堂 [iok⁵tʰoŋ¹¹]：洗澡的地方。北魏杨衒之《洛阳伽蓝记·宝光寺》："（赵逸）指园中一处曰：'此是浴堂。前五步，应有一井。'"②想：希望。遮盖：帮衬、保护。详见第 295 首。③谁知：梅县方言说"样知 [ŋoŋ⁵³ti⁴⁴]"。

【押韵】1、2、4 句押 [oŋ] 韵。

304

四两猪肉煮碗汤，	四两猪肉煮碗汤，
妹若不食郎不尝。①	妹系唔食郎唔尝。
妹系不眠郎不睡，②	妹系唔眠郎唔睡，
两人青眼到天光。③	两人青眼到天光。

【解题】山歌直接唱出了阿哥对妹子默默的陪伴，怜爱之情跃然纸上。

【注释】①尝：品尝。②眠：躺、卧。详见第 21 首。③青眼：指一夜未合眼。天光：天亮。详见第 78 首。

【押韵】1、2、4 句押 [oŋ] 韵。

305

三番四次郎都忍，	三番四次郎都忍，
十分性情减七分。①	十分性情减七分。
好马不食回头草，	好马唔食回头草，
回头来恋面皮厚。②	回头来恋面皮笨。

（厚应读如 Poun。）

【解题】山歌唱的是阿哥对妹子忍无可忍，发誓分手不再回头。

【注释】①性情：性格、脾气。②面皮：面子、脸皮。宋文天祥《〈纪事〉诗序》："汝叔侄皆降北，不族灭汝，是本朝之失刑也，更敢有面皮来做朝士？"厚：读 [pʰun⁴⁴]，严修鸿认为本字是"笨"。

【押韵】1、2、4 句押 [un] 韵。

134

306

你话猴头就猴头，^①　　　　　　　你话猴头就猴头，
你话芋头就芋头。　　　　　　　　你话芋头就芋头。
有日给我恋也到，^②　　　　　　　有日分𠊎连啊到，
吾说共头就共头。^③　　　　　　　𠊎话共头就共头。
（言共头睡也。）

【解题】 山歌运用对比，以男性口吻得意地唱出了恋爱前后，男女地位的截然不同。

【注释】 ①话：动词，说，告诉。详见第 56 首。猴头：民间常指菌萁头（割草后留下的根），泛指不起眼的东西，与下句的"芋头"相反。②有日：有朝一日。给：梅县方言说"分 ［pun⁴⁴］"，介词。恋：此处用"连"较合适，指通过某种途径"连接"上，并未真正实现。也：梅县方言说"啊 ［a⁵³］"，动态助词，放在中心语和补语之间，表示动作突然、快速。③说：梅县方言用"话"。共头：指共枕（眠）。

【押韵】 1、2、4 句押 ［eu］ 韵。

135

307

恋妹不好尽情交，^①　　　　　　　恋妹唔好尽情交，
采花不好尽树摇。　　　　　　　　采花唔好尽树摇。
无情妹子断也了，^②　　　　　　　无情妹子断啊撇，
蔗叶盖屋真茅寮。^③　　　　　　　蔗叶盖屋真茅寮。
（茅寮寓无聊之意。）

【解题】 山歌运用比喻和双关，唱的是感情不能随性，若遇无情妹子，则最终一无所有。

【注释】 ①尽：任凭。唐白居易《题山石榴花》："争及此花户檐下，任人采弄尽人看。"②断也了：梅县方言说"断啊撇"。③屋：房屋。详见第 15 首。茅寮 ［mau¹¹liau¹¹］：草屋，兴宁方言谐音"无聊"。

【押韵】 1、2、4 句押 ［au］ 韵。

308

老妹今年始留毛，^①　　　　　　　老妹今年正留毛，
好比渡船没竹篙。^②　　　　　　　好比渡船无竹篙。
阿哥有条定风竹，^③　　　　　　　阿哥有条定风竹，

送妹插着漫漫摇。④　　　　　　　　送妹插等慢慢摇。

【解题】这是一首半荤斋山歌，利用语义双关，对情窦初开的少女进行放肆的性挑逗。

【注释】①始：梅县方言说"正［tsaŋ⁵³］"，强调确定语气，相当于"才"。留毛：留头发。旧时客家女孩十三四岁开始打扮，留头发，故常用来指发育。②竹篙：用竹竿制成的撑船工具。③定风竹：暗指男性生殖器官。④漫漫：应为"慢慢"。

【押韵】1、2、4句押［au］韵。

309

伯公树柴不好烧，①　　　　　　　　伯公树樵唔好烧，
无夫妹子不好嫖。②　　　　　　　　无夫妹子唔好嫖。
有日受胎肚一大，③　　　　　　　　有日受胎肚一大，
井里撑船难开篙。④　　　　　　　　井里撑船难开篙。
（难开篙寓难开交之意。）

【解题】山歌运用比兴和双关，劝诫嫖客不要找未婚妹子，以免承担责任。

【注释】①伯公树：客家人认为能庇佑一方的树神。详见第23首。柴：梅县方言说"樵［tsʰiau¹¹］"，薪柴。详见第18首。②不（唔）好：不应该。③有日：有朝一日。一：一旦，一经。④篙：竹篙。此句是歇后语：井里撑船——难开篙（难开交），表面指竹篙在井里难以撑开，实际指难处理、难解决。

【押韵】1、2、4句押［au］韵。

310

妹也无须假做娇，①　　　　　　　　妹也唔使假做娇，
没了煤炭会烧柴。②　　　　　　　　无欵煤炭会烧樵。
先日没你都要过，③　　　　　　　　先日无你都爱过，
渡船破了会架桥。　　　　　　　　　渡船烂欵会架桥。

【解题】山歌运用比喻，指责妹子虚情假意，唱出了"天涯何处无芳草，不会单恋一枝花"的洒脱。

【注释】①无须：梅县方言说"唔使 [m¹¹sŋ³¹]"，不用。做娇：撒娇。②柴：梅县方言说"樵 [tsʰiau¹¹]"，薪柴。详见第 18 首。③先日：往日，以前。详见第 53 首。过：度过，过日子。

【押韵】1、2、4 句押 [au] 韵。

311

一枝海棠在海心，	一枝海棠在海心，
又想探花又想沈。①	又想贪花又想沉。
老妹姻缘有吾份，	老妹姻缘有伢份，
风流浸死也甘心。②	风流浸死也甘心。

【解题】山歌前两句比兴，唱的是"我"历尽千辛万苦，只希望能与妹子在一起。

【注释】①探花：应为"贪花"，贪好美色。详见第 186 首。沈：应为"沉"。②甘心：心甘情愿。

【押韵】1、2、4 句押 [im/əm] 韵。

312

榕树叶下系较阴，①	榕树叶下系过阴，
心肝情义系过深。	心肝情义系过深。
灯草拿来吞落肚，②	灯草拿来吞落肚，
久久都念一条心。③	久久都念一条心。

【解题】山歌运用起兴和双关，唱的是心上人对"我"情深义重、念念不忘。

【注释】①较：梅县方言说"过 [kuok⁵]"，程度副词，相当于"比较"。阴：阴凉。②吞落：吞下。③一条心：语义双关，表面指灯草里面的灯芯，实际指心意相通。

【押韵】1、2、4 句押 [im/əm] 韵。

313

海底读书理义深，①	海底读书理义深，
见妹不得听声音。②	见妹唔倒听声音。
利刀拿来胸前放，	利刀拿来胸前放，

不会割肉也动心。③   唔会割肉也痛心。

【解题】山歌利用"痛心"的一语双关，唱的是主人公思念心上人，却只闻其声，不见其人，心如刀绞。

【注释】①理义：专指儒家的经义。②不得：梅县方言说"唔倒"。③动心：应为"痛心"，语义双关，表面指利刀刺痛胸口，实际指心疼、舍不得。

【押韵】1、2、4句押［əm/im］韵。

314

你若不肯吾用蛮，①   你系唔肯偃用蛮，
吾会使人路上拦。②   偃会使人路上拦。
上路拦到下路转，③   上路拦到下路转，
半强半抢鸡公般。④   半强半就鸡公般。

【解题】山歌运用比喻，唱出了男性在婚恋关系中霸道、粗暴的行为。

【注释】①蛮：指野蛮行为。②使：派、使唤。汉贾谊《过秦论》："乃使蒙恬北筑长城而守藩篱。"③上路：相对位置在上面的路。转：回、返。详见第192首。④半强半抢：梅县方言说"半强半就［pan⁵³ ʈoŋ³¹ pan⁵³ tsʰiu⁵³］"，半推半就。鸡公般：像公鸡（追逐母鸡交配）一样。

【押韵】1、2、4句押［an］韵。

315

三十无子半生难，①   三十无子半生难，
行船最怕暗石滩。②   行船最怕暗石滩。
有日卧病高床上，   有日卧病高床上，
百只伙计也是闲。③   百只伙计也系闲。

（乡人喜生男孩，虽无力教养，亦不知惜，并有养儿代老，积谷防饥之谚语，亦即此歌之本旨。）

【解题】山歌运用比喻，反映了传统的"养儿防老"的思想。

【注释】①半生：此处指后半生。旧时人均寿命短，六十为一生，故三十叫"半生"。②暗石滩：江河中暗礁很多的地方。③伙计［fo¹¹ki⁵³］：本指店员、雇工。有些地方引申为相好、姘头。闲：无关紧要的、无用的。

【押韵】1、2、4句押［an］韵。

316

竹叶撑船过台湾，①　　　　　　　　竹叶撑船过台湾，
梨花来招薛丁山。②　　　　　　　　梨花来招薛丁山。
无非张良来做鬼，　　　　　　　　　无非张良来做鬼，
折散婚姻闹梁山。　　　　　　　　　折散婚姻闹梁山。
（于故事上或有不恰之处，然觉其幼稚可喜。）

【解题】山歌以民间历史故事为喻，唱的是来之不易的婚姻遭到他人的破坏。

【注释】①竹叶撑船：比喻想尽办法，创造条件。②梨花：指樊梨花，唐代外族女将。详见第29首。招：招婿。

【押韵】1、2、4句押［an］韵。

317

上井流水下井先，①　　　　　　　　上井流水下井先，
别人心肝吾想恋。②　　　　　　　　别人心肝倨想连。
合伙剧猪分片卖，③　　　　　　　　佮本治猪分析卖，
问妹心头挂那边。④　　　　　　　　问妹心头挂哪边。
（每猪只有一头一心，故以此譬喻。）

【解题】山歌利用"心头"的一语双关，含蓄地试探别人的妹子，心里到底挂念着谁。

【注释】①上井：上堂的天井。下井：下堂的天井。②恋［lian⁵³］：从意义和押韵两方面看，此处为"连［lian¹¹］"更合适，表示想要"建立关系"，且押平声韵。③合伙：梅县方言说"佮本［kap² pun³¹］"。剧［tsʰ ɿ¹¹］：宰杀，本字是"治"。详见第159首。分［pun⁴⁴］：动词，分配、给予。《玉篇·八部》："分，施也；赋也；与也。"《左传·昭公十四年》："（楚子）分贫，振穷。"杜预注："分，与也。"片：梅县方言说"析［sak²］"，量词。④心头：语义双关，表面指猪心和猪头，实际指心里。详见第152首。那：应为"哪"。

【押韵】1、2、4句押［ian］韵。

139

318

月光東大不带栏，①   月光東大唔戴栏，
传呈告状也是闲。②   传呈告状也系闲。
腿上画虎吓我□，③   髀上画虎吓伢擦，
琵琶没线系虚弦。④   琵琶无线系虚弦。

（系虚弦寓意稽玄。）

【解题】 山歌首句以圆月比兴，唱的是光明磊落之人，不畏惧别人的造谣和恐吓。

【注释】 ①不（唔）带栏：指没有月晕，"带栏"应为"戴栏"。②传呈告状：将状纸送官告状。闲：无关的。③腿：梅县方言用"髀〔pi³¹〕"，吓我□：梅县方言说"吓伢擦"，相当于"吓唬谁"。擦〔tsʰat²〕：民间用于指代男性生殖器官，常出现在"V＋伢＋～"的结构中，表示不屑、否定的语气。④虚弦：谐音"虚玄"，表面指没有弦，实际指神秘、令人迷惑。

【押韵】 1、2、4 句押〔an〕韵。

319

猪肉煲参烂对烂，①   猪肉煲参绵对绵，
粉丝炒面缠对缠。   粉丝炒面缠对缠。
郎系有情妹有义，   郎系有情妹有义，
交条情义万万年。   交条情义万万年。

（烂应读棉音。）

【解题】 山歌利用"绵"和"缠"的一语双关，唱的是主人公希望彼此情意绵绵、天长地久。

【注释】 ①参：指海参。烂：食物煮烂，梅县方言用"绵〔mian¹¹〕"。

【押韵】 2、4 句押〔an〕韵。

320

三只洋船到老隆，①   三只洋船到老隆，
火烧船底救船蓬。②   火烧船底救船篷。
十七八岁带眼镜，   十七八岁戴眼镜，
因为无双激到朦。③   因为无双激到朦。

（老隆非临海之地而洋船可到，天真可笑矣。俗称目不亮曰目朦。）

【解题】山歌以两个荒唐可笑之举起兴，来取笑十七八岁就戴眼镜的年轻人。

【注释】①老隆：龙川的一个镇，旧时作为东江航道的终点，来往的主要为内地货运船只，而非洋船。②船蓬：应为"船篷"，覆盖在小木船上的拱形物，用来遮蔽日光和风雨。③无双：不成双。朦：眼睛看不清楚、模糊。

【押韵】1、2、4句押［uŋ］韵。

321

心肝面上桃花红，①	心肝面上桃花红，
子细看真好颜容。②	仔细看真好颜容。
红罗帐内行云雨，③	红罗帐内行云雨，
两人交到一般松。④	两人交到一身松。

【解题】山歌描绘了红罗帐内两情相悦的男欢女爱。

【注释】①面上：脸上。②子细：应为"仔细"。看真：看清楚。颜容：容颜。③红罗帐：红色的纱帐。行云雨：男女合欢。④一般：应为"一身"，全身。松：指身体酸软无力。

【押韵】1、2、4句押［uŋ］韵。

322

没钱买酒酒壶空，	无钱买酒酒壶空，
有钱买酒酒壶重。	有钱买酒酒壶重。
有钱叫妹句句应，①	有钱喊妹句句应，
没钱叫妹诈耳聋。②	无钱喊妹诈耳聋。

【解题】山歌运用对比，描绘了一个见钱眼开的势利女人。

【注释】①叫：梅县方言说"喊［ham⁵³］"。②诈：作假、假装。详见第81首。

【押韵】1、2、4句押［uŋ］韵。

323

松竹点火心里红，①	松竹点火心里红，
嘱妹做事莫放松。	嘱妹做事莫放松。

你要恋郎当面讲，　　　　　　　你爱连郎当面讲，
传音寄信费人工。②　　　　　　　传消寄信费人工。

【解题】山歌运用比喻，暗示妹子爱要大胆说出口，无须别人转告。
【注释】①心里：读［sim⁴⁴me¹¹］。②传音寄信：梅县方言说"传消寄信［tshon¹¹siau⁴⁴ki⁵³sin⁵³］"，传递消息或信件。详见第 108 首。
【押韵】1、2、4 句押［uŋ］韵。

324
十三四岁同到今，①　　　　　　　十三四岁同到今，
自己老婆没崠亲。　　　　　　　　自己老婆无崠亲。
今日讲着断情事，　　　　　　　　今日讲等断情事，
吾今无面来见人。②　　　　　　　　偓今无面来见人。

【解题】山歌唱出了男子对老情人的一往情深和难以接受分手的现实。
【注释】①同：动词，特指男女相好。详见第 72 首。今：现在。详见第 111 首。②无面：没有颜面。
【押韵】1、2、4 句押［in］韵。

325
十三四岁年纪轻，　　　　　　　　十三四岁年纪轻，
去年交情到如今。　　　　　　　　去年交情到如今。
去年新衫不曾着，①　　　　　　　去年新衫唔曾着，
新旧两年不兼身。②　　　　　　　新旧两年唔兼身。
（言新旧两年未亲近你也。）

【解题】山歌运用双关，唱的是与妹子虽有两年交情，但未曾真正亲近。
【注释】①新衫：新衣。着：穿。详见第 3 首。②兼身：语义双关，表面指新衣穿在身上，实际指接近、亲近。
【押韵】2、4 句押［in/ən］韵。

326
以先天年不比今，①　　　　　　　以先天年唔比今，

乌衫蓝裤过时兴。②   蓝衫乌裤过时兴。

四两猪肉出两碗，③   四两猪肉出两碗，

虽然席薄排调清。④   虽然席薄排调清。

【解题】山歌表面唱的是旧时农村衣着服饰、宴席风俗的变化，实际指两人的感情发生了微妙的变化。

【注释】①以先［i⁴⁴sian⁴⁴］：以前。天年：时期、年代。②乌衫蓝裤：应为"蓝衫乌裤"，蓝色上衣、黑色裤子，清朝至民国初年客家地区通行的着装，辛亥革命后，西装成为时尚。乌：黑色。过时兴：过去流行现在已经不流行。③按旧时民间宴席的标准，一般四两猪肉是盛一碗的，盛两碗就是下句所说的"席薄"。出：出桌，指旧时民间设宴席时上的菜。④席薄：旧时客家人摆宴席请人叫"做席"，菜色丰盛叫"笨［pʰun⁴⁴］"，反之叫"薄［pʰok⁵］"。排调：排场、格调。

【押韵】1、2、4句押［in］韵。

327

隔夜发梦记不真，①   隔夜发梦记唔真，

醒来正知妹断情。②   醒来正知妹断情。

晒香遇到天下雨，③   晒香遇到天落雨，

一时光景就变精。④   一时光景就变精。

（香中竹片曰精子。）

【解题】山歌运用比喻和双关，唱的是与妹子分手后男子失魂落魄、一无所有的样子。

【注释】①发梦［pot² muŋ⁵²］：做梦。真：清楚、显明。②正［tsaŋ⁵³］：强调确定语气，相当于"才"。③香：祭祖、敬神所烧的用木屑掺上香料做成的细条。下雨：梅县方言说"落雨"。④一时光景：一会儿工夫，形容很短的时间。精：语义双关，表面指香里面的小竹枝，梅县方言叫"香精梗［çoŋ⁴⁴tsin⁴⁴kuaŋ³¹］"；实际指精光、一无所有。

【押韵】1、2、4句押［ən/in］韵。

328

塘里鱼多浪不停，①   塘里鱼多浪唔停，

心里想鱼没钓槟。②   心里想鱼无钓鞭。

竹在深山鱼在水，   竹在深山鱼在水，

样般想鱼柬艰辛。③   样般想鱼柬艰辛。
（鱼与你之土音同。）

【解题】山歌整首运用双关，表面唱的是想钓鱼却没有钓鱼竿，实际表达的是求而不得的苦闷。

【注释】①塘里 [tʰoŋ¹¹ ŋe¹¹]：池塘里。②鱼 [n¹¹]：谐音"你"。钓槟：应为"钓鞭 [pin⁴⁴]"，旧时用的钓鱼工具是由有韧性的树枝或竹枝做成的，这种有韧性的树枝或竹枝客家人叫"竹鞭 [tsuk² pian⁴⁴]"，有时也叫"竹鞭 [tsuk² pin⁴⁴]"。③样般：怎么，表反问。

【押韵】1、2、4 句押 [in] 韵。

329

纸剪猪头哄鬼神，①   纸剪猪头哄鬼神，
火烧棉柬假热绩。②   火烧棉卷假热绩。
旧年约吾八月半，③   旧年约𠊎八月半，
水打棺材溜死人。④   水打棺材溜死人。

【解题】山歌连用三个歇后语，嘲讽谩骂对方的爽约和虚情假意。

【注释】①此句是歇后语：纸剪猪头——哄鬼神，语义双关，表面指用纸剪成的猪头来供奉，是哄骗鬼神；实际指花架子，哄骗人。②绩 [tsʰiŋ¹¹]：客家话旧时将纱、线称为"绩"，谐音"情"。此句是歇后语：火烧棉卷——假热绩（情），表面指假装热绩，实际讽刺他人假情假义。③旧年：去年。详见第 198 首。八月半：中秋节。④此句是歇后语：水打棺材——溜死人；旧时民间常把棺材板丢弃在河沟中当作桥板，由于长期浸泡在水中，会长青苔，人踩上去容易滑倒，所以说会"溜死人"，语义双关，实际指骗死人。

【押韵】1、2、4 句押 [ən/in] 韵。

330

讲着你事一本经，①   讲等惹事一本经，
日讲夜讲讲不清。②   日讲夜讲讲唔清。
贴错门神难转面，③   贴差门神难转面，
铁棍做钩难转身。④   铁棍做钩难转身。

144

【解题】山歌运用两个歇后语，唱的是感情的事情说不清楚，一旦做错，就很难再回头。歌者可能是当事人，向对方表明分手的态度，也可能是旁观者在劝慰当事人。

【注释】①你：你的，梅县方言说"［ŋa⁴⁴］"，记作同音字"惹"。一本经：像一本经书那么长。②日讲夜讲：日日夜夜都在讲。③错：梅县方言说"差"，错、差错。详见第94首。门神：驻守门户、阻拦恶鬼凶煞的守护神，客家人过年有张贴门神画的习惯。面：脸。详见第233首。此句是歇后语：贴差门神——难转面，语义双关，表面指门神贴反了，转不过来；实际指很难改变态度。④此句是歇后语：铁棍做钩——难转身，语义双关，表面指铁棍做成的钩子很难转变拐弯的方向；实际指人一旦做错事，很难翻身。

【押韵】1、2、4句押［in/ən］韵。

331

裤脚不摄上了尘，① 　　　裤脚唔捏上了尘，
同了心肝没别人。② 　　　同欸心肝无别人。
自同阿妹一上手，③ 　　　自同阿妹一上手，
斜眼不曾看过人。 　　　斜眼唔曾看过人。

【解题】山歌运用比兴，唱的是"我"惹上绯闻，就像裤腿没有挽起，不小心沾上灰尘一样。与你在一起，"我"的眼里就再无他人。

【注释】①裤脚：裤腿、裤管。摄：应为"捏［ŋap²］"，折、卷（裤管、衣袖等）。上了尘：沾上灰尘。②同：动词，两人相好。详见第72首。③自：自从，从过去到现在，一直。上手：到手。详见第4首。

【押韵】1、2、4句押［ən/in］韵。

332

桂花手镯一时兴，① 　　　桂花手鈪一时兴，
泥作山神一时灵。② 　　　泥作山神一时灵。
吾今同妹一时好，③ 　　　倕今同妹一时好，
未曾讲恋一生人。④ 　　　唔曾讲恋一生人。

【解题】山歌运用比喻和排比，唱的是"我"与你的感情是一时的，而非一生。

【注释】①手镯：梅县方言说"手鈪［su³¹ ak²］"。兴：流行、盛行。②作：建造，制作。《尔雅·释言》："作、造，为也。"《书·康诰》："周公初基，作新大邑于东国洛。"梅县方言筑河堤、筑田埂说"作河堤""作田唇"。山神：民间认为掌管山岳的神。《后汉书·卷八六·南蛮西南夷列传》："是时郡尉府舍皆有雕饰，画山神海灵奇禽异兽，以眩耀之，夷人益畏惮焉。"③今：现在。详见第 111 首。④一生人：一辈子。

【押韵】1、2、4 句押［in］韵。

333

当天发誓也无灵，①	当天发誓也无灵，
神仙不管闲事情。	神仙唔管闲事情。
发了几多痛心咒，②	发欸几多痛心咒，
自从不曾死过人。③	自从唔曾死过人。

【解题】山歌唱的是在感情世界里，不要相信誓言与毒咒，不灵验。

【注释】①当天：对天。②几多：多少。详见第 61 首。痛心咒［tsu⁵³］：悲愤、伤心的诅咒。③自从：一直，从过去到现在。

【押韵】1、2、4 句押［in］韵。

334

手掳裤脚跌跌落，①	手擄裤脚跌跌落，
恋新丢旧太不著。②	恋新丢旧忒唔着。
大爷堂上去张纸，③	大爷堂上去张纸，
碌到你家没安乐。④	摝到你家无安乐。

【解题】山歌首句运用比兴，唱的是喜新厌旧易惹官司，导致家无宁日。

【注释】①掳［lu¹¹］：捋、提（衣袖、裤管）。本字是"擄"。《说文·手部》："擄，手持也。"跌跌落：不断往下掉的样子。②太：梅县方言用"忒"，程度副词。著：应为"着"，对，得当。宋王道父《道父山歌》："种田不收一年辛，取妇不着一生贫。"③大爷：指衙门县太爷。纸：状纸。④碌：应为"摝"，搅乱。本义是"振动、摇动"，《集韵·屋韵》："摝，振也。"梅县方言引申出"搅动、搅乱"的用法。

【押韵】1、2、4 句押［ok］韵。

335

新做文章叶实叶，^①	新做文章页实页，
郎系上京妹打叠。^②	郎系上京妹打叠。
希望阿哥高中转，^③	希望阿哥高中转，
郎出桅竿妹出夹。^④	郎出桅杆妹出夹。

（地方上有官衔者，悉竖桅竿于门前，夹者是桅下之两扁石柱，以此象征，亦云猥亵矣。）

【解题】 山歌运用双关，表面唱的是妹子全力支持阿哥上京赶考，希望能金榜题名，竖立石桅杆，实际利用末句隐晦表达了男女之欢。

【注释】 ①叶实叶：应为"页实页"，形容很多页。②打叠：收拾、整理。明凌濛初《初刻拍案惊奇》卷二二："如此撺哄了几日，行装打叠已备，齐齐整整起行，好不风骚！"③高中［kau⁴⁴tsuŋ⁵³］：敬称科举考试考中。唐薛逢《上翰林韦学士启》："桂枝先攀，杨叶高中。"转：回、返。详见第192首。④桅竿：现记为"桅杆"，客家人竖立在家门口记载功名的旗杆。详见第101首。此句语义双关，表面指两面扁石柱中间夹着桅杆，实际指男女性爱之事。

【押韵】 1、2、4句押［ap］韵。

336

还小看妹弄坭砂，^①	还细看妹搞泥沙，
大了嫁在别人家。	大欵嫁在别人家。
日日经你门前过，^②	日日打你门前过，
未曾食过一杯茶。	唔曾食过一杯茶。

【解题】 山歌以男性的口吻嘲讽对其不够热情的妹子。

【注释】 ①小：梅县方言说"细［se⁵³］"，年龄小、年轻。详见第17首。弄坭砂：应为"搞泥沙"，玩泥巴。②经：梅县方言说"打"，介词，从。

【押韵】 1、2、4句押［a］韵。

337

大嫂无须假至诚，^①	大嫂唔使假至诚，
一州同过半州人。^②	一州同过半州人。
潮州学老也同过，^③	潮州福佬也同过，

又同大埔本地人。　　　　　　　　又同大埔本地人。

（俗称人之不苟言笑曰至诚，俗称潮州人曰学老，传说是因其土语之难，虽学至老而不能故云。）

【解题】 山歌直接嘲讽了假正经的风尘女子。

【注释】 ①无须：梅县方言说"唔使"，不用。至诚：极为纯洁忠诚。《礼记·中庸》："唯天下至诚，为能尽其性。"假至诚，假正经。②州：州府。同：动词，两人相好。详见第 72 首。③学老：应为"福佬 [hok⁵ lau³¹]"，即福建佬，因福建话中"福"字读"h"声母，与客家话的"学"音近，才会附会出"学到老都学不会"的说法。

【押韵】 1、2、4 句押 [ən∕in] 韵。

338
十七八岁睤花边，①　　　　　　　十七八岁赚花边，
两十一出睤零钱。②　　　　　　　两十一出赚零钱。
三十以外人嫌价，③　　　　　　　三十以外人嫌价，
四十以外要贴钱。④　　　　　　　四十以外爱贴钱。

【解题】 山歌直接唱出了旧时不同年龄段女孩的不同身价。

【注释】 ①睤：应为"赚"，指女孩出嫁时获得的礼金（客家话叫"身价银"）。花边：银圆的俗称。详见第 86 首。②两十一出：二十岁刚一出头。③以外：以上。人嫌价：别人嫌价钱贵，指不值钱。④贴钱：指倒赔钱。

【押韵】 1、2、4 句押 [an] 韵。

339
吾莫嫌郎布惊茶，①　　　　　　　你莫嫌郎布荆茶，
又好避暑又避邪。　　　　　　　又好避暑又避邪。
妹的姻缘有郎份，　　　　　　　妹的姻缘有郎份，
当过下山好细茶。②　　　　　　当过下山好细茶。

【解题】 山歌中阿哥以"布荆茶"自喻，唱出了阿哥满满的自信和对妹子深深的情意。

【注释】 ①布惊：应为"布荆"，即牡荆，民间会用其叶子或果实来泡茶，有消暑辟邪的作用。②当过：胜似，超过。

【押韵】1、2、4 句押［a］韵。

340

潮州榄子两头尖，①　　　　　　　潮州榄子两头尖，
细叶入口心里甘。②　　　　　　　细叶入口心里甘。
恋妹爱妹十七八，③　　　　　　　恋妹爱恋十七八，
又好又嫩又后生。④　　　　　　　又好又嫩又后生。
（应读作嗜好之好，始有意义。）

【解题】山歌运用比兴，唱出了与年轻妹子相恋的幸福与美满。
【注释】①榄子：橄榄。②细叶：嫩叶。甘：甘甜。③恋妹爱妹：不通，应为"恋妹爱恋"。④好［hao⁵³］：嗜好。后生：年轻。详见第269首。
【押韵】（兴宁）1、2、4 句押［aŋ］韵。

341

清凉山有好细茶，①　　　　　　　清凉山有好细茶，
郎系糕饼妹细茶。②　　　　　　　郎系糕饼妹系茶。
妹今相似细茶样，　　　　　　　　妹今好比细茶样，
沸水炮来开心花。③　　　　　　　沸水泡来开心花。

【解题】山歌把郎和妹的关系比喻成"糕饼"与"茶"、"沸水"与"细茶"的关系，茶水交融，两情相悦。
【注释】①清凉山：梅县地名。细茶：嫩茶。②糕饼：糕点和饼干的合称。③沸水：读［pi⁵³ sui³¹］。炮：应为"泡"。开心花：语义双关，表面指嫩茶泡开像一朵花的样子，实际指心花怒放。
【押韵】1、2、4 句押［a］韵。

342

日头笔出热充充，①　　　　　　　日头必出热冲冲，
晒死阿妹一园葱。　　　　　　　　晒死阿妹一园葱。
日里又怨没葱食，　　　　　　　　日里又怨无葱食，
夜里又怨没老公。　　　　　　　　夜里又怨无老公。

【解题】山歌运用起兴，嘲讽没有老公的妹子整天怨天尤人。

【注释】①日头：太阳。详见第 51 首。笔：李如龙认为本字为"必 [pit²]"，裂开但未分离。详见第 213 首。热充充：记为"热冲冲 [ŋat⁵ tsʰuŋ⁴⁴tsʰuŋ⁴⁴]"，取热气上冲之意。

【押韵】1、2、4 句押 [uŋ] 韵。

343

日头笔出热嗟嗟，①　　　　　　日头必出热嗟嗟，

看见阿妹上面下。②　　　　　　看倒阿妹上背下。

左手提个花篮子，③　　　　　　左手车个花篮子，

右手拿的番洋伞。④　　　　　　右手拿个番洋遮。

【解题】山歌运用起兴，路上偶遇打扮时髦的妹子，以此歌套近乎。

【注释】①热嗟嗟 [ŋat⁵ tsia⁴⁴ tsia⁴⁴]：热辣辣。②上面：梅县方言用"上背"。下：下来。③提：梅县方言说"车 [tsʰa⁴⁴]"，由"用水车戽水"引申出"提"的意思。个：结构助词，相当于"的"。详见第 16 首。④番洋遮：用花洋布制成的伞。旧时花篮子、番洋遮一般是出嫁时才有的物件，日常罕见。

【押韵】1、2、4 句押 [a] 韵。

344

日头笔出晒门楼，　　　　　　　日头必出晒门楼，

看见吾妹割草头。①　　　　　　看见伢妹割草头。

手挽衫尾来拭汗，②　　　　　　手挽衫尾来拭汗，

心肝柬苦吾就愁。　　　　　　　心肝柬苦偓就愁。

（此首描出女人力作之状矣。）

【解题】山歌运用起兴，描绘了一个早起辛苦劳作的女子，表达了"我"的怜惜之情。

【注释】①草头：草割掉后残留的根部。②衫尾：衣角。拭 [tsʰət⁵]：擦。

【押韵】1、2、4 句押 [eu] 韵。

345

上就上来下就下，①	上就上来下就下，
自从不曾到吾家。②	自从唔曾到伢家。
门前未种钉企苈，③	门前无种钉徛劈，
家中未畜恶狗麻。④	家中无畜恶狗嫲。

【解题】山歌委婉地向每天从自家门前路过的妹子（或阿哥）发出邀请。

【注释】①此句指来来往往，梅县方言常说"上上下下"。②自从：一直，从过去到现在。③钉企苈：应为"钉徛劈"，又高又直的荆棘。钉徛：像钉子般直立。劈：荆棘。④畜：饲养，《易・离》："亨，畜牝牛吉。"狗麻：应为"狗嫲"，母狗。

【押韵】1、2、4 句押［a］韵。

346

郎系走了妹不惯，①	郎系走欸妹唔惯，
三餐没食两碗饭。	三餐无食两碗饭。
三晡没睡一觉目，②	三晡无睡一觉目，
把吾席纲磨得烂。③	把伢席纲磨得烂。

【解题】山歌唱的是心上人离开后，茶饭不思，辗转反侧，夜不能寐。

【注释】①不惯：不习惯。②晡：下午或晚上，此处指晚上。详见第67 首。睡一觉目：睡一觉。③席纲：草席中起固定作用的粗绳子。详见第146 首。

【押韵】1、2、4 句押［an］韵。

347

讲着打架吾不愁，①	讲等打交偃唔愁，
阿哥生有铁拳头。②	阿哥生有铁拳头。
一千八百有本事，	一千八百有本事，
一万八千非对头。	一万八千非对头。

（乡间勇于私斗，于此口气中可见。）

【解题】山歌运用夸张，直接唱出了男子在武斗方面的自信与勇敢。

【注释】①打架：梅县方言说"打交"。②生：生长。
【押韵】1、2、4 句押 [eu] 韵。

348

日头毕出凹里黄，①　　　　　　　　　　日头必出凹里黄，
有情心肝来恋郎。②　　　　　　　　　　有情心肝来连郎。
虽然不是亲妻子，　　　　　　　　　　　虽然唔是亲妻子，
赤肉兼身总动肠。③　　　　　　　　　　赤肉兼身总痛肠。

【解题】山歌运用起兴，唱的是男女户外偷情，男子深情告白。
【注释】①日头：太阳。详见第 51 首。毕：本字是"必"，裂开但未分离。详见第 213 首。凹里 [au⁵³ ve³¹]：山坳里。②恋：此处用"连"较合适，强调"心相连"。③赤肉：赤裸裸。兼身：接近、亲近。动肠：应为"痛肠"，打动心肠、动心。
【押韵】1、2、4 句押 [oŋ] 韵。

349

一山草木皮皮青，①　　　　　　　　　　一山草木皮皮青，
老妹颜容十分腈。②　　　　　　　　　　老妹颜容十分腈。
面上相似桃花色，③　　　　　　　　　　面上好比桃花色，
看起真来心愈生。④　　　　　　　　　　看起真来心愈生。

【解题】山歌运用起兴，描绘了一个面若桃花的妹子，令人心驰神往。
【注释】①一山：满山。皮：量词，梅县方言说"一皮叶子（一片叶子）"。皮皮青：叶叶青。②颜容：容颜。腈：漂亮。本义是瘦肉，"肉之粹者"。详见第 253 首。③面上：脸上。④看起真来：认真看起来。愈 [it⁵]：更加、非常。生：特指心潮澎湃。
【押韵】1、2、4 句押 [aŋ] 韵。

350

塘里鱼子一大堆，　　　　　　　　　　塘里鱼子一大堆，
哥系想鱼胃口开。①　　　　　　　　　　哥系想鱼胃口开。
因为破鱼割了手，　　　　　　　　　　　因为破鱼割了手，
今不来血几时来。②　　　　　　　　　　今唔来血几时来。

(血与歇同音，宿也，言今不留宿待何时也。)

【解题】山歌表面写钓鱼，实际以"鱼"谐"你"，"血"谐"歇（留宿）"，委婉地向妹子表露心声，希望妹子今晚能留下。

【注释】①鱼［n¹¹］：谐音"你"。②血［çat²］：谐音"歇"，明指鲜血，实指留宿。详见第67首。几时：什么时候。详见第114首。

【押韵】1、2、4句押［oi］韵。

351

茶壶拿出棹中心，^①	茶壶拿出桌中心，
有茶没茶妹要斟。^②	有茶无茶妹爱斟。
左手挪柑一团肉，^③	左手挼柑一团肉，
右手攀妹一团金。^④	右手扳妹一团金。

【解题】山歌运用借喻，唱的是男子趁妹子倒茶时，对其明目张胆地猥亵。

【注释】①棹："桌"的异体字。中心［tuŋ⁵³sim⁴⁴］：中央。②斟：用壶倒酒或茶水。前蜀魏承班《玉楼春》："玉斝满斟情未已，促坐王孙公子醉。"③挪［no¹¹］：本字是"挼"，同"挼"，揉搓。《广韵·灰韵》："挼，手摩物也。"梅县方言现在还说"挼圆粄子（做汤丸）"。挼柑：此处借指触摸女子胸部。④攀：应为"扳"，攀附。

【押韵】1、2、4句押［im/əm］韵。

352

香烟烧起半天庭，	香烟烧起半天庭，
妹系敢做郎敢承。^①	妹系敢做郎敢承。
郎系班兵妹作反，^②	郎系班兵妹作反，
同心同胆怕谁人。^③	同心同胆怕瞒人。

【解题】山歌运用起兴，唱出了热恋中的男女同心共胆、无所畏惧的感情。

【注释】①承：承担、担当。②班兵：轮班上调京师执勤的军队。③同心同胆：同心共胆。谁人：梅县方言说"［man³¹ŋin¹¹］"，常俗写作"瞒人"。

【押韵】1、2、4句押［in/ən］韵。

353

心肝好比一团金，　　　　　　心肝好比一团金，
郎系一嬲就开心。①　　　　　　郎系一嫽就开心。
老妹好比生熊胆，②　　　　　　老妹好比生熊胆，
救条人命值千金。　　　　　　救条人命值千金。
（乡间酷信熊的胆是灵药。）

【解题】山歌运用两个比喻，唱的是阿哥阿妹两情相悦，情之所至，命之攸关。

【注释】①嬲：本字是"嫽"，此处特指男女之间的交往。详见第1首。②生熊胆：民间认为有开窍、清热解毒的功能。

【押韵】1、2、4句押［im］韵。

354

好茶一食心就凉，　　　　　　好茶一食心就凉，
好花一采满身香。　　　　　　好花一采满身香。
三日不食没打紧，①　　　　　　三日唔食无打紧，
得妹言语作干粮。　　　　　　得妹言语作干粮。

【解题】山歌前两句以"好茶""好花"起兴，盛赞妹子自带清香，秀色可餐。

【注释】①没（无）打紧：无关紧要。

【押韵】1、2、4句押［ioŋ］韵。

355

老妹生得笑西西，①　　　　　　老妹生得笑嘻嘻，
好比竹笋出坭皮。②　　　　　　好比竹笋出泥皮。
郎今好比竹壳样，③　　　　　　郎今好比竹壳样，
细细包到妹春尾。④　　　　　　细细包到妹伸尾。
（俗言到尽头曰春尾。）

【解题】山歌把阿哥对妹子一直以来的小心呵护，比喻成竹壳包着竹笋的样子，形象生动、感情真挚。

【注释】①生：长，指相貌呈现出来的样子。详见第16首。②出：钻出。坭皮：泥土的表面，"坭"是"泥"的异体字。③样：模样、样子。

详见第 107 首。④细：年龄小、年轻。详见第 17 首。春尾：应为"伸尾
[tsʰun⁴⁴mi⁴⁴]"：伸到尽头。

【押韵】1、2、4 句押［i］韵。

356

日头一出晒栏干，①   日头一出晒栏杆，
不见妹子心不安。   唔见妹子心唔安。
三日不见吾妹面，   三日唔见伢妹面，
恰似利刀割心肝。②   好比利刀割心肝。

【解题】山歌运用起兴，唱的是阿哥三日不见妹子，便坐立不安、牵
肠挂肚。

【注释】①日头：太阳。详见第 51 首。②利刀：锋利的刀。

【押韵】1、2、4 句押［on］韵。

357

新做茶亭两面门，①   新做茶亭两扇门，
心肝生得真斯文。②   心肝生得真斯文。
牙齿相似银打的，③   牙齿好比银打个，
笑容抵得千两银。④   笑容抵得千两银。

【解题】山歌运用比喻和夸张，唱的是妹子长得斯文大方，白齿如银，
一笑抵千金。

【注释】①茶亭：为过往行人和田野劳作者遮风挡雨、休憩纳凉和提
供茶水的地方，客家地区凉亭特多，有"十里一长亭，五里一短亭"的说
法。两面门：即两扇门，在旧时，有两扇门的茶亭属于比较精致的，寓意
成双成对。②生：长，指相貌呈现出来的样子。详见第 16 首。③打：制
作，造。详见第 43 首。的：梅县方言说"个"，结构助词。详见第 16 首。
④抵得：相当于，值得。

【押韵】1、2、4 句押［un］韵。

358

石上种松石下阴，   石上种松石下阴，
海底纺绩绡柬深。①   海底纺绩绡柬深。

千里远路寻妹嬲，②   千里远路寻妹嫽，
一钱灯草十分心。③   一钱灯草十分心。

【解题】山歌首句起兴，利用"绤"谐"情"和"心"的一语双关，唱出了阿哥手里赴约的真情实意。

【注释】①纺绩：把丝麻等纤维纺成纱或线。纺指纺纱，绩指缉麻。《管子·轻重乙》："大冬营室中，女事纺绩缉缕之所作也，此之谓冬之秋。"绤［tsʰin¹¹］：客家话将纱、线称为"绤"，谐音"情"。②寻：寻找。详见第 28 首。嬲：本字是"嫽"，此处特指男女之间的交往。详见第 1 首。③钱：重量单位，一两的十分之一。心［sim⁴⁴］：语义双关，表面指灯芯，实际指心意。

【押韵】1、2、4 句押［im/əm］韵。

359

当初出世出差里，①   当初出世出差哩，
有好日子没好时。②   有好日子无好时。
风流日子吾无久，   风流日子𠊎无久，
寒酸日子当着咧。③   寒酸日子•等哩。

【解题】山歌抱怨自己时运不佳，风流一时，寒酸一生。

【注释】①出世：出生。详见第 125 首。差：错、差错。详见第 94 首。②好时：好的时辰。③当着咧：记为"•等哩［toŋ¹¹ten³¹li³¹］"，拖累着。客谚有"•• 叮［toŋ¹¹toŋ¹¹tiŋ⁵³］，命注定，食多食少天注定"。本字不详。

【押韵】1、2、4 句押［i/ɿ］韵。

360

爱银爱钱你要声，①   爱银爱钱你爱声，
三分利钱吾要行。②   三分利钱𠊎爱行。
三分利钱吾敢借，   三分利钱𠊎敢借，
这条人情吾要行。   这条人情𠊎爱行。

【解题】山歌唱的是真情无价，为了这份感情，"我"将不吝钱财。

【注释】①声：动词，出声。详见第 172 首。②利钱：利息。《水浒

传》第三十八回："只用十两银子去取，再要利钱么？"行：交往、来往。
【押韵】1、2、4句押〔aŋ〕韵。

361

妹系那冈吾这冈，①	妹系那冈倻这冈，
三请茅庐刘关张。②	三请茅庐刘关张。
老妹姻缘有郎份，	老妹姻缘有郎份，
不怕落雪遮山冈。③	唔怕落雪遮山冈。

【解题】山歌借三顾茅庐的历史故事，表达了对感情的执着与坚定。
【注释】①这、那：训读字，本字是"个"，〔ke³¹〕表近指，〔ke⁵³〕表远指。唐李白《秋浦歌》："白发三千丈，缘愁似个长。"宋陈亮《念奴娇·至金陵》："因念旧日山城，个人如画，已作中州想。"为方便区别，分别记作"这""那"。②三请茅庐：三顾茅庐。刘关张：指刘备、关羽和张飞。③落雪：下雪。
【押韵】1、2、4句押〔aŋ〕韵。

157

362

郎今不说妹不知，①	郎今唔讲妹唔知，
时时刻刻挂念你。	时时刻刻挂念你。
睡目挂在枕头上，②	睡目挂在枕头上，
食饭挂在菜碗里。	食饭挂在菜碗里。

【解题】山歌直接表达了阿哥对妹子的朝思暮想之情。
【注释】①说：梅县方言用"讲"。②睡目：睡觉。
【押韵】1、2、4句押〔i〕韵。

363

日想你来夜想你，①	日想你来夜想你，
早晨想到日落西。②	朝晨想到日落西。
初一想到二十九，③	初一想到二十九，
想来想去月尽咧。④	想来想去月尽哩。
（月与热同音。）	

【解题】山歌唱的是苦苦追求而不得，最后激情被时间消耗殆尽。

【注释】①想：想念。②早晨：梅县方言用"朝晨"。③二十九：农历二十九。④月尽咧（哩）：谐音"热尽哩"，表面指到了月尾，实际指感情到了尽头。

【押韵】（兴宁、五华）1、2、4 句押［i］韵。

364

刀截槟榔对片开，①	刀切槟榔对析开，
这条人情要留在。②	这条人情爱留在。
钥匙交在妹身上，③	锁匙交在妹身上，
花园切莫给人开。④	花园切莫分人开。

【解题】山歌首句起兴，利用"钥匙"和"花园"的隐语，唱出了阿哥对阿妹的一往情深和爱的叮嘱。

【注释】①截：应为"切"。片：梅县方言说"析［sak²］"，量词，片、半。②留在［liu¹¹ tsʰoi⁴⁴］：留下。③钥匙：梅县方言用"锁匙"，此处暗喻男性私密处。在：读［a⁵³］，出现在补语中的介词。④花园：此处借喻女性私密处。切莫：务必不要。详见第 56 首。给：梅县方言说"分"，介词，相当于"被"。

【押韵】1、2、4 句押［oi］韵。

365

日头对顶脚下阴，①	日头对顶脚下阴，
一时不见一时寻。②	一时唔见一时寻。
饭甑肚里蒸灯草，③	饭甑肚里蒸灯草，
久后始知郎蒸心。④	久后始知郎蒸心。
（蒸心寓意真心。）	

【解题】山歌运用比兴和双关，唱出了恋爱中男女之间若即若离的关系，表达了阿哥对妹子的深情厚意。

【注释】①日头：太阳。详见第 51 首。对顶：正对着头顶。②一时：指一时半会儿。寻：寻找。详见第 28 首。③饭甑：旧时客家人做饭蒸食用的加盖高桶。详见第 112 首。肚里［tu³¹ ve³¹］：肚子里、里面。④蒸心：谐音"真心"，表面指蒸灯芯草，实际指真心实意。

【押韵】1、2、4 句押［im］韵。

366

妹非凡人郎系仙，　　　　　　　妹非凡人郎系仙，
哥也住在月亮边。①　　　　　　哥也住啊月光边。
老妹相似丹桂树，　　　　　　　老妹好比丹桂树，
砍妹桂树也不难。②　　　　　　倒妹桂树也唔难。

【解题】山歌运用大胆的想象和比喻，表达了阿哥对妹子的仰慕和追求。

【注释】①月亮：梅县方言用"月光"。边：旁边。②砍：梅县方言用"倒（树）"。

【押韵】1、2、4句押［an］韵。

367

你说没缘亦有缘，①　　　　　　你讲无缘也有缘，
友情行了两三年。　　　　　　　友情行欸两三年。
人人都说上了手，②　　　　　　人人都话上欸手，
兼身两字就未曾。③　　　　　　兼身两字就唔曾。

【解题】山歌唱的是与妹子交往时间虽长，却未有实质性关系。

【注释】①亦：梅县方言说"也"，表示两事并列。②说：梅县方言用"话"，动词，谈论、议论。详见第44首。上了手：指达到目的。③兼身：接近、亲近。

【押韵】1、2、4句押［an］韵。

368

松树尾上一皮青，①　　　　　　松树尾上一皮青，
松树头下腌鱼生。②　　　　　　松树头下腌鱼生。
怎好鱼生要酸酣，③　　　　　　更好鱼生爱酸甜，
㑔好老妹要后生。④　　　　　　㑔好老妹爱后生。

【解题】山歌以"鱼生配酸甜"来比喻"好妹配情郎"。

【注释】①尾上：末尾。皮：量词，相当于"片"。②松树头下：松树下面。鱼生：鲜活鱼切成薄片，洗净血腥，蘸蒜、姜、醋等佐料即食。腌鱼生：客家美食，生鱼片直接蘸着芥辣吃。以前的芥辣是由芥蓝菜籽碾成

159

粉末制成的。③怎：梅县方言用"更〔aŋ⁵³〕"，程度副词，相当于"再、更加"。详见第 197 首。酸醋：应为"酸甜"，指客家人用黄酒自制的"醋"，最简单的制作方法是将烧得通红的铁器放入黄酒中冷却，令黄酒变酸，所以在第 176 首中又叫"甜酒"。④后生：年轻人。详见第 289 首。

【押韵】1、2、4 句押〔aŋ〕韵。

369

黄蜂来采百花心，①	黄蜂来采百花心，
郎今问妹没笑容。②	郎今问妹无笑容。
灯草拿来做火把，	灯草拿来做火把，
讲起恋妹火烧心。③	讲起恋妹火烧心。

【解题】山歌以"黄蜂采百花"喻"阿哥追求妹子"，利用"火烧心"的一语双关，表达了阿哥求而不得的烦恼和焦急。

【注释】①心：中心，此处指花蕊。②今：现在。详见第 111 首。③火烧心：语义双关，表面指灯芯在燃烧，实际指内心着急。

【押韵】（梅县）1、4 句押〔im〕韵。
（兴宁）1、2、4 句押〔uŋ〕韵。

370

妹今讲话不知羞，①	妹今讲话唔知羞，
不曾同妹你说有。②	唔曾同妹你话有。
天下也有十八省，	天下也有十八省，
人情那有你包就。③	人情哪有你包聚。

【解题】山歌中的阿哥痛骂喜欢胡扯瞎编的女人。

【注释】①羞：羞耻。②同：动词，特指男女相好。详见第 72 首。③就：应为"聚〔tsʰiu⁴⁴〕"，聚拢。

【押韵】1、2、4 句押〔iu〕韵。

371

妹若有心郎有心，①	妹系有心郎有心，
两人相好几威风。②	两人相好几威风。
十五前来瞓月半，③	十五前来嫽月半，

星子在边月在心。④   星子在边月在心。

【解题】山歌描绘了两人相恋的美好画面，阿哥热切期盼心上人月圆之日能前来相会。

【注释】①若：梅县方言不说，可改为"系"。②相好：恋爱。几：程度副词，多么。③嬲：本字是"嫽"，此处特指男女之间的交往。详见第1首。月半：指中秋节。④星子〔sen⁴⁴ne³¹〕：星星。边：旁边。月在心：谐音"热在心"，表面指月亮在中心位置，实际指内心满腔热情。

【押韵】1、2、4 句押〔uŋ〕韵。

372
未曾落雨先起风，①   唔曾落雨先起风，
㜷好老妹没老公。   㜷好老妹无老公。
妹今相似沙桐冇，②   妹今好比沙桐泛，
月月开花里肚空。③   月月开花肚里空。
（沙桐冇，树名，有花无实。）

【解题】山歌运用起兴，将没有老公的妹子比喻成只开花不结果的泡桐，令人惋惜。

【注释】①落雨：下雨。此句来自客谚"唔曾落雨先起风，有雨也系空"。②沙桐冇〔sa⁴⁴tʰuŋ¹¹pʰaŋ⁵³〕：泡桐，木质轻且硬，常开花不结果，民间会将树干掏空做酒管。"冇"的本字是"泛"。详见第190首。③里肚：应为"肚里"〔tu³¹ve³¹〕，里面。

【押韵】1、2、4 句押〔uŋ〕韵。

373
郎今问妹妹不声，①   郎今问妹妹唔声，
假贞假节做到成。②   假贞假节做到成。
世上那有贞节女，   世上哪有贞节女，
那有猫子不食腥。   哪有猫子唔食腥。

【解题】山歌唱的是男子求而不得，恼羞成怒，以"哪有猫不吃腥"来讽刺妹子假正经。

【注释】①今：现在。详见第111首。声：动词，出声。详见第172

首。②假贞假节：假贞节。做到成［saŋ¹¹］：做作而成。

【押韵】1、2、4句押［aŋ］韵。

374

路上逢郎路下坐，①	路上逢郎路下坐，
妹子说郎花東多。②	妹子讲郎花東多。
十字街头排八字，③	十字街头排八字，
命带桃花怎奈何。④	命带桃花样奈何。

【解题】男女在路边相遇，妹子嗔怪阿哥拈花惹草，阿哥得意地解释为命带桃花。

【注释】①逢［pʰuŋ¹¹］：遇见、相逢。详见第65首。路下：路边。②说：梅县方言用"讲"或"说"。花東多：指女人很多。③排八字：算命。详见第237首。④怎奈何：梅县方言用"样［ŋɔŋ⁵³］奈何"，表反问，怎么办。

【押韵】1、2、4句押［o］韵。

375

三月莳田妹散秧，①	三月莳田妹散秧，
人人都说有来往。②	人人都话有来往。
塘中无鱼风作浪，	塘中无鱼风作浪，
气死老妹气死郎。	气死老妹气死郎。

【解题】山歌将男女在田里插秧播种，引起众人议论，令当事人有口难言的情形，比喻成"塘中无鱼风作浪"。可见旧时农村地区男女一起劳作，容易引起流言蜚语。

【注释】①莳田：插秧。详见第69首。散秧：抛秧。②说：梅县方言用"话"，动词，谈论、议论。详见第44首。

【押韵】1、2、3、4句押［oŋ］韵。

376

门前种有青蕉梨，①	门前种有青蕉梨，
野草山藤围着咧。②	野草山藤围等哩。
一因家中走不了，	一因家中走唔了，

二因妹家太近呢。^③　　　　　　二因妹家忒近哩。

（言心不从愿也。）

【解题】山歌前两句运用比兴，把阿哥不能前往与阿妹相会，比喻成"青蕉梨"被"野草山藤"围着，委婉地表达了阿哥不准备与妹子深入交往的想法。旧时民间结亲家不希望太近，因为两亲家离得太近了，会有很多麻烦。

【注释】①青蕉梨：青梨。②山藤：山上的各种藤条。③太：梅县方言用"忒〔tʰiet²〕"。详见第233首。

【押韵】1、2、4句押〔i〕韵。

377

日头转影树转阴，^①　　　　　　日头转影树转阴，
今年米谷贵如金。　　　　　　　今年米谷贵如金。
甲寅乙卯差得远，^②　　　　　　甲寅乙卯差得远，
唱条山歌做点心。　　　　　　　唱条山歌做点心。

【解题】将近黄昏，但家中却无米下锅，那就唱首山歌做点心吧！苦中作乐，乐亦无穷，这就是山歌独特的魅力。

【注释】①日头：太阳。详见第51首。②甲寅乙卯：甲寅、乙卯是相临的两个干支纪年。差：相差、差别。

【押韵】1、2、4句押〔im〕韵。

378

妹子好比天上云，　　　　　　　妹子好比天上云，
仔细看真令人晕。^①　　　　　　仔细看真令人浑。
十八银元两次算，　　　　　　　十八银元两次算，
吾知老妹九九文，^②　　　　　　傕知老妹九九文，

（九九文寓久久闻之意。）

【解题】山歌运用比喻和双关，盛赞妹子的美貌，表达了阿哥的倾慕之情。

【注释】①看真：认真看。晕：记作"浑〔fun¹¹〕"，神魂颠倒。②知：知道。九九文：谐音"久久闻"，表面指钱，实际指早就久闻大名。

【押韵】1、2、4句押〔un〕韵。

163

379

两只老妹三只哥，①   两只老妹三只哥，
多了一只没处坐。   多欸一只无地坐。
妹家还有三嫂子，   妹家还有三嫂子，
快快转去带给哥。②   快快转去带分哥。

【解题】一群男女成双成对在聊天，唯有一个男子没有伴，便趁机叫妹子去邀请"三嫂子"。看似临时起意，实则倾慕已久。
【注释】①只：量词，相当于"个"。②转去：回去。给：梅县方言用"分"，介词。
【押韵】1、2、4 句押［o］韵。

380

松树坎了头还在，①   松树砍了头还在，
吾哥走了言语在。   伢哥走欸言语在。
睡到三更思想起，②   睡到三更思想起，
目汁双双扫不开。③   目汁双双扫唔开。

【解题】山歌首句起兴，唱出了离别之痛和思念之苦，情真意切，催人泪下。
【注释】①坎：应为"砍"。头：树根。②思想：思念、想念。详见第146 首。③目汁：眼泪。详见第54 首。双双：成行。
【押韵】1、2、4 句押［oi］韵。

381

好久不曾到长沙，①   好久唔曾到长沙，
不知长沙重繁华。   唔知长沙重繁华。
又有猪肉小菜卖，②   又有猪肉小菜卖，
又有阿哥开心花。③   又有阿哥开心花。

【解题】山歌唱出了旧时长沙镇的热闹与繁华。
【注释】①长沙：梅县的一个乡镇名。②小菜：泛指一切可供食用的青菜和瓜类蔬菜。③开心花：心花怒放。
【押韵】1、2、4 句押［a］韵。

382

咸菜落瓮囲了心，^①	咸菜落瓮屈了心，

咸菜落瓮囲了心，①　　　　　　　咸菜落瓮屈了心，
胡弦断线失咧音。②　　　　　　　胡弦断线失欬音。
楼上老酒反了脚，③　　　　　　　楼上老酒反了脚，
听知阿妹反了心。　　　　　　　　听知阿妹反了心。

【解题】山歌连用三个双关，唱的是妹子受到委屈，失去音信，最后变心了。

【注释】①囲：本字是"屈〔vut²〕"。此句是歇后语：咸菜落瓮——屈了心，语义双关，明指咸菜入瓮时菜心折弯了，实指人心情不舒畅。详见第111首。②此句是歇后语：胡弦断线——失欬音，语义双关，表面指胡弦断线后音色不对了，实际指失去音信。③楼上老酒：一般老酒是不会放楼上的，温度较高，容易变质。反了脚：语义双关，表面指娘酒中的沉淀物上浮，变质了，实际指人变心了。

【押韵】1、2、4句押〔im〕韵。

383

落断麻雀不想和，①　　　　　　　落断麻雀唔想和，
晒衫竹篙叶要除。②　　　　　　　晒衫竹篙叶爱除。
没底米升量不得，③　　　　　　　无底米升量唔得，
留转吾郎宿一晡。④　　　　　　　留转伢郎歇一晡。

（歌中以和叶量留寓意胡叶梁刘诸姓，言四人之中只要刘姓也。）

【解题】山歌整首运用双关，以"和""叶""量""留"分别寓意"胡""叶""梁""刘"四个姓氏，含蓄表达四人之中"我"只钟情于刘姓男子。

【注释】①落断〔ton⁵³〕麻雀：指麻将和牌中番数很小的牌。和〔fu¹¹〕：谐音"胡"，表面不想和牌，实际指不喜欢姓胡的男子。②叶要除：语义双关，表面指要去掉竹叶，实际指不喜欢姓叶的男子。③米升：量米的容器。量不得："量"谐音"梁"，表面指无底的米升无法使用，实际指不喜欢姓梁的男子。④留：谐音"刘"，表面指留下，实际指姓刘的男子。宿：梅县方言说"歇〔ɕat²〕"，留宿。详见第67首。晡：下午或晚上，此处指晚上。详见第67首。

【押韵】1、2、4句押〔u〕韵。

384

灯草打结心不开，①	灯草打结心唔开，
烂疤不穿无口癖。②	烂疤唔穿无口癖。
空壳赖察无心柿，③	空壳瘌檫无心柿，
衙门封印状不来。④	衙门封印状唔来。

（无口癖寓意无口才，无心柿言无心事，状不来言唱不来，均是绝妙辞绝歌唱之双关语，赖察是山果属，状如柿，故径称之为柿。）

【解题】 山歌由四句歇后语组成，唱的是"我"心情不舒畅，没有口才，也没有心情唱歌。

【注释】 ①此句是歇后语：灯草打结——心唔开，语义双关，表面指灯芯缠在一起解不开，实际指心情不舒畅，不开心。②穿：穿孔、弄破。《诗·召南·行露》："谁谓鼠无角，何以穿我墉？"癖：疖子。此句是歇后语：烂疤唔穿——无口癖（无口才），表面指未破裂的脓包，实际指不善言辞。③赖察：应为"瘌檫〔lat² tsʰat²〕"，一种野生的小柿子，味苦涩。此句是歇后语：空壳瘌檫——无心柿（无心事），表面指无肉的野柿子，实际指没有心情。心事：心情、情怀。唐高适《闲居》："柳色惊心事，春风厌索居。"梅县方言常用于否定形式中。④封印：指旧时官署于岁暮年初停止办公。李商隐《任弘农尉献州刺史乞假归京》诗："黄昏封印点刑徒，愧负荆山入座隅。"此句是歇后语：衙门封印——状〔tsʰoŋ⁵³〕唔来（唱唔来），谐音双关，表面指无处告状，实际指唱不出来。

【押韵】 1、2、4 句押〔oi〕韵。

385

红红绿绿色坯咧，①	红红绿绿色坯哩，
石榴断枝花死矣。②	石榴断枝花死哩。
纸鸢上天遇下雨，③	纸鹞上天遇落雨，
这般风流骨出里。④	这般风流骨出哩。

（以色花寓意风流之失败。）

【解题】 山歌运用三个双关，唱的是沉迷于女色导致的悲惨下场。

【注释】 ①色坯〔pʰoi⁴⁴〕咧（哩）：语义双关，表面指有色的半成品，实际指情种。②花死矣（哩）：语义双关，表面指石榴枝因花多而死，实际指因色情而死。③纸鸢：梅县方言说"纸鹞〔tsɿ³¹ iau⁵³〕"，风筝。详见第81首。④骨出里（哩）：语义双关，表面指风筝淋湿后支架露出来了，实际指人做事露骨、过分。

【押韵】 1、2、3、4 句押 [i] 韵。

386

讲着山歌吾就多，	讲等山歌倨就多，
广州带回十八箩。①	广州带转十八箩。
拿出一箩同你和，②	拿出一箩同你和，
和到明年割早禾。③	和到明年割早禾。

【解题】 歌者自诩是山歌能手，得意地向他人挑战对唱山歌。相传这首歌是唐朝时期的一位秀才找民间山歌能手刘三妹斗歌时唱的。刘三妹的对歌是"河唇洗衣刘三妹，借问秀才哪里来？自古山歌从口（松）出，哪有山歌船载来？"，秀才听后自愧不如。

【注释】 ①带回：梅县方言说"带转"。②和 [fo¹¹]：对唱。③早禾：早稻，客家地区水稻一年种植两季，分早稻和晚稻。

【押韵】 1、2、3、4 句押 [o] 韵。

387

盖过汀州及上杭，①	盖过汀州及上杭，
少年守寡真难当，②	少年守寡真难当，
一心都想守贞节，	一心都想守贞节，
谁知住在花地方，③	样知住在花地方，
谷种生芽够作秧④	谷种生芽够作秧。

（此种五句成歌，比较的少，然其结之构妙甚难能，秧作痒，或灾殃之殃。）

【解题】 山歌运用双关，唱出了守寡少妇内心的纠结，一心想守贞节，但面对各种诱惑，容易把持不住自己。接下来的三首（387～389）是一组五句板的酬和山歌，特点是每首的末句是下一首的首句。

【注释】 ①盖：胜过、超过，详见第 20 首。汀州、上杭：福建地名。②难当 [tɔŋ⁴⁴]：难以承受。详见第 146 首。③谁知：梅县方言用"样知 [ŋɔŋ⁵³ti⁴⁴]"，表反问。花地方：指诱惑多的地方。④够作秧 [iɔŋ⁴⁴]：谐音"够作痒"或"够作殃"，表面指可以当作秧苗，实际指欲火焚身或由此带来的灾殃。

【押韵】 1、2、4、5 句押 [ɔŋ] 韵。

388

谷种生芽够作秧，　　　　　　　谷种生芽够作秧，
同妹要同守寡娘，①　　　　　　同妹爱同守寡娘，
钱财两字无芥蒂，　　　　　　　钱财两字无芥蒂，
只贪欢喜开心肠，②　　　　　　只贪欢喜开心肠，
私该贴郎做衣裳。③　　　　　　私胲贴郎做衣裳。

（俗言私蓄曰私该。）

【解题】 山歌唱的是守寡少妇重义轻利，男子与其交往，财色兼得。

【注释】 ①同：动词，特指男女相好。详见第72首。②开心肠：开心。③私该：应为"私胲"，私房钱。贴：贴补（钱、物等）。详见第36首。

【押韵】 1、2、4、5句押［oŋ］韵。

389

私该贴郎做衣裳，　　　　　　　私胲贴郎做衣裳，
守寡阿妹要提防，　　　　　　　守寡阿妹爱提防，
有日探花受了孕，①　　　　　　有日贪花受了孕，
无人承名和三朝，②　　　　　　无人承名同三朝，
古井撑船难开篙。③　　　　　　古井撑船难开篙。

【解题】 山歌提醒有私情的守寡妹子要小心，万一怀孕了，只能独吞苦果。

【注释】 ①探花：应为"贪花"，贪好美色。详见第186首。②承名：承担名分。和：梅县方言说"同"，连词。三朝：俗称新婚、产后第三天。旧时小孩出生三天，要给小孩洗澡，条件好的，则请接生婆洗，检查肚脐愈合的情况，俗称"洗三朝"。当日要拜天地、祖先，送鸡酒给亲戚、朋友等，俗称"做三朝"。宋吴自牧《梦粱录·卷二〇·育子》："三朝与儿落脐炙囟。"此外，还有"逻三朝"，即婚后第三天，娘家妇女前往男家探望。③此句是歇后语：古井撑船——难开篙（难开交），表面指在古井里船篙难以撑开，实际指不可开交，难以面对。

【押韵】 1、2句押［oŋ］韵，4、5句押［au］韵。

390

风流难戒后生人，①　　　　　　　风流难戒后生人，
屠床睡目要晕眠，②　　　　　　　屠床睡目爱荤眠，
郎系有情妹有义，　　　　　　　　郎系有情妹有义，
火烧棉卷要热绩，③　　　　　　　火烧棉卷爱热绩，
搭信当过兼了身。④　　　　　　　搭信当过兼欸身。

【解题】山歌唱的是年轻就要风流快活，情哥情妹热情似火，收到对方的音信，便无比幸福。接下来的六首（390~395）是一组五句板的酬和山歌，特点是每首的末句是下一首的首句。

【注释】①后生人：年轻人。详见第269首。②屠床：杀猪用的案板。睡目：睡觉。要（爱）晕眠：应为"爱荤眠"，谐音"爱分明"，表面意思是肉板上躺着睡，实际意思是要明白事理。③热绩：谐音"热情"。详见第93首。④搭信：传话、传信。当过：胜似，超过。兼身：接近、亲近。

【押韵】1、2、4、5句押〔in/ən〕韵。

169

391

搭信当过兼了身，　　　　　　　　搭信当过兼欸身，
不是相好没束亲，　　　　　　　　唔系相好无束亲，
见人上下便搭信，①　　　　　　　见人上下就搭信，
跛脚公王真费神，②　　　　　　　跛脚公王真费神，
一时不见发脑晕。③　　　　　　　一时唔见发脑晕。

【解题】山歌唱的是热恋中的男女，一有机会就捎情话，一日不见便魂不守舍。

【注释】①上下：泛指经过、路过。便：梅县方言用"就"。②公王：是客家地区普遍奉祀的地方守护神。此句是歇后语：跛脚公王——废神（费神），谐音双关，表面指没用的神仙，实际指耗费精力。③发脑晕〔pot²nau³¹in⁴⁴〕：头晕；发：疾病发作。详见第181首。

【押韵】1、2、4、5句押〔in/ən〕韵。

392

一时不见发脑晕，　　　　　　　　一时唔见发脑晕，

玻璃眼镜是假精，①
妹约十五成双对，②
害郎到今打单身，③
和尚铙钹嘶死人。④

(假精犹言欲爱故却也。)

玻璃眼镜是假精，
妹约十五成双对，
害郎到今打单身，
和尚齐钹斫死人。

【解题】山歌运用双关，唱的是"我"相思成疾，妹子却虚情假意，玩弄感情。

【注释】①此句是歇后语：玻璃眼镜——假晶（假精），谐音双关，表面指假水晶，实际指虚情假意，想谈恋爱却又假正经。②十五：农历八月十五。③到今：至今。打单身：单身，"打"是词缀。④铙钹［la¹¹pʰat⁵］：一种打击乐器。清吴敬梓《儒林外史》第四回："吃了开经面，打动铙钹、叮当，念了一卷经，摆上早斋来。"旧时农村"做斋"时会请和尚来"打铙钹花［ta³¹la¹¹pʰat⁵fa⁴⁴］"，这是集舞蹈、音乐、杂技和武术为一体的传统民间技艺表演。嘶：不通，可改为"斫［tsok²］"：用刀斧等砍削。《广韵·药韵》："斫，刀斫。"汉枚乘《七发》："龙门之桐，高百尺而无枝……使琴挚斫斩以为琴。""铙钹"是钢制的乐器，和尚在表演时如果不小心是会砍削伤人的。

【押韵】1、2、4、5句押［in/ən］韵。

393
和尚铙钹嘶死人，
未曾垂髻想到今，①
玉石手鈪圈太小，②
上手不能正艰辛，③
㨾多计窍来骗人。④

和尚齐钹斫死人，
唔曾留髻想到今，
玉石手鈪圈恁细，
上手唔倒正艰辛，
㨾多计窍来撮人。

【解题】山歌运用双关，唱的是"我"对妹子一往情深，却一直未能如愿，只怪妹子心计多，玩弄人。

【注释】①髻：应为"髻［ki⁵³］"，女性留在前额的短发，即刘海。又叫"髻翼毛"，旧时民间认为女孩子长大了，为吸引异性注意才会留"髻翼毛"，所以老人又叫"嘍［leu⁵³］郎毛"。今：现在。详见第111首。②手鈪：手镯。太：梅县方言用"忒［tʰieʔ］"，程度副词。小：梅县方言用"细"。③上手：语义双关，表面指玉石手镯戴在手上，实际指到手，达到目的。不能：梅县方言说"唔倒［m¹¹ tau³¹］"，不到。正［tsaŋ⁵³］：强调确定语气，相当于"才"。④计窍［tʰau⁵³］：诡计。骗：梅县方言说"撮［tsʰot²］"，戏弄、哄骗，《红楼梦》第六十八回："我又是个心慈面软的人，凭人撮弄我，我还是一片傻心肠儿。"

【押韵】1、2、4、5 句押［in/ən］韵。

394

東多计窍来骗人，	東多计窍来撮人，
当初不愿莫交情，①	当初唔愿莫交情，
龙眼打花风吹散，②	龙眼打花风吹散，
怎得结果来尝新，③	样得结果来尝新，
今日害郎打单身。	今日害郎打单身。

【解题】山歌运用比喻，谴责妹子玩弄感情，害"我"一直单身。
【注释】①交情：结交情谊。②龙眼：桂圆。打花：开花。③怎得：梅县方言用"样得［ŋɔŋ⁵³ tet²］"，怎么能，表反问。结果：长出果实。
【押韵】1、2、4、5 句押［in/ən］韵。

395

今日害郎打单身，	今日害郎打单身，
低头垂颈假正经，①	低头垂颈假正经，
转湾转眼打眼拐，②	转弯转眼打眼拐，
恰似当过上了身，③	恰似当过上欵身，
好比仙姑配凡人。	好比仙姑配凡人。

【解题】山歌运用比喻，谴责妹子假正经，玩弄感情。
【注释】①颈［ȵaŋ³¹］：脖子。《说文·页部》："颈，头茎也。"《荀子·荣辱》："小人莫不延颈举踵而愿曰。"梅县方言说脖子为"颈筋"。②湾：应为"弯"。打眼拐：用眼神暗示，此处指暗送秋波。③当过：胜似、超过。上了身：指男女发生了关系。
【押韵】1、2、4、5 句押［in/ən］韵。

396

因为想妹闷脱神，①	因为想妹恓脱神，

行路都会打邻亲。②　　　　　　　行路都会打鳞亲。
新做褂子落当铺，③　　　　　　　新做褂子落当铺，
因为无钱不兼身。④　　　　　　　因为无钱唔兼身。

（脱神犹言失知觉，打邻亲是颠踣之态。）

【解题】 山歌运用双关，唱出了单相思者的失魂落魄之态和抱怨之辞。

【注释】 ①闷：本字为"悗［men³¹］"，思念。《玉篇·心部》："悗，想也。"《广韵·狝韵》："悗，思也。"脱神：失去神志。②行路：走路。打邻亲：走路不稳，跌跌撞撞的样子。用同音字记作"打鳞亲［ta³¹lin⁴⁴tsʰin⁴⁴］"。③褂子：即马褂，穿在长袍外面的对襟短褂，流行于清代及民国时期。④此句语义双关，表面指因为没钱，新做的马褂没上身就当掉了，实际指无法亲近。

【押韵】 1、2、4 句押［in/ən］韵。

397
半山后土系闲坟，①　　　　　　　半山后土系闲坟，
阿妹相似木桂英。　　　　　　　　阿妹相似穆桂英。
阿哥好比杨宗宝，　　　　　　　　阿哥好比杨宗保，
隔山照镜要兼身。②　　　　　　　隔山照镜爱兼身。

【解题】 山歌借穆桂英和杨宗保的爱情故事，表达了两人即使天各一方，也要想尽办法在一起的誓言。

【注释】 ①后土：墓堂后面专门守护坟墓的"土地"，又叫土地神位，扫墓时一并祭奠，表明此处为墓主人的阴宅基地。闲坟：空坟。②隔山照镜：来自一个歇后语的谜面，隔山照镜——难见面。兼身：接近、亲近。

【押韵】 1、2、4 句押［un/in/ən］韵。

398
妹系无郎打单身，①　　　　　　　妹系无郎打单身，
不想心肝想谁人。②　　　　　　　唔想心肝想瞒人。
斋公失了木鱼子，③　　　　　　　斋公失了木角子，
两手空空靠谁人。　　　　　　　　两手空空靠瞒人。

（斋公，巫者也。）

【解题】 山歌运用比喻，唱的是妹子若没有情郎，就像和尚丢失了木

鱼一样，无法生存。

【注释】①打单身：单身。②谁人：梅县方言说"［man³¹ ŋin¹¹］"，常俗写作"瞒人"。③斋公：和尚。木鱼子：梅县方言说"木角子 ［muk²kok²ve³¹］"，僧尼念经、化缘时敲打的响器，用木头做成，中间镂空。

【押韵】1、2、4 句押［in/ən］韵。

399
讲唱山歌对头颈，①   讲唱山歌对头筋，
一时不唱发脑晕。②   一时唔唱发脑晕。
一日三飧食不饱，③   一日三餐食唔饱，
好得山歌助精神。④   好得山歌助精神。

【解题】山歌中的主人公直接表达了对山歌的热爱和唱山歌的好处。

【注释】①讲：提到。对头颈：应为"对头筋［tui⁵³ teu¹¹ kin⁴⁴］"，喜欢或擅长的事情，另外也指对手。②发脑晕［pot² nau³¹ in⁴⁴］：头晕。发：疾病发作。详见第181首。③飧："餐"的异体字。④好得：幸亏、幸好。

【押韵】1、2、4 句押［in/ən］韵。

400
山歌唱来句句真，   山歌唱来句句真，
人情東好钱过亲。①   人情東好钱过亲。
自古求神要纸宝，②   自古求神爱纸宝，
那有白手做人情。③   哪有白手做人情。

【解题】山歌运用比喻，唱的是"金钱至上"的主题。

【注释】①过：程度副词，比较。②纸宝：用金色或银色的纸糊制的元宝形的冥钱。泛指民间祭祀鬼神时烧的纸钱、纸衣及用具等。③那：应为"哪［ŋai⁵³］"，哪里。白手：空手、徒手。

【押韵】1、2、4 句押［in/ən］韵。

401
唱歌不论好声音，   唱歌唔论好声音，
总要四句落板深。①   总爱四句落板深。

连妹不论人才好，②　　　　　　　连妹唔论人才好，
总要两人生甲心。③　　　　　　　总爱两人生俗心。
（生甲心言心心相印也。）

【解题】山歌前两句以唱歌的节奏比兴，唱的是真正的爱情是两人情投意合，不以貌取人。

【注释】①总要（爱）：只要。落板深：指有节奏、有韵律。客家山歌中有五句板，又名竹板歌，演唱时手执四块竹板，有节奏地打击竹板，因而叫"落板"。②连妹：与妹子相恋。人才：人的容貌。详见第20首。③生甲心：指同心合意；甲：本字是"俗"，相合、聚合，通力合作。《说文·人部》："俗，合也。"王筠释例："是合俗义同音异。通力合作，合药及俗语合伙，皆俗之音义也。"《广韵·合韵》："俗，并俗，聚也。"

【押韵】1、4句押〔im〕韵。

402

新买席子九条冈，①　　　　　　　新买席子九条纲，
席子承妹妹承郎。②　　　　　　　席子承妹妹承郎。
锦被盖妹妹盖郎，③　　　　　　　锦被盖妹妹盖郎，
木虱咬妹妹咬郎。④　　　　　　　干蟹啮妹妹啮郎。

【解题】山歌直接、大胆地描写了旧时乡村社会原始且真实的男欢女爱。

【注释】①冈：应为"纲"，旧时编织草席时起固定作用的粗绳子。详见第146首。②承：承受。③锦被：彩色花纹的被子。④木虱：梅县方言叫"干蟹〔kon⁴⁴pʰi⁴⁴〕"，旧时卫生条件差，草席或床板缝隙里常会出现木虱。咬：梅县方言用"啮〔ŋat²〕"。《说文·齿部》："啮，噬也。"段玉裁注："《释名》曰：'鸟曰啄，兽曰啮。'"

【押韵】1、2、3、4句押〔oŋ〕韵。

403

想来想去没开交，①　　　　　　　想来想去无开交，
看见吾郎心真憔。②　　　　　　　看倒伢郎心刮焦。
问了三声没句答，　　　　　　　　问欸三声无句答，
恰似开口吞把刀。　　　　　　　　恰似开口吞把刀。

【解题】山歌运用比喻，唱的是妹子看到阿哥有情绪，心乱如麻、心如刀割。

【注释】①没（无）开交：不可开交，无法摆脱。②看见：梅县方言说"看倒"。心真憔：梅县方言说"心刮［kuat⁵］焦"，心里很着急、焦虑。

【押韵】1、2、4句押［au］韵。

404

黄毛鸡子不可刣，①	黄毛鸡子唔好治，
妹子年幼不当时。②	妹子年幼不当时。
亲郎若然下得手，③	亲郎若系下得手，
咬紧牙根送给你。④	咬紧牙关送分你。

【解题】山歌直抒胸臆，唱的是少女年幼，不是恋爱的最好季节，但若情郎强烈要求，也会随你所愿。

【注释】①黄毛鸡子：本指刚孵出的小鸡，此处指年幼的女孩子。刣［tsʰɿ¹¹］：宰杀，本字是"治"。详见第159首。②不当时：不是时候。③若然：若系。④给：梅县方言用"分［pun⁴⁴］"，介词。

【押韵】1、2、4句押［i］韵。

405

妹子生得做手腤，①	妹子生得做手腤，
上夜董卓弄刁蝉。	上夜董卓弄刁蝉。
下夜刁蝉弄董卓，	下夜刁蝉弄董卓，
狮子捆球没東生。②	狮子滚球无東生。

【解题】山歌唱的是一个有心计、善于玩弄男人的女子。

【注释】①生：长，指相貌呈现出来的样子。详见第16首。做手腤［tso⁵³ su³¹ tsiaŋ⁴⁴］：善于表演、周旋。②捆：应为"滚"；狮子滚球，客家传统民间艺术"舞狮子"中的一段精彩节目。生：生动、形象。

【押韵】（兴宁）1、2、4句押［aŋ］韵。

406

人情真好系难丢，①	人情東好系难丢，

175

赤竹园里尖对尖。　　　　　　　　赤竹园里尖对尖。
妹子今年十七八，　　　　　　　　妹子今年十七八，
腰力又好身子轻。　　　　　　　　腰力又好身子轻。

【解题】山歌以男性的口吻唱出了其与十七八岁的妹子相爱交欢的美妙。
【注释】①真好：应为"柬好"，这么好。
【押韵】（兴宁）2、4句押［aŋ］韵。

407
十八妹子好名声，　　　　　　　　十八妹子好名声，
知深知浅知寒冷。①　　　　　　　　知深知浅知寒冷。
三朝豆芽贪妹嫩，②　　　　　　　　三朝豆芽贪妹嫩，
妹食牛肉贪郎脂。③　　　　　　　　妹食牛肉贪郎脂。
（脂肉是瘦肉之意。）

【解题】山歌运用比喻和双关，唱的是十七八岁的妹子各方面均恰到好处，她也在物色年轻英俊的小伙子。
【注释】①知深知浅：形容做事很有分寸。②朝：日、天。《孟子·告子下》："虽与之天下，不能一朝居也。"唐韩愈《次同冠峡》："今日是何朝，天晴特色饶。"③脂：语义双关，表面指瘦肉，实际指好看、漂亮。详见第253首。
【押韵】1、2、4句押［aŋ］韵。

408
十三十四年纪轻，　　　　　　　　十三十四年纪轻，
半夜睡醒会着惊。①　　　　　　　　半夜睡醒会着惊。
好似虾蟆救刀样，②　　　　　　　　好似蛤蟆救刀样，
好比打油怕上尖。③　　　　　　　　好比打油怕上尖。

【解题】山歌从男性的视角唱出了无知少女面对感情时懵懵懂懂、战战兢兢的样子。
【注释】①着惊：受惊。②虾蟆：应为"蛤蟆"，蟾蜍。救刀样：蛤蟆四脚朝天、拼命挣扎的样子。③打油：榨油。尖：油尖，旧时压榨花生油

时用的木楔子。

【押韵】（兴宁）1、2、4句押［iaŋ］韵。

409

郎系的息妹萧条，①	郎系滴息妹苗条，
害倒阿哥彭彭跳。②	害倒阿哥砰砰跳。
虾蟆食了生老蟹，③	蛤蟆食歘生老蟹，
实在心头也也条。④	实在心头搚搚跳。

（的息、萧条均是缥致之形容词。）

【解题】山歌把阿哥看到妹子心怦怦直跳的感受，比喻成"蛤蟆吞活螃蟹"的情状，通俗而又形象。

【注释】①的息：形容人瘦小但机灵的样子，同音记为"滴息［tit²sit²］"更合适。萧条：消瘦的样子。明唐寅《题画白乐天》诗："苏州刺史白尚书，病骨萧条酒盏疏。"客家方言现在不说。②害倒：害得。彭彭跳：应作"砰砰跳［phaŋ³¹phaŋ³¹tʰiau¹¹］"，形容心怦怦乱跳。③生老蟹：活螃蟹。④实：填塞。《广雅·释诂三》："实，塞也。"梅县方言现在还会说"实倒刮死（塞得死死的）"。心头：胸口。也也条：应为"搚搚跳［ia³¹ia³¹tʰiau¹¹］"：表面指塞在胸口难受的样子，实际形容内心躁动、坐立不安。

【押韵】1、2、4句押［au］韵。

410

茶子打花红鼎鼎，①	茶子打花红鼎鼎，
茶树底下好交情。	茶树底下好交情。
有日交情人知倒，②	有日交情人知倒，
两人假作拈茶仁。③	两人假作拈茶仁。

【解题】山歌运用起兴，唱的是男女在开满茶花的树下偷情，倘若有人出现，则赶紧假装在捡茶籽。

【注释】①茶子：茶籽树。打花：开花。红鼎鼎［fuŋ¹¹tin⁵³tin⁵³］：红艳艳。②知倒：知道。③假作：假装。详见第79首。拈［ŋam⁴⁴］：手指取物；捡拾。本义是"用指取物"，《广韵·添韵》："拈，指取物也。"唐杜甫《题壁上韦偃画马歌》："戏拈秃笔扫骅骝，欻见麒麟出东壁。"梅县方言保留古义，并引申出新义。茶仁：茶籽，可用来压榨茶油。

【押韵】1、2、4 句押［in］韵。

411

坐下来也嫽下来，^①　　　　　　坐下来也嫽下来，
嫽到两人心花开。^②　　　　　　嫽到两人心花开。
嫽到鸡毛沈落水，^③　　　　　　嫽到鸡毛沉落水，
嫽到石头浮起来。　　　　　　　　嫽到石头浮起来。

【解题】山歌运用夸张，唱的是两人待在一起，两情相悦，乐不思归。
【注释】①下［ha⁵³］：一下，一会。嫽：本字是"嫽"，此处特指男女之间的交往。详见第 1 首。②心花开：心花怒放。③沈落：应为"沉落"，沉下。
【押韵】1、2、4 句押［oi］韵。

412

郎在东呀妹在西，　　　　　　　　郎在东啊妹在西，
两人有事不得知。^①　　　　　　两人有事唔得知。
白纸写字妹不识，　　　　　　　　白纸写字妹唔识，
口信搭来有人知。^②　　　　　　口信搭来有人知。

【解题】山歌唱出了分隔两地的恋人无法互通音信的无奈与尴尬。
【注释】①知［ti⁴⁴］：知道。②搭：捎带、附上。详见第 10 首。
【押韵】1、2、4 句押［i］韵。

413

火烧芒秆一磊灰，^①　　　　　　火烧芒秆一堆灰，
同妹嫽了就会衰。^②　　　　　　同妹嫽欸就会衰，
昨天与妹嫽一夜，^③　　　　　　头日同妹嫽一夜，
生意没做并退财。^④　　　　　　生理无做并退财。

【解题】山歌首句比兴，男子把自己生意的失败归咎于妹子，反映旧时民间"女人是祸水"的观念。
【注释】①芒秆：一种芒属植物，旧时农村常用于建草房。磊：应为"堆［toi⁴⁴］"，旧时民间三石就为"堆"。②同：介词，和、与。嫽：本字

是"嫽",此处特指男女之间的交往。详见第1首。衰：倒霉。③昨天：梅县方言说"头日"。④生意：梅县方言用"生理［sian⁴⁴li⁴⁴］"。详见第231首。并：并且。

【押韵】 1、2、4句押［oi］韵。

414

妹今端来一杯茶，①	妹今端来一杯茶，
肚子不渴吞不下。	肚子唔渴吞唔下。
一来是怕迷魂水，	一来系怕迷魂水，
二来是怕口涎渣。②	二来系怕口澜渣。

【解题】 男子表面说怕妹子端来的茶水有"迷魂水"或"口澜渣"，实则用语言挑逗、试探妹子，一个自我感觉良好的浪荡公子哥的形象跃然纸上。

【注释】 ①今：现在。详见第111首。②口涎渣：应为"口澜渣"，别人吃过的东西，此处暗指女子被别人沾染过。

【押韵】 1、2、4句押［a］韵。

415

阿叔那边妹那边，①	阿叔这边妹那边，
隔山隔海难得前。	隔山隔海难得前。
丝线架桥不敢过，	丝线架桥唔敢过，
妹若敢过郎敢恋。②	妹系敢过郎敢连。

【解题】 山歌是阿哥的爱情宣言：两人的恋情波折重重，妹子若义无反顾，阿哥亦无所畏惧。

【注释】 ①阿叔那边：应为"阿叔这边"。前：靠近、接近。②若：应为"系"。恋：从语义和押韵考虑，此处应为"连"。

【押韵】 1、2、4句押［ian］韵。

416

鲩丸煮蛋圆对圆，①	鲩丸煮卵圆对圆，
带丝煮面缠对缠。②	粉丝煮面缠对缠。
妹的姻缘有郎份，	妹个姻缘有郎份，

179

米筛上夹就团圆。③　　　　　　　米筛上夹就团圆。

【解题】山歌前两句比兴，末句双关，表达了阿哥希望与阿妹喜结良缘的愿望。

【注释】①鲩丸：客家美食之一，将鲩鱼肉剁成肉泥后加淀粉制成的丸子。蛋：梅县方言说"卵［lon³¹］"，有些地方因避讳而叫"春［tsʰun⁴⁴］"，寓意"春春光光（顺顺利利）"的意思。详见第117首。②带丝：梅县方言中没有这一说法，改为"粉丝"。的：梅县方言用"个"，结构助词。详见第16首。③米筛：碾米后用来过滤稻米的竹编的筛子，从筛眼漏下的是米粒，留下的是谷壳。上夹［soŋ⁴⁴kap²］：制作米筛的最后一个程序，将编好的米筛内圆套在外圆里面，叫"上夹"。团圆：语义双关，表面指米筛的内外圆套在一起，实际指人团圆。

【押韵】1、2、4句押［an］韵。

417

天上乌云锦锦青，①　　　　　　　天上乌云浸浸青，
地下老妹真漂亮。②　　　　　　　地下老妹生柬腈。
行路好比风吹竹，　　　　　　　　行路好比风吹竹，
讲话好比胡弦声。③　　　　　　　讲话好比胡弦声。

【解题】山歌首句起兴，连用两个比喻，描绘了一个弱柳扶风、绵言细语的妹子。

【注释】①锦锦青：应为"浸浸青［tsim⁵³tsim⁵³tsʰiaŋ⁴⁴］"，形容墨绿色。②真漂亮：改为"生柬腈"更合适。③胡弦：通常指二胡，有时泛指丝弦乐器。

【押韵】1、2、4句押［aŋ］韵。

418

镰子不利不割禾，①　　　　　　　镰子唔利唔割禾，
篾子不靭不织箩。②　　　　　　　篾子唔韧唔织箩，
早知衰鬼情义好，③　　　　　　　早知衰鬼情义好，
当初不该娶老婆。　　　　　　　　当初唔该娶老婆。

（凡竹皮之薄片足以系物者曰篾子。）

【解题】山歌前两句起兴，唱的是男子错过有情人，深感遗憾。

【注释】①镰子：镰刀。利：锋利。禾：水稻。详见第85首。②篾子：竹篾，可用于编制竹篮、箩筐等。靱："韧"的异体字。织箩：编织箩筐。③衰鬼：关系亲密的人之间的昵称或开玩笑的称呼。

【押韵】1、2、4句押［o］韵。

419

阿妹生来样柬精，^①　　　　　　阿妹生来样柬腈，
日里转红夜转青。　　　　　　　　日里转红夜转青。
日里转成桃红色，　　　　　　　　日里转成桃花色，
夜里变成竹叶青。^②　　　　　　夜里变成竹叶青。

（精言美丽也。）

【解题】山歌运用比喻，描绘了一个天生丽质、风情万种的妹子。

【注释】①样［n̩oŋ⁵³］：怎么，表反问。精：应为"腈"，漂亮。本义是瘦肉，"肉之粹者"。详见第253首。②竹叶青：传统保健名酒。也可指一种毒蛇。

【押韵】1、2、4句押［aŋ］韵。

420

专心服侍这盆花，^①　　　　　　专心服侍这盆花，
不肯给人端过家。^②　　　　　　唔肯分人端过家。
池水虽是众人的，^③　　　　　　池水虽是众人个，
不肯给人乱踏车。^④　　　　　　唔肯分人乱踏车。

【解题】山歌以"花"喻心上人，巧用双关，体现了男子的细腻体贴与怜香惜玉之情。

【注释】①服侍：伺候。②给：梅县方言说"分"，介词，相当于"被"。③的：梅县方言用"个"，结构助词。详见第16首。④乱踏车［tsʰa⁴⁴］：谐音"乱踏差"，表面指水车任人踩踏，实际指女孩子受人欺凌。

【押韵】1、2、4句押［a］韵。

421

深山大树赤危危，①
鹧鸪飞来石上啼。②
阿妹口甜心里苦，
冇谷诱鸡戏弄厓。③

深山大树赤危危，
鹧鸪飞来石上啼。
阿妹口甜心里苦，
泛谷喽鸡戏弄偓。

【解题】山歌前两句起兴，把妹子口是心非、戏弄感情的行为比喻成用秕谷诱惑鸡，形象、通俗，让人忍俊不禁。

【注释】①赤危危 [tsak² ŋui¹¹ ŋui¹¹]：形容高耸入云。②啼 [tʰai¹¹]：鸣叫。详见第 3 首。③冇 [pʰaŋ⁵³] 谷：秕谷；冇，本字是"泛"。详见第 190 首。诱：梅县方言说"喽 [leu⁵³]"，呼叫牲畜。

【押韵】2、4 句押 [ai] 韵。

422

新打茶壶七寸高，①
十人看了九人摩。②
人人都说系好锡，③
究竟不知有铅么。④

新打茶壶七寸高，
十人看了九人摸。
人人都说系好锡，
到底唔知有铅无。

（锡寓惜、铅寓缘意，注见上。）

【解题】山歌前两句起兴，巧用双关，含蓄地表达了阿哥对阿妹的呵护与怜惜，同时也在小心地试探着妹子。

【注释】①打：制作、造。详见第 43 首。②摩：应为"摸"，抚摸。③说：称说。锡：谐音"惜"，疼惜。④究竟：梅县方言用"到底"。么：应为"无"。铅：谐音"缘"，缘分。

【押韵】1、2、4 句押 [o] 韵。

423

新打戒指五钱重，①
壁上吊着怒怒动。②
有情阿妹检去带，
无情阿妹切莫动。③

新打戒指五钱重，
壁上吊等蠕蠕动。
有情阿妹捡去戴，
无情阿妹切莫动。

【解题】山歌前两句起兴，唱的是阿哥早已准备好定情戒指，希望能送给有情的妹子。

【注释】①钱：旧时的重量单位，一两的十分之一为一钱。②怒怒动：应为"蠕蠕动〔nuk²nuk²tʰuŋ⁴⁴〕"，形容蠕动不止。③切莫：千万不要。详见第 56 首。

【押韵】1、2、4 句押〔uŋ〕韵。

424

日头不出天不光，①	日头唔出天唔光，
大暑不过禾不黄。②	大暑唔过禾唔黄，
阿妹今年十七八，	阿妹今年十七八，
怎生噉大不恋郎。③	样生噉大唔连郎。

【解题】山歌前两句以自然规律比兴，反问十七八岁的妙龄妹子，为何这么大了还不谈恋爱。

【注释】①光：明亮。详见第 211 首。②禾：水稻。详见第 85 首。③怎：梅县方言说"样〔ŋɔŋ⁵³〕"，怎么，表反问。恋：此处用"连"较合适，指一般意义上的"建立男女关系"。

【押韵】1、2、4 句押〔ɔŋ〕韵。

425

送郎送到城门口，	送郎送到城门口，
嘱咐吾郎买枕头。	嘱咐伢郎买枕头，
买枕要买鸳鸯枕，	买枕爱买鸳鸯枕，
莫买短枕各一头。①	莫买短枕各一头。

【解题】阿妹在城门口送别阿哥，表面叮嘱阿哥要买鸳鸯枕，实际希望阿哥能常相思，莫相忘。

【注释】①各一头：语义双关，表面指短枕头一边一个，实际指两人各顾各。

【押韵】1、2、4 句押〔eu〕韵。

426

想妹想到发妹癫，①	想妹想到发妹癫，
上去问神下问仙。	上去问神下问仙，

上去问神六个月，②   上去问神六只月，
下去问仙是半年。   下去问仙系半年。

【解题】山歌唱的是阿哥相思成灾，终日到处求神问仙。

【注释】①发［pot¹］妹癫：得相思病；发：疾病发作。详见第181首。②个：梅县方言说"只"，量词。

【押韵】1、2、4句押［an］韵。

427

耙头晒衣铁叉衣，①   耙头晒衣铁叉衣，
断片对联字坏哩。②   断片对联字坏哩。
盘张团鱼鳖脚出，③   盘装团鱼鳖脚出，
火烧树根茎死矣。④   火烧树根根死哩。

（铁差衣寓意太差矣，字坏哩寓意事坏哩，俗呼脚鱼曰团鱼，鳖脚出言事已暴露，茎死矣寓意今死矣，全歌是事泄后之怨语。）

【解题】山歌每句均是一个歇后语，唱的是男女私情败露后面临的窘迫处境和严重后果。

【注释】①耙头：耙子，用以聚拢或疏散柴草、谷物及整理土地的农具。此句是歇后语：耙头晒衣——铁叉衣［tʰiet²tsʰa⁴⁴i⁴⁴］（忒差哩），明指用耙子叉着衣服晾晒，实指太差劲了。②断片对联——字［sɿ⁵³］坏哩（事坏哩），表面指对联上的字看不出来了，实际指事情搞砸了。③张："装"的本字，现写作"装"。此句是歇后语：盘装团鱼——鳖脚出，语义双关，表面指装在盘里的团鱼脚露出来了，实际指事情败露了。④茎：应为"根［kin⁴⁴］"，植物长在土中（或水中）的部分，谐音"今"，现在。火烧树根——茎死矣（今死哩），表面指树根烧死了，实际指现在死定了、完了。

【押韵】1、2、4句押［i］韵。

428

南风不当北风凉，①   南风唔当北风凉，
亲夫不当夜来郎。②   亲夫唔当夜来郎。
夜来郎子有话讲，   夜来郎子有话讲，
亲夫一觉到天光。③   亲夫一觉到天光。

【解题】山歌首句起兴，唱的是情郎懂得嘘寒问暖，比亲夫暖心多了。

【注释】①不（唔）当：不如。②夜来郎：情郎。③天光：天亮。详见第78首。

【押韵】1、2、3、4句押［oŋ］韵。

429

阿叔子来阿叔子，	阿叔子来阿叔子，
闻你昨日转外家。①	听你昨日转外家。
今朝食饭听到信，②	今朝食饭听倒信，
肉圆肥酒吞不下。③	肉圆肥酒吞唔下。

【解题】山歌唱的是阿叔子与其妻一起回娘家，女主人公听到后，很恼火，表示咽不下这口气。

【注释】①闻：梅县方言用"听"。转：回、返。详见第192首。外家：娘家。详见第241首。②朝：早晨。《尔雅·释诂下》："朝，早也。"《诗·小雅·何草不黄》："哀我征夫，朝夕不暇。"③肥［pʰi¹¹］酒：应为"陪［pʰi¹¹］酒"，下酒。此句是歇后语：肉圆陪酒——吞唔下，语义双关，表面指食不下咽，实际指很恼火，咽不下这口气。

【押韵】2、4句押［a］韵。

430

日头一出天门东，①	日头一出天门东，
过桥合伞爱防风。②	过桥合遮爱防风。
红花女子人人想，③	红花女子人人想，
没钱半夏不敢动。④	无钱半下唔敢动。

（天门东、防风、红花、半夏均是药名，半夏寓半点意。）

【解题】山歌每句一双关，巧妙地将四种药材名嵌入其中，表达了没钱不敢轻易谈恋爱的思想。

【注释】①天门东：谐音"天门冬"，表面指中药材，实际指日出在东边。②伞：音同"散［san³¹］"，梅县方言因避讳而叫"遮［tsa⁴⁴］"。防风：语义双关，表面指中药材，实际指提防大风。③红花：语义双关，表面指中药材，实际比喻妹子。④半夏：中药材名称，谐音"半下"，指次数少，没有机会，常用在否定句中。

【押韵】1、2、4句押［uŋ］韵。

431

食烟要食水烟筒，　　　　　　　　食烟爱食水烟筒，
恋妹要恋年纪同。　　　　　　　　连妹爱连年纪同。
大我一岁我不要，①　　　　　　　大𠊎一岁𠊎唔爱，
小我一岁我不同。②　　　　　　　细𠊎一岁𠊎唔同。

【解题】山歌首句比兴，表达了只想与同龄妹子交往的愿望。
【注释】①大：动词，年龄超过。恋：此处用"连"较合适，指一般意义上的"建立男女关系"，并未真正实现。②小：梅县方言用"细"，动词，年龄比……小。详见第17首。同：动词，特指男女相好。详见第72首。
【押韵】1、2、4句押［uŋ］韵。

432

杨梅醮醋酸对酸，①　　　　　　　杨梅蘸醋酸对酸，
糯米搓糖软对软。②　　　　　　　糯米搓糖软对软。
郎系孤单妹守寡，　　　　　　　　郎系孤单妹守寡，
两人寒酸对寒酸。　　　　　　　　两人寒酸对寒酸。

【解题】山歌前两句比兴，表达了同是天涯沦落人的惺惺相惜。
【注释】①醮：应为"蘸［tsiam³¹］"，在液体或粉末的东西里沾一下就拿出来。②搓：读［tsʰai⁴⁴］。
【押韵】1、2、4句押［on］韵。

433

日头落山又一日，　　　　　　　　日头落山又一日，
老妹无郎又一年。　　　　　　　　老妹无郎又一年。
日落西山还会转，①　　　　　　　日落西山还会转，
水流东海转头难。　　　　　　　　水流东海转头难。

【解题】山歌运用对比和比喻，劝诫妹子韶华易逝，莫负流年。
【注释】①转：回、返。详见第192首。
【押韵】2、4句押［an］韵。

434

恋妹不到死了去，①　　　　　　　恋妹唔倒死撇渠，
死到地下变酒杯。　　　　　　　　死到地下变酒杯。
有日席间来出棹，②　　　　　　　有日席间来出桌，
同你亲吻没人知。③　　　　　　　同你斟啜无人知。

【解题】 山歌唱的是恋妹不成情愿死去，只希望死后变成酒杯，有朝一日还能在宴席上与妹子偷偷亲吻。歌者在近乎荒诞的想象中满足对爱情的渴望。

【注释】 ①不到：梅县方言说"唔倒"，不成。死了去：梅县方言说"死撇渠〔ki⁴⁴〕"，"渠"表语气，押平声韵。②有日：有朝一日。席间：做宴席的时候。棹："桌"的异体字。出桌：专指摆在宴席上的食物。③亲吻：梅县方言说"斟啜〔tsəm⁴⁴tsoi⁵³〕"。

【押韵】 1、2、4句押〔i〕韵。

435

老妹生来真系精，①　　　　　　　老妹生来真系腈，
髻尾梳来搭衫领。②　　　　　　　髻尾梳来搭衫领。
阿叔看了心火起，③　　　　　　　阿叔看欵心火起，
生意不做田不耕。④　　　　　　　生理唔做田唔耕。

【解题】 山歌前两句直接描写，后两句间接描写，唱的是一个漂亮而又时尚的妹子，令男性心猿意马，商贾忘其营，耕者忘其犁。

【注释】 ①精：应为"腈"，漂亮。本义是瘦肉，"肉之粹者"。详见第253首。②髻尾：旧时乡间妇女用"头帕"包结在发髻上，后面露出来的发尾。搭：附着、紧贴。衫领：衣领。③心火起：内心躁动。④生意：梅县方言用"生理〔sian⁴⁴li⁴⁴〕"。详见第231首。

【押韵】 1、2、4句押〔aŋ〕韵。

436

有心绩绩没心耕，①　　　　　　　有心纺绩无心经，
有心恋妹没心行。　　　　　　　　有心恋妹无心行。
新做大屋没瓦盖，　　　　　　　　新做大屋无瓦盖，
枉了人工枉了桁。②　　　　　　　枉了人工枉了桁。

（耕言织布也，桁与行同音言，酢也。）

【解题】山歌首句比兴，末两句运用比喻和双关，唱出了阿妹对阿哥的埋怨：你想与我相恋却又不主动交往，就像建了新房却又不盖瓦，白费功夫。

【注释】①绩绩：梅县方言中没有这一说法，应为"纺绩"，把丝麻等纤维纺成纱或线。详见第358首。耕：本字是"经［kaŋ⁴⁴］"，织布。详见第131首。②人工：人的工夫、力量或工资。桁：谐音"行"，表面指屋梁上的横木，实际指交往。详见第139首。

【押韵】1、2、4句押［aŋ］韵。

437

阿妹今年十八岁，
招牌挂起卖药材。①
你哥相思得了病，
要妹施药救回来。②

阿妹今年十八岁，
招牌挂起卖药材。
你哥相思得了病，
爱妹施药救转来。

【解题】山歌运用双关，唱的是阿哥得了相思病，希望妹子能施"药"相助。

【注释】①招牌：语义双关，表面指挂在商店门前作为标志的牌子，实际指女孩子发育的胸部。民间常用"有无招牌"来含蓄指称女孩子是否发育，两者的相似点是"招惹人"。②回来：梅县方言说"转来"。详见第6首。

【押韵】1、2、4句押［oi］韵。

438

千嘱万嘱咐心肝，①
嘱咐心肝情莫断。
猪钩拿来挽下水，②
郎系挂心妹挂肝。③

千嘱万嘱伢心肝，
嘱咐心肝情莫断。
猪钩拿来挽下水，
郎系挂心妹挂肝。

（猪钩是劏猪时用的铁钩，下水是肠胃等的总称。）

【解题】山歌运用双关，嘱咐心上人要常思量、莫相忘。

【注释】①咐：此处应为"伢"更妥当。②猪钩：杀猪时用的铁钩。下水［ha⁵³sui³¹］：动物的内脏。③挂心：语义双关，明指挂猪内脏，实指牵挂、挂念。肝：语义双关，明指猪肝，实指心肝宝贝。

【押韵】1、2、4句押［on］韵。

439

新买葵扇画麒麟，^①	新买葵扇画麒麟，
两人讲交千年情。	两人讲交千年情。
两人来看河中水，	两人来看河中水，
河里没水始断情。	河里无水始断情。

【解题】 山歌首句起兴，唱的是两人相知相惜，永结同心，河水为竭，乃敢与君绝。堪称客家版的《上邪》。

【注释】 ①葵［kʰi¹¹］扇：用蒲葵叶制作而成的扇子，客家话也叫"蒲扇"。《晋书·谢安传》："有蒲葵扇五万。"

【押韵】 1、2、4句押［in］韵。

440

莫作讲笑没相干，^①	莫作讲笑无相干，
因为讲笑起因端。^②	因为讲笑起因端。
旧年六月蒸缸酒，^③	旧年六月蒸缸酒，
不是怎甜不会酸。^④	唔系几甜唔会酸。

【解题】 说者无意，听者有心，不冷不热的关系，就像去年六月酿的娘酒，不酸也不甜。

【注释】 ①作：当作、认为。《书·舜典》："扑作教刑。"宋罗公升《溪上》："门前溪一发，我作五湖看。"讲笑：开玩笑。没（无）相干：没有关系。②因端：缘由、来由。③旧年：去年。详见第198首。六月蒸缸酒：六月份做娘酒，很容易变酸，客家人一般在冬至前后做娘酒。此处用来比喻时机不恰当。④怎：改为"几［kit²］"更合适，几甜，多甜。

【押韵】 1、2、4句押［on］韵。

441

今晚出门空亡时，^①	今晡出门空亡时，
失脚踏落鸡栖里。^②	失脚踏落鸡际里。
好得阿妹转计好，^③	好得阿妹转计好，
说声嘱狗咬狐狸。^④	转声喽狗啮狐狸。

【解题】 山歌叙述了夜晚情人私会时发生的意外事件和妹子的随机应

变，真实场景的描写令人忍俊不禁。

【注释】①晚：梅县方言用"晡［pu⁴⁴］"，下午或晚上，此处指晚上。详见第 67 首。空亡时：指不好的时辰。②鸡栖：梅县方言说"鸡际［ke⁴⁴ tsi⁵³］"，鸡舍。温昌衍考证"际"指靠边缘的地方，也泛指处所。东晋陶潜《归园田居》："开荒南野际，守拙归园田。"③好得：幸好、幸亏。转计［tson³¹ke⁵³］：临时转变计策。④说声：梅县方言用"转声"，指瞬间改变声音。嘱：应为"喽［leu⁵³］"，呼叫牲畜。转声喽狗：停下说话的内容去唤狗。咬：梅县方言用"啮"，详见第 402 首。

【押韵】2、4 句押［i］韵。

442

蝴蝶子来蝴蝶子，	蝴蝶子来蝴蝶子，
飞过海来探牡丹。①	飞过海来探牡丹。
江河大水飞不过，	江河大水飞唔过，
借妹花园嫐一时。②	借妹花园嫽一肩。

【解题】山歌把"我"千里迢迢觅知音比喻成蝴蝶漂洋过海寻牡丹，以"江河大水"喻困难重重，希望能在妹子那里歇一歇。

【注释】①探：探求、寻找。②嫐：本字是"嫽"，歇息、闲聊。详见第 1 首。一时：此处若改为"嫽一肩"，则能押韵。旧时挑担子中途休息叫"嫽肩"或"歇肩"。

【押韵】2、4 句押［an］韵。

443

落水落了六个月，①	落水落欸六个月，
屈指算来无日晴。②	屈指算来无日晴。
一心都想同妹嫐，	一心都想同妹嫽，
水浸花街不敢行。③	水浸花街唔敢行。

【解题】歌者可能是个嫖客，唱的是持续的雨天，使他无法前往花街与妹子相会；也可能是一位男性追求者，把追求妹子所遇到的重重阻隔比喻成持续的雨天，让人寸步难行。

【注释】①落水：下雨。个：梅县方言说"只"，量词。②无日晴：没有一天是晴的。③花街：指妓院聚集的地方。宋黄庭坚《满庭芳·妓女》

词："初绾云鬟，才胜罗绮，便嫌柳陌花街。"
【押韵】2、4句押［aŋ］韵。

444
月光井井郎来嫐，^①   月光井井郎来嫽，
门前有河又无桥。   门前有河又无桥。
你若真心同我嫐，   你系真心同佢嫽，
头折金钗做桨摇。^②   头折金钗做桨摇。

【解题】古人有"金钗沽酒"，客家人则"金钗作桨"，表达的都是女子为了爱情，愿意倾其所有。
【注释】①井井：形容月色明朗。嫐：本字是"嫽"，此处特指男女之间的交往。详见第1首。②折：应为"拆［tsʰak²］"，拆卸。
【押韵】1、2、3、4句押［au］韵。

445
吾今种菜做乌阴，^①   佢今种菜做乌阴，
半夜下雨省吾淋。^②   半夜落雨省使淋。
自己种菜自己摘，^③   自家种菜自家摘，
他人一摘就伤心。^④   别人一摘就伤心。

【解题】山歌整首运用双关，表面唱的是自己种的菜，被他人采摘坏了；实际表达的是得知心上人被他人追求，内心崩溃。
【注释】①今：现在。详见第111首。做乌阴：指乌云密布。②下雨：梅县方言说"落雨"。省吾：应为"省使"，省得。③自己：梅县方言说"自家"。详见第5首。④伤心：语义双关，明指蔬菜开花，变老了，实指难过、痛心。
【押韵】1、2、4句押［im］韵。

446
高山流水响河河，^①   高山流水响呵呵，
上邻下舍出谣歌。^②   上邻下舍出谣歌。
他们要讲尽管讲，^③   佢兜爱讲尽管讲，
两人热了不奈何。^④   两人热了唔奈何。
（谣歌是匿名之骂人传单。）

191

【解题】山歌首句比兴，唱的是热恋中的男女，不顾世俗的眼光，大胆而率真地享受着二人世界。

【注释】①响河河：应为"响呵呵［çoŋ³¹ ho⁴⁴ ho⁴⁴］"，形容声音很响亮。②上邻下舍：左邻右舍。谣歌：指谣言。③他们：梅县方言说"佢兜［ki¹¹ teu⁴⁴］"。④热：热恋。

【押韵】1、2、4句押［o］韵。

447

百般愁郁有法解，①　　　　　　　百般愁郁有法解，

失恋愁郁解不开。　　　　　　　　失恋愁郁解唔开。

胡椒和酒来洗眼，②　　　　　　　胡椒同酒来洗眼，

讲到想思泪就来。③　　　　　　　讲到相思泪就来。

【解题】世间所有的愁郁都能化解，唯有失恋之痛难解，一经触碰，眼泪便夺眶而出，眼睛像被胡椒和酒冲洗过似的。形象贴切的比喻，将失恋者的相思之痛表现得淋漓尽致，感人至深。

【注释】①愁郁：忧郁。②和：梅县方言说"同"，连词。③想思：应为"相思"。

【押韵】2、4句押［oi］韵。

448

镇平行下唐古岭，①　　　　　　　镇平行下唐古岭，

灯芯拿来当缆梆。②　　　　　　　灯芯拿来当缆捞。

人人都话会断了，③　　　　　　　人人都话会断了，

虽然不断得人惊。④　　　　　　　虽然唔断得人惊。

【解题】山歌首句起兴，以"灯芯做成的缆绳"来比喻两人的感情不牢固，让人担惊受怕。

【注释】①镇平：今梅州蕉岭县，旧称镇平县。行下：往下走。唐古岭：地名。②缆：缆绳。梆［paŋ⁴⁴］：本字是"捞"，拉、扯。详见第134首。③话：动词，谈论、议论。详见第44首。断：语义双关，明指船缆断了，实指感情结束了。④得人惊：让人害怕。

【押韵】1、2、4句押［aŋ］韵。

192

449

食酒要食二三斤，　　　　　　食酒爱食二三斤，
好酒愈食愈精神。①　　　　　　好酒越食越精神。
恋妹要恋十七八，　　　　　　恋妹爱恋十七八，
愈看愈真愈热人。②　　　　　　越看越真越热人。

【解题】山歌把与十七八岁的妹子相恋的美好比喻成喝美酒，越喝越带劲。

【注释】①愈……愈……：梅县方言说"越［iat⁵］……越……"。②热：激动。东晋陶潜《形影神·影答形》："身没名亦尽，念之五情热。"

【押韵】1、2、4句押［in/ən］韵。

450

禾鹑飞去无尾鸟，①　　　　　　禾鹑飞去无尾鸟，
来路阿哥你莫交。②　　　　　　来路阿哥你莫交。
来路阿哥你交了，　　　　　　来路阿哥你交欸，
好比狂狗猎飞雕。③　　　　　　好比狂狗猎飞鸟。

【解题】山歌首句起兴，劝诫妹子不要与路过的阿哥结交，否则，就像癞蛤蟆想吃天鹅肉，只会徒增烦恼、白费心机。

【注释】①禾鹑：麻雀的一种，主要以谷物为食，翅圆短，不善远飞。②来路阿哥：指路过的阿哥。③猎：捕捉。雕：应为"鸟［tiau⁴⁴］"。

【押韵】1、2、4句押［au］韵。

451

因为妹子激到颠，①　　　　　　因为妹子激到癫，
摸到神龛作妹间。②　　　　　　摸倒神龛作妹间。
摸了观音吾作妹，　　　　　　摸倒观音催作妹，
满堂佛子笑连连。③　　　　　　满堂佛子笑连连。

【解题】想妹子想到发疯了，把神龛当作是妹子的房间，把观音娘娘当作是妹子，满堂的佛像都在嘲笑"我"呢。一个为情所困、行为举止令人啼笑皆非的痴情男子跃然纸上。

【注释】①激：刺激。颠：应为"癫"，疯癫。②神龛［sən¹¹ kham⁴⁴］：

安置神、佛像或祖先牌位的小阁子。间：房间。③佛子：佛像。笑连连：
笑盈盈。

【押韵】1、2、4 句押［an］韵。

452

上岌不得打横排，^①　　　　　　上嵊唔得打横排，
看妹手里拿双鞋。　　　　　　　　看妹手里拿双鞋。
掉了一只郎拾得，^②　　　　　　跌撇一只郎拈倒，
日后没双来寻厓。^③　　　　　　日后无双来寻倨。

【解题】山歌运用双关，表面唱的是"我"在山路上捡到妹子的一只
鞋子，希望妹子日后寻来凑成双；实际是希望与妹子成双对。

【注释】①岌：民间讹字，指陡坡，小山坡。本字是"嵊"，山名。详
见第 23 首。不得：不成、不能。打横排：在山岗之间相连的一段路上行
走。②掉了：梅县方言用"跌撇"。拾得：梅县方言说"拈倒"，捡到。拈
［ȵam⁴⁴］：拾取；捡。详见第 410 首。③没（无）双：语义双关，明指鞋
子不成双，实指人没有伴。

【押韵】1、2、4 句押［ai］韵。

453

山歌唱出闹洋洋，　　　　　　　　山歌唱出闹洋洋，
猪肉不当猪粉肠。^①　　　　　　猪肉唔当猪粉肠。
粉肠不当夜腊肉，　　　　　　　　粉肠唔当夜腊肉，
腊肉不当有情郎。　　　　　　　　腊肉唔当有情郎。

【解题】山歌运用顶真，层层推进，唱的是再美味的食物，都不如与
有情郎在一起。

【注释】①不（唔）当：不如。猪粉肠：猪小肠。

【押韵】1、2、4 句押［oŋ］韵。

454

阿妹行路假挚诚，^①　　　　　　阿妹行路假至诚，
头颅低下眼割人。^②　　　　　　头颅低下眼割人。
阿哥不是山老虎，　　　　　　　　阿哥唔系山老虎，

不敢落阳乱吓人。 唔敢落阳乱吓人。

【解题】山歌取笑妹子假正经，低头走路，却在偷看阿哥，阿哥不是山中虎，放心大胆看。

【注释】①行：行走。详见第 23 首。挚诚：应为"至诚"，极为真诚、忠诚。假至诚，假正经。详见第 337 首。②头颅 $[t^heu^{11} na^{11}]$：脑袋。眼割人：斜眼看人，此处指暗送秋波。

【押韵】1、2、4 句押 $[in／ən]$ 韵。

455

穿袜怎样过得河，① 着袜样欸过得河，
天井怎样莳得禾。② 天井样欸莳得禾。
露水夫妻得长久， 露水夫妻得长久，
世上没人娶老婆。 世上无人娶老婆。

【解题】此首是劝诫山歌，连用两个比喻和反问，说明一个朴素的道理：露水夫妻如能长久，世上就没有人娶老婆了。

【注释】①穿：梅县方言用"着"，详见第 3 首。怎样：梅县方言用"样欸 $[ŋoŋ^{53}ŋe^{11}]$"，怎么，表反问语气。②天井：客家大型民居中一般都有天井，是住宅的核心，具有采光、集雨、排水的功能。莳：插秧。禾：水稻。详见第 69 首。

【押韵】1、2、4 句押 $[o]$ 韵。

456

脚酸难过这条冈，① 脚酸难过这条冈，
肚饥难过四月荒。② 肚饥难过四月荒。
十八娇娘来守寡， 十八娇娘来守寡，
纸船难过海中央。 纸船难过海中央。

【解题】山歌连用三个悲惨、痛苦的境遇来比喻十八岁少妇守寡的艰辛。情真意切，动人心弦。

【注释】①难过：难以越过、难以经历。冈：山岭。②肚饥：肚子饿。四月荒：旧时农历四月属青黄不接的时节，粮食极其短缺，民间俗称"四月荒"。

【押韵】1、2、4句押 [oŋ] 韵。

457

黄牛过坑角叉叉，①	黄牛过坑角叉叉，
十八老妹懒绩麻。②	十八老妹懒绩麻。
讲到绩麻心火起，③	讲倒绩麻心火起，
讲了风流笑脱牙。④	讲了风流笑脱牙。

【解题】山歌以发情的黄牛作比兴，将十八岁的懒姑娘在织麻时的"恼"和玩乐时的"笑"进行鲜明对比，生动形象，让人忍俊不禁。

【注释】①角叉叉：牛角摆来摆去，不专心吃草，暗指牛发情。②绩麻：把麻或其他纤维等搓捻成线或绳。宋范成大《四时田园杂兴》："昼出耕田夜绩麻，村庄儿女各当家。"③心火起：发怒。④笑脱牙：笑到牙齿都掉了，形容很开心。

【押韵】1、2、4句押 [a] 韵。

458

搭船下府过西阳，①	搭船下府过西阳，
同妹分手真痛肠。②	同妹分手真痛肠。
行船三日不带米，	行船三日唔带米，
以妹言语作干粮。	以妹言语作干粮。

【解题】山歌唱的是与妹子分别后肝肠寸断，思念让人茶饭不思。

【注释】①搭：乘、坐。宋苏轼《论高丽进奉状》："仍与限日，却差船送至明州，令搭附因便海舶归国。"下：顺流而下。府：州府。过：经过。西阳：梅州地名。②痛肠：悲痛、忧伤的心肠。宋释惟白《续传灯录》卷三十一："曰：'饭袋子江西湖南便怎么去又作么生？'师曰：'泪出痛肠。'"

【押韵】1、2、4句押 [oŋ] 韵。

459

郎今钓鱼石上坐，	郎今钓鱼石上坐，
一时目睡跌落河。①	一时目睡跌落河。
手摇脚摆没人救，②	手爬脚摆无人救，

一心想鱼死过多。③   一心想鱼死过多。

（想鱼与想你同音。）

【解题】山歌运用双关，叙述阿哥钓鱼打瞌睡跌入河里，一心想"鱼（你）"死定了。

【注释】①目睡：打瞌睡。②手摇脚摆：梅县方言用"手爬脚摆"，形容人落水时挣扎的样子。③鱼：谐音"你"。过多：比较多。

【押韵】1、2、4句押［o］韵。

460

二月燕子口衔泥，   二月燕子口衔泥，
一个飞高一个低。①   一只飞高一只低。
路上逢了无相问，②   路上逢欸无相问，
那条心事来怨厓。③   哪条心事来怨厓。

【解题】山歌以燕子高低各自飞作为比兴，委婉含蓄地质问对方：路上相逢不相问，你凭什么来怨恨我呢？

【注释】①个：梅县方言说"只"，量词。②逢［pʰuŋ¹¹］：遇见、相逢。详见第65首。③那：梅县方言说"哪［ŋai⁵³］"。心事：心情、情怀。详见第384首。

【押韵】1、2、4句押［ai］韵。

461

新做荷包两面红，①   新做荷包两面红，
一片狮子一片龙。②   一片狮子一片龙。
狮子上山龙下水，   狮子上山龙下水，
不知几时始相逢。③   唔知几时正相逢。

【解题】山歌运用语义双关，表面描写的是钱包一面绣着狮子，一面绣着龙，不知狮子和龙何时能相逢，实际表达的是你我不知何时能相逢。

【注释】①荷包：钱包。详见第177首。②一片：一面、一边。③始：梅县方言说"正［tsaŋ⁵³］"，强调确定语气，相当于"才"。几时：什么时候。详见第114首。

【押韵】1、2、4句押［uŋ］韵。

197

462

恋妹不到好名声，①   恋妹唔倒好名声，
检些愁切检些惊。②   捡兜愁切捡兜惊。
哥哥好比三斗冇，③   哥哥好比三斗泛，
风溜过后人看轻。④   风溜过后人看轻。

（冇是冇谷，风流与风溜同音，言过了风车之后。）

【解题】 山歌巧用双关，唱的是阿哥自嘲自讽，把自己比喻成从风车里吹出来的谷壳，因风流（风溜）而被人看轻。

【注释】 ①不到：梅县方言说"唔倒"，不成。②检：应为"捡"。些：梅县方言说"兜〔teu⁴⁴〕"，表示不定的数量，相当于"一些"。愁切：愁虑。惊：惊恐。详见第105首。③三斗冇：用风车扬谷时，从出风口吹出的谷壳、碎稻草等叫作"三斗冇"，从风车的中部漏下的较轻的秕谷叫"二斗冇"，饱满的谷粒则下落到风车前部的出口。冇〔pʰaŋ⁵³〕：不饱满。本字是"泛"。详见第190首。④风溜：指从风车里吹出；谐音"风流"。

【押韵】 1、2、3、4 句押〔aŋ〕韵。

463

五更鸡啼闹洋洋，①   五更鸡啼闹洋洋，
老妹嘱郎心莫慌。   老妹嘱郎心莫慌。
打开大门送郎出，   打开大门送郎出，
转墙转角要提防。②   转弯转角爱提防。

【解题】 山歌叙述了男女私会后，妹子在此起彼伏的公鸡打鸣声中淡定地送出情郎，嘱咐他路上小心。

【注释】 ①啼〔tʰai¹¹〕：鸣叫。详见第3首。②转墙转角：梅县方言说"转弯转角"，拐角处。

【押韵】 1、2、4 句押〔oŋ〕韵。

464

海边石子生苍苔，①   海边石子生溜苔，
思想妹子不得来。②   思想妹子唔得来。
七寸枕头留四寸，   七寸枕头留四寸，
留开四寸等妹来。③   留开四寸等妹来。

（四寸是双关语。）

【解题】山歌首句起兴，末句双关。含蓄表达了相思之苦和盼望之切。

【注释】①苍苔：梅县方言用"溜苔"，青苔。②思想：思念、怀念。详见第146首。③四寸：语义双关，明指四寸枕头，实指男人的阳具。

【押韵】1、2、4句押［oi］韵。

465

新做蓝衫莫过蓝，①　　　　　　　　新做蓝衫莫过蓝，
新恋老妹莫过嫌。②　　　　　　　　新恋老妹莫过嫌。
不蓝不乌终耐洗，③　　　　　　　　唔蓝唔乌终耐洗，
不甜不苦就耐行。④　　　　　　　　唔甜唔苦就耐行。

【解题】山歌把稳定的感情比喻成蓝衫纯正的颜色，两者的相似之处是恰到好处。句式整齐而简洁，语句浅白而意深。

【注释】①蓝衫：旧时客家人的传统服饰。详见第6首。过：极、非常。《晋书·张华传》"园中茅积下得一白鱼，质状殊常，以作鲊，过美，故以相献。"②嫌：嫌弃、挑剔。③乌：黑。耐：经得起。④行：交往、来往。

【押韵】（兴宁）1、2、4句押［aŋ］韵。

466

嬲了一番始一番，①　　　　　　　　嫽欸一番正一番，
下番要嬲总过难。②　　　　　　　　下番爱嫽总过难。
一来又怕天下雨，③　　　　　　　　一来又怕天落雨，
二来又怕妹不闲。④　　　　　　　　二来又怕妹唔闲。

【解题】山歌唱的是珍惜当下相处的时光，不知下次再见是何时。

【注释】①嬲：本字是"嫽"，此处特指男女之间的交往。详见第1首。番：量词，相当于"次"。始：梅县方言说"正［tsaŋ⁵³］"，强调确定语气，相当于"才"。②过难：比较难。③下雨：梅县方言说"落雨"。④闲：闲暇。

【押韵】1、2、4句押［an］韵。

467

生蛋鸡母冠会红，①　　　　　　　　生卵鸡嫲冠会红，

贪花老妹貌不同。②   贪花老妹貌唔同。

贪花老妹看得出，   贪花老妹看得出，

眼角打来笑容容。③   眼角打来笑溶溶。

【解题】山歌首句比兴，唱的是怀春少女一眼就看得出来，她总是眉欢眼笑、风情万种。

【注释】①生蛋：梅县方言说"生卵〔saŋ⁴⁴ lon³¹〕"，下蛋。详见第187 首。鸡母：梅县方言说"鸡嫲"，母鸡。冠：鸡冠。②贪花：贪好美色。详见第186 首。③眼角打来：指抛媚眼。笑容容：应为"笑溶溶"，亦作"笑融融"，笑盈盈。

【押韵】1、2、4 句押〔uŋ〕韵。

468

今夜月光怎样清，①   今夜月光样柬清，

必定老妹起了程。   必定老妹起了程。

希望月光云遮住，②   希望月光云遮等，

任吾两人好兼身。③   任𠊎两人好兼身。

【解题】月色皎洁的晚上，男女相约户外私会，阿哥希望乌云遮住月亮，以便他们能尽情缠绵。

【注释】①月光：月亮。怎样清：不通，改为"样柬清"，怎么这么清明。清：此处指月光明亮皎洁。②住：梅县方言说"等"，表示状态的持续。③兼身：接近、亲近。

【押韵】1、2、4 句押〔in/ən〕韵。

469

鸭子细细敢落塘，①   鸭子细细敢落塘，

妹子细细敢恋郎。   妹子细细敢恋郎。

冬瓜怎大系蔬菜，②   冬瓜更大系小菜，

胡椒细细辣过姜。   胡椒细细辣过姜。

【解题】山歌连用三个比喻，来取笑小小年纪就谈恋爱的妹子。

【注释】①细细：形容很小。②怎：梅县方言说"更〔aŋ⁵³〕"，程度副词，相当于"再、更加"。详见第197 首。此句是客家熟语：冬瓜更大

200

系小菜，本意是冬瓜虽然很大，但也是不能摆上宴席的小菜。比喻人虽
大，却无作为。客家人冬瓜说"猪子冬瓜"，南瓜说"黄冬瓜"。

【押韵】 1、2、4 句押［aŋ］韵。

470

丙村行上系西阳，①	丙村行上系西阳，
愈送心肝愈痛肠。②	越送心肝越痛肠。
愈想细茶口愈渴，③	越想细茶口越渴，
愈想心肝夜愈长。	越想心肝夜越长。

【解题】 山歌运用叠句，唱的是男女离别时，越送越断肠，越想夜
越长。

【注释】 ①丙村、西阳：均是梅州地名。行上：往上走。②愈……
愈……：梅县方言说"越［iat⁵］……越……"。痛肠：悲痛、忧伤的心
肠。详见第458首。③细茶：嫩茶。

【押韵】 1、2、4 句押［oŋ］韵。

201

471

门前河水浪飘飘，①	门前河水浪飘飘，
阿哥戒赌不戒嫖。	阿哥戒赌唔戒嫖。
讲了戒赌妹欢喜，	讲欸戒赌妹欢喜，
你要戒嫖妹就恼。②	你爱戒嫖妹就恼。

【解题】 山歌首句运用起兴和双关，表达了"男人不花，女人不爱"
的思想。男的唱是在自诩风流，女的唱则是在撩拨对方。

【注释】 ①浪飘飘：语义双关，明指浪花朵朵，实指放纵、风流的样
子。②恼：恼恨、生气。详见第236首。

【押韵】 1、2、4 句押［au］韵。

472

苏州锣子两面声，①	苏州锣子两面声，
两条人情一样行。②	两条人情一样行。
手盘手背也是肉，③	手盘手背也系肉，
会穿拖鞋不要踭④	会着拖鞋唔爱睁。
(踭与争同音故云。)	

【解题】山歌运用比兴和双关，试图为自己脚踏两只船做出合理的解释，并希望两边情人不要争风吃醋。

【注释】①苏州锣子：苏州产的铜锣，声音特别好。两面声：指两面声音各不同，两种声音。②行：交往、来往。③手盘：手掌心。④穿：梅县方言用"着"。详见第3首。踭：本字是"踭"，脚跟、胳膊肘。详见第27首。

【押韵】1、2、4句押〔aŋ〕韵。

473

先日交情笑西西，①	先日交情笑嘻嘻，
生时月日讲妹知。②	生时月日讲妹知。
今日讲了断情事，	今日讲欸断情事，
八字还在妹心里。③	八字还在妹心里。
（俗称人之出世年月日曰八字。）	

【解题】山歌唱出了阿哥对感情的留恋，并追问妹子是否真的能放下这段感情。

【注释】①先日：往日、以前。详见第53首。西：应为"嘻"。②生时月日：指出生的年月日。讲妹知：告诉妹子。③八字：生辰八字，指一个人出生时的干支历日期，年月日时共四柱干支，每柱两字，合共八个字，故称。

【押韵】1、2、4句押〔i〕韵。

474

门前大路曲湾湾，	门前大路曲弯弯，
入就容易出就难。	入就容易出就难。
新做褂子安六钮，①	新做褂子安六纽，
上身容易脱身难。②	上身容易脱身难。

【解题】山歌前后两句各构成一个双关，表达的是男女私情开始容易，结束难。

【注释】①褂子：即马褂，穿在长袍外面的对襟短褂，流行于清代及民国时期。安六钮：钮，今写作"纽"，马褂一般是五个盘扣，装上六个就暗指脱下不方便。安：安装。诸葛亮《与兄瑾言赵云烧赤崖阁书》："今水大而急，不得安柱。"②上身：语义双关，明指穿上衣服，实指男女发生关系。脱身：语义双关，明指脱下衣服，实指脱离关系。

【押韵】1、2、4句押［an］韵。

475

妹系有心郎有心，	妹系有心郎有心，
铁石磨成绣花针。	铁石磨成绣花针。
妹系针子郎系线，①	妹系针子郎系线，
针行三步线来寻。②	针行三步线来寻。

【解题】山歌唱的是两人同心，铁石磨成针，阿哥阿妹形影不离，就像是系在一起的针和线。"针行三步线来寻"，看似信手拈来，实则匠心独具，感情真挚、耐人寻味。

【注释】①针子：梅县方言一般用"针"，此为凑足音节，或可加上表语气的"来"。②步：此处指两针之间的距离。寻：寻找。详见第28首。

【押韵】1、2、4句押［im／əm］韵。

476

交情先要妹欢喜，	交情先爱妹欢喜，
断情就要郎心甘。①	断情就爱郎心甘。
若无真心同我恋，	若无真心同倨恋，
何必当初口柬甜。②	何必当初啜柬甜。

【解题】山歌以阿哥的口吻，谴责妹子口是心非、玩弄感情，表达了不甘心就此放手的想法。

【注释】①心甘：心甘情愿。②口柬甜：梅县方言用"啜柬甜"。详见第12首。

【押韵】2、4句押［am］韵。

477

岭冈顶上一丛松，①	岭冈顶上一丛松，
松树门权吊灯笼。②	松树门权吊灯笼。
怎好灯笼要点烛，③	更好灯笼爱点烛，
柬好阿妹要老公。	柬好阿妹爱老公。

【解题】山歌前两句比兴，以"灯笼要点蜡烛"来比喻"妹子要有老公"。

【注释】①岭冈：山岭。②门权：指门口向外伸出的小段横木。此句寓意不长久、不正常，因为民间一般不会用松树来做门权等家具的，容易被白蚁蛀空。③怎好：梅县方言说"更［aŋ⁵³］好"，更，程度副词，相当于"再、更加"，详见第197首。

【押韵】1、2、4句押［uŋ］韵。

478

甘蔗生笋黏泥皮，①　　　　　　　甘蔗生笋黏泥皮，
十段八段你不知。②　　　　　　　十段八段你唔知。
十段八段想不到，　　　　　　　　十段八段想唔到，
想到尽尾淡尽矣。③　　　　　　　想到尽尾淡尽哩。
（俗名竹节之类曰想，见前注。）

【解题】山歌表面唱的是甘蔗破土而出，粘着一层泥，里面有十节还是八节谁都不知道，只知道末节的甜味淡了；实际表达的是思念的时间久了，感情也就淡了。

【注释】①生笋：指发芽。黏：附着。泥皮：粘在物体表面的一层泥。②段：应为"想［sioŋ³¹］"，量词，相当于"节、段"，本字不详。③想：谐音双关，表面指"竹节"，实际指"想念"。尽尾：尽头。淡尽矣（哩）：语义双关，明指甘蔗尾味道淡、不甜，实指感情淡了。

【押韵】1、2、4句押［i］韵。

479

先日见妹一团金，①　　　　　　　先日见妹一团金，
今日见妹两样心。②　　　　　　　今日见妹两样心。
妹今好比三弦样，③　　　　　　　妹今好比三弦样，
每次弹来两样音。　　　　　　　　每次弹来两样音。

【解题】山歌把妹子对"我"先后不同的态度，比作三弦器乐，每次弹出来的声音都不相同。

【注释】①先日：往日、以前。详见第53首。一团金：比喻很珍贵。②两样心：指三心二意。样：量词，表示事物的品种。详见第144首。③

三弦：一种弦乐器。样：模样、样子。详见第 107 首。

【押韵】1、2、4 句押［im］韵。

480

粉起壁来要石磨，^①	粉起壁来爱石挼，
吹起萧来要笛和。^②	吹起箫来爱笛和。
总要两人心甘愿，^③	总爱两人心甘愿，
甘愿不需媒人婆。^④	甘愿唔使媒人婆。

【解题】山歌以"刷墙要挼石磨"和"吹箫要笛子和"来比喻两人只要两情相悦，就不需媒人婆。

【注释】①粉：粉刷。汉扬雄《太玄经·卷五·视》："粉其题頯，雨其屋须，视无姝。"壁：墙壁。《说文》："垣也。"《释名》："辟也，辟御风寒也。"石：特指挼石，一面光滑一面方便手拿的石器。旧时农村常用于磨平刷墙后留下的细缝，后改用木制的荡斗。磨：应为"挼［no¹¹］"，揉搓。详见第 351 首。②笛：读作"［tʰak⁵］"。③总要：梅县方言说"总爱"，只要。④不需：梅县方言说"唔使［m¹¹sɻ³¹］"。

【押韵】1、2、4 句押［o］韵。

481

砍竹容易拖竹难，^①	倒竹容易拖竹难，
竹头砍脱竹尾缠。^②	竹头倒脱竹尾缠。
早知妹子情义好，	早知妹子情义好，
不该放过两三年。	唔该放过两三年。

【解题】山歌以"竹头砍脱竹尾缠"来比喻两人前缘未了、情丝难断，与"藕断丝连"有异曲同工之处。

【注释】①砍：梅县方言用"倒（树、竹）"。②竹头：竹根。

【押韵】1、2、4 句押［an］韵。

482

问妹不答真稀奇，	问妹唔答真稀奇，
那句言语得罪你。^①	哪句言语得罪你。
句把言语你要受，^②	句把言语你爱受，

洗碗也有相碰时。 洗碗也有相碰时。

【解题】 山歌以俗谚"洗碗也有相碰时"来比喻人与人之间相处难免会有矛盾，规劝妹子要学会接纳。

【注释】 ①那：应为"哪〔ŋai⁵³〕"。②句把：一两句。把：表约数。受：忍受。

【押韵】 1、2、4句押〔i〕韵。

483

过了一窝又一窝，① 过欸一窝又一窝，
窝窝竹子尾拖拖。② 窝窝竹子尾拖拖。
竹子低头食露水， 竹子低头食露水，
妹子低头等亲哥。 妹子低头等亲哥。

【解题】 山歌以"竹子低头食露水"来比拟妹子等亲哥时低头害羞的样子，清新而又淡雅。

【注释】 ①窝：山窝。②尾拖拖：竹尾低垂的样子。拖〔tʰo⁴⁴〕：下垂。详见第101首。

【押韵】 1、2、4句押〔o〕韵。

484

愁里切里要想开， 愁哩切哩爱想开，
莫来愁切做一堆。① 莫来愁切做一堆。
藤断自有篾来驳，② 藤断自有篾来驳，
船到滩头水路开。 船到滩头水路开。

【解题】 山歌用"藤断自有篾来驳""船到滩头水路开"来劝解世人不要过度着急、悲观。与"车到山前必有路""船到桥头自然直"有异曲同工之处。

【注释】 ①愁切：愁苦、悲切。②篾：竹篾。驳：连接。

【押韵】 1、2、4句押〔oi〕韵。

485

新打镰子十八张，① 新打镰子十八张，

张张割草利霜霜。②   张张割草利霜霜。

那有镰子不割草，③   哪有镰子唔割草，

那有妹子不恋郎。④   哪有妹子唔连郎。

【解题】山歌以新打制的镰刀很锋利起兴，以"哪有镰刀不割草"来比喻、反问"哪有妹子不恋郎"。

【注释】①打：制作、造。详见第 43 首。镰子：镰刀。张：量词，把。②利霜霜：很锋利的样子。③那：应为"哪［ŋai⁵³］"。④恋：此处用"连"较合适，指一般意义上的"建立男女关系"。

【押韵】1、2、4 句押［oŋ］韵。

486

猪油茶油总是油，   猪油茶油总系油，

那有男人不风流。   哪有男人唔风流。

那有田边不生草，   哪有田边唔生草，

那有灯芯不抽油。①   哪有灯芯唔抽油。

【解题】山歌首句起兴，然后连用两个常见的生活事象来类推说明"哪有男人不风流"的观点。

【注释】①抽油：吸油。

【押韵】1、2、4 句押［iu］韵。

487

壁上钉钉挂月弦，①   壁上钉钉挂月弦，

妹系敢唱郎敢弹。   妹系敢唱郎敢弹。

妹系十七郎十八，   妹系十七郎十八，

八七恰五月团圆。②   八七恰五月团圆。

【解题】山歌以挂在墙上的月弦起兴，希望能与妹子一唱一和，月圆之日人团圆。

【注释】①壁上：墙上。钉钉：钉钉子。月弦：一种丝竹乐器。②此句语义双关，表面指农历十五的月亮圆，实际指人团圆。

【押韵】1、2、4 句押［an］韵。

207

488

锡打灯盏鎏了金，①　　　　　　　锡打灯盏镏软金，
有油点火没灯芯。　　　　　　　　有油点火无灯芯。
手拿灯芯风吹走，　　　　　　　　手拿灯芯风吹走，
辜负妹子一点心。②　　　　　　　辜负妹子一点心。

【解题】山歌运用双关，表面唱的是新打制的煤油灯没有灯芯，手中拿着的灯芯却被风吹走了；实际表达的是"我"辜负了妹子的一片心意。

【注释】①打：制作、造。详见第43首。灯盏：油灯。详见第169首。鎏：同"镏"，镏金：镀金。②心：语义双关，明指灯芯，实指情意。

【押韵】1、2、4句押〔im〕韵。

489

新买葵扇画条龙，①　　　　　　　新买葵扇画条龙，
手里摇扇扇摇风。　　　　　　　　手里摇扇扇摇风。
妹子热郎郎热妹，　　　　　　　　妹子热郎郎热妹，
两人亲热在手中。②　　　　　　　两人亲热在手中。

【解题】山歌唱的是炎日盛夏，热恋中的男女手摇葵扇乘凉，勾肩搭背，卿卿我我，激情荡漾。

【注释】①葵扇：用蒲葵制成的扇子，也叫"蒲扇"。详见439首。②热：语义双关，明指天气热，实指热恋中的激情。

【押韵】1、2、4句押〔uŋ〕韵。

490

花生好食泥里生，　　　　　　　　花生好食泥里生，
泥里落根泥里行。①　　　　　　　泥里落根泥里行。
当面开花暗结子，②　　　　　　　当面开花暗结子，
妹要恋郎莫扬声。③　　　　　　　妹爱恋郎莫扬声。

【解题】山歌以"花生地上开花，地下结果"为喻，希望妹子能保守秘密，私下交往。

【注释】①落根：指花生开花，受精后，子房柄钻入土中生长。行：指生长蔓延。②当面：此处指表面，明处。结子：结成果实或种子。③扬

声：宣扬。《三国志·卷三五·蜀书·诸葛亮传》："六年春，扬声由斜谷道取郿；使赵云、邓芝为疑军，据箕谷。"

【押韵】1、2、4 句押［aŋ］韵。

491

许久不曾见心肝，	柬久唔曾见心肝，
一见心肝心就软。	一见心肝心就软。
一见心肝心欢喜，	一见心肝心欢喜，
难得心肝黏心肝。①	难得心肝黏心肝。

【解题】山歌直抒胸臆，唱的是见到久别的心上人，便内心酥软、喜不自禁。

【注释】①黏：附着、黏着。梅县方言还可用于专指男女之间的依恋关系。

【押韵】1、2、4 句押［on］韵。

492

冬至一过天就寒，	冬至一过天就寒，
山上烟云结成团。	山上烟云结成团。
郎今好比火炉样，①	郎今好比火炉样，
一近身边就温暖。②	一近身边就烧暖。

【解题】山歌把情郎比作冬日里的火炉，让人倍感温暖。

【注释】①样：模样、样子。详见第 107 首。②温暖：梅县方言用"烧暖"。

【押韵】1、2、4 句押［on］韵。

493

灯草拿来织鸡笼，①	灯草拿来织鸡笼，
鸡爬狗丧心就溶。②	鸡扒狗爽心就溶。
百只苏锣一下打，③	百只苏锣一下打，
不知那个正好铜。④	唔知那个正好铜。

（正好铜寓始可同之意，同言交好也。）

【解题】山歌前后两句各构成一个双关，描写了在不明朗的恋爱关系中，当事人柔软细腻而又纠结的内心世界。

【注释】①织：编。②鸡爬狗丧：应为"鸡扒狗爽"，指鸡、狗糟蹋东西。爽〔soŋ³¹〕：糟蹋浪费，严修鸿认为由"大方"义引申而来。老年人还会用，如"牛唔看好，会爽人个禾"。心就溶：语义双关，明指灯芯烂掉了，实指心融化了。③苏锣：苏州产的铜锣，声音特别好。一下：一起。④那个：梅县方言说"哪只〔ŋai⁵³ tsak²〕"。铜：谐音"同"，动词，指建立男女关系。

【押韵】1、2、4句押〔uŋ〕韵。

494

一个花边牙是牙，①	一只花边牙是牙，
十个花边一腊麻，②	十只花边一攞嫲，
花边拿来贴棹脚，③	花边拿来贴桌脚，
财动人心脚会斜。④	财动人心脚会斜。

（一腊麻是一筒之形容，斜寓邪意，见上。）

【解题】山歌整首运用双关，表面是渲染银圆之多，甚至用来垫桌脚；实际表达的是"财帛动人心"。

【注释】①花边：银元的俗称，详见第86首。②一腊麻：应为"一攞嫲"，相当于"一大叠、一大筒"。攞：量词，用于重叠放置的东西。③贴：垫。棹："桌"的异体字。④脚会斜：语义双关，表面指为占有银圆用脚去弄，实际指起歪心。

【押韵】1、2、4句押〔a〕韵。

495

十月穿的汤坑机，①	十月着个汤坑机，
假意热情我也知，②	假意热情侄也知，
黄酒假作夹酒卖，③	黄酒假作甲酒卖，
好歪吞在吾肚里。④	好歪吞在伢肚里。

【解题】山歌前后两句各构成一个双关，揭穿了对方的虚情假意以及当事人的伤感无奈。

【注释】①穿：梅县方言说"着"。详见第3首。的：梅县方言说

"个"，结构助词。详见第 16 首。汤坑机：旧时丰顺汤坑产出的机织布，比较疏松且单薄，质量没有家织的布好。②此句是双关语，明指单薄的衣服穿在身上，冷暖自知；实指对方的虚情假意，自己心里清楚。③黄酒：将"甲酒"（纯娘酒）过滤出来后，加水浸泡再过滤出来的娘酒，通常会在火炙后再掺点白酒，比较容易储存。甲酒：上等的客家娘酒，以糯米、黑糯米为原料，用特制酒母为糖化发酵剂酿造成的纯娘酒，酒精度数低，口感浓厚甘醇。④歪：歹、坏。此句语义双关，明指不纯的娘酒，一喝就知道；实指虚假的感情，大家心知肚明。

【押韵】1、2、4 句押［i］韵。

496

山歌要唱琴要弹，　　　　　　　　山歌爱唱琴爱弹，
人无两世在阳间。①　　　　　　　人无两世在阳间。
人无两世阳间在，　　　　　　　　人无两世阳间在，
花无百日在深山。　　　　　　　　花无百日在深山。

【解题】山歌以"花无百日在深山"来比喻"人无两世在阳间"，劝解世人要懂得及时行乐。

【注释】①两世：指今生和来世。

【押韵】1、2、4 句押［an］韵。

497

妹说不恋就不恋，①　　　　　　　妹话唔连就唔连，
老妹不想出头天。②　　　　　　　老妹唔想出头天。
哥哥说得柬硬汉，　　　　　　　　哥哥说得柬硬汉，
老妹硬志去修仙。③　　　　　　　老妹硬志去修仙。

【解题】山歌直抒胸臆，表达了妹子明确的态度：宁愿出家也不愿与阿哥相恋。

【注释】①说：梅县方言用"话"，说、告诉。详见第 56 首。恋：此处用"连"较合适，指一般意义上的"建立男女关系"，并未真正实现。②出头天：出人头地。③硬志：非常坚定、决绝。

【押韵】1、2、4 句押［ian］韵。

211

498

心肝姊妹嫩娇娥，^①   心肝姊妹嫩娇娥，
反了心事丢了哥。^②   反了心事丢了哥。
断情不须三句话，^③   断情唔使三句话，
老妹要丢无奈何。^④   老妹爱丢无奈何。

【解题】山歌直抒胸臆，唱的是意中人移情别恋，"我"痛心又无奈。

【注释】①姊妹［tsi³¹ moi⁵³］：姐妹。《左传·襄公十二年》："无女而有姊妹及姑姊妹。"嫩娇娥：指妙龄女子。②反：违反、违背。心事：心中所念的旧情。③不须：梅县方言说"唔使"，无须。④无奈何：无可奈何。唐白居易《自蜀江至洞庭湖口有感而作》："疑此苗人顽，恃险不终役。帝亦无奈何，留患与今昔。"唐张说《李工部挽歌》之三："是日归泉下，伤心无奈何。"

【押韵】1、2、4句押［o］韵。

499

心肝姊来话你知，^①   心肝姊来话你知，
他人不恋专恋你。   他人唔恋专恋你。
蝴蜞咬着白鹤脚，^②   蝴蜞吸等白鹤脚，
上天没级跟住你。^③   上天无碫藤等你。

（蝴蜞是水虫，专吮人血。）

【解题】山歌表达了阿哥对妹子的情有独钟和痴心不改。

【注释】①话你知［ti⁴⁴］：告诉你。②蝴蜞：应为"湖蜞"，水蛭。咬：应为"吸"。③级：梅县方言说"碫［ton⁵³］"，石阶。《说文·石部》："碫，碫石。"朱骏声通训定声："碫，坚石可为椎之椹质者。"本指锤锻用的砧石，梅县方言引申出"垫脚用的石块、石阶"。跟：梅县方言用"藤［tʰen¹¹］"，跟随。住：梅县方言说"等"，动态助词，相当于"着"。

【押韵】1、2、4句押［i］韵。

500

妹子要断郎不断，   妹子爱断郎唔断，
细妹讲硬郎讲软。^①   细妹讲硬郎讲软。
细妹讲得铁般硬，^②   细妹讲得铁般硬，

哥哥讲得水般软。③　　　　　　　　哥哥讲得水般软。

【解题】山歌叙述的是妹子强硬要求分手而阿哥却百般挽留。

【注释】①细妹：对年轻女子的称谓。②铁般硬：像铁一样强硬。③水般软：像水一样温柔。

【押韵】1、2、4 句押［on］韵。

501

阿妹生来怎柬精，①　　　　　　　　阿妹生来样柬腈，
红砾墨笔画不成，②　　　　　　　　红朱墨笔画唔成。
红砾墨笔画不到，　　　　　　　　　红朱墨笔画唔倒，
风水屋场出妹精。③　　　　　　　　风水屋场出妹腈。
（精之义见上。）

【解题】山歌盛赞妹子的美貌，羡慕妹子家的风水屋场。

【注释】①怎：梅县方言说"样［ŋ.oŋ⁵³］"，怎么，表反问。精：应为"腈"，漂亮。本义是瘦肉，"肉之粹者"。详见第253首。②红砾墨笔：蘸红色颜料的毛笔；砾，即"朱"，指朱砂。③风水屋场：指祖坟祖屋的风水。客家人信风水，认为一个人的成败与祖坟祖屋的风水有密切的关系，古语云："头风水（祖坟），二屋场（祖屋），三者命运也。"

【押韵】1、2、4 句押［aŋ］韵。

502

老妹生得确是精，①　　　　　　　　老妹生得确系腈，
红朱墨笔画不成。　　　　　　　　　红朱墨笔画唔成。
今夜与你嬲一夜，②　　　　　　　　今晡同你嬲一晡，
命短十年心也甘。③　　　　　　　　命短十年心也甘。

【解题】山歌盛赞妹子的美貌，同时表达了宁愿折寿也要与其交往的强烈愿望。

【注释】①生：长，指相貌呈现出来的样子。详见第16首。精：应为"腈"，漂亮，本义是瘦肉，"肉之粹者"。详见第253首。②嬲：本字是"嬲"，此处特指男女之间的交往。详见第1首。③甘：梅县话说［kam⁴⁴］，兴宁话说［kaŋ⁴⁵］。

【押韵】（兴宁）1、2、4 句押［aŋ］韵。

213

503

你想没我想柬狂，①
洋烟当作椰子糖。②
石灰当作糯米粉，
棺材当作大枕箱。③

你想无偃想柬狂，
洋烟当作椰子糖。
石灰当作糯米粉，
棺材当作大枕箱。

【解题】山歌运用夸张，唱出了当事人思念成疾，为爱痴狂的种种情状。

【注释】①想：想念。狂：疯狂。②洋烟：从国外进口的香烟。③大枕箱：旧时一种上面微凹，既可当枕头又可存放银钱、文件等重要物件的长方形小箱子。《儒林外史》第二十一回："又寻到床上，寻着一个枕箱，一把铜锁锁着。"

【押韵】1、2、4句押［oŋ］韵。

504

你不同我你行开，①
我去同个好人才。②
有笼不怕无雕困，③
乌鸦飞去凤凰来。

你唔同偃你行开，
偃去同个好人才。
有笼唔怕无鸟搵，
乌鸦飞走凤凰来。

【解题】山歌将即将离去的旧人和想象中的新人比喻为"乌鸦"和"凤凰"，唱出了告别旧情的果断与对新感情的向往与期待。

【注释】①同：动词，特指男女相好。详见第72首。行开：走开。②人才：人的容貌。详见第20首。③笼：鸟笼。雕：应为"鸟［tiau⁴⁴］"。困：梅县方言说"搵［vun⁵³］"，关起来。

【押韵】1、2、4句押［oi］韵。

505

割薯要割老扫薯，①
上午割了下午收。②
哥哥好比扫薯样，
任妹抱紧任妹抽。③

割薗爱割老扫薗，
上昼割欸下昼收。
哥哥好比扫薗样，
任妹抱紧任妹抽。

【解题】山歌把哥哥比喻成薗其，利用妹子弯腰捆绑薗其时的动作

"抱"和"抽",一语双关,含蓄表达了阿哥对妹子的挑逗。

【注释】①老扫蓍[lu⁴⁴]:应是指"老蘆萁",现在方言已不说。蓍,本字是"蘆",蘆萁,又叫芒萁,生长在山上,客家人常割来当柴火。②上午:梅县方言说"上昼[soŋ⁵³tsu⁵³]"。下午:梅县方言说"下昼[ha⁴⁴tsu⁵³]"。③抽:语义双关,表面指捆绑时的抽紧,实际指男女交欢。

【押韵】1、2、4句押[u]韵。

506

食不愁来穿不愁,①	食唔愁来着唔愁,
总是愁我没对头。②	总系愁偓无对头。
那个哥哥到来嬲,③	哪个哥哥到来嫽,
好比云开见日头。	好比云开见日头。

【解题】山歌直抒胸臆,唱出了对另一半的渴望,以"云开见日"来比喻阿哥的到来。

【注释】①穿:梅县方言说"着"。详见第3首。②对头:对象、配偶。《醒世恒言·李玉英狱中讼冤》:"哥哥,奴总有甚不好处,也该看爹娘份上访个好对头匹配才是,怎么胡乱肮脏送在这样人家,误我的终身。"③嬲:本字是"嫽",此处特指男女之间的交往。详见第1首。

【押韵】1、2、4句押[eu]韵。

507

日头一出西华华,①	日头一出须华华,
老妹挑水打颈花。②	老妹挍水打颈花。
哥哥问妹怎样打,③	哥哥问妹样欻打,
肩头缩上又缩下。	肩头缩上又缩下。

【解题】阳光明媚的清晨,妹子出来挑水,阿哥上前搭讪、逗趣。

【注释】①日头:太阳。详见第51首。西华华:应为"须华华",阳光四射的样子。②挑:梅县方言说"[kʰai⁴⁴]",本字是"荷",常俗写作"挍"。打颈花:脖子不断扭动的样子。③怎样:梅县方言说"样欻",怎么。肩头[kin⁴⁴tʰeu¹¹]:肩膀。详见第51首。

【押韵】1、2、3、4句押[a]韵。

508

急水滩头打车辆，①　　　　　　　　　急水滩头打车辆，
打差主意连差郎。②　　　　　　　　　打差主意连差郎。
早知阿哥交不久，③　　　　　　　　　早知阿哥交唔久，
花边贴脚不上床。④　　　　　　　　　花边贴脚唔上床。

【解题】山歌首句以"急水处的水车（放不稳）"作比兴，唱出了妹子遇人不淑的自责和悔恨。

【注释】①打车辆：（急水）冲击水车，谐音"打差量"，打错主意。②差：错、差错。详见第94首。③交：结交、交往。④花边：银圆的俗称。详见第86首。贴脚：垫脚。

【押韵】1、2、4句押［oŋ］韵。

509

唱条山歌过那边，　　　　　　　　　唱条山歌过那边，
老老嫩嫩一齐恋。①　　　　　　　　老老嫩嫩一齐连。
老计恋了好烧饭，②　　　　　　　　老个连来好煮饭，
嫩的恋来枕边眠。③　　　　　　　　嫩个连来枕边眠。

【解题】山歌唱出了花心男子希望脚踏两只船的心声。

【注释】①一齐：一起。恋［lian⁵³］：从意义和押韵两方面看，此处为"连［lian⁴⁴］"更合适，语义较丰富，且押平声韵。②计：应为"个"，结构助词，相当于"的"。详见第16首。好：便于，适宜。烧饭：梅县方言说"煮饭"。③的：梅县方言说"个"，结构助词，详见第16首。眠：躺、卧。详见第21首。

【押韵】1、2、4句押［en／in］韵。

510

心肝姊来话你知，①　　　　　　　　心肝姊来话你知，
你的床上有干卑。②　　　　　　　　你个床上有干蟹。
再过两夜不收净，　　　　　　　　　再过两夜唔收净，
今夜过后不来矣。　　　　　　　　　今夜过后唔来哩。

【解题】山歌唱的是男女偷情，男子嫌弃女子床上有木虱。山歌充满

了厚重的乡村气息。

【注释】①话你知：告诉你。②干卑：应为"干蟹 [kon⁴⁴pʰi⁴⁴]"，木虱、臭虫。

【押韵】1、2、4 句押 [i] 韵。

511

心肝哥来话你知，　　　　　　　心肝哥来话你知，
我的床上没干卑。　　　　　　　𠊎个床上无干蟹。
哥哥在上我在下，　　　　　　　哥哥在上𠊎在下，
干卑咬我不咬你。①　　　　　　干蟹啮𠊎唔啮你。

【解题】此首是上首的对歌，内容低俗，却显示出民间歌手的智慧。
【注释】①咬：梅县方言说"啮 [ŋat²]"。详见第 402 首。
【押韵】1、2 句押 [i] 韵。

512

老妹讲来我不信，　　　　　　　老妹讲来𠊎唔信，
水流石头会跌人。①　　　　　　水流石头会跌人。
新买锣煲难测水，②　　　　　　新买泥煲难测水，
实在难测老妹心。　　　　　　　实在难测老妹心。

【解题】山歌运用比喻，唱的是妹子的话不可信，人心不可测。
【注释】①水流石头：被水冲刷的石头。②锣煲：梅县方言说"泥煲"或"沙煲"，砂锅。此句意思是指旧时用的砂锅质地多孔，新买的砂锅都会少量吸水，所以说难测水。
【押韵】1、2、4 句押 [in/im] 韵。

513

十七十八后生家，①　　　　　　十七十八后生家，
手镯介指叉对叉②　　　　　　　手钃戒指叉打叉，
如今之时年纪老，　　　　　　　如今之时年纪老，
三个铜钱没人拿。③　　　　　　三只铜钱无人拿。
（指老去之女人而言。）

【解题】山歌运用对比和夸张，唱的是旧时女性年轻时追求者多、身价高，年老时无人问津、身价低。

【注释】①后生家：年轻人。②手镯：梅县方言说"手鈪［ak²］"。介指：应为"戒指"。又打叉：指一串串。③个：梅县方言说"只"，量词。

【押韵】1、2、4句押［a］韵。

514

<table>
<tr><td>十七十八多人爱，</td><td>十七十八多人爱，</td></tr>
<tr><td>屋后没路人行开。①</td><td>屋后无路人行开。</td></tr>
<tr><td>如今之时年纪老，</td><td>如今之时年纪老，</td></tr>
<tr><td>门前大路生苍苔。②</td><td>门前大路生溜苔。</td></tr>
</table>

【解题】山歌运用对比和夸张，表现了女子年轻时求亲者络绎不绝，如今年老却无人问津的凄凉境地。

【注释】①屋：房屋。详见第15首。人行开：人走出（路）。②生：生长，长出。苍苔：梅县方言用"溜苔"，青苔。

【押韵】1、2、4句押［oi］韵。

515

<table>
<tr><td>心肝哥来你莫慌，</td><td>心肝哥来你莫慌，</td></tr>
<tr><td>妹子来时问过娘。</td><td>妹子来时问过娘。</td></tr>
<tr><td>老妹生来花艇样，①</td><td>老妹生来花艇样，</td></tr>
<tr><td>任郎撑去那条江。②</td><td>任郎撑去哪条江。</td></tr>
</table>

【解题】山歌运用比喻和双关，唱出了妹子对阿哥炽热的情感，希望能尽情欢娱。

【注释】①花艇：指载客游玩的船。样：模样、样子。详见第107首。②那：应为"哪［ŋai⁵³］"。此句语义双关，表面指郎撑花艇，实指男欢女爱之事。

【押韵】1、2、3、4句押［oŋ］韵。

516

<table>
<tr><td>铜钱丢落石板心，①</td><td>铜钱丢落石板心，</td></tr>
<tr><td>不是转阳就转阴。</td><td>唔系转阳就转阴。</td></tr>
</table>

老妹眼珠割割转，②　　　　　　老妹眼珠割割转，
不是想我想谁人。③　　　　　　唔系想𠊎想瞒人。

【注释】 ①心：中心。唐白居易《琵琶行（并序）》："东船西舫悄无言，唯见江心秋月白。" ②割割转：形容眼睛转来转去。③谁人：梅县方言说"［man³¹ŋin¹¹］"，常俗写作"瞒人"。

【押韵】 1、2、4 句押［im/in］韵。

517
你不恋我我也松，①　　　　　　你唔恋𠊎𠊎也松，
游山玩水费人工。　　　　　　　游山玩水费人工。
妹妹没句实言语，②　　　　　　妹妹无句实言语，
哥哥没那闲人工。③　　　　　　哥哥无那闲人工。
（闲人工言空余也。）

【解题】 山歌直抒胸臆，唱出了阿哥对妹子的不满和分手后的轻松。

【注释】 ①松：轻松。②实：实在、实诚。③那：训读字，本字是"个"，梅县方言读"［ke⁵³］"，远指代词。宋陈亮《念奴娇·至金陵》："因念旧日山城，个人如画，已作中州想。"闲人工：空闲时间。

【押韵】 1、2、4 句押［uŋ］韵。

518
旧年丢了晒衫竹，①　　　　　　旧年丢了晒衫竹，
今年始来寻旧篙。②　　　　　　今年正来寻旧篙。
隔年灯盏拿来点，③　　　　　　隔年灯盏拿来点，
问妹还有旧心么。④　　　　　　问妹还有旧心无。
（旧篙言旧交也。）

【解题】 山歌运用两个双关，含蓄委婉地向妹子表达了希望能再续前缘的想法。

【注释】 ①旧年：去年。详见第 198 首。衫：衣服。竹：此处指竹篙，用来晒衣服或撑船的竹竿。②始：梅县方言说"正［tsaŋ⁵³］"，强调确定语气，相当于"才"。旧篙：旧竹篙，谐音"旧交"，老相好。③隔年：间隔一年。灯盏：油灯。详见第 169 首。④旧心：语义双关，字面指旧灯芯，实际指旧情。么：应为"无"。

219

【押韵】（五华、兴宁）2、4 句押［au］韵。

519

日头落山系落山，①	日头落山系落山，
做人媳妇真艰难。②	做人新妇真艰难。
日间又要做牛使，③	日间又爱做牛使，
夜间又要做席滩。④	夜间又爱准席摊。

【解题】山歌首句起兴，唱出了传统客家妇女对生活现状的不满与控诉。

【注释】①日头：太阳。详见第 51 首。落山：下山。②媳妇：儿媳的背称，本字是"新妇"，《后汉书·卷八四·列女传·周郁妻传》："郁父伟谓阿曰：'新妇贤者女，当以道匡夫。'"梅县方言说"［sim⁴⁴ kʰiu⁴⁴］"，是"新妇［sim⁴⁴fu⁵³］"前后音节语音异化的结果，常俗写作"心臼"。③做牛使：当作牛使唤。④做席滩：应为"准席摊"，明指当作席子铺在床上，暗指侍候丈夫。准：当作。

【押韵】1、2、4 句押［an］韵。

520

郎不慌来妹不慌，	郎唔慌来妹唔慌，
哥是大姓妹强房。①	哥系大姓妹强房。
两人堂口站得硬，②	两人堂口徛得硬，
还怕谁来使暗枪。③	还怕瞒来使暗枪。

【解题】此首是偷情者的壮胆歌，侧面反映了旧时农村大姓强房的优势地位。

【注释】①大姓：人数多、势力大的家族。强房：宗族中势力强的支派。②堂口：厅堂的入口处。站：梅县方言说"徛"。详见第 106 首。③谁：梅县方言用"瞒［man³¹］"。

【押韵】1、2、4 句押［oŋ］韵。

521

十七十八死老公，	十七十八死老公，
目睛哭肿耳哭聋。①	目珠叫肿耳叫聋。

抬头食饭失了箸，②   抬头食饭跌撇筷，
谁人拾起来凑双。③   瞒人拈起来凑双。

【解题】 山歌前两句写实叙事，后两句运用双关，唱出了少妇丧偶后的痛苦和余生的悲凉。

【注释】 ①目睛：梅县方言说"目珠"，眼睛。清吴谦《医宗金鉴·刺灸心法要诀·周身各位骨度》"目珠"注："目珠者，目睛之俗名也。"哭：梅县方言说"叫"，哭喊。②失了：失掉，梅县方言用"跌撇"。箸：筷子。详见第178首。③谁人：梅县方言说"[man³¹ ŋin¹¹]"，常俗写作"瞒人"。拾：梅县方言用"拈"，拾取。凑双：语义双关，表面指筷子成双，实际指人成双。

【押韵】 1、2、4句押[uŋ]韵。

522

鹧鸪飞进画眉笼，   鹧鸪飞入画眉笼，
面目不识不敢同。①   面目唔识唔敢同。
不是自己心肝肉，②   唔系自家心肝肉，
心头暗想不敢动。③   心头更想唔敢动。

【解题】 山歌首句比兴，唱的是男子委婉地拒绝主动投怀送抱的女人。

【注释】 ①面目：相貌。详见第216首。同：动词，特指男女相好。详见第72首。②自己：梅县方言说"自家"。详见第5首。③心头：心里。详见第152首。暗：应为"更[aŋ⁵³]"，表程度，相当于"再"。

【押韵】 1、2、4句押[uŋ]韵。

523

心肝哥来话你听，①   心肝哥来话你听，
那有老妹不要你。②   哪有老妹唔爱你。
脱衫脱裤同你嬲，③   脱衫脱裤同你嬲，
是否老妹发了癫。④   系乜老妹发欵癫。

【解题】 山歌运用两个反问，直白而大胆地质问阿哥，为何无视自己毫无保留的付出。

【注释】 ①话你听：告诉你。②那：应为"哪[ŋai⁵³]"。③衫：上衣。

221

详见第 220 首。嬲：本字是"嫽"，此处特指男女之间的交往。详见第 1 首。④是否：梅县方言说"系唔系［he⁵³ m¹¹ he⁵³］"，最后一个音节声母脱落，合音为"系乜［he⁵³ me⁵³］"。发［pot²］了癫：发了疯。

【押韵】不押韵。

524

心肝姊来嫩娇花，①	心肝姊来嫩娇花，
口唇红过石榴花。②	啜唇红过石榴花。
乳子硬过麻竹笋，③	乳菇硬过麻竹笋，
脚臂白过绿豆芽。④	脚髀白过绿豆芽。

【解题】山歌连用三个较喻，以男性口吻直白地描绘了一个唇红、丰满且白皙的妹子。

【注释】①心肝姊、嫩娇花：均是指心爱的女人。②红过：比……红。③乳子：梅县方言用"乳菇"，乳房。硬过：比……硬。④脚臂［pi³¹］：腿。"臂"的本字是"髀"，大腿。详见第 19 首。白过：比……白。

【押韵】1、2、4 句押［a］韵。

相思病歌

因为相思得了病，
爷娘跟前不敢声。①
倘若阿哥大势倒，
搭信妹来穿麻衫。②

听知阿哥得了病，③
手检灯笼星夜行。④
双手揭开绫罗帐，⑤
就问阿哥病重轻。

重不重来轻不轻，
难为吾妹费心行。
床前有张矮櫈子，⑥
慢慢吾来讲你听。

日作热来夜作蒸，⑦
心神飘荡得惊人。⑧
相思变成痰火症，⑨
无人捉得脉头真。⑩

自己有病自己知，
你要快请医生医。⑪
若是阿哥没钱用，
妹子就会当寒衣。⑫

阿哥老实话你知，⑬
衣衫不可当了去。⑭

因为相思得欬病，
爷娘面前唔敢声。
倘若阿哥大势倒，
搭信妹来着麻衫。

听倒阿哥得欬病，
手擎灯笼星夜行。
双手掀开绫罗帐，
就问阿哥病重轻。

重唔重来轻唔轻，
难为伢妹费心行。
窗前有张矮凳子，
慢慢偓来讲你听。

日作热来夜作烧，
心神飘荡得惊人。
相思变成痰火症，
无人打得脉头真。

自己有病自己知，
你爱快请医生医。
若是阿哥无钱用，
妹子就会当寒衣。

阿哥老实话你知，
衫裤唔好当撇去。

223

衣服不是我制的，⑮　　　　　　衫裤唔系倕置个，
爷娘知了会打你。　　　　　　　爷娭知欸会打你。

阿哥无须束迟疑，⑯　　　　　　阿哥唔使束迟疑，
衣服当了也不奇。　　　　　　　衣衫当撇也唔奇。
衣服当了赎得转，　　　　　　　衣衫当撇赎得转，
一朝没郎枉心机。⑰　　　　　　一朝无郎枉心机。

要茶要水你要声，⑱　　　　　　爱茶爱水你爱声，
妹子出街当衣衫。⑲　　　　　　妹子出街当衣衫。
掀起衫尾拭眼泪，⑳　　　　　　掀起衫尾拭目汁，
吾郎好了心就甘。㉑　　　　　　伢郎好欸心就甘。

当铺门前叫一声，㉒　　　　　　当铺门口喊一声，
就叫伙计当衣衫。㉓　　　　　　就喊伙计当衣衫。
伙计问厓当什么，㉔　　　　　　伙计问倕当脉个，
蓝衫乌裤并颈钳。㉕　　　　　　蓝衫乌裤搭胲链。

伙计问厓当几多，㉖　　　　　　伙计问倕当几多，
当足一千三百三。　　　　　　　当足一千三百三。
伙计出了九百九，　　　　　　　伙计出欸九百九，
少当少赎利钱轻。㉗　　　　　　少当少赎利钱轻。

十字街头请医生，　　　　　　　十字街头请医生，
医生步仪二百零。㉘　　　　　　医生步仪两百零。
你若医得吾哥好，　　　　　　　你系医得伢哥好，
妹会同你传名声。　　　　　　　妹会同你传名声。

嫂嫂来到我小店，　　　　　　　嫂嫂来到伢小店，
你哥得了什么病。　　　　　　　你哥得欸脉个病。
桌边就有交椅子，㉙　　　　　　桌边就有靠椅子，
坐下慢慢讲吾听。㉚　　　　　　坐下慢慢讲你听。

又热又晕又颠狂，㉛　　　　　　又热又晕又癫狂，

三飱茶饭不想尝。③②
日里作热夜作渴，③③
头聋口哑苦难当。③④

一讲医生就在行，
题起金笔开药方。③⑤
百般药草都开尽，
碗半水加两片羌。③⑥

妹子出街检药方，③⑦
行到街头天未光。③⑧
检了药草回家去，
急得回来见亲郎。③⑨

手检药材乱忙忙，④⓪
一入间房就问郎。④①
手拿砂煲并木炭，
包好药水妹扇凉。

左手拿着良药水，
右手拿着良药汤。
这服灵丹食下去，④②
吾郎寿命必较长。④③

实实在在话你知，
龙肝凤胆也难医。
阎王注定三更死，
何必等到五更时。

阿哥话事真不该，④④
阎王跟前说转来。④⑤
阎王跟前说不脱，④⑥
目汁双双扫不开。④⑦

三餐茶饭唔想尝。
日里作热夜作渴，
头聋口哑苦难当。

一请医生就在行，
提起金笔开药方。
百般药草都开尽，
碗半水加两片姜。

妹子出街捡药方，
行到街头天言光。
捡欬药草回家去，
急得转来见亲郎。

手拿药材乱忙忙，
一入间房就问郎。
手拿沙煲并木炭，
煲好药水妹扇凉。

左手拿等良药水，
右手拿等良药汤。
这服灵丹食下去，
伢郎寿命会过长。

实实在在话你知，
龙肝凤胆也难医。
阎王注定三更死，
何必等到五更时。

（俗信人之生死，有阴府之阎王为之操纵，任何人之姓名悉注册于其簿上，时日到了，他把人名注销，其人则死。）

阿哥话事真唔该，
阎王跟前讲转来。
阎王跟前讲唔脱，
目汁双双扫唔开。

225

郎在床上妹床前，
嘱咐吾妹两三言。⑱
你哥若是不会好，⑲
百事都耍嫩娇莲。⑳

目汁双双真痛肠，
风水屋场亏吾郎。㉑
妹子以后没郎带，
寒酸日子正难当。㉒

哥哥讲着就停声，
妹子看了着下惊。㉓
面上走神又走色，㉔
模到心头就滑冷。㉕

十八阿哥你不知，
束好后生死了矣。㉖
阳间不会生过子，㉗
香炉谁人奉祀你。㉘

大伯阿叔要增光，㉙
买好棺木殡吾郎。㉚
粗布袍衫拿开去，
绫罗绸缎拿来装。

阿哥死了慢掩埋，
棺木装了要等厓。
双手掀开棺材盖，
你今安乐冤枉厓。㉛

阿哥死得不该当，㉜
大伯阿叔来烧香。
年纪算来不是老，
膝头落地罪难当。㉝

郎在床上妹床前，
交待伢妹两三言。
你哥若系唔晓好，
百事都爱嫩娇莲。

目汁双双真痛肠，
风水屋场亏伢郎。
妹子以后无郎带，
寒酸日子正难当。

哥哥讲等就停声，
妹子看欸着下惊。
面上走神又走色，
摸到心头就滑冷。

十八阿哥你唔知，
束好后生死撇哩。
阳间唔曾生过子，
香炉瞒人同你端。

大伯阿叔爱增光，
买好棺木葬伢郎。
粗布袍衫拿开去，
绫罗绸缎拿来着。

阿哥死欸慢掩埋，
棺木装欸爱等偓。
双手掀开棺材盖，
你今安乐冤枉偓。

阿哥死得唔该当，
大伯阿叔来烧香。
年纪算来唔系老，
膝头落地罪难当。

大伯阿叔要增光，
扫净厅庭摆佛堂。⑭
请到和尚并吹手，⑮
七七修斋做道场。⑯

大伯阿叔爱增光，
扫净厅庭摆佛堂。
请到和尚并吹手，
七七修斋做道场。

（吹手是乡间的乐人之谓，七七是人死后之四十九日，例须祈祷以慰死者。）

铙钹一响就吊神，⑰
亏了吾郎一个人。
死到阴间多个鬼，
阳间世上少个人。

铙钹一响就吊神，
亏歘伢郎一个人。
死到阴间多个鬼，
阳间世上少个人。

买便纸钱买便箱，⑱
剪好纸钱给吾郎。⑲
和尚司务招魂转，⑳
你的香炉妹给扛。

买便纸钱买便箱，
剪好纸钱分伲郎。
和尚念经招魂转，
你个香炉妹来扛。

（凡人死后，必须设一神位，名曰香炉，做佛礼时，必由其子或孙捧之行，否则以至亲者代，俗视此礼典非常严重，不可胡奈。）

郎在阴间渺渺茫，
妹在阳间哭断肠。
纸做灵屋给郎住，㉑
郎断脚迹妹断肠。㉒

郎在阴间渺渺茫，
妹在阳间哭断肠。
纸做灵屋分郎住，
郎断脚迹妹断肠。

（灵屋是乡间迷信多神教的人纸造之屋，常人死后，以火焚之，以供其在阴府之居住，郎断脚迹言永无足迹可见也。）

邻舍六亲真增光，㉓
买好礼物给吾郎。㉔
三牲羊猪来摆祭，㉕
不如生前食两两。㉖

邻舍六亲真增光，
买好财宝分伢郎。
三牲羊猪来摆祭，
唔当生前食两两。

阿哥死得不该当，
正当后生命不长。㉗
白屋营营你不住，㉘
情愿走去住岭岗。㉙

阿哥死得唔该当，
正当后生命唔长。
白屋营营你唔住，
情愿走去住岭岗。

大伯阿叔要增光，
请到先生踏地方。⑩
岭头行到岭尾转，⑪
九龙冈上葬吾郎。

大伯阿叔爱增光，
请倒先生踏地方。
岭头行到岭尾转，
九龙冈上葬佴郎。

(先生是堪舆先生，乡间酷信风水，多依之为命。)

邻舍六亲真增光，
送着吾郎上岭冈。
坟前哭到坟后转，⑫
一句亲哥一句郎。

邻舍六亲真增光，
送等佴郎上岭冈。
坟前叫到坟后转，
一句亲哥一句郎。

吾哥死得不该当，
愈想愈真愈痛肠。⑬
妹子好比香包样，⑭
没郎挂着不清香。

佴哥死得唔该当，
越想越真越痛肠。
妹子好比香包样，
无郎挂等唔清香。

百万家财当堆坭，⑮
没了请哥愿没厓。⑯
少年妹子来守寡，
难听五更鸡公啼。⑰

(啼读如Tay。)

百万家财当堆泥，
无欸情哥座无佴。
少年妹子来守寡，
难听五更鸡公啼。

六月难过正午心，⑱
守寡难过五更钟。
正当后生守得寡，
铁船也可过海心。⑲

六月难过正午心，
守寡难过五更钟。
正当后生守得寡，
铁船也可过海心。

急水滩头鱼难上，
少年守寡就难当。
睡到五更思想起，⑳
新席磨断九条冈。㉑

急水滩头鱼难上，
少年守寡就难当。
睡到五更思想起，
新席磨断九条纲。

(此歌结构虽非绝妙，然一往情深，令人泪下。)

【解题】山歌叙述了一个有情有义的妹子，瞒着亲人，星夜前往探望生病的阿哥，典当衣物替他请医抓药，悉心照顾，嘘寒问暖，最终还是无

228

力回天，阴阳两隔。内心的悲戚与繁缛的殡葬礼节形成强烈反差，如泣如诉，令人肝肠寸断。

【注释】①爷娘：梅县方言说"爷嫔"，父母的背称。跟前：梅县方言用"面前"。声：动词，出声。详见第 172 首。②搭信：捎信。穿：梅县方言说"着"。详见第 3 首。麻衫：孝服，用苎麻纺成的麻布做的，故称"麻衫"。③听知〔ti⁴⁴〕：听到。④检：应为"擎〔tʰaŋ³¹〕"，高举。南朝宋刘义庆《世说新语·纰漏》："婢擎金澡盘盛水，琉璃碗盛澡豆。"星夜〔saŋ⁴⁴ia⁵³〕：连夜。《三国志·吴志·吕岱传》："岱自表辄行，星夜兼路。"⑤揭开：应为"掀〔ian⁴⁴〕开"。⑥櫈："凳"的异体字。⑦作热〔tsok²ŋat⁵〕：指身体不正常的发热。蒸：应为"烧"，发烧。⑧得惊人：一般用"得人惊"，让人感到害怕。此处为了押韵调换顺序。⑨痰火症：肺结核。⑩脉头：脉搏。真：准确。⑪医：动词，医治。详见第 84 首。⑫当：典当、抵押。《左传·哀公八年》："以王子姑曹当之，而后止。"⑬话你知：告诉你。⑭衣衫：梅县方言说"衫裤"〔sam⁴⁴fu⁵³〕"。不可：梅县方言说"唔好"。了：表完结的结果补语，梅县方言用"撇"。⑮衣服：梅县方言说"衫裤〔sam⁴⁴fu⁵³〕"。制：应为"置"，添置。的：梅县方言用"个"，结构助词。详见第 16 首。⑯无须：梅县方言说"唔使"，不用。⑰朝：日、天。详见第 407 首。⑱声：动词，出声。详见第 172 首。⑲出街：上街。⑳衫尾：衣角。拭〔tsʰət⁵〕：擦。《广韵·职韵》："拭，拭刷。"《仪礼·聘礼》："贾人北面坐，拭圭。"南朝宋刘义庆《世说新语·文学》："殷（浩）徐语左右，取手巾与谢郎拭面。"眼泪：梅县方言说"目汁"。㉑甘：甘愿、情愿。㉒叫："叫"的异体字。梅县方言说"喊〔ham⁵³〕"。㉓伙计：旧指店员或长工等人。㉔什么：梅县方言说"〔mak²ke⁵³〕"，常俗写作"脉个"。㉕蓝衫乌裤：蓝色上衣、黑色裤子，清朝至民国初年客家地区通行的着装。颈钳：梅县方言说"胲链〔koi⁴⁴lian⁵³〕"，项链。㉖几多：多少。详见第 61 首。㉗利钱：利息。详见第 360 首。㉘步仪：指医生上门看病的费用，方言中少用。㉙交椅子〔kau⁵³i³¹ie³¹〕：有靠背的椅子，应为"靠〔kʰau⁵³〕椅子"，声母发生变化，读为"〔kau⁵³〕"。㉚讲吾（你）听：告诉你。㉛颠狂：应为"癫狂"。㉜殄："餐"的异体字。㉝作渴〔tsok²hot⁵〕：指不正常的口渴。㉞头聋口哑：指头晕声哑。当：承受、承担。详见第 146 首。㉟题：应为"提"。㊱碗半水：一碗半的水。羌：应为"姜"。㊲检药方：应为"捡药方"，依据药方抓药。㊳行：行走。详见第 23 首。未：梅县方言说"〔maŋ⁴⁴〕"，俗写作"盲"，未曾。光：明亮。详见第 211 首。㊴回来：梅县方言说"转来"。㊵检：应为"拿"。

㊶间房：房间。㊷服［fuk^{5}］：量词，一次用药的量叫“一服”。灵丹：民间代指“药”。㊸必较长：梅县方言用“会过长”，会比较长（寿）。㊹话事：说话。另外也有“做主”的意思，如“俚屋下伢妈话事（我家里我妈说了算）”。㊺说转来：梅县方言说“讲转来”，用语言挽回。㊻说不脱：梅县方言说“讲唔脱”，即说尽好话也不能脱身。㊼目汁：眼泪。㊽嘱咐：梅县方言说“交待”。㊾不会：梅县方言说“唔晓”。㊿嫩娇莲：指妙龄少女。(51)风水屋场：指祖坟祖屋的风水。(52)正：表确定的语气，相当于“才”。难当：难以忍受。详见第146首。(53)着下惊：吓了一跳。(54)面上：脸上。走神又走色：指神色不对。(55)模：应为“摸”。心头：胸口。唐李复言《续玄怪录·麒麟客》：“家人曰：‘取药既回，呼之不应，已七日矣，唯心头尚暖，故未殓也。’”滑冷：很冷。(56)后生：年轻人。详见第289首。死了矣：应为“死撇哩”。(57)不会：梅县方言用“唔曾”。(58)香炉：烧香用的器具。旧时客家人死后做法事时要由长子或长孙端着“香炉钵”进行一些重要仪式。没有儿子，就意味着死后没人替他端香炉。谁人：梅县方言说“［$man^{31}\eta in^{11}$］”，常俗写作“瞒人”。奉祀你：不通，改为“同你端”。(59)增光：体面、面子。(60)殡：梅县方言用“葬”。(61)冤枉：可怜。(62)不（唔）该当：不当时。(63)膝头：膝盖。(64)厅庭：客厅、门庭。摆佛堂：摆好供和尚诵经、做法事的厅堂。(65)吹手：旧时婚丧礼仪中吹打乐器的人，也叫“笛手”。(66)七七：旧时人死后每七天祭奠一次，最后一次是第四十九天，叫“七七”。《儒林外史》第四回：“光阴弹指，七七之期已过，范举人出门谢了孝。”修斋：请和尚作法事，供斋食。做道场：做法事。(67)铙钹［$la^{11}p^{h}at^{5}$］：梅州客家地区特有的一种传统民间技艺表演，集舞蹈、音乐、杂技和武术为一体，是“做斋”时的表演项目之一，又叫“打铙钹花［$ta^{31}la^{11}p^{h}at^{5}fa^{44}$］”。吊神：提神。(68)便：放在动词后作补语，表示动作完成或已准备好。纸钱：祭祀鬼神时用的冥钱。《儒林外史》第二十一回：“新年初一日，叫他到坟上烧纸钱去。”箱：又叫“衣箱”，祭祀鬼神时装有纸钱、纸衣等用箔纸做成的箱子。(69)给：梅县方言说“分［pun^{44}］”，详见第317首。(70)转：回来。详见第314首。(71)灵屋：供死者在阴间居住的纸屋，旧时民间在死者下葬后，会做一场焚烧灵屋的法事。(72)断脚迹：此处指人死了，也可指没有来往。如“爷娭死欸，同娘家也就断脚迹欸（爹娘死了，与娘家也就没有来往了）”。(73)邻舍六亲：泛指邻居和亲戚。(74)礼物：应为“财宝”，指祭祀鬼神时烧的纸钱和元宝。(75)三牲：祭祀用的供品，分大三牲（猪、牛、羊）和小三牲（鸡、鸭、鱼）。《孝经·纪孝行》：“虽日用三牲之养，犹为不孝也。”宋邢昺疏：“三牲，牛、

羊、豕也。"摆祭：摆供品祭祀。⑦两两〔liŋ³¹liŋ⁴⁴〕：二两。⑦后生：年轻。详见第 269 首。《二刻拍案惊奇》卷二："娘子花朵儿般后生，怎地会忘事?"⑦白屋：不施彩色、露出本材的房屋。⑦岭岗：山冈。⑧先生：风水先生。踏地方：指看风水。⑧岭头：山冈顶端。岭尾：山冈脚下。⑧哭：梅县方言用"叫"。⑧愈……愈……：梅县方言说"越……越……"。⑧香包：香袋。前蜀毛文锡《赞成功》："海棠未坼，万点深红。香包缄结一重重。"⑧当：当作。坭："泥"的异体字。⑧请哥：应为"情哥"。愿：梅县方言用"座〔tsʰo⁵³〕"，选择，宁愿，本字不详，用同音字"座"。⑧鸡公：公鸡。啼〔tʰai¹¹〕：鸣叫。详见第 3 首。⑧难过：难以熬过。正午心：正当午。⑧海心：海中心。唐陆龟蒙《舞曲歌辞·剑俞》："龙魂清，虎尾白，秋照海心同一色。"⑨思想：思念、怀念。详见第 146首。⑨冈：应为"纲"，编织草席时起固定作用的粗绳子。详见第 146 首。

梦五更

一更梦郎真凄凉，
黄昏时候踏田场。①
同郎月下行云雨，②
恰似张生弄红娘。

二更梦郎转侧眠，③
耙床缩脚难安身。④
眠不着来睡不着，
一心专等有情人。

三更梦郎半夜时，
梦见吾郎真来矣。
郎今青春妹年少，
今不风流等何时。

四更梦郎四更深，
梦见吾郎又来寻。⑤
可惜四更没好久，⑥
再梦一刻值千金。

五更梦郎鸟声响，
正好睡目天就光。⑦
谁人叫得吾郎转，⑧
劏鸡开酒等吾郎。⑨

重梦五更东边红，
郎在西来妹在东。

一更梦郎真凄凉，
黄昏时候踏田场。
同郎月下行云雨，
恰似张生弄红娘。

二更梦郎转侧眠，
耙床缩脚难安身。
眠唔着来睡唔着，
一心专等有情人。

三更梦郎半夜时，
梦见伢郎真来欵。
郎今青春妹年少，
今唔风流等何时。

四更梦郎四更深，
梦见伢郎又来寻。
可惜四更无几久，
再梦一刻值千金。

五更梦郎鸟声响，
正好睡目天就光。
瞒人喊得伢郎转，
治鸡开酒等伢郎。

重梦五更东边红，
郎在西来妹在东。

有缘千里来相会，　　　　　　有缘千里来相会，
无缘对面不相逢。　　　　　　无缘对面唔相逢。

梦了五更转床眠，　　　　　　梦欸五更转床眠，
拴门弹指束惊人。⑩　　　　　栓门弹指束惊人。
双手揭开红罗帐，⑪　　　　　双手掀开红罗帐，
鸳鸯枕上少个人。⑫　　　　　鸳鸯枕上少只人。

【解题】山歌叙述了守寡少妇因思念亡夫而做相会梦，以时间为顺序，梦中与梦后、实境与幻觉交替出现，亦梦亦真、缠绵凄切。梦醒后，随之而来的便是室空人杳的空虚怅惘，阴阳相隔，无处话凄凉。

【注释】①踏田场：在田地间行走。②行云雨：指男女之事。③转侧：翻动身子、辗转反侧。清蒲松龄《聊斋志异·促织》："转侧床头，惟思自尽。"眠：躺、卧。详见第21首。④耙床缩脚：形容在床上翻来覆去、辗转反侧。安身：安息身心。《左传·昭公元年》："君子有四时：朝以听政，昼以访问，夕以修令，夜以安身。"⑤寻：寻找。详见第28首。⑥好久：应为"几久"，多久。⑦睡目：睡觉。光：明亮。详见第211首。⑧谁人：梅县方言说"[man³¹ ŋin¹¹]"，常俗写作"瞒人"。叫："叫"的异体字，梅县方言用"喊"，叫、呼唤。转：回来。详见第314首。⑨剧：宰杀。本字是"治"。详见第159首。⑩拴门：插上门闩、关门。⑪揭开：梅县方言说"掀[ian⁴⁴]开"。⑫个：梅县方言用"只"，量词。

233

十劝妹

一劝妹，妹在家，
切莫上家遊下家，①
上家有个懒尸嫂，
下家有个懒绩麻，②
养懒身子害自家。③

二劝妹，妹在家，
你要勤绩学绣花，④
一来打扮亲郎并自己，⑤
二来打扮相好者，
同妹有了要掩遮。⑥

三劝妹，妹有缘，
园中小菜卖有钱，⑦
莫学街头贱婊子，⑧
三十过了不值钱，
那有老了转少年。⑨

四劝妹，妹在家，
切莫思思念念转外家，⑩
十字路上时有打劫的，
打劫的人会采花，⑪
弄坏身子始知差。⑫

五劝妹，妹有情，
同了我时莫同人，⑬
一来争风怕人打，⑭

一劝妹，妹在家，
切莫上家游下家，
上家有只懒尸嫂，
下家有只懒绩嫲，
养懒身子害自家。

二劝妹，妹在家，
你爱勤绩学绣花，
一来打扮亲郎并自家，
二来打扮相好者，
同妹有欸爱掩遮。

三劝妹，妹有缘，
园中小菜卖有钱，
莫学街头贱婊子，
三十过欸唔值钱，
哪有老欸转少年。

四劝妹，妹在家，
切莫思思念念转妹家，
十字路上时有打劫个，
打劫个人会采花，
弄坏身子正知差。

五劝妹，妹有情，
同欸倕时莫同人，
一来争风怕人打，

二来会打争风人，
平地无风会起尘。

六劝妹，就成双，
你爱善待你老公，
东西至怕人眼浅，
湖其专望水浪深，⑮
生妹有了莫露风。⑯
（湖其是水虫，专事吮人血的。）

七劝妹，是立秋，
阿哥过苦郎过有，⑰
妹子有钱贴郎用，⑱
贴来贴去一样有，
小河出水望长流。⑲

八劝妹，是中秋，
中秋妹子好比天上何仙姑，
阿哥好比洞宾样，
洞宾还要弄仙姑，
你要遮掩亲丈夫。

九劝妹，哥话你，⑳
切莫上墟遊下圩，㉑
上墟有个风流子，㉒
下墟有个大跳皮，㉓
多少银钱莫同渠。㉔

十劝妹，叮嘱你，
切莫想着那问题，
朝晨早起理家务，㉕
晚来侍候小孩儿，㉖
件件週到正可以。㉗

二来会打争风人，
平地无风会起尘。

六劝妹，就成双，
你爱善待你老公，
东西至怕人眼浅，
湖蜞专望水浪深，
生妹有欸莫露风。

七劝妹，系立秋，
阿哥过苦郎过有，
妹子有钱贴郎用，
贴来贴去一样有，
小河出水望长流。

八劝妹，系中秋，
中秋妹子好比天上何仙姑，
阿哥好比洞宾样，
洞滨还爱弄仙姑，
你爱遮掩亲丈夫。

九劝妹，哥话你，
切莫上圩游下圩，
上圩有只风流子，
下圩有只大调皮，
多少银钱莫同佢。

十劝妹，叮嘱你，
切莫想等个问题，
朝晨早起理家务，
晚来照看小孩儿，
件件周到正可以。

【解题】山歌以男性的口吻，劝说妹子不要到处串门，要勤快、守妇道、伺候好丈夫。

【注释】①切莫：千万不要。详见第56首。上家遊下家：指到处串门；上家、下家：左邻右舍；遊："游"的异体字。②个：梅县方言用"只"，量词。懒绩麻（嫲）：与"懒尸嫂"均是指懒惰的女人。③自家：自己。详见第5首。④绩：把麻或其他纤维搓捻成线或绳。《说文·系部》："绩，缉也。"《诗·陈风·东门之枌》："不绩其麻，市也婆娑。"⑤并：和。自己：梅县方言用"自家"。⑥掩遮：即遮掩，逆序是押韵的需要。⑦小菜：泛指一切可供食用的青菜和瓜类蔬菜。⑧莫：不要、别。详见第12首。⑨那：应为"哪［ŋai⁵³］"。⑩外家：娘家，详见第241首。⑪采花：借指男子挑逗引诱女子。⑫始：梅县方言用"正［tsaŋ⁵³］"，强调确定语气，相当于"才"。差：差错。⑬同：动词，特指男女相好。详见第72首。⑭争风：指争风吃醋。⑮湖其：应为"湖蜞"，水蛭，生于池沼或水田中，好吸食人畜的血液。专望：一心希望。⑯露风：露出口风，走漏消息。《孽海花》第十回："两人这一惊，非同小可。知道前数日毕业演技的事，露了风。"⑰过苦：比较辛苦。过有：比较富有。⑱贴：贴补（钱、物等）。详见第36首。⑲出水：流出水面。望：希望。详见第5首。⑳话：动词，说、告诉。详见第56首。㉑墟、遊："圩""游"的异体字，集市。㉒风流子：指放荡不羁的人。㉓大跳皮：应为"大调皮"。㉔渠：渠［ki¹¹］：第三人称代词。《集韵·鱼韵》："傑，吴人呼彼称，通作渠。"《玉台新咏·古诗为焦仲卿妻作》："虽与府吏要，渠会永无缘。"㉕朝晨：早上。汉阮瑀《杂诗》："鸡鸣当何时，朝晨尚未央。"㉖侍候：动作对象一般是老人，小孩用"照看"或"照顾"。㉗件件：每一件事情。週："周"的异体字。正：表确定的语气，相当于"才"。

附录一：梅县话的语音系统①

1. 声母（21个）

p 巴布比斧	pʰ 怕肥别	m 门尾网	f 夫花裤奉	v 文委王禾
t 多端倒知	tʰ 太田豆	n 南尼努		l 来路离
ts 祖庄针剪	tsʰ 粗深郑浅		s 相小苏山	
ȶ 见结检宫	ȶʰ 劝强共局	ȵ 年尿银肉	ɕ 香晓显起	
k 哥家久吉	kʰ 可靠启琴	ŋ 牙疑人牛	h 海糠河限	
ø 安音缘云				

注：严修鸿等经研究对比，认为梅城有一套舌面音的音位，包括塞音 ȶ、ȶʰ，鼻音 ȵ，擦音 ɕ。

2. 韵母（73个）

ɿ 资世租数	i 比每威居	u 布故朱手
a 巴架话蛙惹	ia 写野	ua 瓜跨
e 细齐鸡街	ie 粘液	ue 碗碎
o 波哥多货茄	io 靴	uo 果过
ai 再坏界蹄	iai 椰	uai 乖快
oi 台害背外		
	iui 锐	ui 对水追内
au 刀包交潮	iau 标调笑茂	

---

① 参见严修鸿、侯小英、黄纯彬：《梅州方言民俗图典》，北京：语文出版社，2014 年，第 330 – 332 页。

（续上表）

eu 某瘦后	iu 流秀久牛	
am 凡担三减检严	iam 廉点嫌	
em 岑森		
əm 针沉甚	im 林心饮	
an 半单弯间牵眼	ian 燕砚县	uan 关惯
en 敏根朋丁	ien 边仙天前	uen 耿
on 短算川欢软	ion 吮	uon 官管
ən 神陈盛	in 人新英	
un 本顿寸银忍君	iun 训云	
aŋ 争冷硬惊轻	iaŋ 丙醒映	uaŋ 矿梗
oŋ 江长忙床姜娘	ioŋ 香杨网	uoŋ 光广
	iuŋ 龙从荣	uŋ 东风窗公宫恐
ap 甲腊扎业	iap 接贴叶	
ep 粒涩		
əp 汁湿	ip 立急入	
at 八达设活月结	iat 歇越	uat 括
ett 北色克革	iet 别切	uet 国
ott 说割发		
ət 质室直	it 笔息日律	ut 不出骨屈
ak 伯只石额屐	iak 壁锡	uak ~ 硬
ok 剥落芍觉脚	iok 雀药	uok 郭
	iuk 足绿	uk 木读叔谷肉
	n 鱼五	m 唔

说明：o、e 在单元音韵母分别读 o、e，在其有韵尾 -u，-t，-n，-t，-ŋ，-k的条件下读为较开、较松的 ɔ、ɛ。

3. 声调（6个）

阴平　　44　　风伤英妻沙
阳平　　11　　逢尝仁徐蛇
上声　　31　　讽爽引取洒

去声　　53　　凤尚印趣射
阴入　　2　　　福索一七析
阳入　　5　　　服勺翼疾石

4. 连读变调

阴平后接低调（阳平、上声、阴入）变为35：三轮、三种、三百。
上声后接低调（阳平、上声、阴入），前字变33：米团、米酒、米谷。
去声相连，前字变55：四万、胜利。
去声在后字为低调时，变为55：四年、四种、四百。

5. "子"尾的同化

梅州各县，有一个名词子尾，其词汇搭配与语法语义的功能大致相同。实际发音在五华、兴宁多为"哩"，丰顺、大埔则为"嘞"，平远为"子"，梅城是"e"（有些人写作同音字"欸"，也有著作写作"儿"）。严修鸿等认为其本字是"子"，各地读音差异系弱化音变所致。梅县的"子"尾，尚且读为本调的上声，不是轻声。这个"e"，在韵尾是 i 时，同化为 ie^{31}；韵尾是 u、p 及单元音韵母为 o 时同化为 ve^{31}，韵尾是 n，同化为 ne^{31}；韵尾是 m 则同化为 me^{31}；韵尾是 ŋ 同化为 $ŋe^{31}$。其余场合维持读 e^{31}。

239

附录二：民国客家山歌收集名录
（均为影印本）①

采录者（篇名）	期刊名（书名）	时间	所录数量（首）
蓝孕欧《平远山歌十二首》	《歌谣》周刊	1923 年第 11 期	12
全前《平远情歌八首》	同上	同上	8
辉星《嘉应樵歌三首》	同上	1923 年第 14 期	3
蓝孕欧《平远山歌二十首》	同上	同上	20
全前《平远情歌十首》	同上	同上	10
蓝孕欧《平远山歌》	同上	1923 年第 39 期	82
王信我《平远情歌》	同上	同上	38
谢琪《五华情歌》	同上	同上	30
长戈《广东山歌》		1936 年 2 卷第 4 期	8
高亚伟《客家山歌》	同上	1936 年第 3、7、19、27 期	32
刘信芳《几首梅县歌谣》	《清华周刊》	1926 年第 3 期	22

---

① 此表统计参考了罗香林的《粤东之风》（北新书局，1936 年）、王东的《民国客家山歌文献研究述评》（《闽西日报》，2020 年 12 月 14 日）、王焰安的《20 世纪上半叶广东客家民间文学搜集情况概述》（《嘉应学院学报》2005 年第 5 期）、姚涵的《"歌谣"与五四新文学的生成》（《文艺争鸣》2007 年第 5 期）。

240

（续上表）

采录者（篇名）	期刊名（书名）	时间	所录数量（首）
刘信芳《粤东情歌》	同上	1928 年第 13 期	8
何如见《梅县山歌六首》	《民间文艺》（后改为《民俗》）	1927 年第 4 期	6
温铨贤《梅县山歌》	《民俗》	1928 年第 31 期	4
李葆与《大埔情歌》	同上	1928 年第 39 期	6
镜海《梅县民歌》	同上	1929 年第 49 – 50 期	14
张浮萍《情歌：流行嘉应五属》	同上	同上	7
钦珮《翁源山歌一脔》	同上	1929 年第 64 期	40
钦珮《翁源山歌》	同上	1929 年第 75 期	14
林干《梅县的情歌》	同上	1929 年第 66 期	27
郭坚《陆丰客音情歌七首》	同上	1929 年第 81 期	7
吴绍权《平远山歌五首》	同上	1933 年第 114 期	5
《赣南的客家民歌》	同上	1943 年第 3 – 4 期	144
《五句落板》	《暨南周刊》	1929 年第 8 期	10
丁未生《大埔情歌》	《新女性》	1927 年第 1、3 期	4
杨冠雄《谈谈梅县的情歌》	《青海》	1928 年第 1 卷第 4 期	22
杨冠雄《谈谈梅县的情歌》（续）	同上	1929 年第 1 卷第 6 期	32
慕和《再谈梅县的情歌》	同上	1929 年第 1 卷第 6 期	46
蓝孕欧、李沧萍、容肇祖《广东歌谣选》《续》	《北京大学研究所国学门月刊》	1927 年第 1 卷第 7 – 8 期	13

241

（续上表）

采录者（篇名）	期刊名（书名）	时间	所录数量（首）
镜蓉《长汀情歌》	《厦大集美国专学生会季刊》	1929 年第 1 期	20
贺扬灵《客家的情歌》南洋行一、南洋二	《读书杂志》	1931 年第 2 期，第 3 期，第 9 期，	24
林欣欣《客家及其山歌》	《妇女世界》	1943 年第 4 卷第 5 期	47
黄诏年	《一般》	1928 第 1－4 期，1929 年各期的补白	40
陈濂观《客音情歌》	《新女性》	1928 年 9－12 期，1929 年 9－12 期，各期的补白	9
张清水《翁源山歌》	《国民新闻副刊·新时代》	1927 年春	10
张清水《翁源情歌》	《妇女与儿童》	1935 年第 9 期	5
以下为单行本			
刘信芳	《梅县歌谣集》	不详（无处寻）	不详
钟敬文	《客音情歌集》	北新书局，1926 年	140
管又新	《客族平民文艺》	梅县明星书局，1929 年	388
李金发	《岭东恋歌》	光华书局，1929 年	579
陈穆如	《岭东情歌集》	北新书局，1929 年	200
孙圣裔（化名）	《岭东情歌精华》	出版社不详，自序标注 1929 年	342
不详	《梅水歌谣集》	出版社不详，1930 年前	220
陈并楼	《梅州天籁集》	梅县泰丰兴印刷所，1930 年	1014

（续上表）

采录者（篇名）	期刊名（书名）	时间	所录数量（首）
陈香宇	《蕉风》	新铺英记书局，1930 年	506
罗香林	《粤东之风》	北新书局，1936 年	508

附录三：《岭东恋歌》中的方言词表

  《岭东恋歌》记录的是近百年前的口头文学，它保留了大量的古语词、土语词和俚俗语，这些共同构成了《岭东恋歌》中的客家方言词汇。下表按词性分为12个大类，每类再按意义分为若干小类。其中古语词在词头前用上标"＊"标记，有些古语词在民间有常见的俗字，则另用"（）"标记。本书古语词的界定是：在古代文献中出现，而在现代汉语口语中已不再使用或不再作为词使用的词。其中古代文献是相对于现代来说的，时间为先秦至清代；现代汉语的使用情况以《现代汉语词典》（第7版）为参照，词典中标注了〈方〉〈古〉〈书〉的词语仍列入方言古语词的考察范围。

244

1. 名词及名词性短语

（1）天文地理

序号	词	读音	词义	例句
1	＊日头	$\eta it^2 t^h eu^{11}$	太阳。《儒林外史》第十四回："手持黑纱团香扇替他遮着日头，缓步上岸。"	日头晒得热嗟嗟
2	云下日	$iun^{11} ha^3 \eta it^2$	夏季有淡积云，太阳时隐时现，特别闷热；客谚有："云下日，晒死人。"	你今好比云下日
3	月光	$\eta at^5 kua\eta^{44}$	月亮。	月光東清风東凉
4	月光戴栏	$\eta at^5 kua\eta^{44}$ $tai^{53} lan^{11}$	月晕。月晕时出现在月亮周围的光圈就像围栏，民间以此形象命名。	月光一出就戴栏
5	星子	$sen^{44} ne^{31}$	星星。	星子在边月在心
6	天上七星	$t^h ian^{44} ho\eta^{53}$ $ts^h it^2 sen^{44}$	北斗七星。	天上七星七孤单

（续上表）

序号	词	读音	词义	例句
7	落雨	$lok^5 i^{31}$	下雨。	天上落雨云走南
8	落雪	$lok^5 siet^2$	下雪。	唔怕落雪遮山冈
9	*寒天	$hon^{11} t^h ian^{44}$	冷天、冬天。唐白居易《华城西北……岁暮独游怅然成咏》:"况是寒天客,楼空无主人。"	莫来寒天讲冷言
10	天门	$t^h ian^{44} mun^{11}$	传说中天的大门。	日头一出天门东
11	天花	$t^h ian^{44} fa^{44}$	天下雨。客家民谚有:"天花雨,落唔多。"	无陂无圳望天花
12	过云雨	$kuo^{53} iun^{11} i^{31}$	小阵雨。雨随云至,云过雨停,故称。	郎今好比过云雨
13	雷公	$lui^{11} kuŋ^{44}$	雷。	畚谷偎作雷公响
14	地	$t^h i^{53}$	旱地。	田唔耕来地唔耕
15	田	$t^h ian^{11}$	水田。	田唔耕来地唔耕
16	田唇	$t^h ian^{11} sun^{11}$	田埂。	新做田唇唔敢行
17	上丘	$soŋ^{53} k^h iu^{44}$	相对位置在上的一块水田。	上丘流水出下丘
18	下丘	$ha^{44} k^h iu^{44}$	相对位置在下的一块水田。	上丘流水出下丘
19	*陂	pi^{44}	堤坝。《广韵·支韵》:"陂,泽障。"《诗·陈风·泽陂》:"彼泽之陂,有蒲与荷。"《毛传》:"陂,泽障也。"	无陂无圳望天花
20	陂头	$pi^{44} t^h eu^{11}$	沟渠中的拦水坝。	陂头崩了浸田禾
21	圳	$tsun^{53}$	田野间通水的小沟渠。	无陂无圳绝水源
22	园	ian^{11}	菜园。	上园韭菜下园葱
23	墩	$t^h on^{53}$	面积较大的一片平坦地区。如"田墩、地墩"。	风吹禾苗满墩青
24	*碫	ton^{53}	石阶。《说文·石部》:"碫,碫石。"朱骏声通训定声:"碫,坚石可为椎之槌质者。"本指锤锻用的砧石,梅县方言引申出"垫脚用的石块、石阶"。	上天无碫跟等你

245

（续上表）

序号	词	读音	词义	例句
25	蔬菜坪	sη⁴⁴tʰoi⁵³ pʰiaŋ¹¹	一般指有蔬菜交易的地方，此处特指种蔬菜的一大片场地。	点火来烧蔬菜坪
26	平洋	pʰin¹¹ioŋ¹¹	平地。	平洋所在偃会核
27	上村	soŋ⁵³tsʰun⁴⁴	相对位置居上的村庄。	上村人讲偃偷连
28	下村	ha⁴⁴tsʰun⁴⁴	相对位置居下的村庄。	下村人话偃唔曾
29	上下家	soŋ⁵³ha⁵³ka⁴⁴	左邻右舍。	恋妹爱恋上下家
30	上下屋	ha⁴⁴ha⁵³ka⁴⁴	左邻右舍。	恋妹爱恋上下屋
31	上路	soŋ⁵³lu⁵³	相对位置居上的路。	上路拦到下路转
32	下路	ha³¹lu⁵³	相对位置居下的路。	同上
33	沙井	sa⁴⁴tsiaŋ³¹	沙地里的井。	沙井打水取唔干
34	大水	tʰai⁵³sui³¹	洪水。	壬子年来大水多
35	塘	tʰoŋ¹¹	池塘。	塘水虽是众人的
36	塘唇	tʰoŋ¹¹sun¹¹	池塘的边缘、岸边。	郎系塘唇竹节草
37	河唇	ho¹¹sun¹¹	河流沿岸。	丙村行过小河唇
38	涌水角	ŋuŋ⁵³sui³¹kok²	水流回旋处。涌，本义是"水向上冒"，《说文·水部》："涌，滕也。"段玉裁注："滕，水超踊也。"《玉篇·水部》："涌，水滕波。"	灯草跌落涌水角
39	*滩	tʰan⁴⁴	江河中水浅多沙石而流急之处。北魏郦道元《水经注·江水一》："峡中有瞿塘、黄龛二滩，夏水回复，沿溯所忌。"	恰似上滩拖船缆
40	滩头	tʰan⁴⁴tʰeu¹¹	江河中水浅多沙石而流急之处。	急水滩头鱼难上
41	暗石滩	am⁵³sak⁵tʰan⁴⁴	江河中暗礁很多的地方。	行船最怕暗石滩

246

（续上表）

序号	词	读音	词义	例句
42	*嵊（屽、岰）	in^{53}	陡坡，小山坡。本字是"嵊"，山名。《广韵·证韵》："嵊，山名。在剡县也。"《水经注》："江水北径嵊山。"梅县方言剩饭的"剩"也读"［in^{53}］"，音义吻合。民间俗写作"屽"或"岰"，后被讹变为"岐"，再进一步讹变"岌"。	上岗下嵊㑟会驳
43	冈	koŋ^{44}	山脊、山梁。	脚酸难过这条冈
44	岭冈	liaŋ^{44}koŋ^{44}	山岭、山冈。	岭冈顶上一叶松
45	*坑	haŋ^{44}	客家地区常见地名，指两山之间的平地、山坑。本义是"山坑、沟壑"，《玉篇·土部》："坑，堑也；丘虚也；壑也。"	郎在上坑妹下坑
46	横排	vaŋ^{11}pʰai^{11}	山岗之间相连的一段路。	上欳嵊来过横排
47	凹里	au^{53}ve^{11}	山凹里。	凹里无风样柬凉
48	石岩	sak^{5}ŋam^{11}	岩石。	石岩顶上下斑鸠
49	泥坪	nai^{11}pʰiaŋ^{11}	淤积大片烂泥的地方。	初三落雨变泥坪
50	泥窿	nai^{11}luŋ^{44}	泥洞。	蛤蟆无嫖住泥窿
51	*花街	fa^{44}ke^{44}	指妓院聚集的地方。宋黄庭坚《满庭芳·妓女》词："初绾云鬟，才胜罗绮，便嫌柳陌花街。"	水浸花街唔敢行
52	花地方	fa^{44}tʰi^{53}foŋ^{44}	指诱惑多的地方。	样知住在花地方
53	府	fu^{31}	州府。	搭船下府过西阳
54	州	tsu^{44}	州府。	一州同过半州人
55	嘉应州	ka^{44}in^{53}tsu^{44}	梅州旧名。	松江行上嘉应州
56	一州四县	it^{2}tsu^{44}si^{53}ian^{53}	指旧时嘉应州统领兴宁、长乐、平远、镇平4县。	一州四县嫖光转
57	镇平	tsən^{31}pʰin^{11}	今梅州蕉岭县，旧称镇平县。	镇平行下唐古岭

247

（续上表）

序号	词	读音	词义	例句
58	长沙	tsʰoŋ¹¹sa⁴⁴	长沙镇，梅州地名。	好久唔曾到长沙
59	松口 甘露亭	tsʰiuŋ¹¹heu³¹ kam⁴⁴lu⁵³tʰin¹¹	梅州乡镇名。 松口地名。	松口行上甘露亭
60	松江	tsʰiuŋ¹¹koŋ⁴⁴	松口最大的一条河。	松江行上嘉应州
61	鳄骨潭	ŋok⁵kut²tʰam¹¹	在梅县丙村锦江上游处，两岸悬崖绝壁，水深数丈。	鳄骨潭系海样深
62	丙村 宫背塘	piaŋ³¹tsʰun⁴⁴ t̯uŋ⁴⁴poi⁵³tʰoŋ¹¹	梅州乡镇名。 丙村村落名。	丙村行入宫背塘
63	观音宫	kuon⁴⁴im⁴⁴t̯uŋ⁴⁴	丙村村落名，现叫"观音庵"。	丙村下去观音宫
64	大塘尾	tʰai⁵³tʰoŋ¹¹mi¹¹	梅县村落名。	老妹住啊大塘尾
65	清凉山	tsʰin⁴⁴lioŋ¹¹san⁴⁴	梅县村落名。	清凉山有好细茶
66	西阳	si⁴⁴ioŋ¹¹	梅县乡镇名。	搭船下府过西阳
67	汀州 上杭	tʰin⁴⁴tsu⁴⁴ soŋ⁵³hoŋ¹¹	福建地名。	盖过汀州及上杭
68	老隆	lau³¹loŋ¹¹	龙川的一个镇。	三只洋船到老隆
69	番	fan⁴⁴	客家人称南洋为番，也叫番片。	郎在广东妹往番

（2）时令时间

序号	词	读音	词义	例句
1	时节	sl̩¹¹tsiet²	时候。	过阳时节爱机关
2	时年	sl̩¹¹ȵan¹¹	时岁。	唔知担到何时年
3	时日	sl̩¹¹ŋit²	时间、日期。	拣好时日就上梁
4	天年	tʰian⁴⁴ȵan¹¹	年头、时期、时代。	民国唔系好天年
5	*旧时	kʰiu⁵³sl̩¹¹	从前、昔时。《乐府诗集·陌上桑》："着我旧时裳。"	旧时天年唔比今

（续上表）

序号	词	读音	词义	例句
6	*旧年	$k^h iu^{53} \eta an^{11}$	去年。南朝宋鲍照《凌烟楼铭·序》："悲积陈古，赏绝旧年。"	旧年同妹断了情
7	隔年	$kak^2 \eta an^{11}$	相隔一年，此处指去年。	隔年灯盏拿来点
8	头日	$t^h eu^{11} \eta it^2$	昨天。	头日同妹嬲一夜
9	*先日	$sian^{44} \eta it^2$	往日。《汉书·邹阳传》："吾先日欲献愚计。"	先日有双唔知好
10	以先	$i^{44} sian^{44}$	以前。	以先天年唔比今
11	先（前）	$sian^{44} ts^h ian^{11}$	以前。	唔念今日爱念先
12	*今	kin^{44}	现在。《说文·人部》："今，是时也。"《诗·鲁颂·有駜》："自今以始，岁其有。"	偃今唔讲你唔知
13	*于今	$i^{31} kin^{44}$	如今、现在。《史记·季布栾布列传》："于今创痍未瘳，呤又面谀，欲摇动天下。"	去年想妹到于今
14	有日	$iu^{44} \eta it^2$	有朝一日。	有日阿哥开药店
15	*朝	$tsau^{44}$	①早晨。《尔雅·释诂下》："朝，早也。"《诗·小雅·何草不黄》："哀我征夫，朝夕不暇。"②日、天。《孟子·告天下》虽与之天下，不能一朝居也。唐韩愈《次同冠峡》："今日是何朝，天晴特色饶。"	今朝食饭听倒信 三朝豆芽贪妹嫩
16	*朝晨	$tsau^{44} s\partial n^{11}$	早上。汉阮瑀《杂诗》："鸡鸣当何时，朝晨尚未央。"	朝晨早起理家务
17	*昼	tsu^{53}	中午。《广韵·去宥》："昼，日中。"《左传·昭公元年》："君子有四时：朝以听政，昼以访问，夕以修令，夜以安。"	嬲得昼来啄目睡

（续上表）

序号	词	读音	词义	例句
18	*上昼	soŋ⁵³tsu⁵³	上午。清吴敬梓《儒林外史》第三十三回："到上昼时分，客已到齐，将河房窗子打开了。"	上昼断欶下昼有
19	*下昼	ha⁴⁴tsu⁵³	下午。明凌濛初《初刻拍案惊奇·卷十一》："下昼时节，是有一个湖州姓吕的客人叫我的船过渡。"	上昼割来下昼收
20	正午心	tsən⁵³n̩³¹sim⁴⁴	正午。	六月难过正午心
21	日里	ŋit²ie¹¹	白天。	日里又怨无葱食
22	*天光	tʰian⁴⁴kuoŋ⁴⁴	天光：天亮。明吴承恩《西游记》第十五回："路过宝坊，天色将晚，特投圣祠，告宿一宵，天光即行。"	竟无翻渣到天光
23	*晡	pu⁴⁴	下午或晚上的时间都可叫"晡"，下午叫"下晡"，晚上叫"暗晡"。《广韵·平声·模韵》："晡，申时。"班固《汉书》："贺发，晡时至定陶。"	还座同你歇一晡
24	光明夜	kuoŋ⁴⁴min¹¹ia⁵³	明亮的夜晚。	十五十六光明夜
25	*星夜	saŋ⁴⁴ia⁵³	连夜。《三国志·吴志·吕岱传》："岱自表辄行，星夜兼路。"	手擎灯笼星夜行
26	月半	ŋat⁵pan⁵³	中秋节。	十五前来嫽月半
27	八月半	pat²ŋat⁵pan⁵³	中秋节。	旧年约僱八月半
28	*端阳	ton⁴⁴ioŋ¹¹	端午节。明冯应京《月令广义·岁令一·礼节》："五月初一至初五日名女儿节，初三日扇市，初五日端阳节，十三日龙节。"清富察敦崇《燕京岁时记·雄黄酒》："每至端阳，自初一起，取雄黄合酒晒之，用涂小儿额及鼻耳间，以避毒物。"	五月五日系端阳

250

（续上表）

序号	词	读音	词义	例句
29	今番	kin⁴⁴fan⁴⁴	这次。	今番问妹唔答应
30	细时	se⁵³sๅ¹¹	还小的时候。	细时同你嫽得多
31	久后	kiu³¹heu⁵³	很久以后。	久后正知嫁烟圈
32	好时	hau³¹sๅ¹¹	好的时辰。	有好日子无好时
33	空亡时	kʰuŋ⁴⁴moŋ¹¹sๅ¹¹	指不好的时辰。	今晡出门空亡时
34	两世	liaŋ³¹sๅ⁵³	今生来世。	人无两世在阳间
35	*后生¹	heu⁵³sen⁴⁴	来生。北齐颜之推《颜氏家训·归心》："若引之先业，冀以后生，更为通耳。"	后生还爱嫽兜添
36	一生人	it²sen⁴⁴ŋin¹¹	一辈子。	唔曾讲恋一生人
37	四月荒	si⁵³ȵat⁵foŋ⁴⁴	旧时农历四月属青黄不接的时节，粮食极其短缺，民间俗称"四月荒"。	肚饥难过四月荒
38	六月天光	liuk²ȵat⁵ tʰian⁴⁴kuoŋ⁴⁴	指农历六月日照最强的季节。	六月天光晒灯草
39	有时有日	iu⁴⁴sๅ¹¹ iu⁴⁴ŋit²	总有一日。	有时有日会讨饶

（3）植物及相关

序号	词	读音	词义	例句
1	*禾	vo¹¹	水稻。唐聂夷中《田家》："六月禾未秀，官家已修仓。"	风吹禾叶响叮当
2	禾苗	vo¹¹miau¹¹	秧苗。	水浸禾苗心里定
3	田禾	tʰian¹¹vo¹¹	田里的禾苗。	陂头崩了浸田禾
4	早禾	tsau³¹vo¹¹	早稻，客家地区水稻一年种植两季，分早稻和晚稻。	和到明年割早禾
5	泛谷	pʰaŋ⁵³kuk²	秕谷。	泛谷嘍鸡戏弄

251

（续上表）

序号	词	读音	词义	例句
6	三斗泛	sam^{44} teu^{31} p^{h}aŋ^{53}	用风车扬谷时，从出风口吹出的谷壳、碎稻草等叫作"三斗泛"，从风车的中部漏下的较轻的秕谷叫"二斗泛"，饱满的谷粒则下落到风车前部的出口。	哥哥好比三斗泛
7	小菜	siau^{31} ts^{h}oi^{53}	最早是指所有不能单独摆上宴席的菜（但可作配菜）。现泛指一切可供食用的青菜瓜果。	又有猪肉小菜卖
8	四季葱	si^{53} ki^{53} ts^{h}uŋ^{44}	小葱。	妹系园中四季葱
9	*芋荷	vu^{53} ho^{11}	芋艿，因其叶似荷，故名。汉东方朔《七谏》："拔搴玄芝兮，列树芋荷。"	芋荷腌生傍烧酒
10	包粟	pau^{44} siuk^2	玉米。	包粟开花一朵绒
11	明笋	min^{11} sun^{31}	淡笋干。明李时珍《本草纲目·菜二·竹笋》："南人淡干者为玉版笋、明笋、火笋，盐曝者为盐笋，并可为蔬食也。"	亲哥好比明笋样
12	青蕉梨	ts^{h}iaŋ^{44} tsiau^{44} li^{11}	青梨。	门前种有青蕉梨
13	龙眼	liuŋ^{11} ȵan^{31}	桂圆。	龙眼打花风吹散
14	蜡蔗	lap^5 tsa^{53}	甘蔗的一种，皮薄肉脆，皮光滑，像打了蜡，又叫"果蔗"。	兴宁蜡蔗汤坑鸡
15	金蕉	kim^{44} tsiau^{44}	香蕉。	桅杆顶上种金蕉
16	瘌檫柿	lat^2 ts^{h}at^2 sʅ^{53}	一种野生的小柿子，味苦涩。	空壳瘌檫无心柿
17	榄子	lam^{31} me^{31}	橄榄。	榄子好食两头尖
18	伯公树	pak^2 kuŋ^{44} su^{53}	庇佑一方的树神，旧时客家地区几乎每个地方都有伯公树，即在一些古树（通常是榕树）下面供奉伯公伯婆。	伯公树下来聚总

252

（续上表）

序号	词	读音	词义	例句
19	花树	fa^{44}su^{53}	会开花的树或在某些仪式中用的插了花的树。	手攀花树望花开
20	沙桐泛	sa^{44}tʰuŋ^{11}pʰaŋ^{53}	泡桐，木质轻且硬，常开花不结果，民间会将树干掏空做酒管。	妹今好比沙桐泛
21	苏木	sɿ^{44}muk^{2}	一种中药药材，其水煎醇提液具有活血化瘀、消肿止痛的功效。	苏木煎胶因色死
22	柯树	ho^{11}su^{53}	民间常见的一种常绿乔木，人接触其树干粉末后会奇痒无比。	柯树落叶茎死哩
23	钉埼劈	taŋ^{44}kʰi^{44}net^{2}	又高又直的荆棘。	门前无种钉埼劈
24	茶子	tsʰa^{11}tsɿ^{31}	茶籽，山歌中有时也代指茶子树。	茶子打花红鼎鼎
25	茶仁	tsʰa^{11}in^{11}	茶籽，可用来制作茶油。	两人假作拈茶仁
26	茶枯	tsʰa^{11}ku^{44}	茶籽榨油后剩下的渣料加碎稻草包裹压制成圆块状的东西，是一种理想的清塘药物，能毒死鱼。	鱼子食落茶枯水
27	半树	pan^{53}su^{53}	树的中间。	切莫上到半树埼
28	山藤	san^{44}tʰen^{11}	山上植物的枝茎。	野草山藤围等哩
29	细叶	se^{53}iap^{5}	嫩叶。	细叶入口心里甘
30	柿花蒂	sɿ^{53}fa^{44}ni^{53}	柿花跟枝茎相连的突出部分	乳牯好比柿花蒂
31	竹节草	tsuk^{2}tsiak^{2}tsʰau^{31}	民间常见的、生于向阳贫瘠的山坡草地或荒野中的一种野草，因外形像竹子而得名。	郎系塘唇竹节草
32	灯草	ten^{44}tsʰau^{31}	即灯芯草，一种水生植物，中药药材，未去皮的称为"灯草"，剥去外皮的称为"灯芯"。	饭甑肚里放灯草
33	草头	tsʰau^{31}tʰeu^{11}	草割完后残留在土里的部分，割草头比割草要卖力。	看见伢妹割草头

253

（续上表）

序号	词	读音	词义	例句
34	快子	kuai^{53}ie^{31}	稗草，是稻田里的恶性杂草，形状像稻子，会吸收稻田里养分。客家话中"稗"与"败"同音，忌讳，说成"快"，希望禾苗快快长大。	有日落田捡快子
35	麻竹	ma^{11}tsuk^{2}	竹子的一个种类。	麻竹做桥肚里空
36	竹头	tsuk^{2}t^{h}eu^{11}	竹子，有时也可指竹根。	竹头砍脱竹尾缠
37	芒秆	mioŋ^{11}kon^{44}	一种芒属植物，旧时农村常用于建草房。	火烧芒秆一堆灰
38	芒头	mioŋ^{11}t^{h}eu^{11}	芒草。	水打芒头一禽根
39	苎子	ts^{h}u^{44}ve^{31}	苎麻。	苎子拿来截底种
40	麻皮	ma^{11}p^{h}i^{11}	苎麻皮。	麻皮绞索唔当苎
41	布荆	pu^{53}ʨaŋ^{44}	即牡荆，民间会用叶子或果实来泡茶，有消暑辟邪的作用。	你莫嫌郎布荆茶
42	薗萁	lu^{44}ki^{44}	指薗萁，又叫芒萁，生长在山上，客家人常割来当柴火烧。	同妹上山割薗萁
43	薗草	lu^{44}ts^{h}au^{31}	同上。	八月薗草满山有
44	溜苔	liu^{44}t^{h}oi^{11}	青苔。	海边石子生溜苔
45	猴头	heu^{11}t^{h}eu^{11}	民间常指薗萁割掉后的残余部分，像"猴头"。泛指不起眼的东西。	你话猴头就猴头
46	头	t^{h}eu^{11}	树根。	大树砍了头还在

254

（4）动物及相关

序号	词	读音	词义	例句
1	阳雕子	$ion^{11} tiau^{44} ve^{31}$	泛指大的鸟。	阿哥好比阳雕子
2	禾鹑	$vo^{11} t^h un^{11}$	麻雀的一种，主要以谷物为食，翅圆短，不耐远飞。	禾鹑飞去无尾鸟
3	阿鹊	$a^{44} siak^2$	喜鹊。	阿鹊落田嘴蠊公
4	罗毕子	$lo^{11} pit^2 ie^{31}$	麻雀。	罗毕细细瓦上倚
5	鹞婆	$iau^{53} p^h o^{44}$	老鹰。	恰似鹞婆掠鸡子
6	囊蚁子	$non^{11} ni^{44} ie^{31}$	蜻蜓。	你今好比囊蚁子
7	猫公	$miau^{53} kun^{44}$	猫。	猫公贪花屋上叫
8	狗嫲	$keu^{31} ma^{11}$	母狗。	家中无畜恶狗嫲
9	鸭嫲	$ap^{31} ma^{11}$	母鸭子。	鸭嫲一年嫖到晚
10	鸡公	$ke^{44} kun^{44}$	公鸡。	鸡公唔羯留来啼
11	鸡嫲	$ke^{44} ma^{11}$	母鸡。	鸡嫲生卵学唱歌
12	鸡子	$ke^{44} ts\eta^{31}$	小鸡。	十两鸡子唔好治
13	黄毛鸡子	$von^{11} mau^{44}$ $ke^{44} ie^{31}$	刚孵化出来的小鸡。	黄毛鸡子唔好治
14	雉鸡	$ts^h \eta^{44} ke^{44}$	一种山鸡。	雉鸡入园寻粟食
15	子鸭	$ts\eta^{31} ap^2$	刚成熟的嫩鸭子。	饭甑肚里蒸子鸭
16	湖鸭	$fu^{11} ap^2$	野鸭子。	急水滩头喽湖鸭
17	*卵	lon^{31}	蛋。《说文》："凡物无乳者卵生。"	鲩丸煮卵圆对圆
18	鸡际	$ke^{44} tsi^{53}$	鸡舍。"际"指靠边缘的地方，也泛指处所。东晋陶潜《归园田居》："开荒南野际，守拙归园田。"	失脚踏落鸡际里
19	*斗	teu^{53}	动物的窝。由本义"空、孔"引申而来。《夷坚志·丙志·张二子》："俄倾鸡唱，父诸厨作粥，牝猫适产五子于窦中。"	鸟子无叫出欶窦

255

（续上表）

序号	词	读音	词义	例句
20	喇蠼	$la^{11}\text{ʨ}^h a^{44}$	蜘蛛。	蜘蛛结丝在肚中
21	虱嫲	$set^2 ma^{11}$	虱子。	捉只虱嫲减个口
22	黄蚻	$voŋ^{11}ts^h at^5$	蟑螂。	黄蚻傍饭唔知骚
23	干蜱	$kon^{44}p^hi^{44}$	木虱。旧时卫生条件差，草席或床板缝隙里常会出现木虱。	干蜱啮妹妹啮郎
24	蟮公	$\text{ç}an^{31}kuŋ^{44}$	蚯蚓。	阿鹊落田嘴蟮公
25	蜈蚣虫	$n^{31}kuŋ^{44}ts^huŋ^{11}$	蜈蚣。	样知嘴倒蜈蚣虫
26	狗嫲蛇	$keu^{31}ma^{11}sa^{11}$	客家话又叫"四脚蛇"，学名叫中华石龙子，属蜥蜴科。	斑鱼偃作狗嫲蛇
27	湖蜞	$fu^{11}k^hi^{11}$	水蛭，一种动物，生于池沼或水田中，好吸食人畜的血液。	湖蜞吸等白鹤脚
28	胡鳅	$fu^{11}ts^hiu^{44}$	泥鳅。	胡鳅跌落无水地
29	蛤蟆	$ha^{11}ma^{11}$	蟾蜍。	好似蛤蟆救刀样
30	蚋子	$kuai^{31}ie^{11}$	蛙类的一种。	真神唔蚋怕上身
31	鱼子	$n^{11}ne^{31}$	鱼。	鱼子食落茶枯水
32	鲤子	$li^{44}ie^{31}$	鲤鱼。	鲫鱼鲤子群打群
33	金鲤子	$kim^{44}li^{44}ie^{31}$	金鲤鱼。	阿哥有只金鲤子
34	红金鲤	$fuŋ^{11}kim^{44}li^{44}$	金鲤鱼。	老妹好比红金鲤
35	虾公	$ha^{11}kuŋ^{44}$	虾。	火炙虾公烟曲偃
36	老蟹	$lau^{53}hai^{31}$	螃蟹。	老蟹吊颈无头描
37	团鱼	$t^hon^{11}n^{11}$	鳖。	盘张团鱼鳖脚出
38	目屎浪	$muk^2 sɿ^{31}loŋ^{53}$	乡间河溪里常见的长不大的小鱼，大约两三根牙签大小，以前农村常捞来给鸡吃。	老妹好比目屎浪

256

（5）农事

序号	词	读音	词义	例句
1	笠嫲	lep²ma¹¹	斗笠。	戴欸笠麻莫擎遮
2	镰子	liam¹¹me³¹	镰刀。	镰子唔利唔割禾
3	镬头	tok²tʰeu¹¹	锄头。《说文·金部》："镬，大锄也。"	新打镬头分妹使
4	耙头	pʰa¹¹tʰeu¹¹	耙子，用以聚拢或疏散柴草、谷物及整理土地的农具。	耙头晒衣铁叉衣
5	*粪箕	pun⁵³ki⁴⁴	用竹篾或柳条编成的器具，用来挑泥土、粪土、杂草或粮食等。南朝宋刘义庆《幽明录·石长和》："（石长和）斯须见承阁西头来，一手捉扫帚粪箕，一手捉把筹，亦问家消息。"	缯网粪箕打唔到
6	担竿	tam⁵³kon⁴⁴	扁担。	担竿头上挽菩萨
7	*麻索	ma¹¹sok²	麻制的绳索。《墨子·备蛾传》："以木为上衡，以麻索大遍之，染其索涂中。"	手拿麻索上楼棚
8	箩	lo¹¹	箩筐。	一条桔树摘九箩
9	风车	fuŋ⁴⁴tsʰa⁴⁴	人力鼓风机，旧时客家人利用这个工具可以把灰尘、秕谷（空壳的稻子）吹走，剩下的是结实的稻谷。	假作两人扛风车
10	砻甑	luŋ¹¹tsen⁵³	旧时常见的磨稻谷去壳的工具，形状略像磨，多以木料制成。	一上砻甑就休偃
11	米筛	mi³¹si⁴⁴	碾米后用来过滤稻米的竹编的筛子，其筛眼比较细，漏下的是米粒，留下的是谷粒。	米筛上夹就团圆
12	*簸箕	pai⁵³ki⁴⁴	竹篾编成的一种圆形平底的盛具。双手抖动，可将米糠等扬弃出去。《唐诗纪事·卷六二·郑嵎》："大开内府恣供给，玉缶金筐银簸箕。"	米筛筛米拜箕裁

257

（续上表）

序号	词	读音	词义	例句
13	摸栏	mo^{44} lan^{11}	竹篾编织的大而圆的用具，多用来晒谷物，底部无小孔。	摸栏睡目委屈偅
14	泥皮	nai^{11} p^{h}i^{11}	泥土的表面，粘在物体表面的泥。	竹笋出土黏泥皮

（6）衣物、首饰

序号	词	读音	词义	例句
1	凉帽	lioŋ^{11} mau^{53}	旧时客家妇女劳作、外出时戴的有帽帘的竹篾编织的帽子。	新买凉帽卍字花
2	乌托肩	vu^{44} t^{h}ok^2 kin^{44}	黑色的肩垫。旧时客家人因为经常要挑担子，上衣的肩膀处特别容易磨烂，因此都会做个肩垫，叫"托肩布"。	新做蓝衫乌托肩
3	*衫	sam^{44}	上衣；衣服。《广韵·衔韵》："衫，衫衣。"《六书故·工事七·衣》："衫，今以单衣为衫。"《正字通·衣部》："衫，衣之通称。"《玉台新咏·古诗为焦仲卿妻作》："朝成绣夹裙，晚成单罗衫。"	番枧洗衫出白波
4	蓝衫	lam^{11} sam^{44}	又叫"大襟衫""士林衫"，旧时客家人的传统服饰，布料颜色大部分是蓝色。	新做蓝衫蓝对蓝
5	蓝衫乌裤	lam^{11} sam^{44} vu^{44} fu^{53}	蓝色上衣配黑色裤子，是旧时客家地区女性的流行服饰，客家妇女平时干活不舍得穿，只在赴圩、过节或作客时穿。	蓝衫乌裤搭颈钳
6	衫尾	sam^{44} mi^{44}	衣角。	手挽衫尾来擦汗
7	纽子	neu^{31} ve^{31}	纽扣。	新做褂子安六纽
8	褂子	kua^{53} ve^{31}	马褂，穿在长袍外面的对襟短褂，流行于清代及民国时期。	新做褂子落当铺

258

（续上表）

序号	词	读音	词义	例句
9	马褂	ma⁴⁴kua⁵³	穿在长袍外面的对襟短褂，流行于清代及民国时期。	马褂单重系无里
10	肚褡	tu³¹tap²	肚兜。	灯草拿来肚褡袋
11	绵羊皮	mian¹¹ioŋ¹¹pʰi¹¹	羊皮衣。	火囱唔当绵羊皮
12	嫩家机	nun⁵³ka⁴⁴ki⁴⁴	旧时客家人自己用木机织的布叫家机布，又叫土布。织得比较柔软、细腻的就叫"嫩家机"。	阿妹好比嫩家机
13	汤坑机	tʰoŋ⁴⁴haŋ⁴⁴ki⁴⁴	旧时汤坑的机织布，比较疏松且单薄，质量没有家织的布好。	十月着个汤坑机
14	绩	tsʰin¹¹	客家话将纱、线称为"绩"，在山歌中谐音"情"。	海底纺绩绩束深
15	脚帕	ȴok²pʰa⁵³	洗脚布。	脚帕洗面有袜味
16	洋毡	ioŋ¹¹tsan⁴⁴	毛毯。	洋毡遮卵盖一春
17	被	pʰi⁴⁴	被子。	芒花做被盖唔烧
18	钗子	tsʰa⁴⁴ve³¹	金钗。	新打钗子翠绿花
19	手鈪	su³¹ak²	手镯。	又爱手鈪溜金簪
20	溜金簪	liu⁵³kim⁴⁴tsam⁴⁴	镀金的簪子。	又爱手鈪溜金簪
21	颈钳	ȴaŋ³¹tʰam¹¹	项链。	蓝衫乌裤搭颈钳
22	*香包	çioŋ⁴⁴pau⁴⁴	香袋。前蜀毛文锡《赞成功》："海棠未坼，万点深红。香包缄结一重重。"	妹子好比香包样

（7）饮食

序号	词	读音	词义	例句
1	席薄	sit²pʰok⁵	旧时客家人摆宴席请人叫"做席"，菜色丰盛叫"笨[pʰun⁴⁴]"，反之叫"薄"。	虽然席薄排调清

259

（续上表）

序号	词	读音	词义	例句
2	出（桌）	$tsh^hut^2tsok^2$	特指旧时民间设宴席时上的菜。	四两猪肉出两碗
3	断头米	$th^hon^{44}th^heu^{11}mi^{31}$	碎米。	三餐食个断头米
4	饭餐	$fan^{53}tsh^hon^{44}$	请人帮工时管工人吃的饭菜。	妹贴工钱搭饭餐
5	*腈	$tsiaŋ^{44}$	瘦肉，最好的肉。《玉篇·肉部》："腈，腈肉也。"《集韵·清韵》："腈，肉之粹者。"梅县方言瘦肉说"腈肉"。并由此引申出"漂亮"的意思。	阿妹好比腈猪肉 老妹生得十分腈
6	夹心腈	$kap^2sim^{44}tsiaŋ^{44}$	夹着心脏两边的瘦肉，民间认为是最好的瘦肉。	实在唔当甲心腈
7	下水	$ha^{53}sui^{31}$	牲畜的内脏。	猪钩拿来挽下水
8	猪粉肠	$tsu^{44}fun^{31}tsh^hoŋ^{11}$	猪小肠。	猪肉唔当猪粉肠
9	鲩圆	$van^{44}ian^{11}$	客家美食，用鲩鱼肉剁成肉泥后加上木薯粉等配料做成的鱼丸。	当过鲩圆蘸白味
10	鱼生	$n^{11}saŋ^{44}$	客家美食，生鱼片直接蘸着芥辣吃。以前的芥辣是由芥蓝菜籽碾成粉末制成的。	松树头下腌鱼生
11	白味	$ph^hak^5mi^{53}$	旧时客家人自制的调味料。一般是在五月节前将黑豆煮熟后用竹叶、布荆叶遮盖使其发酵出绿霉，再加盐水、生姜，放太阳底下曝晒而成。颜色是黑色的，"黑"客家话说"乌"，与"污"同音，表示脏东西，出于洁净的心理，客家人便把此调料说成是"白味"。	当过鲩圆蘸白味
12	甲酒	kap^2tsiu^{31}	旧时客家人的家酿酒分甲酒和黄酒，甲酒是指完全由大米融化后制成的纯娘酒，未兑水，浓度高。	柬好甲酒也会酸

260

(续上表)

序号	词	读音	词义	例句
13	黄酒	voŋ^{11}tsiu^{31}	将"甲酒"(纯娘酒)过滤出来后,加水浸泡再过滤出来的娘酒。通常会在火炙后再掺点白酒,比较容易储存。	黄酒假作甲酒卖
14	甜酒	t^{h}iam^{11}tsiu^{31}	旧时客家人的食用醋,是用黄酒制成的。最简单的制作方法是将烧得通红的铁器放入黄酒中冷却,令黄酒变酸。	甜酒拿来炒猪肝
15	老酒	lau^{31}tsiu^{31}	家酿的陈年老酒。	老酒掺醋永久酸
16	竹叶青	tsuk^{2}iap^5 ts^{h}iaŋ^{44}	①传统保健名酒。②一种毒蛇。	夜里变成竹叶青
17	细茶	se^{53}ts^{h}a^{44}	好茶。	及时止渴当细茶
18	盖杯茶	koi^{53}pi^{44}ts^{h}a^{44}	有盖的杯子泡的茶。	食茶爱食盖杯茶
19	洋烟	ioŋ^{11}ian^{44}	外国出品的香烟。	洋烟当作椰子糖

(8) 房屋建筑

序号	词	读音	词义	例句
1	*屋	vuk^2	房屋。《广雅·释宫》:"屋,舍也。"宋梅尧臣《陶者》:"陶尽门前土,屋上无片瓦。"	新做大屋四四方
2	白屋	p^{h}ak^{5}vuk^2	不施彩色、露出本材的房屋。	新做白屋上栋梁
3	三堂四横	sam^{44}t^{h}oŋ^{11} si^{53}vaŋ^{11}	客家围龙屋的传统模式。	三堂四横都做尽
4	堂口	t^{h}oŋ^{11}heu^{31}	厅堂的入口处。	两人堂口徛得硬
5	天井	t^{h}ian^{44}tsiaŋ^{31}	客家大型民居中一般都有天井,是住宅的核心,具有采光、集雨、排水的功能。	分妹㧡在天井下
6	上井	soŋ^{53}tsiaŋ^{31}	上堂的天井。	上井流水下井先

（续上表）

序号	词	读音	词义	例句
7	下井	ha⁴⁴tsiaŋ³¹	下堂的天井。	同上
8	栋梁	tuŋ⁵³lioŋ¹¹	房屋正梁。	新做白屋上栋梁
9	*桁	haŋ¹¹	屋梁上的横木。《玉篇·木部》："桁，屋桁也。"	老鼠缘桁慢上梁
10	楼棚	leu³¹pʰaŋ¹¹	楼上的棚阁，常用于储物。	手拿麻索上楼棚
11	*浴堂	iok⁵tʰoŋ¹¹	洗澡的地方。北魏杨衒之《洛阳伽蓝记·宝光寺》："（赵逸）指园中一处曰：'此是浴堂。前五步，应有一井。'"	天井洗身无浴堂
12	*壁	piak²	墙壁。《说文》："垣也。"《释名》："辟也，辟御风寒也。"	粉起壁来爱石揍
13	屋沟	vuk²keu⁴⁴	屋顶上面的排水系统。	屋沟流水不成河
14	火灶	fo³¹tsau⁵³	烧火做饭的设备。	草帽放在火灶上
15	门杈	mun¹¹tsʰa⁴⁴	门口向外伸出的小段横木。	松树门杈吊灯笼
16	茅寮	mau¹¹liau¹¹	茅草屋。	蔗叶盖屋真茅寮
17	茶亭	tsʰa¹¹tʰin¹¹	客家地区常见的供过路人歇息的亭子。	新做茶亭四条柱
18	垛眼	to³¹ŋan³¹	指城墙上的洞口。	水浸垛眼爱断城

（9）工具材料

序号	词	读音	词义	例句
1	*樵	tsʰiau¹¹	薪柴。《说文·木部》："樵，散木也。"徐锴系传："樵，散木也。散木不入于用也。"桂馥义证："既不入用，惟堪作薪焚烧。"《广韵·宵韵》："樵，柴也。"	烧樵莫烧圆筒樵
2	扁樵	pian³¹tsʰiau¹¹	扁的柴火。	扁樵烧火炭唔圆

（续上表）

序号	词	读音	词义	例句
3	圆筒樵	ian^{11}t^{h}uŋ^{11} ts^{h}iau^{11}	圆筒柴。	烧樵莫烧圆筒樵
4	符不	p^{h}u^{11}tun^{31}	画有风水符的楔子，地理先生定穴的工具。"不"是古代的象形字。	先生符不钉落去
5	*蒸尝斗	tsən^{44}soŋ^{11} teu^{31}	蒸尝：本指秋冬二祭，后泛指祭祀。《国语·楚语下》："国于是乎蒸尝。"《后汉书·冯衍传下》："春秋蒸尝，昭穆无列。"旧时客家地区各宗族均有蒸尝田，是宗族里的公有财产，由本宗族的人轮流耕种，所得收入用于本宗族一年所有祭祀的开销。蒸尝斗则是宗族公用的、用来计量粮食的量器。	东西好比蒸尝斗
6	秤子	ts^{h}ən^{53}ne^{31}	秤。	有欵秤子就爱砣
7	砣	t^{h}o^{11}	秤砣。	有欵秤子就爱砣
8	钓鞭	tiau^{53}pin^{44}	钓竿，旧时用的钓鱼工具是由有韧性的树枝或竹枝做成的，这种有韧性的树枝或竹枝客家人叫"竹鞭［pian^{44}］"，有时也说"竹鞭［pin^{44}］"。	心里想鱼无钓鞭
9	屠床	t^{h}u^{11}ts^{h}oŋ^{11}	杀猪用的木板。	屠床睡目爱晕眠
10	猪钩	tsu^{44}keu^{44}	杀猪时用的铁钩。	猪钩拿来挽下水
11	索	sok^2	绳索。	麻皮绞索唔当苎
12	缆	lam^{31}	系船用的粗绳子。	灯芯拿来当缆绑

263

（续上表）

序号	词	读音	词义	例句
13	*纲	koŋ⁴⁴	①编织草席时起固定作用的粗绳子。从本义"提网的总绳"引申而来。《说文·系部》："纲，维紘绳也。" ②量词，用于成批、成群的动物或人。如梅县话说"一纲猪（一窝猪）、一大阵纲人（一大群人）"。从"成批运输货物的组织"引申而来。《新唐书·食货志三》："（刘）晏为歇艎支江船二千艘，每船受千斛，十船为纲，每纲三百人，篙工五十。"	新席磨断九条纲 钝刀切菜爱缸帮（爱纲帮）
14	油尖	iu⁴⁴tsiam⁴⁴	旧时榨花生油时用的木楔子。	好比打油怕上尖
15	捼石	no¹¹sak⁵	方便手拿且光滑平整的石器。旧时农村常用于磨平刷墙后留下的细缝，后改用木制的荡斗。	粉起壁来爱石捼
16	*銏	saŋ⁴⁴	銏铁，民间称含杂质较多的铁叫"銏铁"，比较纯的铁叫"熟铁"。銏本义是铁锈，《集韵·庚韵》："銏，铁衣也。"	镢头洗脚就倚銏
17	*缯	tsen⁴⁴	大型渔网，有支架支撑的类似蒙古包结构的大型捕鱼工具，利用滑轮装置收网的过程叫"起缯"。唐钱起《江行无题》之八十六："细竹渔家村，晴阳看结缯。"	缯网粪箕打唔倒
18	篾	met⁵	竹篾。	藤断自有篾来驳
19	（竹）篙	tsuk²kau⁴⁴	撑船用的竹竿。	烂船无篙任其流
20	晒衫竹	sai⁵³sam⁴⁴tsuk²	晒衣服所用的竹竿。	旧年丢了晒衫竹

264

（10）生活用具

序号	词	读音	词义	例句
1	锁匙	so^{31}sɿ^{31}	钥匙。	大把锁匙响叮当
2	八仙桌	pat^{2}sian^{44} tsok^2	八仙桌，一般坐八个人。	请倒七人坐八桌
3	交椅	kau^{53}i^{31}	有靠背的椅子。	桌边就有交椅子
4	三脚凳	sam^{44}ȶok^{2}ten^{53}	少了一只脚的条凳。	兜出一张三脚凳
5	床刀	tsʰoŋ^{11}tau^{44}	旧式床是四栏床，其中两边较长的床栏谓之"床刀"或"床杠"。	睡目唔得揽床刀
6	烟筒	ian^{44}tʰuŋ^{11}	一种用硬木或金属制成的吸烟用具。	新买烟筒梨木竿
7	梨木竿	li^{11}muk^{2}kon^{44}	用花梨木制成的烟管。	新买烟筒梨木竿
8	水桶耳	sui^{31}tʰuŋ^{31}ŋi^{31}	水桶的把手。	三十三只水桶耳
9	味碟	mi^{53}tʰiap^5	装调料的小碟子。	味碟种菜园分浅
10	单只筷	tan^{44}tsak^{2}kʰuai^{53}	一根筷子。	哑支食等单只筷
11	*箸（只）	tsʰu^{53}（tsak^2）	筷子。《说文·竹部》："箸，饭攲也。"王筠句读："攲，持去也。《通俗文》：'以箸取物曰攲。'"《汉书·周勃传》："上居禁中，召亚夫赐食。独置大胾，无切肉，又不置箸。"	久后正知箸坏哩
12	*饭甑	fan^{53}tsen^{53}	旧时客家人做饭、蒸食用的加盖高桶。《说文》："甑，甗也。"段玉裁注："《考工记》陶人为甑，实二鬴，厚半寸，唇寸，七穿。按：甑所以炊烝米为饭者，其底七穿，故必以算蔽甑底而加米于上，而餴之，而馏之。"	饭甑肚里放灯草

265

（续上表）

序号	词	读音	词义	例句
13	*镬（头）	vok⁵	铁锅。《说文·金部》："镬，鑴也。"段玉裁注："镬，所以煮也。"	鱿鱼落镬就顶樵
14	沙煲	sa⁴⁴po⁴⁴	砂锅。客家话也叫"泥煲"。旧时用的砂锅质地多孔，新的会少量吸水，所以会说"难测水"。	新买沙煲难测水
15	米升	mi³¹sən⁴⁴	量米的容器。	无底米升量唔得
16	*灯盏	ten⁴⁴tsan³¹	油灯。《旧唐书·卷一一九·杨绾传》："绾应声指铁灯树曰：'灯盏柄曲。'众咸异之。"《儒林外史·第一六回》："他便把省里带来的一个大铁灯盏，装满了油。"	锡打灯盏溜欸金
17	*大枕箱	tʰai⁵³tsəm³¹sioŋ⁴⁴	旧时一种上面微凹，既可当枕头又可存放银钱、文件等重要物件的长方形小箱子。《儒林外史》第二十一回："又寻到床上，寻着一个枕箱，一把铜锁锁着。"	棺材当作大枕箱
18	荷包	ho¹¹pau⁴⁴	钱包。	新做荷包两面红
19	铁打钱包	tʰiet²ta³¹ho¹¹pau⁴⁴	用铁制作的钱包。	铁打钱包难开口
20	坐栏	tsʰo⁴⁴lan¹¹	旧时客家地区常见的供幼童坐或站的器具，特点是底座牢固、四周有围栏，小孩在里面安全且能自由站立，一般为木制，也有竹制的。	七八只月坐栏坐
21	火囱	fo³¹tsʰuŋ⁴⁴	旧时客家人寒冬的取暖之物，用竹篾编织外壳，中间安放陶制火钵。	火囱唔当绵羊皮

（续上表）

序号	词	读音	词义	例句
22	*葵扇	$k^hi^{11}san^{53}$	用蒲葵叶制作成的扇子，客家话也叫"蒲扇"，旧时常见。《晋书·谢安传》："有蒲葵扇五万。"	新买葵扇画麒麟
23	精子	$tsin^{44}ne^{31}$	细长的条状物，如"竹精（小竹枝）"、"遮精（伞的支架）""香精梗（香里面的细竹枝）"。	一时光景就变精
24	遮子	$tsa^{44}ve^{31}$	雨伞。	新买遮子打唔开
25	番洋遮	$fan^{44}ioŋ^{11}tsa^{44}$	用花洋布制成的伞。旧时花篮子、番洋遮一般是出嫁时使用的物品，日常罕见。	右手拿个番洋遮
26	番枧	$fan^{44}tan^{31}$	肥皂。	番枧洗衫出白波

267

（11）亲属称谓

序号	词	读音	词义	例句
1	*娭	oi^{44}	母亲的背称。本义是"婢"，《广雅·释诂四》："娭，婢也。"	心肝今年做欸娭
2	爷娭	$ia^{11}oi^{44}$	父母。	爷娭面前唔敢声
3	家娘	$ka^{44}ŋoŋ^{11}$	背称丈夫的母亲。	又无家娘只自家
4	*新妇（心臼）	$sim^{44}k^hiu^{44}$	儿媳妇。《后汉书·卷八四·列女传·周郁妻传》："郁父伟谓阿曰：'新妇贤者女，当以道匡夫。'"梅县方言前后音节语音互相影响，发生变化，常因声俗写作"心臼"。	做人心臼真艰难
5	满姨	$man^{44}i^{11}$	称母亲的妹妹。	𠊎会转口叫满姨
6	阿哥	$a^{44}ko^{44}$	本指兄长，山歌中常用于称呼男子。	阿哥好比阳雕子

（续上表）

序号	词	读音	词义	例句
7	阿嫂	a⁴⁴sau³¹	本指嫂子，也可指比自己年长的女性。	邻舍阿嫂好去归
8	*姊妹	tsi³¹moi⁵³	姐妹。《左传·襄公十二年》："无女而有姊妹及姑姊妹。"	心肝姊妹嫩娇娥
9	老妹	lau³¹moi⁵³	本指妹妹，山歌中常用于称呼女子。	老妹好比画眉声
10	阿妹	a⁴⁴moi⁵³	本指妹妹，山歌中常用于对女性的昵称。	总爱阿妹敢过来
11	妹子	moi⁵³tsɿ³¹	本指妹妹，山歌中常用于对女性的昵称。	无情妹子切莫连
12	细阿娘	se⁵³a⁴⁴ŋoŋ¹¹	本指小婶婶，山歌中相当于"妹子"。	大阿妹来细阿娘
13	两子嫂	lioŋ³¹tsɿ³¹sau³¹	妯娌俩。	连妹要连两子嫂
14	大细姑	tʰai⁵³se⁵³ku⁴⁴	男性指称自己同宗亲或同姓的姐妹，比自己大的叫大姑，比自己小的叫细姑。以前同宗族的人都居住在同一围龙屋内，比较了解，男女之间容易日久生情。故"大细姑"在特定场合下也常被戏谑为"老相好""老情人"。	老婆唔当大细姑
15	货嫲	fo⁵³ma¹¹	姘妇。	怪得阿哥带货嫲
16	伯公	pak²kuŋ⁴⁴	既指（外）祖父的兄长，也指土地神。	伯公树下来聚总
17	大郎	tʰai⁵³loŋ¹¹	妻子背称丈夫的哥哥。	倘有大郎叔公问
18	大郎叔公	tʰai⁵³loŋ¹¹ suk²kuŋ⁴⁴	泛指同宗族的男性。	倘有大郎叔公问
19	红花妹子	fuŋ¹¹fa⁴⁴ moi⁵³ie³¹	指花季少女。	红花妹子人人想

（12）社会关系

序号	词	读音	词义	例句
1	*外家	ŋoi⁵³ka⁴⁴	娘家。《晋书·卷四一·魏舒传》："少孤，为外家宁氏所养。"现梅县方言用"妹家［moi⁵³ka⁴⁴］"，是语音演变的结果，ŋoi 变为 moi，声母唇化。	外家知敩斩脚骨
2	*侪	sa¹¹	同辈；同类的人。《说文·人部》："侪，等辈也。"	背后还有两三侪
3	阵党	tsʰən⁵³toŋ³¹	同伴、伙伴。	全分阵党带坏哩
4	对头筋	tui⁵³tʰeu¹¹kin⁴⁴	挚爱、喜欢的人或物。	讲唱山歌对头筋
5	*对头	tui⁵³tʰeu¹¹	对象、配偶。《醒世恒言·李玉英狱中讼冤》："哥哥，奴总有甚不好处，也该看爹娘分上访个好对头匹配才是，怎么胡乱肮脏送在这样人家，误我的终身？"	总系愁偃无对头
6	*邻舍	lin¹¹sa⁵³	邻居。《后汉书·陈忠传》："邻舍比里，共相压迮。"	邻舍阿嫂好去归
7	上下屋	soŋ⁵³ha⁴⁴vuk²	左邻右舍。	恋妹爱恋上下屋
8	*人丁	ŋin¹¹ten⁴⁴	人口。《清史稿·卷一二〇·食货志一》："康熙五十一年，有'新增人丁永不加赋'之谕。"	先管人丁后管财
9	*后生²	heu⁵³saŋ⁴⁴	①年轻。明凌濛初《初刻拍案惊奇·卷二》："望见了个花朵般后生妇人，独立岸边。"《二刻拍案惊奇》卷二："娘子花朵儿般后生，怎地会忘事？" ②年轻人。《五代史平话·汉史·卷上》："只听得骰盆内掷骰子响声，仔细去桥亭上觑时，有五个后生在桥上赌钱。"	妹爱恋郎赶后生 后生唱歌喜欢欢

（续上表）

序号	词	读音	词义	例句
10	后生家	heu⁵³saŋ⁴⁴ka⁴⁴	年轻人。	十七十八后生家
11	*老成	lau³¹sən¹¹	阅历多而练达世事的人。元乔吉《金钱记·第一折》："明日起，驾一辆细车儿，着梅香相伴，叫两个老成伴当，伏侍你去。"	老成看倒无相干
12	二婚亲	ŋi⁵³fun⁴⁴tsʰin⁴⁴	指再嫁之女。	唔曾嫖过二婚亲
13	夜来郎	ia⁵³loi¹¹loŋ¹¹	情郎。	亲夫唔当夜来郎
14	子脚	tsɿ³¹ȶok²	新手；阅历少的人。	子脚恋妹会作娇
15	细妹	se⁵³moi⁵³	称呼小女孩或年轻女子。	细妹讲硬郎讲软
16	嫩心	nun⁵³sim⁴⁴	年轻的心肝宝贝，指心爱之人。	野情野义野嫩心
17	嫩娇娥 嫩娇娘 嫩娇莲	nun⁵³ȶau⁴⁴ŋo¹¹ nun⁵³ȶau⁴⁴n̠oŋ¹¹ nun⁵³ȶau⁴⁴lian⁴⁴	山歌中称妙龄少女或心爱的女人。	心肝姊妹嫩娇娥 心肝姊来嫩娇花 唔曾采过嫩娇莲
18	黄花蚋	voŋ¹¹fa⁴⁴kuai³¹	黄花闺女，未婚女性。	恋妹莫恋黄花蚋
19	初交情	tsʰɿ⁴⁴kau⁴⁴tsin³¹	新结交的情谊。	妹也唔系初交情
20	老交（官）	lau³¹kau⁴⁴（kuon⁴⁴）	老交情；老情人。	新情老交都系连
21	懒尸嫂 懒绩嫲	lan⁴⁴sɿ⁴⁴sau³¹ lan⁴⁴tsit²ma¹¹	均是指懒惰的女人。	上家有个懒尸嫂 下家有个懒绩嫲
22	哑支	a³¹tsɿ⁴⁴	哑巴。	哑支食等单只筷
23	福佬	hok⁵lau³¹	福建佬，因福建话中"福"字读h声母，近客家话的"学"，才会附会出"学老（学到老都学不会）"的说法。	潮州福佬也同过
24	粮差	lioŋ¹¹tsʰai⁴⁴	清代地方州县等衙门内负责征收粮食的差役。	唔系粮差就系兵
25	大爷	tʰai⁵³ia¹¹	指衙门县太爷。	大爷堂上去张纸
26	先生	sin⁴⁴saŋ⁴⁴	风水先生。	请倒先生踏地方

270

（续上表）

序号	词	读音	词义	例句
27	伙计	fo^{11}ki^{53}	①店员、雇工； ②老伴，相好，姘头。	就喊伙计当衣衫 百只伙计也系闲
28	衰鬼	soi^{44}kui^{31}	用于昵称或开玩笑，用于关系亲密的人之间。	早知衰鬼情义好
29	吹手	ts^{h}oi^{44}su^{31}	旧时婚丧礼仪中吹打乐器的人。	请到和尚并笛手
30	大姓	t^{h}ai^{53}siaŋ^{53}	人数多、势力最大的家族。	哥系大姓妹强房
31	强房	t^{h}oŋ^{11}foŋ^{11}	宗族中势力强的支派。	哥系大姓妹强房
32	细屋下	se^{53}vuk^{2}k^{h}ua^{44}	小户人家。	老妹住在细屋下
33	州城人	tsu^{44}saŋ^{11}ŋin^{11}	嘉应州的城里人。	阿哥就是州城人

（13）身体器官

271

序号	词	读音	词义	例句
1	顶身	tin^{31}sən^{44}	全身。	顶身白衫件件新
2	*人才	ŋin^{11}ts^{h}oi^{11}	人的容貌。宋孙光宪《北梦琐言》卷十七："楷人才寝陋，兼无德行。"	又爱人才盖广东
3	*人貌	ŋin^{11}mau^{53}	容貌、相貌。《晋书·西戎传》："风俗及人貌、衣服略同大宛。"唐三藏法师《佛说譬喻经》："人貌多同华夏，亦类疏勒。"	虽然人貌似相识
4	*颜色	ŋan^{11}set^{2}	女子姿色。唐白居易《长恨歌》："回眸一笑百媚生，六宫粉黛无颜色。"	再过几年颜色变
5	*面	mian^{53}	脸。《说文·面部》："面，颜前也。"《墨子·非攻中》："君子不镜于水而镜于人。镜于水，见面之容；镜于人，则知吉与凶。"	脚帕洗面有袜味

（续上表）

序号	词	读音	词义	例句
6	*面皮	mian⁵³pʰi¹¹	面子；情面。宋文天祥《〈纪事〉诗序》："汝叔侄皆降北，不族灭汝，是本朝之失刑也，更敢有面皮来做朝士？"	回头来恋面皮笨
7	*面目	mian⁵³muk²	面子；体面。《汉书·李广苏建传》："何面目以归汉。"	面目留来见朋友
8	*目	muk²	眼睛。《说文·目部》："目，人眼。"	因为贪花目始朦
9	*目珠	muk²tsu⁴⁴	眼睛。清吴谦《医宗金鉴·刺灸心法要诀·周身各位骨度》："目珠。"注："目珠者，目睛之俗名也。"	目珠叫肿耳叫聋
10	*目汁	muk²tsəp²	眼泪。《释名·释形体》："汁，涕也，涕涕而出也。"	目汁双双枕上流
11	目屎	muk²sɿ³¹	眼屎。	老妹好比目屎浪
12	鼻公	pʰi⁴⁴kuŋ⁴⁴	鼻子。	鼻公又塞痰又多
13	*啜	tsoi⁵³	嘴巴。本义是尝、喝，《说文》："啜，尝也。"梅县方言引申出名词"嘴巴"义。	手攀肩头斟下啜
14	口澜渣	heu³¹lan⁴⁴tsa⁴⁴	指别人吃过的东西。	二来系怕口澜渣
15	颈（筋）	ȶaŋ³¹kin⁴⁴	脖子。《说文·页部》："颈，头茎也。"《荀子·荣辱》："小人莫不延颈举踵而愿曰。"	低头垂颈假正经
16	*肩头	kin⁴⁴tʰeu¹¹	肩膀。《儒林外史》第十二回："肩头上横掮着一根尖匾担，对面一头撞将去，将他的个高孝帽子横挑在匾担尖上。"	手攀肩头斟下啜
17	四掌	si⁵³tsoŋ³¹	手掌、脚掌的统称。	烂鞋拿来搭四掌
18	手盘	su³¹pʰan¹¹	手掌心。	手盘手背也系肉
19	脉头	mak²tʰeu¹¹	脉搏。	无人打得脉头真

（续上表）

序号	词	读音	词义	例句
20	乳菇	nen⁵³ku⁴⁴	乳房。"菇"表突出状。	乳菇好比柿花蒂
21	肚屎	tu³¹sɿ³¹	肚子。	肚屎唔渴吞唔下
22	脚睁	tsaŋ⁴⁴	"睁"的本义是"足跟筋"或"足筋"，《集韵·梗韵》："睁，足跟筋也。"今梅县方言脚跟、胳膊肘说"脚睁""手睁"。	唔怕血水流脚睁
23	*髀	pi³¹	腿。《礼记·深衣》："带，上毋压髀，下毋压胁。"	捏欸脚髀试功夫
24	赤肉	tsʰak²n̠uk²	赤裸裸的身体。	赤肉兼身总痛肠
25	样	ioŋ⁵³	模样、样子。汉崔寔《四民月令》："齐人呼寒食为冷节，以曲为蒸饼样，团枣附之，名曰枣糕。"	郎今好比竹壳样
26	毛编	mau⁴⁴pian⁴⁴/pin⁴⁴	发辫、辫子。	阿哥毛辫都舍得
27	髻尾	ki⁵³mi⁴⁴	旧时乡间妇女用"头帕"包结在发髻上，后面露出来的发尾。	你个髻尾还束长
28	圆头	ian³¹tʰeu¹¹	清末民初客家妇女流行的比较简便的发型，把辫子扭起盘结在后脑，像龙盘起扎紧，再插上一支"毛锸"簪子。	梳转圆头总排场

（14）生理卫生

序号	词	读音	词义	例句
1	步仪	pʰu⁵³ŋi¹¹	指医生上门看病的费用。	医生步仪两百零
2	*血水	çat⁵sui³¹	血液。《三国演义》第二十一回："止有血水，安有蜜水？"	唔怕血水流脚睁
3	*血脉	çat²mak²	气血脉络。《后汉书·卷八二·方术传下·华佗传》："动摇则谷气得销，血脉流通，病不得生。"	血脉留来养身子

273

（续上表）

序号	词	读音	词义	例句
4	灵丹	$lin^{11} tan^{44}$	代指"药"。民间老人现在还常用。	这服灵丹食下去
5	脉头	$mak^2 t^h eu^{11}$	脉搏。	无人打得脉头真
6	痰火症	$t^h am^{11} fo^{31} tsən^{53}$	肺结核的民间叫法。	相思变成痰火症

（15）商业手艺

序号	词	读音	词义	例句
1	圩	$çi^{44}$	约定俗成的集市交易，也叫"圩日"。	切莫上圩游下圩
2	转角圩	$tson^{31} kok^2 çi^{44}$	月底的圩日。	二十九日转角圩
3	丙村圩	$piaŋ^{31} ts^h un^{44} çi^{44}$	丙村赴圩、赶集的日子。	逢四逢九丙村圩
4	行当	$hoŋ^{11} toŋ^{53}$	行业，也指大大小小的店铺。	这往行当郎唔光
5	嫖行	$p^h iau^{11} hoŋ^{11}$	嫖色这一行当。	讲等嫖行系高兴
6	水货店	$sui^{31} fo^{53} tiam^{53}$	指卖水产干货的店。	水货店里拿零钱
7	*花边	$fa^{44} pian^{44}$	银元俗称，因周边有花纹图案，故称"花边"。清梁绍壬《两般秋雨庵随笔·洋钱》："其后外洋钱有花边之名，来自米时哥。"旧时一个花边相当于一贯钱，即 1 000 文铜钱。	几十花边侄婪你
8	私胲	$sɿ^{44} koi^{44}$	私房钱。	私该贴郎做衣裳
9	*利钱	$li^{53} ts^h ian^{11}$	利息。《水浒传》第三十八回："只用十两银子去取，再要利钱么？"	三分利钱侄爱行
10	*工钱	$kuŋ^{44} ts^h ian^{11}$	劳动的报酬。《红楼梦·第一三回》："拿一千两银子来，只怕也没处买去。什么价不价，赏他们几两工钱就是了。"	妹贴工钱及饭餐

（16）交通工具

序号	词	读音	词义	例句
1	洋船	ioŋ¹¹son¹¹	海上航行的大船。	三只洋船过浙江
2	船衣	son¹¹i⁴⁴	覆盖在船上的外壳。	火烧船衣救船篷
3	船篷	son¹¹pʰuŋ¹¹	覆盖在小木船上的拱形物，用来遮蔽日光和风雨。	火烧船衣救船篷

（17）文化教育

序号	词	读音	词义	例句
1	*学堂	hok⁵toŋ¹¹	学校。明凌濛初《初刻拍案惊奇》卷二九："罗家把女儿寄在学堂中读书。"	学堂里背种盆花
2	学台	hok⁵tʰoi¹¹	学政的别称，各地主管教育的最高长官。	学台过山爱响锣
3	副榜	fu⁵³poŋ³¹	落榜的委婉说法。	副榜老爷唔成科
4	桅杆	ŋui³¹kon⁴⁴	旧时客家地区考取了秀才、举人、进士和四品以上官职者便会在屋门前竖立记载了功名的旗杆，因貌似船上的桅杆，故名为"石桅杆"或"桅杆"，现多叫"楣杆石［mi¹¹kon⁴⁴sak⁵］"，是语音演变的结果，ŋui变为mi，声母唇化。	郎出桅杆妹出夹
5	*纸鹞	tsɿ³¹iau⁵³	风筝。	拆开屋顶放纸鹞
6	月弦	ŋat²çian¹¹	一种丝竹乐器。	壁上钉钉挂月弦
7	苏锣	sɿ⁴⁴lo¹¹	苏州产的铜锣，声音特别好。	百只苏锣一下打
8	胡弦	fu¹¹çian¹¹	通常指二胡，有时泛指拉的民族丝弦乐器。	讲话好比胡弦声
9	三弦	sam⁴⁴çian¹¹	一种弦乐器。	妹今好比三弦样

275

（续上表）

序号	词	读音	词义	例句
10	落板深	lok⁵ man³¹ tsʰ əm⁴⁴	指山歌有节奏、有韵律。客家山歌中有五句板，又名竹板歌，演唱时手执四块竹板，有节奏地打击竹板而得名。	总爱四句落板深
11	狮子滚球	sʅ⁴⁴ e³¹ kʰun³¹ kʰiu¹¹	客家传统民间艺术形式，在祭祀或节日里的一种武术表演。	狮子滚球无㘀生
12	*三朝	sam⁴⁴ tsau⁴⁴	俗称新婚、产后第三天。旧时小孩出生三天，要给小孩洗澡，条件好的，则请接生婆洗，检查肚脐愈合的情况，俗称"洗三朝"。当日要拜天地、祖先，送鸡酒给亲戚、朋友等，俗称"做三朝"。宋吴自牧《梦粱录·卷二〇·育子》："三朝与儿落脐炙囟。"此外，还有"逻三朝"，即婚后第三天，娘家妇女前往男家探望。	无人承名同三朝

（18）鬼神迷信

序号	词	读音	词义	例句
1	先生	sin⁴⁴ saŋ⁴⁴	指风水先生。	请倒先生踏地方
2	春秋	tsʰun⁴⁴ tsʰiu⁴⁴	指客家地区的春秋两祭，春祭是在清明前后，秋祭是在重阳前后。	春秋你爱祭祀㑑
3	神龛	sən¹¹ kʰam⁴⁴	安置神、佛像或祖先牌位的小阁子。	摸倒神龛作妹间
4	公王	kuŋ⁴⁴ foŋ¹¹	客家地区普遍祀奉的地方守护神。	跛脚公王真费神

276

（续上表）

序号	词	读音	词义	例句
5	*山神	san⁴⁴sən¹¹	民间认为掌管山岳的神。《后汉书·卷八六·南蛮西南夷传·西南夷传》："是时郡尉府舍皆有雕饰，画山神海灵奇禽异兽，以眩耀之，夷人益畏惮焉。"	泥作山神一时灵
6	门神	mun¹¹sən¹¹	驻守门户、阻拦恶鬼凶煞的守护神，客家人过年有张贴门神画的习惯。	贴差门神难转面
7	龙门	liuŋ¹¹mun¹¹	山门，风水学中的"龙"是对山脉的统称，选墓址时要根据山脉走势最终"寻龙点穴"。	双膝一落龙门开
8	*食禄	set⁵luk²	迷信上称人一生注定的享有之食。宋周密《齐东野语·洪端明入冥》："复扣平生食禄，遂于袖中出大帙示之。"	食禄姻缘天注定
9	八字	pat²sๅ⁵³	生辰八字，指一个人出生时的干支历日期，年月日时共四柱干支，每柱两字，合共八个字，故称。	八字还在妹心里
10	排八字	pʰai¹¹pat²sๅ⁵³	算命。即算命先生将一个人的"时生月日（八字）"进行阴阳五行的演算，据以此推算人的命运。旧时人们一般会在小孩子出生时、结婚前或出现重大问题时找算命先生"排八字"。	十字街头排八字
11	年生帖	ȵan¹¹saŋ⁴⁴tʰiap²	又叫"年庚帖"，旧时订婚，男女双方互换的八字帖。帖上写着各自的姓名、生辰八字、籍贯、祖宗三代等。	路上捡倒年生帖
12	*时运	sๅ¹¹iun⁵³	气运；命运。《后汉书·卷七〇·郑太传·论曰》："方时运之屯邅，非雄才无以济其溺。"	恋妹唔着时运高

277

（续上表）

序号	词	读音	词义	例句
13	三牲	sam⁴⁴ sen⁴⁴	祭祀用的供品，分大三牲（猪、牛、羊）和小三牲（鸡、鸭、鱼）。《孝经·纪孝行》："虽日用三牲之养，犹为不孝也。"宋邢昺疏："三牲，牛、羊、豕也。"	三牲羊猪来摆祭
14	香	çoŋ⁴⁴	祭祖、敬神所烧的用木屑掺上香料做成的细条。	晒香遇到天下雨
15	香炉	çioŋ⁴⁴ lu¹¹	烧香用的器具。旧时客家人死后做法事时要由长子或长孙端着"香炉钵"进行一些重要仪式。	香炉瞒人同你端
16	*香纸	çioŋ⁴⁴ tsɿ³¹	祭奠死者用的香和纸钱。《清平山堂话本·夔关姚卞吊诸葛》："令承局于镇市买香纸、酒果、盘馔，先去庙中罗列。"	手拿香纸庙里烧
17	纸宝	tsɿ³¹ pau³¹	用金色或银色的纸糊制的元宝形的冥钱。泛指民间祭祀鬼神时烧的纸钱、纸衣及用具等。	自古求神爱纸宝
18	箱	sioŋ⁴⁴	又叫"衣箱"，祭祀鬼神时装有纸钱、纸衣等用箔纸做成的箱子。	买便纸钱买便箱
19	灵屋	lin¹¹ vuk²	供死者在阴间居住的纸屋，旧时民间在死者下葬后，会做一场焚烧灵屋的法事。	纸做灵屋分郎住
20	闲坟	han¹¹ fun¹¹	空坟。	半山后土系闲坟
21	后土	heu⁵³ tʰu³¹	坟后土堆，旧时做好坟墓后，会在坟墓的背后堆一个土墩，防止别人侵葬，所以称之为"后土"，据说，后土是善治水之神，有后土神守护，坟墓得免水浸之祸。	半山后土系闲坟

278

（续上表）

序号	词	读音	词义	例句
22	七七	tsʰit² tsʰit²	旧时人死后每七天祭奠一次，最后一次是第四十九天，叫"七七"。	七七修斋做道场
23	麻衫	ma¹¹ sam⁴⁴	孝服。用苎麻纺成的麻布做的，故称"麻衫"。	搭信妹来着麻衫
24	裟衣	sa⁴⁴ i⁴⁴	袈裟。	二丈八布做裟衣
25	斋公	tsai⁴⁴ kuŋ⁴⁴	和尚。	斋公跌撖木鱼角
26	*铙钹	la¹¹ pʰat⁵	一种打击乐器。旧时农村"做斋"时会请和尚来"打铙钹花［ta³¹ la¹¹ pʰat⁵ fa⁴⁴］"，是集舞蹈、音乐、杂技和武术为一体的传统民间技艺表演。清吴敬梓《儒林外史》第四回："吃了开经面，打动铙钹、叮当，念了一卷经，摆上早斋来。"	和尚铙钹斫死人
27	木角子	muk² kok² ve³¹	木鱼。僧尼念经、化缘时敲打的响器，用木头做成，中间镂空。	

（19）抽象事物

序号	词	读音	词义	例句
1	人意	ŋin¹¹ i⁵³	情意。	虽然物轻人意重
2	志愿	tsɿ⁵³ ȵan⁵³	志气。	恋妹唔得志愿低
3	*行年	haŋ¹¹ ȵan¹¹	年龄。《庄子·达生》："行年七十，而犹有婴儿之色。"	郎今行年二十三
4	花子	fa⁴⁴ tsɿ³¹	花点子。	会恋老妹花子多
5	痛心咒	tʰuŋ⁵³ sim⁴⁴ tsu⁵³	悲愤、伤心的诅咒。	发欸几多痛心咒
6	症头	tsən⁴⁴ tʰeu¹¹	嗜好、恶习。	百般症头都爱休

（续上表）

序号	词	读音	词义	例句
7	啜码	tsoi⁵³ma⁴⁴	口才。	莫怪阿哥无啜码
8	增光	mian⁵³kuoŋ⁴⁴	体面；有面子。	大伯阿叔爱增光
9	排场	pʰai¹¹tsʰoŋ¹¹	形容场面铺张、风光。清吴敬梓《儒林外史·第二十四回》："钱兄弟，你看老爹这个体统，岂止像知府告老回家，就是尚书、侍郎回来，也不过像老爹这个排场罢了！"	山歌唱来系排场
10	排调	pʰai¹¹tʰiau⁵³	排场、格调。	虽然席薄排调清
11	*名下	mian¹¹ha⁴⁴	名义之下。宋苏轼《论积欠六事并乞检会应诏所论四事行下状》："虽契勘得逐户名下见欠各只是二百贯以下。"	唔曾打算妹名下
12	*心头	sim⁴⁴tʰeu¹¹	①心里。唐李山甫《山中寄梁判官》诗："更无尘事心头起，还有诗情象外来。"②胸口。唐代李复言《续玄怪录·麒麟客》："家人曰：'取药既回，呼之不应，已七日矣，唯心头尚暖，故未殓也。'"	心头暗想唔敢动 摸到心头就滑冷
13	*心事	sim⁴⁴sʅ⁵³	①心中惦记的事；想法。唐刘皂《长门怨》诗之三："旁人未必知心事，一面残妆空泪痕。"②心情、情怀。唐高适《闲居》："柳色惊心事，春风厌索居。"梅县方言常用于否定形式中。	一同妹嫽心事多 空壳瘌㾪无心柿（无心事）
14	*因头	in⁴⁴tʰeu¹¹	原因、缘故。《醒世恒言·卷二九·卢太学诗酒傲王侯》："只为自己货儿果然破损，没个因头，难好开口。"	当初瞒人做因头

（续上表）

序号	词	读音	词义	例句
15	因端	in⁴⁴ton⁴⁴	缘由。	因为讲笑起因端
16	*应承	in⁵³sən¹¹	应允、承诺。元关汉卿《玉镜台》第四折:"你只要应承了这一首诗,倒被我勒措的情和睦。"	当初唔愿莫应承

（20）方位处所

序号	词	读音	词义	例句
1	里背	ti⁴⁴poi⁵³	里面。	凉帽里背打眼拐
2	肚里	tu³¹ve³¹	里面。	月月开花肚里空
3	塘里	tʰoŋ¹¹ŋe¹¹	池塘里。	塘里鱼子一大堆
4	背后	poi⁵³heu⁴⁴	后面。	背后还有两三侪
5	屋背	vuk²poi⁵³	房屋后面。	屋背人马围满哩
6	顶上	taŋ³¹hoŋ⁵³	最上面。	桅杆顶上种苦瓜
7	尾上	mi⁴⁴hoŋ⁵³	末尾。	松树尾上一皮青
8	尽尾	tsʰin⁵³mi⁴⁴	尽头、最末端。	想到尽尾淡尽哩
9	*下	ha⁴⁴	方位词,常用于处所名词或地名中。《史记·乐毅列传》:"齐田单后与骑劫战,果设诈诳燕军,遂破骑劫于即墨下。"	秉久唔曾到河下
10	庵下	am⁴⁴ha⁴⁴	尼姑住的寺庙。	秉久唔曾到庵下
11	屋下	vuk²kʰua⁴⁴	家里。	唔曾送到妹屋下
12	（天）井下	（tʰian⁴⁴）tsiaŋ³¹ha⁴⁴	天井所在位置。	分妹扰在天井下
13	路下	lu⁵³ha⁴⁴	路边。	路上逢郎路下坐
14	（松树）头下	（tsʰiu¹¹su⁵³）tʰeu¹¹ha⁴⁴	（松树）下面。	松树头下腌鱼生

281

（续上表）

序号	词	读音	词义	例句
15	*心	sim⁴⁴	中心。唐白居易《琵琶行（并序）》："东船西舫悄无言，唯见江心秋月白。"	铜钱丢落石板心
16	*海心	hoi³¹ sim⁴⁴	海中心。唐陆龟蒙《舞曲歌辞·剑俞》："龙魂清，虎尾白，秋照海心同一色。"	铁船也可过海心
17	隔远	kak² ian³¹	远处。	隔远看来火华华

2. 动词及动词性短语
（1）肢体动作

序号	词	读音	词义	例句
1	*挑	tʰiau⁴⁴	用针、指甲等挖剔。南宋刘敬叔《异苑》卷四："有相者师圭谓侃曰：'君左手中指有竖理，若彻于上，位在无极。'侃以针挑令彻，血流弹壁，乃作公字。"明凌濛初《初刻拍案惊奇》卷四："怀中取出一包白色有光的药来，用小指甲挑些些弹在头断处。"	灯草拿来挑螺肉
2	*擎	tʰaŋ¹¹	（用手）举。《集韵·映韵》："擎，持也。"南朝宋刘义庆《世说新语·纰漏》："婢擎金澡盘盛水，琉璃碗盛澡豆。"	戴欻笠麻莫擎遮
3	*捞	paŋ⁴⁴	拉；扯；拔。《集韵·庚韵》："捞，相牵也。"	捞撇桔树种灯草
4	*摧	kok⁵	敲击。《说文·手部》："摧，敲击也。"	半夜摧门摧唔开

（续上表）

序号	词	读音	词义	例句
5	*擉	tsʰiuk²	刺、戳。《集韵·觉韵》："擉，刺取鳖蜃也。"《庄子·则阳》"冬则擉鳖于江。"	哪下擉倒伢心肝
6	*揢	ia³¹	（手或爪子）抓。《集韵·麻韵》："揢，手捉物。"《类编·手部》："揢，吴俗谓手爬物曰揢。"	恰似鹞婆揢鸡子
7	*抆	fit²	丢弃；甩。《集韵》："抆，掷也。"	分妹抆在天井下
8	*擄	lu¹¹	抻起、提起（裤脚、衣袖等）。《说文·手部》："擄，手持也。"	手捋擄脚跌跌落
9	*摝	luk²	搅乱。本义是"振动、摇动"，《集韵·屋韵》："摝，振也。"梅县方言引申出"搅动、搅乱"的用法。	摝到你家无安乐
10	*拈	ŋam⁴⁴	手指取物；拾取。本义是"用指取物"，《广韵·添韵》："拈，指取物也。"唐杜甫《题壁上韦偃画马歌》："戏拈秃笔扫骅骝，欻见麒麟出东壁。"梅县方言保留古义，并引申出新义。	两人假作拈茶仁
11	*袋	tʰoi⁵³	装入袋内。明费信《星槎胜揽·剌撒国》："数年无雨，凿井绞车，羊皮袋水。"	灯草拿来肚褡袋
12	*兜	teu⁴⁴	端；搬（凳等）。本义是"提起"，宋向子諲《鹧鸪天》："垂玉箸，下香阶，并肩小语更兜鞋。"梅县方言引申出"端、搬（凳等）"意义。	兜出一张三脚凳

283

（续上表）

序号	词	读音	词义	例句
13	*拭	tsʰət²	擦。《广韵·职韵》："拭，拭刷。"《仪礼·聘礼》："贾人北面坐，拭圭。"《世说新语·文学》："殷（浩）徐语左右，取手巾与谢郎拭面。"	掀起衫尾拭目汁
14	*挼	no¹¹	揉搓；按摩。《广韵·灰韵》："挼，手摩物也。"梅县方言现在还说"挼圆板子（做汤丸）"。	左手挼柑一团肉
15	*粉	fun³¹	粉刷。汉扬雄《太玄经·卷五·视》："粉其题頯，雨其屋须，视无姝。"	粉起壁来爱石挼
16	*斟	tsəm⁴⁴	用壶倒酒或茶水。前蜀魏承班《玉楼春》词："玉斝满斟情未已，促坐王孙公子醉。"	有茶无茶妹爱斟
17	*敠	iam⁵³	抖动。本义是"以手散物"，《集韵·艳韵》："敠，以手散物。"梅县方言在保留古义的基础上引申出"抖动"的用法。	会拉胡弦多敠指
18	揽	nam³¹	抱。	还想同妹揽腰交
19	㧒	voi⁴⁴	向上扔。	手拿石头瓦上㧒
20	捏	ŋap²	把（裤脚、衣袖等）折叠挽起。	裤脚唔捏上欼尘
21	*着	tsok²	穿（衣服、鞋子等）。《资治通鉴》："恂常私着胡服。"元马彦良《一枝花·春雨》："穿一领布衣，着一对草履。"唐李白《赠历阳褚司马》："先同稚子舞，更着老莱衣。"	草鞋唔着留来核
22	着袜	tsok²mat²	穿袜子。	着袜唔知脚下暖
23	着屐	tsok²tʰak⁵	穿木屐。	雨天着屐丢撇鞋

284

（续上表）

序号	词	读音	词义	例句
24	*行	haŋ^{11}	①走。《释名·释姿容》："两足进曰行。"梅县方言保留古义的同 ②交往、来往。	妹系先行爱等偓 两人有命总爱行
25	行路	haŋ^{11}lu^{53}	走路。	同妹行路过山下
26	*拖	tʰai^{44}	本义是"下垂；披覆"，《汉书·司马相如传》："奔星更于闺闼，宛虹拖于楯轩。"颜师古注："拖谓申加于上也。"梅县方言保留上古歌部 ai 韵母，引申出"鞋跟贴着地走"的意义。	苦瓜拖藤打白花 又好踏静又好拖
27	*倚	kʰi^{44}	站立。《广韵·纸韵》："倚，立也。"	切莫上到半树倚
28	*缘	ian^{11}	顺；沿。《广雅·释诂四》："缘，循也。"	老鼠缘桁慢上梁
29	*眠	min^{11}	躺。《玉篇》："眠，寐也。"《类篇·目部》："眠，偃息也。"梅县方言引申出"躺"义。	今夜同郎眠等唱
30	跌落	tiet^{2}lok^5	掉进。	蛤蟆跌落深古井
31	打横排	ta^{31}vaŋ^{11}pʰai^{11}	行走在山岗之间的一段平路。	上嵊唔得打横排
32	打颈花	ta^{31}ȶaŋ^{31}fa^{44}	脖子左右上下扭动的样子。	老妹挑水打颈花
33	打鳞亲	ta^{31}lin^{44}tsʰin^{44}	走路不稳，跌跌撞撞的样子。	行路都会打鳞亲
34	打暗摸	ta^{31}am^{53}mo^{44}	在黑暗中摸索着行走的样子。	二十七八打暗摸
35	踏田场	tʰap^{5}tʰian^{11} tsʰoŋ^{11}	在田地间行走。	黄昏时候踏田场
36	儱儱来	nuŋ^{31}nuŋ^{31}loi^{11}	形容径直走过来。	隔远看妹儱儱来

285

（2）五官动作

序号	词	读音	词义	例句
1	割	kot^{2}	眼珠转来转去。	割去割转开心花
2	看真	kon^{53} tsən^{53}	看清楚。	仔细看真好颜容
3	眼東斜	ȵan^{31} kan^{31} sia^{11}	斜眼看人。	变作妇人眼東斜
4	打眼拐	ta^{31} ȵan^{31} kuai^{31}	用眼神示意。	凉帽里背打眼拐
5	斟啜	tsəm^{44} tsoi^{53}	亲嘴。	手攀肩头斟下啜
6	*话	va^{53}	①告诉；说。《书·盘庚》："乃话民之弗率。"陆德明释文："（话），马（融）云：告也，言也。" ②谈论；谈说。唐孟浩然《过故人庄》："开轩面场圃，把酒话桑麻。"	你爱断情加早话 人人都话上欵手
7	话事	va^{53} sɿ^{53}	说话。梅县方言中也有"做主"的意思。	阿哥话事真唔该
8	话你听	va^{53} n^{11} t^{h}aŋ^{44}	告诉你。	心肝哥来话你听
9	*声	saŋ^{44}	动词，出声。《仪礼·士虞礼》："祝升，止哭，声三，启户。"梅县方言引申出"告知"义，如"你声𠊎知（你告诉我）"。	你爱断情加早声
10	叫	ȶau^{53}	哭喊。	眼珠叫肿耳叫聋
11	喽	leu^{53}	①呼叫牲畜。 ②引诱。	急水滩头喽湖鸭 手中无米喽唔来
12	喽鸡	leu^{53} ke^{44}	叫唤鸡。	泛谷喽鸡戏弄𠊎
13	喽狗	leu^{53} keu^{31}	叫唤狗。	转声喽狗啮狐狸
14	*啮	ŋat^{2}	咬。《说文·齿部》："啮，噬也。"段玉裁注："《释名》曰：'鸟曰啄，兽曰啮。'"	干蜫啮𠊎唔啮你

（3）认知、感受思维

序号	词	读音	词义	例句
1	*知	ti^{44}	知道。《玉篇》："知，识也。"	讲讲笑笑无人知
2	*识	sət^2	认识。《孟子·告子上》："今为所识穷乏者得我而为之。"	有情妹妹郎唔识
3	*晓	çiau^{31}	懂得、明白。《列子·仲尼》："公子牟曰：'智者之言，固非愚者之所晓。'"	百鸟都晓寻双对
4	*惊	ʨaŋ^{44}	恐惧、惶恐。《尔雅·释诂上》："惊，惧也。"	心肝伊肉惊死哩
5	着惊	tsʰok^5 ʨaŋ^{44}	受惊	半夜睡醒会着惊
6	得人惊	tet^2 ŋin^{11} ʨaŋ^{44}	令人惊讶、害怕。	十分美貌得人惊
7	*屈	vut^2	①弯曲。《玉篇·出部》："屈，曲也。" ②委屈。《史记·老子韩非列传》："径省其辞，则不知而屈之。"	水桶装鲩屈死偎 情愿单身屈自家
8	恼	nau^{44}	恼恨；生气。	你爱戒嫖妹就恼
9	*热	ŋat^5	激动。东晋陶潜《形影神·影答形》："身没名亦尽，念之五情热。"	越看越真越热人
10	激	kit^2	刺激。	因为无双激到朦
11	*念	ŋam^{53}	挂念、想念。《诗·秦风·小戎》："言念君子，温其在邑。"	唔念今日爱念先
12	*忥	fun^{11}	内心迷糊混乱。唐释玄应《一切经音义》卷二十引《通俗文》："心乱曰忥。"《集韵·恢韵》："忥，心迷也。"	难怪亲哥日夜忥
13	*恆	men^{31}	想；思念。《玉篇·心部》："恆，想也。"《广韵·狱韵》："恆，思也。"	因为想妹恆脱神

（续上表）

序号	词	读音	词义	例句
14	*诈	tsa⁵³	假装；作假。《尔雅·释诂下》："诈，伪也。"	假作怕羞诈耳聋
15	*作¹	tsok²	当作；认为。《书·舜典》："扑作教刑。"宋罗公升《溪上》："门前溪一发，我作五湖看。"	莫作讲笑无相干
16	假作	ka³¹tsok²	假装。《敦煌变文集·维摩诘经讲经文（六）》"况维摩是独步上人，假作无垢居士。	假作两人扛风车
17	脱神	tʰot²sən¹¹	失去神志。	因为想妹恓脱神
18	*安身	on⁴⁴sən⁴⁴	安息身心。《左传·昭公元年》："君子有四时：朝以听政，昼以访问，夕以修令，夜以安身。"	耙床缩脚难安身
19	硬志	ŋaŋ⁵³tsๅ⁵³	立下坚定的志向。	老妹硬志去修仙
20	中意	tsuŋ⁵³i⁵³	喜欢。	哪位亲哥过中意
21	*贪花	tʰam⁴⁴fa⁴⁴	贪好美色。唐韩琮《春愁》："秦娥十六语如弦，未解贪花惜杨柳。"	因为贪花目始朦
22	*思想	sๅ⁴⁴sioŋ³¹	思念、想念。三国魏应璩《与侍郎曹长思书》："足下去后，甚相思想。"曹植《盘石篇》："仰天长太息，思想怀故邦。"	睡到五更思想起
23	*挂心	kua⁵³sim⁴⁴	挂念。南朝梁沈君《双燕离》："左回右顾还相慕，翩翩桂水不忍渡，悬目挂心思越路。"	哪有恋妹唔挂心
24	*思量	sๅ⁴⁴lioŋ¹¹	体谅。本义是"考虑、忖度"，《晋书·王豹传》："得前后白事，具意，辄别思量也。"梅县方言引申出"体谅"义。	唔使老妹思量偃
25	担神	tam⁴⁴sən¹¹	表面指挑着神（菩萨），实际指牵挂、挂念。	问妹担神唔担神

288

（续上表）

序号	词	读音	词义	例句
26	唔当	m^{11}toŋ^{53}	不如。	新情唔当老交官
27	心火起	sim^{44}fo^{31}hi^{31}	发怒。	讲到绩麻心火起
28	开心花	k^{h}oi^{44}sim^{44}fa^{44}	心花怒放。	割去割转开心花
29	开心肠	k^{h}oi^{44}sim^{44} ts^{h}oŋ^{11}	开心。	只贪欢喜开心肠
30	笑脱牙	siau^{53}t^{h}ot^{2}ŋa^{11}	笑到牙齿都掉了，形容很开心。	讲了风流笑脱牙
31	花花开	fa^{31}fa^{31}k^{h}oi^{44}	心花怒放。	阿哥心头花花开

（4）交际人事

序号	词	读音	词义	例句
1	恋	Lian^{53}	恋爱。	不如恋妹出头天
2	连	lian^{11}	表示"男女关系"的程度比"恋"轻，但语义比"恋"丰富，可指男女之间的联系，勾连、牵连、心相连等。	上村人讲偓偷连
3	*嫽	liau^{53}	玩耍、嬉戏；歇息、闲聊；也特指男女之间的交往。《广韵·平声·萧韵》："嫽，相嫽戏也。"	一心都想同妹嫽
4	*惜	siak^{2}	疼爱。《楚辞·九章·惜诵》："惜诵以致愍兮。"朱熹集注："惜者，爱而有忍之意。"	心中系锡（惜）你唔知
5	*逢	p^{h}uŋ^{44}	遇到、相逢。《说文·辵部》："缝，遇也。"	路上逢郎路下坐
6	*盖	koi^{53}	胜过、超过。《庄子·应帝王》："老聃言：'明王之治，功盖天下而似不自己，化贷万物而民弗恃。'"	又爱人才盖广东

289

（续上表）

序号	词	读音	词义	例句
7	*撮	tshot²	戏弄、哄骗。《红楼梦》第六十八回："我又是个心慈面软的人，凭人撮弄我，我还是一片傻心肠儿。"	朿多计窍来撮人
8	*贴	thiap²	贴补（钱、物等）。《说文·贝部》："贴，以物为质也。"	妹贴工钱及饭餐
9	贴钱	thiap² tshian¹¹	倒赔钱。	四十以外爱贴钱
10	*謷	au⁴⁴	诋毁、诽谤。《说文》："不省人言也。"《吕氏春秋》："謷丑先王，排訾旧典。"	无形无影分人謷
11	*同	thuŋ¹¹	特指男女相好。本义是"会同、聚集"。《说文·冃部》："同，合会也。"唐钱起《送钟评事应宏词下第东归》诗："劝君稍尽离筵酒，千里佳期难再同。"	唔相唔识同倒你
12	黏	ŋam¹¹	附着、胶合，梅县话中可用于指男女之间的亲密交往。	系俐姻缘黏前来
13	上身	soŋ⁴⁴sən¹¹	指男女发生实质性关系。	唔曾上身心唔凉
14	*上手	soŋ⁴⁴su³¹	到手、达到某种目的。明凌濛初《初刻拍案惊奇·卷六》："看见人家有些颜色的妇人，便思勾搭上场，不上手不休。"	唔曾上手就讲财
15	*分	pun⁴⁴	分配、给予。《玉篇·八部》："分，施也；赋也；与也。"《左传·昭公十四年》："（楚子）分贫，振穷。"杜预注："分，与也。"	合伙治猪分析卖
16	*俉	kap²	《说文·人部》："俉，合也。"王筠释例："是合俉义同音异。通力合作，合药及俗语合伙，皆俉之音义也。"《广韵·合韵》："俉，并俉，聚也。"	总爱两人生俉心

290

（续上表）

序号	词	读音	词义	例句
17	佮本	kap²pun³¹	合伙。	佮本治猪分析卖
18	行友情	haŋ¹¹iu⁴⁴tsʰin¹¹	交朋友。	热在心头行友情
19	行云雨	haŋ¹¹iun¹¹i³¹	男女合欢。	红罗帐内行云雨
20	搭信	tap²sin⁵³	传话、传信。	好妹唔使郎搭信
21	*相交	sioŋ⁴⁴kau⁴⁴	交朋友。明凌濛初《初刻拍案惊奇》卷六："凭着一味甜言媚语哄他，从此做了长相交，也未见得。"	唔曾相交喊买棉
22	相打	sioŋ⁴⁴ta³¹	打架。	鸡公相打脚先来
23	打交	ta³¹kau⁴⁴	打架。	讲等打交𠊎唔愁
24	解化	ȶai³¹fa⁵³	使人解脱看透。本义是"解脱转化"，宋黄庭坚《书问政先生诰后》："杨氏（杨行密）之未解化而去，弟子葬之。举棺，唯衣履存焉。"梅县方言引申出新义。	句句唱来解化人
25	*解劝	ȶai³¹ȶʰan⁵³	劝解、劝慰。明凌濛初《初刻拍案惊奇》卷三三："天祥虽在傍边解劝，喊道：'且问个明白。'却是自己又不认得佺儿，见浑家抵死不认，不知是假是真，好生委决不下。"	妹今爱听人解劝
26	*扬声	ioŋ¹¹saŋ⁴⁴	宣扬。《三国志·卷三五·蜀书·诸葛亮传》："六年春，扬声由斜谷道取郿；使赵云、邓芝为疑军，据箕谷。"	妹爱恋郎莫扬声
27	*转口	tson³¹heu³¹	改口。明凌濛初《二刻拍案惊奇》卷六："（翠翠）遂转口道：'是有个哥哥，多年隔别了。'"	𠊎会转口叫满姨

291

（续上表）

序号	词	读音	词义	例句
28	转声	tson^{31} san^{44}	改变说话的内容或声音。	转声喽狗喵狐狸
29	转计	tson^{31} ke^{53}	临时转变计策。	好得阿妹转计好
30	*成人	san^{44} ŋin^{11}	成才、成器。元代秦简夫《东堂老·楔子》："父母与子孙成家立计，是父母尽己之心，久以后成人不成人，是在于他，父母怎管的他到底。"	唔知几时正成人
31	聚总	ts^{h}i^{53} tsuŋ^{31}	集合、碰头。	伯公树下来聚总
32	*起蒂	çi^{31} ni^{53}	产生最初的想法。清好古主人《赵太祖三下南唐》："吾姊妹三人今初起蒂，全仗汝夫妻之力，探察分明，方得有救。"	起初起蒂你在先
33	*冤牵	ian^{44} t͡ɕʰan^{44}	冤孽。明徐田臣《戏文·杀狗记》"老身不敢。分明杀狗作冤牵，只恐违了院君言。"	久后正知栜烟圈（冤牵）
34	出街	ts^{h}ut^{2} ke^{44}		
35	专望	tson^{44} moŋ^{53}	一心希望。	湖蜞专望水浪深
36	*露风	lu^{53} fuŋ^{44}	漏出口风、走漏消息。《孽海花》第十回："两人这一惊，非同小可。知道前数日毕业演技的事，露了风。"	生妹有欸莫露风
37	共头	t͡ɕʰuŋ^{53} t^{h}eu^{11}	头并头。	𠊎话共头就共头
38	*看承	k^{h}on^{53} sən^{11}	照顾、帮助。宋韩琦《和袁陟节推龙兴寺芍药》："问得龙兴好事僧，每岁看承不敢暇。"	入庙烧香爱看神（看承）
39	*遮盖	tsa^{44} koi^{53}	帮衬、保护。元曾瑞《哨遍·麈腰》套曲："你不肯遮盖咱，咱须当遮盖你。"	一心都想妹遮盖
40	抵托	ti^{31} t^{h}ok^{2}	委托。	抵托媒人来商量
41	讲笑	koŋ^{44} siau^{53}	开玩笑。	因为讲笑起因端

292

（续上表）

序号	词	读音	词义	例句
42	讲转来	koŋ³¹tson³¹loi¹¹	用语言挽回。	阎王跟前讲转来
43	讲唔脱	koŋ³¹m¹¹tʰot²	说尽好话也不能脱身。	阎王跟前讲唔脱
44	讲得同	koŋ³¹ŋe³¹tʰuŋ¹¹	能说到一块去，有共同话语。	讲得同来唔遂心
45	讲唔同	koŋ³¹m¹¹tʰuŋ¹¹	讲不到一块，话不投机。	贫穷富贵讲唔同
46	讲衰（人）	koŋ³¹soi⁴⁴ŋin¹¹	诋毁、败坏他人名声。	唔曾上身讲衰倕
47	*无打紧	mo¹¹ta³¹kin³¹	不要紧。元郑光祖《智勇定齐·第二折》："玉带价值百金，量这桑木梳有甚打紧。"	无打紧来无相关
48	无相干	mo¹¹sioŋ⁴⁴kon⁴⁴	没有关系。	莫作讲笑无相干
49	*无奈何	mo¹¹nai⁵³ho¹¹	无可奈何。唐白居易《自蜀江至洞庭湖口有感而作》："疑此苗人顽，恃险不终役。帝亦无奈何，留患与今昔。"唐张说《李工部挽歌》之三："是日归泉下，伤心无奈何。"	老妹爱丢无奈何
50	无赢油	mo¹¹iaŋ¹¹iu¹¹	没有输赢。	留转你来无赢油
51	无了日	mo¹¹liau³¹ŋit²	没有结束之日。	担担一事无了日
52	无世界	mo¹¹sɿ⁵³ɕai⁵³	指没有发财。	亲哥今年无世界
53	无开交	mo¹¹kʰoi⁴⁴kau⁴⁴	不可开交，无法摆脱。	想来想去无开交
54	上栋梁	soŋ³¹tuŋ⁵³lioŋ¹¹	客家人建房的习俗，房子墙体基本成型时，就要选取黄道吉日上正梁（俗称栋梁），有钱人家会隆重设宴招待客人。	新做白屋上栋梁
55	剪衫子	tsian³¹sam⁴⁴me³¹	此处指满月给小孩送衣服。旧时的衣服大都是买布料做的，梅县话买布叫"剪布"，买衣服叫"剪衫子"。	满月唔曾剪衫子

293

（5）生理病痛

序号	词	读音	词义	例句
1	*出世	tshut²se⁵³	出生。东晋王嘉《拾遗记·蓬莱山》："有大螺，名躶步……明王出世，则浮于海际焉。"	月光出世真崩波
2	脱颈爐	thot²ȵaŋ³¹man⁵³	指脖子上的体垢被洗干净了，引申为长大了。旧时卫生条件不好，小孩的脖子、耳朵等处常会藏有体垢，长大后，才会有意识地清洗这些体垢。《玉篇·皮部》："爐，皮脱也。亦作腕。"	十五六岁脱颈爐
3	睡目	soi⁵³muk²	睡觉。	摸栏睡目委屈偃
4	啄目睡	tuk²muk²soi⁵³	打瞌睡。	嫽得昼来啄目睡
5	发梦	pot²mu⁵³	做梦。	隔夜发梦记唔真
6	做月	tso⁵³ȵat⁵	坐月子。	大个坐月细个来
7	损身	sun³¹sən⁴⁴	小产、流产。	唔系坐月也损身
8	作热	tsok²ȵat⁵	指身体不正常的发热。	日里作热夜作渴
9	作渴	tsok²hot²	指不正常的口渴。	日里作热夜作渴
10	*发	pot²	疾病发作。《史记·项羽本纪》："（范增）行未至彭城，疽发背而死。"	恋妹唔倒发妹癫
11	发癫	pot²tian⁴⁴	发疯。	系么老妹发欵癫
12	发妹癫	pot²moi⁵³tian⁴⁴	得花癫症、相思病。	恋妹唔倒发妹癫
13	发病	pot²phiaŋ⁵³	得病。	亲哥发病浑痴痴
14	发脑晕	pot²nau³¹in⁴⁴	头晕。	一时唔唱发脑晕
15	跛脚	pai⁴⁴ȶok²	瘸腿。	跛脚公王真费神
16	面起青	mian⁵³hi³¹tshiaŋ⁴⁴	脸色发青。民间郎中认为，脸色发青的人通常都是郁郁寡欢、满腹愁情的。	妹系无郎面起青
17	检药方	ȶam³¹iok⁵foŋ⁴⁴	依据药方抓药。	妹子出街捡药方

（6）日常生活

序号	词	读音	词义	例句
1	*食	set⁵	吃、喝、吸，表示各种进食方式。《诗·魏风·硕鼠》："硕鼠硕鼠，无食我黍。"《正字通·食部》："饮酒亦曰食。"	竹子低头食露水
2	食饭	set⁵fan⁵³	吃饭。	三餐食饭单只筷
3	食茶	set⁵tsʰa¹¹	喝茶。	食茶爱食盖杯茶
4	食水	set⁵sui³¹	喝水。	食水爱寻水源头
5	食烟	set⁵ian⁴⁴	吸烟。	食烟爱食黄烟筒
6	食斋	set⁵tsai⁴⁴	吃素。	自愿削发来食斋
7	傍饭	poŋ³¹fan⁵³	下饭。	黄蚬傍饭唔知骚
8	腌生	iam⁴⁴saŋ⁴⁴	将未煮熟的食物放在醋、糖等调料里浸泡后直接吃。客家地区很多带"腌"的小吃，如"腌面、腌粉、腌萝卜、腌牛肉、腌牛百叶"等。	芋荷腌生傍烧酒
9	腌鱼生	iam⁴⁴n¹¹saŋ⁴⁴	客家美食，生鱼片直接蘸着芥辣等调料吃。以前的芥辣是由芥蓝菜籽碾成粉末制成的。	松树头下腌鱼生
10	顶刀	tin³¹tau⁴⁴	形容物体坚硬，用刀也很难斩断。	硬骨上砧就顶刀
11	顶樵	tin³¹tsʰiau¹¹	形容食物硬，难煮烂。	鱿鱼落镬就顶樵
12	下	ha³¹	取下。客家话现在仍说"下灯笼，下灯泡"。	石岩顶上下斑鸠
13	升米	sən⁴⁴mi³¹	（用米升）取米。	针筒升米落镬蒸
14	*破	pʰo⁵³	劈开、剖开。《晋书·杜预传》："今兵威已振，譬如破竹，数节之后，皆迎刃而解。"梅县话剖竹子说"破竹头"，开西瓜说"破西瓜"。	手拿利刀破梨子

295

（续上表）

序号	词	读音	词义	例句
15	*归	kui⁴⁴	返回。《广雅·释言》："归，返也。"	邻舍阿嫂好去归
16	*歇	ɕat²	留宿、住宿。《说文》："歇，息也。"	还座同你歇一晡
17	*宕	tʰoŋ⁵³	错过。本义是"经过"，《说文》："宕，过也。"客家话引申出"错过"义。梅县话现在还常说"睡过宕（睡过头）""宕过欸（错过了）"。	大个宕撇细个来
18	笮	tsak²	《玉篇·竹部》："笮，压也。"《论衡·幸偶》："蝼蚁行于地，人举足而涉之，足所履，蝼蚁笮死。"	千斤石板笮啊来
19	*寻	tsʰim¹¹	寻找。《墨子·修身》："思利寻焉。"高亨《诸子新笺·墨子·修身》："寻，求也。"	柑子来寻桔子嫽
20	过	kuo⁵³	过日子。	先日无你都爱过
21	*搭¹	tap²	乘、坐。宋苏轼《论高丽进奉状》："仍与限日，却差船送至明州，令搭附因便海舶归国。"	搭船下府过西阳
22	*搭²	tap²	①捎带、附上。《字汇·手部》："搭，附也。"元张国宾《合汗衫》第四折："我也到那里去搭一份斋，追荐我亡夫张孝友去来。"②附着、紧贴。	还生也有口信搭 烂鞋拿来搭四掌
23	*蓄	ɕiuk²	蓄养。《国语·晋语四》："吾不适齐楚，避其远也，蓄力一纪，可以远矣。"韦昭注："蓄，养也。"宋辛弃疾《美芹十论》："使得植桑麻，蓄鸡豚，以为岁时伏腊婚嫁之资。"	家中无畜恶狗嫌

（续上表）

序号	词	读音	词义	例句
24	*安	on⁴⁴	①安装。诸葛亮《与兄瑾言赵云烧赤崖阁书》："今水大而急，不得安柱。"②安放。北魏贾思勰《齐民要术·安石榴》："其蘪根栽者，亦圆布之，安骨石于其中也。	新做裙子安六纽 画妹颜容床上安
25	*炙	tsak²	烘烤、烘干。《释名·释饮食》："炙，炙也，炙于火上也。"梅县方言把烘衣服说"炙衫裤"，火盆烤火说"炙火"，晒太阳说"炙日头"。	火炙虾公烟曲偃
26	*裁	tsʰai¹¹	①去除；删减。《尔雅·释言》:"裁，节也。"郝懿行义疏："裁者，制也，有减损之义。"东汉班固《汉书·食货志上》："其后，上郡以西旱，复修卖爵令，而裁其贾以招民。"②裁断、裁决。《左传·僖公十五年》："若晋君朝以入，则婢子夕以死，夕以入，则朝以死。唯君裁之。"	米筛筛米簸箕裁 大小花树任偃裁
27	*当	toŋ⁴⁴	掌管、主持。《广韵·唐韵》："当，主也。"《儒林外史》第二回："你亲家自从当了门户，时运也算走顺风。"	自家开门自家当
28	*赶	kon³¹	趁。明佚名《风月南牢记》第二折："今日赶个空，便瞒着周家去走一遭。"	妹爱恋郎赶后生
29	*实	set²	实：填塞。《广雅·释诂三》："实，塞也。"梅县方言现在还会说"实倒刮死（塞得死死的）"。	实在心头搤搤跳

（续上表）

序号	词	读音	词义	例句
30	*转	tson³¹	返、回。五代徐锴《说文传·车部》："转，还也。"《诗·邶风·柏舟》："我心匪石，不可转也。"宋马子严《贺圣朝·春游》："游人拾翠不知远，被子规呼转。"	希望阿哥高中转
31	*转来	tson³¹ loi¹¹	回来。明凌濛初《初刻拍案惊奇》卷一："急忙取了钱转来，文若虚已此剩不多了。"	等𠊎上下转来行
32	转去	tson³¹ hi⁵³	回去。	快快转去带分哥
33	转身	tson³¹ sən⁴⁴	回身；比喻改变落后面貌或不利处境。	问妹还有转身无
34	上下	soŋ⁴⁴ ha⁴⁴	泛指经过、路过。	等𠊎上下转来行
35	栓门	tsʰon⁴⁴ mun¹¹	插上门闩。	栓门弹指柬惊人
36	洗身	se³¹ sən⁴⁴	洗澡。	天井洗身无浴堂
37	摊床	tʰan⁴⁴ tsʰoŋ¹¹	铺床。	桔子树下摊床睡
38	打叠	ta³¹ tʰiap⁵	收拾、整理。	郎系上京妹打叠
39	开封	koi⁴⁴ fuŋ⁴⁴	拆开封口。"唔曾开封"暗指是处女。	看妹唔曾人开封
40	斗紧	teu⁵³ kin³¹	①拼接牢固。"斗"是安装、拼接的意思。《敦煌变文集·维摩诘经讲经文》："白玉斗成龙凤巧，黄金缕出象牙边。"②形容很着急。	脱桌食饭莫斗紧
41	翻渣	fan⁴⁴ tsa⁴⁴	重复。	竟无翻渣到天光
42	来路	loi¹¹ lu⁵³	路过。	来路阿哥你莫交
43	入山	ŋip⁵ san⁴⁴	走进大山。	入山看见藤缠树

（7）手工劳作

序号	词	读音	词义	例句
1	改	koi^{31}	（用锄头等工具）挖。	东园改竹西园种
2	*荷（挍）	k^{h}ai^{44}	肩挑。《中华大字典》："担也，见《集韵》。"常俗写作"挍"。	百三百四偎也挍
3	荷（挍）水	k^{h}ai^{44}sui^{31}	挑水。	老妹挍水打颈花
4	*戽水	fu^{53}sui^{31}	宋范成大《夏日田园杂兴》其六："下田戽水出江流，高坡翻江逆上沟。"	好田不须妹戽水
5	*莳	sı^{53}	插秧。《说文》："莳，更别种。"段玉裁注："今江苏人移秧插田中曰莳秧。"	脚夹秧苗无手莳
6	莳田	sı^{53}t^{h}ian^{11}	插秧。	三月莳田行打行
7	散秧	san^{53}ion^{44}	抛秧。	三月莳田妹散秧
8	捡快子	ʈam^{31}kuai^{53}ie^{31}	除稗草。	有日落田捡快子
9	割禾	kot^{2}fo^{11}	收割水稻。	镰子唔利唔割禾
10	*车^1	ts^{h}a^{44}	①用水车戽水。唐段成式《酉阳杂俎·乐》："（皇甫）直遂集客，车水竭池，穷池索之。"②（用手）提。	好田唔用高车水 左手车个花篮子
11	*车^2	ts^{h}a^{44}	（用缝纫机）缝制；（用车床）切削东西。宋洪皓《松漠纪闻·补遗》："麋角与鹿角不同，麋角如骊骨，通身可车，却无纹。"	梨木虽硬车得穿
12	*砻	lun^{11}	用砻磨稻谷去壳。《玉篇·石部》："砻，磨谷为砻。"	砻谷偎作雷公响
13	改	koi^{31}	（用锄头等工具）挖。	东园改竹西园种
14	倒	tau^{31}	砍（树、柴）。	杉树大欸偎爱倒

299

（续上表）

序号	词	读音	词义	例句
15	*饮	im^{53}	使湿润不干枯。宋叶适《绩溪县新开塘记》："为新塘六十八，竭六。买田有自亩三十至六十步，出钱有自缗二百三十以上至千文，饮田有自亩二千至三千，然后绩溪之田无不得水。"	泼勺冷水饮门皮
16	落田	$lok^5 t^hian^{11}$	下田。	阿鹊落田嘴蠊公
17	截底种	$ts^hiet^2 tai^{31}$ $tsun^{53}$	从底部截断后再移植。	苎子拿来截底种
18	*作²	$tsok^2$	建造；制作。《尔雅·释言》："作、造，为也。"《书·康诰》："周公初基，作新大邑于东国洛。"梅县方言筑河堤、筑田埂说"作河堤""作田唇"。	泥作山神一时灵
19	*绩	$tsit^2$	把麻或其他纤维搓捻成线或绳。《说文·系部》："绩，缉也。"《诗·陈风·东门之枌》："不绩其麻，市也婆娑。"	你要勤绩学绣花
20	*纺绩	$fon^{31} tsit^2$	纺纱与绩麻。《管子·轻重乙》："大冬营室中，女事纺绩缉缕之所作也，此之谓冬之秋。"	海底纺绩缯柬深
21	*绩麻	$tsit^2 ma^{11}$	把麻搓捻成线或绳。《诗·陈风·东门之枌》："不绩其麻。"	讲倒绩麻心火起
22	*绞	kau^{31}	用两股以上条状物拧成一根绳索。《说文·交部》："绞，缢也。"段玉裁注："两绳相交而紧谓之绞。"	麻皮绞索唔当苎

300

（续上表）

序号	词	读音	词义	例句
23	*经	kaŋ⁴⁴	织布。《说文·糸部》："经，织纵丝也。"《韩非子·外储说右上》："（吴起）使其妻织组而幅狭于度，吴子使更之……其妻对曰：'吾始经之而不可更也。'"梅县话织布说"经布"，年轻人已少用。	上经唔得枉心机
24	上经	soŋ⁴⁴kaŋ⁴⁴	放在织布机上织。	上经唔得枉心机
25	*治（劇）	tsʰɿ¹¹	杀。《说文·刀部》："劑，楚人谓之治鱼也。"《晏子春秋·内篇·谏下》："景公走狗死……趣庖治狗，以会朝属。"注云："治，宰也。"北魏贾思勰《齐民要术·炙法》第八十"衔炙法"："取极肥鹅子一只，净治，煮令半熟。"	河里治鸡失肠肚
26	*羯	ȶat²	阉（鸡、猪）。《广雅·释兽》："羯，犗也。"清翟灏《通俗编·禽鱼》："羯鸡，阉鸡也。见《素问》。"	鸡公唔羯留来啼
27	*结	ȶat²	构筑、建造。东晋陶潜《饮酒》："结庐在人境，而无车马喧。"梅县方言砌墙、砌灶台说"结墙""结灶头"。	南京唔曾结帝都
28	*打	ta³¹	①制作、造。宋欧阳修《归田录》卷二："工造金银器，亦谓之打。" ②（水）冲击。	锡打戒指系出奇 水打石子堆是堆
29	打花	ta³¹fa⁴⁴	开花。	龙眼打花千百枝
30	打水	ta³¹sui³¹	从井中提水。	沙井打水取唔干
31	打网	ta³¹mioŋ³¹	撒网。	塘唇打网尽力丢

（续上表）

序号	词	读音	词义	例句
32	打油	ta³¹ iu¹¹	榨油。	好比打油怕上尖
33	上夹	soŋ⁴⁴ kap²	制作米筛的最后一个程序，将编好的米筛内圆套在外圆里面，叫"上夹"。	米筛上夹就团圆
34	做箩	tso⁵³ lo¹¹	制作箩筐。	绿竹做箩从底起
35	镏金	liu⁵³ kim⁴⁴	镀金。	锡打灯盏镏钦金
36	放夜草	foŋ⁵³ ia⁵³ tsau³¹	晚上给马喂草。	瘦马拿来放夜草
37	割佛神	kot² fut⁵ sən¹¹	用刀雕刻佛像。	柑树拿来割佛神

（8）自然变化

序号	词	读音	词义	例句
1	*生	saŋ⁴⁴	①生存、活，与"死"相对。《论语·颜渊》："爱之欲其生，恶之欲其死。" ②生长。《广韵·庚韵》："生，生长也。"《诗·大雅·卷阿》："梧桐生矣，于彼朝阳。" ③长，指相貌呈现出来的样子。《清平山堂话本·简贴和尚》："（洪官人）教我讨个细人，要生得好的。"	还生也有口信搭 脚踏竹头望生笋 老妹生得唔大方
2	生芽	saŋ⁴⁴ ŋa¹¹	发芽。	谷种生芽够作秧
3	生笋	saŋ⁴⁴ sun³¹	发芽。	甘蔗生笋黏泥皮
4	落根	lok⁵ kin⁴⁴	指花生花瓣谢落后，受精后的子房柄钻入地下生长。	泥里落根泥里行
5	*结子	ʨat² tsɿ³¹	植物结成果实或种子。唐杜甫《少年行二首》："巢燕养雏浑去尽，江花结子也无多。"	显面开花暗结子
6	结果	ʨat² kuo³¹	长出果实。	样得结果来尝新

（续上表）

序号	词	读音	词义	例句
7	生卵	saŋ⁴⁴lon³¹	下蛋。	鸡嫲生卵学唱歌
8	交卵渣	kau⁴⁴lon³¹tsa⁴⁴	鸡鸭交媾。	鸭子也爱交卵渣
9	打猳	ta³¹ka⁴⁴	指猫、老鼠等动物的交配。狗交配叫"驳猳"，"猳"的本义是"公猪"。《说文·豕部》："猳，牡豕也。"梅县的一些乡镇（如梅西）公猪现在还说"猪猳"。	老鼠打猳遇倒猫
10	经丝	kaŋ⁴⁴sɿ⁴⁴	（蜘蛛）结网。	蜘蛛经丝在肚中
11	啼	tʰai¹¹	鸣叫。唐王维《听百舌鸟》："入春解作千般语，拂曙能先百鸟啼。"	鹧鸪无双日夜啼
12	*吠	pʰoi⁵³	狗叫。《说文》："吠，犬鸣也。"	鸡又啼来狗又吠
13	发大风	pot²tʰai⁵³fuŋ⁴⁴	起大风。	好久唔曾发大风
14	*必	pit²	裂开但未分离，此处形容阳光刚从云缝里透出的样子。《说文·八部》："必，分极也。"《文源·卷十·会意》："《说文》云：'必，分极也。从八、弋，弋亦声。'按，坼裂也。"	日头必出照在西
15	做乌阴	tso⁵³vu⁴⁴im⁴⁴	指乌云天气。	倕今种菜做乌阴
16	出水	tsʰut²sui³¹	（有水）流出。	小河出水望长流
17	落山	lok⁵san⁴⁴	下山。	日头落山又一日

（9）社会文化

序号	词	读音	词义	例句
1	*上梁	soŋ⁴⁴lioŋ¹¹	建造新屋时架上主梁，在整个建房过程中，上梁仪式最为隆重。《金瓶梅》第一八回："一日，西门庆新盖卷棚上梁，亲友挂红庆贺，递果盒的也有许多。"	拣好时日就上梁

303

（续上表）

序号	词	读音	词义	例句
2	踏地方	tʰap⁵ tʰi⁵³ foŋ⁴⁴	指看风水。	请倒先生踏地方
3	排八字	pʰai¹¹ pat² sɿ⁵³	指算命先生将一个人的"生辰八字"进行阴阳五行的演算，据此推算人的命运。旧时人们一般会在小孩子出生时、结婚前或出现重大问题时找算命先生"排八字"。	十字街头排八字
4	出花园	tsʰut² fa⁴⁴ ian¹¹	梅州客家地区的成年礼。旧时16虚岁就算成年，要"出小花园"；19虚岁则"出大花园"。	十五十六出花园
5	坐监	tsʰo⁴⁴ kam⁴⁴	坐牢。	坐监恰似嬲花园
6	脱头	tʰot² tʰeu¹¹	砍头。	脱头恰似风吹帽
7	斩千刀	tsam³¹ tsʰian⁴⁴ tau⁴⁴	千刀万剐。	妹系断情斩千刀
8	斩脚骨	tsam³¹ ȶok² kut²	指斩断脚筋，并由此引申出"断绝关系、以此不相往来"的意思。	外家知欸斩脚骨
9	断脚迹	tʰon⁴⁴ ȶok² tsiak²	指人死了，另外也指没有任何来往。	郎断脚迹妹断肠
10	成名	sən¹¹ miaŋ¹¹	命名、有名分。女性出嫁后同宗族的人便称其为大细姑，未出嫁前是没有名分的。	成名叫做大细姑
11	*出名	tsʰut² miaŋ¹¹	具名、出面。《二十年目睹之怪现状》第三十九回："我在此地做官，不便出面做生意，所以一切都用的是某记，并不出名。"	更大事情郎出名
12	吊颈	tiau⁵³ ȶaŋ³¹	上吊自杀。	老蟹吊颈无头缩
13	招	tsau⁴⁴	招婿。	梨花来招薛丁山
14	摆佛堂	pai³¹ fut⁵ tʰoŋ¹¹	做和尚佛事。	扫净厅庭摆佛堂

304

（续上表）

序号	词	读音	词义	例句
15	修斋	siu⁴⁴tsai⁴⁴	请和尚作法事，供斋食。	七七修斋做道场
16	做道场	tso⁵³tʰau⁵³ tsʰoŋ¹¹	做法事。	七七修斋做道场
17	*断火烟	tʰon⁴⁴fo³¹ian⁴⁴	人烟灭绝。明徐咸《徐襄阳西园杂记》："灶前数日断火烟，腹中饿病无由痊。" 火烟指炊烟。	搅到伱家断火烟
18	唔成科	m¹¹saŋ¹¹ko⁴⁴	指科举未中、未登科。	副榜老爷唔成科
19	*高中	kau⁴⁴tsuŋ⁵³	敬称科举考试考中。唐薛逢《上翰林韦学士启》："桂枝先攀，杨叶高中。"	希望阿哥高中转
20	*封印	fuŋ⁴⁴in⁵³	指旧时官署于岁暮年初停止办公。唐李商隐《任弘农尉献州刺史乞假归京》诗："黄昏封印点刑徒，愧负荆山入座隅。"	衙门封印状唔来
21	上天	soŋ⁴⁴tien⁴⁴	升天。	一心种竹望上天
22	过时兴	kuo⁵³sɿ¹¹çin⁴⁴	过去流行现在已经不流行。	乌衫蓝裤过时兴
23	过洋	kuo⁵³iaŋ¹¹	去南洋。	过洋时节爱机关
24	往番	voŋ⁴⁴fan⁴⁴	过番、下南洋。	郎在广东妹往番

（10）商业娱乐

序号	词	读音	词义	例句
1	*生理	sian⁴⁴li⁴⁴	生意。宋龚明之《中吴纪闻·朱氏盛衰》："朱冲微时以常卖为业，后其家稍温，易为药肆，生理日益进。"	十七八岁做生理
2	佮本	kap²pun³¹	合作，合伙。	佮本治猪分析卖
3	缴	tau³¹	交付、支付。	青菜缴出肉价钱

305

（续上表）

序号	词	读音	词义	例句
4	划成	ˌfa¹¹saŋ¹¹	划算。	无情妹子唔划成
5	搞	kau³¹	玩。	还细看妹搞泥沙

（11）位移趋向

序号	词	读音	词义	例句
1	行上	haŋ¹¹soŋ⁴⁴	往上走。	松江行上嘉应州
2	行过	haŋ¹¹kuo⁵³	走过去。	丙村行过小河唇
3	行前	haŋ¹¹tsʰian¹¹	走前、走近。	行前正知系妹家
4	行开	haŋ¹¹kʰoi⁴⁴	走开。	屋后无路人行开
5	行转来	haŋ¹¹tson³¹loi¹¹	走回来。	一勾一挽行转来
6	生转来	soi⁵³tson³¹hi¹¹	重新生长。	冷水淋欸生转来
7	伸尾	tsʰun⁴⁴mi⁴⁴	（植物等）向上生长、延伸。	细细包到妹伸尾

（12）使役动词、判断动词

序号	词	读音	词义	例句
1	喊	ham⁵³	让、使唤。	唔曾相交喊买棉
2	监	kam⁴⁴	强迫，逼迫。	样监心肝睡转去
3	*使	sɿ³¹	派、使唤。汉贾谊《过秦论》："乃使蒙恬北筑长城而守藩篱。"	倕会使人路上拦
4	*系	he⁵³	是。宋苏轼《相度准备账济第三状》："访闻苏秀最系出米地方。"	妹系先行爱等倕
5	唔系	m¹¹he⁵³	不是。	妹也唔系初交情

（13）助动词

序号	词	读音	词义	例句
1	爱	oi⁵³	要。	瞒人爱用就来拿
2	*好	hau³¹	②应该、可以。北魏贾思勰《齐民要术·种桑柘》："二十年，好作犊车材。"	邻舍阿嫂好去归
3	唔使	m¹¹sๅ³¹	不需要。	好田唔使妹戽水
4	唔愿	m¹¹ȵan⁵³	不愿意。	当初唔愿莫交情

（14）其他

序号	词	读音	词义	例句
1	好比	hau³¹pi³¹	好像。	阿哥好比阳雕子
2	当过	toŋ⁵³kuo⁵³	胜似、比得上。	当过皖圆蘸白味
3	*中	tuŋ⁴⁴	顶、凸起。本义是"承受"义，《广韵》："堪也、任也。"梅县话引申出"（头）顶、凸出"，如"中头帕（旧时客家妇女专用的头饰)"、中头（牵头)。	身子过扁乳过中
4	*无	mo¹¹	没有。《诗·小雅·车攻》："之子于征，有闻无声。"	又无家娘只自家
5	唔光	m¹¹kuoŋ⁴⁴	不熟悉、不内行。	这往行当郎唔光
6	唔当	m¹¹toŋ⁵³	不如。	麻皮绞索唔当苎
7	*着	tsʰok²	对，得当。宋王道父《山歌》："种田不收一年辛，取妇不着一生贫。"	恋新丢旧太唔着
8	*休	çiu⁴⁴	停止、结束。《诗·大雅·瞻卬》："妇无公事，休其蚕织。"	郎系难舍妹难休

307

（续上表）

序号	词	读音	词义	例句
9	*争	tsaŋ⁴⁴	相差、不够。唐杜荀鹤《自遣》："百年身后一丘土，贫富高低争几多？"宋方岳《满庭芳》："笑鲈鱼虽好，风味争些。"	冻久唔见系过争
10	任（在）	im⁵³（tsʰai⁵³）	任由。	大小花树任佢裁 爱紧爱慢任在佢
11	*尽	tsʰin⁵³	任凭。唐白居易《题山石榴花》："争及此花檐户下，任人采弄尽人看。"	采花唔好尽树摇
12	倒	tau³¹	①得到，成功。②表示动作的结果，作补语	这摆唔倒下次来 连倒老妹唔娶妻

3. 形容词及形容词性短语
（1）情状性质

序号	词	读音	词义	例句
1	*细	se⁵³	年龄小、年轻。宋袁文《瓮牖闲评》卷一："世有娘惜细儿之语。"	还细同你嬲得多
2	细细	se⁵³se⁵³	很小。	罗毕细细瓦上徛
3	燋	tsau⁴⁴	干燥、没有水分。	根纵唔死叶也燋
4	嫩	nun⁵³	①长得年轻；②柔软，劲腻。	老老嫩嫩一齐恋 阿妹好比嫩家机
5	腈	tsiaŋ⁴⁴	漂亮。	风水屋场出妹腈
6	衰	soi⁴⁴	倒霉。	同妹嬲欹就会衰
7	*子	tsɿ³¹	幼小的、稚嫩的。汉曹操《四时食制》："郫县子鱼，黄鳞赤尾。"	饭甑肚里蒸子鸭

308

（续上表）

序号	词	读音	词义	例句
8	*光	kuoŋ⁴⁴	①明亮。《广雅·释诂四》："光，明也。"《易·益》："自上下下，其道大光。"《楚辞·九章·涉江》："吾与天地兮比寿，与日月兮齐光。" ②光滑。唐杜甫《中丞严公雨垂寄见忆一绝奉答二绝》："白沙青石光无泥。"	正好睡目天就光 新打酒壶两面光
9	井光	tsiaŋ³¹ kuoŋ⁴⁴	非常清楚。	姝的事情偃井光
10	清	tsʰin⁴⁴	纯洁，白净。	裙短衫长脚臂清
11	绵	mian¹¹	烂、软。	猪肉煲参绵对绵
12	笨	pun⁴⁴	厚。	回头来恋面皮笨
13	荡荡	tʰoŋ³¹ tʰoŋ³¹	平坦的样子。	大路荡荡全平洋
14	滴息	tit² sit²	形容人瘦小但机灵的样子。	郎系滴息妹苗条
15	鬼钉筋	kui³¹ taŋ⁴⁴ kin⁴⁴	形容人形体瘦小，其貌不扬。	你莫嫌偃鬼钉筋
16	四四方	sɿ⁵³ sɿ⁵³ foŋ⁴⁴	四四方方。	新做大屋四四方
17	锦锦青	tsim⁵³ tsim⁵³ tsʰiaŋ⁴⁴	墨绿色。	天上乌云锦锦青
18	艳艳红	iam⁵³ iam⁵³ fuŋ¹¹	红得很鲜艳的样子。	石榴打花艳艳红
19	红愀愀	fuŋ¹¹ tsiu⁴⁴ tsiu⁴⁴	红艳艳。	石榴打花红愀愀
20	红鼎鼎	fuŋ¹¹ tiŋ⁵³ tiŋ⁵³	红艳艳。	茶子打花红鼎鼎
21	白营营	pʰak⁵ iaŋ¹¹ iaŋ¹¹	白茫茫。	新做大屋白营营
22	啜弓弓	tsoi⁵³ kuŋ⁴⁴ kuŋ⁴⁴	酒壶嘴弯弯的样子。	新打酒壶啜弓弓
23	火华华	fo³¹ fa¹¹ fa¹¹	形容灯火明亮。	隔远看来火华华
24	须华华	sɿ⁴⁴ fa¹¹ fa¹¹	形容阳光灿烂。	日头一出须华华
25	响呵呵	çoŋ³¹ ho⁴⁴ ho⁴⁴	形容声音响亮。	高山流水响呵呵
26	闹洋洋	nau⁵³ ioŋ¹¹ ioŋ¹¹	形容场面热闹。	爆竹连天闹洋洋
27	叶些些	iap⁵ sia⁴⁴ sia⁴⁴	形容叶子张开且下垂的样子。	露水一打叶些些
28	利霜霜	li⁵³ soŋ⁴⁴ soŋ⁴⁴	形容很锋利。	张张割草利霜霜

（续上表）

序号	词	读音	词义	例句
29	白飘飘	$p^hak^5p^hiau^{44}$ p^hiau^{44}	形容皮肤白皙。	老妹生倒白飘飘
30	曲弯弯	$t^hut^2van^{44}van^{44}$	弯曲的样子。	新买担竿曲弯弯
31	恶豺豺	$ok^2sai^{11}sai^{11}$	凶巴巴的样子。	妹也唔使恶豺豺
32	赤危危	$ts^hak^2ŋui^{11}ŋui^{11}$	形容高耸入云。	深山大树赤危危
33	尾拖拖	$mi^{44}to^{44}to^{44}$	形容竹尾低垂的样子。	窝窝竹子尾拖拖
34	救刀样	$kiu^{53}tau^{44}ioŋ^{53}$	蛤蟆四脚朝天、拼命挣扎的样子。	好似蛤蟆救刀样
35	蠕蠕动	$nuk^2nuk^2t^huŋ^{44}$	形容蠕动不止。	壁上吊等怒怒动
36	割割转	$kot^2kot^2tson^{31}$	形容眼睛转来转去。	老妹眼珠割割转
37	（月光）井井	（$ŋat^2kuoŋ^{44}$）$tsiaŋ^{31}tsiaŋ^{31}$	形容月色明朗。	月光井井郎来嬲

（2）生理感觉、感受

序号	词	读音	词义	例句
1	朦	$muŋ^{11}$	眼花、看不清。	因为贪花目始朦
2	*饥	ki^{44}	饿。《说文·食部》："饥，饿也。"	嬲得夜来肚又饥
3	豺	sai^{11}	饥饿。	萝卜腌生口里豺
4	甘	kam^{44}	甘甜。	细叶入口心里甘
5	臊	sau^{44}	像尿或狐狸的气味。	黄蚻傍饭唔知臊
6	烧	sau^{44}	热；暖和。	芒花做被盖唔烧
7	软	$ŋon^{44}$	形容声音好听。	声音比你又过软
8	目睡	muk^2soi^{53}	疲乏想睡觉。	一时目睡跌落河

（续上表）

序号	词	读音	词义	例句
9	*痛肠	$tʰuŋ^{53}tsʰoŋ^{11}$	①悲痛、忧伤的心肠。宋释惟白《续传灯录》卷三十一："曰：'饭袋子江西湖南便恁么去又作么生？'师曰：'泪出痛肠。'" ②打动心肠、动心。	同妹分手真痛肠 赤肉兼身总痛肠
10	*难当	$nan^{11}toŋ^{44}$	难以忍受。曹植《白鹤赋》："狭单巢于弱条兮，惧冲风之难当。"	寒酸日子正难当
11	愁切	$seu^{11}tsʰiet^2$	忧愁、悲切。	捡到愁切捡到忧
12	烧暖	$sau^{44}non^{44}$	温暖。	一近身边就烧暖
13	热嗟嗟	$ŋat^5tsia^{44}tsia^{44}$	热辣辣。	日头晒得热嗟嗟
14	热充充	$ŋat^5tsʰuŋ^{44}tsʰuŋ^{44}$	热烘烘。	日头必出热充充
15	苦愀愀	$fu^{44}tsiu^{44}tsiu^{44}$	味道很苦。	苦瓜无油苦愀愀
16	缩缩跳	$suk^2suk^2tʰiau^{11}$	受到惊吓的样子。	唔曾兼身缩缩跳
17	砰砰跳	$pʰaŋ^{31}pʰaŋ^{31}tʰiau^{11}$	形容心怦怦乱跳。	害倒阿哥砰砰跳
18	忟齐齐	$fun^{11}tsʰe^{44}tsʰe^{44}$	神魂颠倒的样子。	弄倒董卓忟齐齐
19	揿揿跳	$ia^{31}ia^{31}tʰiau^{11}$	①喉咙或胸口难受的样子。 ②形容内心躁动、坐立不安。	塞在心头揿揿跳

（3）品行评判

序号	词	读音	词义	例句
1	*雄	$ɕiuŋ^{11}$	勇猛、厉害。三国魏刘劭《人物志·英雄》："胆力过人谓之雄。"	功夫又好胆又雄
2	歪	vai^{44}	①偏斜。②不正当，不正派。	变作妇人眼柬歪
3	花	fa^{44}	花心；风流浪荡。	柬好人才唔晓花
4	佮硬	$kap^2ŋaŋ^{53}$	硬来。	两人佮硬做分佢

311

（续上表）

序号	词	读音	词义	例句
5	清香	tsʰin⁴⁴ɕioŋ⁴⁴	指名声好。	不如守本过清香
6	潇洋	siau⁴⁴ioŋ¹¹	潇洒、洋气。	搭郎搭妹真潇洋
7	娇刁	ȶau⁴⁴tiau⁴⁴	娇纵、刁钻。	老妹何必柬娇刁
8	郎当	loŋ¹¹toŋ⁴⁴	吊儿郎当。	今日搅倒柬郎当
9	精刁	tsin⁴⁴tiau⁴⁴	精明、狡猾。	唔怕你夫柬精刁
10	吊腔	tiau⁵³ȶʰoŋ⁴⁴	唱高调；摆谱。	穿眼灯笼座吊筐
11	眼浅	ŋan³¹tsian³¹	目光短浅；眼红。	东西至怕人眼浅
12	扭揪	ŋiu³¹tsiu³¹	犹疑；不爽快。	老妹做出扭肘事
13	*至诚	tsɿ⁵³sən¹¹	极为诚恳、忠诚。《礼记·中庸》："唯天下至诚，为能尽其性。"假至诚，假正经。	大嫂唔使假至诚

（4）其他

序号	词	读音	词义	例句
1	闲	han¹¹	无关的、无用的。	百只伙计也系闲
2	唔闲	m¹¹han¹¹	没有空闲。	今日唔闲心送你
3	便	pʰian⁵³	放在动词后作补语，表示动作完成或准备好。	买便纸钱买便箱
4	尽	tsin⁵³	完毕。	百般药材都开尽
5	交	kau⁴⁴	放在动词后作补语，表示全、周遍。	天涯海角想得交
6	光转	kuoŋ⁴⁴tson³¹	放在动词后作补语，表示周遍。	一州四县嫖光转

4. 指代词

序号	词	读音	词义	例句
1	倷	ŋai¹¹	我。	唔曾嫁人定分倷
2	*自家	tsʰɿ⁵³ka⁴⁴	自己。《北史·魏纪一·太宗明元帝》："冬十一月壬年，诏使者巡行诸州，校阅守宰资财，非自家所赍，悉簿为赃。"	又无家娘只自家
3	伢	ŋa⁴⁴	我的。	买好财宝分伢郎
4	惹	n̠a⁴⁴	你的。	讲等惹事一本经
5	*渠	ki¹¹	第三人称代词。《集韵·鱼韵》："傒，吴人呼彼称，通作渠。"《玉台新咏·古诗为焦仲卿妻作》："虽与府吏要，渠会永无缘。"常俗写作"佢"。	多少银钱莫同渠
6	渠兜	ki¹¹teu⁴⁴	他们。	渠兜爱讲尽管讲
7	别侪	pʰiet⁵sa¹¹	别人。	倷无相好望别侪
8	瞒人	man³¹ŋin¹¹	谁。	瞒人拈起来凑双
9	*个¹	ke³¹/ke⁵³	[ke³¹]表近指，[ke⁵³]表远指。唐李白《秋浦歌》："白发三千丈，缘愁似个长。"宋陈亮《念奴娇·至金陵》："因念旧日山城，个人如画，已作中州想。"为方便区别，分别用训读字"这""那"记录。	这摆做事真还差 哥哥无那闲人工
10	这往	ke³¹voŋ⁴⁴	此处。	崍久唔曾到这往
11	脉个	mak²ke⁵³	什么。	借问心肝脉个名
12	哪（欸）	ŋai⁵³ie¹¹	哪里。	崍久唔见去哪来
13	*几多	kit²to⁴⁴	多少。南唐李煜《虞美人·春花秋月何时了》："问君能有几多愁？恰似一江春水向东流。"	害死几多少年郎

313

（续上表）

序号	词	读音	词义	例句
14	*几时	kit²sɿ¹¹	什么时候。宋苏轼《水调歌头·明月几时有》："明月几时有，把酒问青天。"	今唔风流等几时
15	样奈何	ŋoŋ⁵³nai⁵³ho¹¹	又如何，表反问，即没办法。	命带桃花样奈何

5. 量词及数量短语

序号	词	读音	词义	例句
1	宗	tsuŋ⁴⁴	量词，用于事情。	恋妹爱恋两三宗
2	筒	tʰuŋ¹¹	量词，用于筒状的事物。	食烟爱食两三筒
3	只	tsak²	量词，相当于"个"。	上去问神六只月
4	丘	kʰiu⁴⁴	量词，指用田塍隔开的田或地。	半山嵊上一丘田
5	下	ha⁵³	量词，相当于"次"。	哪下撂倒伢心肝
6	半下	pan⁵³ha⁵³	强调次数少，没有机会，常用在否定句中。	无钱半夏（半下）唔敢动
7	皮	pʰi¹¹	量词，相当于"片"。	一山草木皮皮青
8	想	sioŋ³¹	相当于"节"，本字不详。梅县方言竹节说"竹想"，一节甘蔗说"一想蔗"。	虫啮绿竹想坏哩
9	析	sak²	量词，片、半。	刀切槟榔对析开
10	棵（蔢）	pʰo⁴⁴	相当于"丛"。本字是"棵"，语音发生变化，kʰuo⁴⁴变为pʰo⁴⁴，常俗写作"蔢"。	水打芒头一蔢根
11	*样	ioŋ⁵³	表示事物的品种。《朱子语类》卷三："《周礼》所谓天神、地示、人鬼三样，其实只是一般。"	一树难开两样花
12	样样	ioŋ⁵³ioŋ⁵³	每一件，每一种。	山歌样样开心肠
13	斗	teu³¹	量器，容量为一斗。	东西好比蒸尝斗

（续上表）

序号	词	读音	词义	例句
14	钱	ts^hian^{11}	计量单位，一两的十分之一。	一钱灯草十分心
15	分	fun^{44}	计量单位，一两的百分之一。	同上
16	重	$ts^huŋ^{11}$	层。	马褂单重系无里
17	碗半	$von^{31}pan^{53}$	一碗半。	碗半水加两片羌
18	兜	teu^{44}	一些。	遮遮掩掩捡兜惊
19	阵	$ts^hən^{53}$	用于成群的人或物。	一阵老妹棘雅邪
20	团	t^hon^{11}	用于圆形或成团的东西。	先日见妹一团金
21	摆	pai^{31}	次。	这摆做事真还差
22	番	fan^{44}	次。	嫽欸一番正一番
23	转	$tson^{31}$	表示动作的次数，回。	十日半月来一转
24	一山	$it^2 san^{44}$	整片山。	一山草木皮皮青
25	大把	$t^hai^{53}pa^{31}$	一大串。	大把锁匙响叮当
26	句把	$ki^{53}pa^{31}$	一两句。把，表约数。	句把言语你爱受
27	一㩼嫲	$it^2 lap^2 ma^{11}$	（碗、杯子、银圆等）物品一个套一个地叠放在一起。	十只花边一㩼嫲
28	堆是堆	$toi^{44}sŋ^{53}toi^{44}$	一堆堆，很多堆。	水打石子堆是堆
29	球是球	$k^hiu^{11}sŋ^{53}k^hiu^{11}$	形容很多球状物的样子。	茶树开花球是球
30	行实行	$hoŋ^{44}sat^5 hoŋ^{44}$	一行行，很多行。	三月莳田行实行
31	页实页	$iap^5 set^5 iap^5$	一页页，很多页。	新做文章页实页
32	群打群	$tʃ^hun^{11}ta^{31}tʃ^hun^{11}$	一群群。	鲫鱼鲤子群打群

6. 副词

序号	词	读音	词义	例句
1	唔	m^{11}	不。	草鞋唔着留来挍
2	唔曾	$m^{11}t^hian^{11}$	未曾。	唔曾嫁人定分偓
3	盲	$maŋ^{11}$	未曾。	行到街头天盲光
4	唔堪	$m^{11}k^ham^{44}$	不堪、不可。	十三十四唔堪连

315

（续上表）

序号	词	读音	词义	例句
5	滑	vat⁵	很。	讲等连妹心滑冷
6	刮	kuat⁵	很。	看见伢郎心刮焦
7	柬	kan³¹	很、这么。	以前包等都柬好
8	*好	hau³¹	宜于、便于。南朝梁刘缓《江南可采莲》："楫小宜回径，船轻好入丛。"	老个连欸好煮饭
9	添	tʰiam⁴⁴	常放在句末的数量结构后面，表示"再"。	还爱风流七年添
10	*愈	it⁵³	更加、非常。元麻革《游龙山记》："从此归路……重溪峻岭，愈出愈奇，抵暮乃得平地。"	看起真来心愈生
11	*过	kuo⁵³	极、非常。《晋书·张华传》"园中茅积下得一白鱼，质状殊常，以作鲊，过美，故以相献。"	新做蓝衫莫过蓝
12	*忒	tʰiet²	程度副词，相当于"太"。清代段玉裁《说文解字注·心部》："忒之引申为已甚，俗语用之。"宋杨万里《题张垣夫腴庄园》："不分腴庄最无赖，一时奄有忒伤廉。"	先日同妹忒好哩
13	死	sɿ³¹	非常、很。	因为无菜煮死咸
14	几	kit²	表多么。	两人相好几威风
15	正	tsaŋ⁵³	强调确定语气，相当于"才"。	上手唔倒正艰辛
16	*莫	mok⁵	别、不要。汉陈琳《饮马长城窟行》："作书与内舍，便嫁莫留住。"	莫怪阿哥无啜码
17	切莫	tsʰiet²mok⁵	千万不要。	无情阿妹切莫动
18	顶真	tin³¹tsən⁴⁴	实际上、的确。	顶真唔当两十零
19	加早	ka³³tsao³¹	提前。	你爱断情加早声

316

（续上表）

序号	词	读音	词义	例句
20	自从	$ts^h\eta^{53}ts^hiun^{11}$	从过去到现在，一直。	自从唔曾到这坑
21	共下	$t^hun^{53}ha^{53}$	一起。	生死两人共下埋
22	一下	it^2ha^{53}	一起。	老老嫩嫩一下连
23	一同	$it^2t^hun^{11}$	一起、共同。	等到妹妹一同食
24	好得	$hau^{31}tet^2$	幸好、幸亏。	好得山歌助精神
25	*怪得	$kuai^{53}tet^2$	难怪。唐曹唐《小游仙诗九十八首》："怪得蓬莱山下水，半成沙土半成尘。"	怪得阿哥带货嫲
26	样欸	$\eta on^{53}\eta e^{11}$	怎么，表反问语气。	天井样欸蒔得禾
27	样般	$\eta on^{53}pan^{44}$	怎么，表反问。	样般想鱼柬艰辛
28	样知	$\eta on^{53}ti^{44}$	谁知，表反问。	样知阿妹无心肝
29	样得	$\eta on^{53}tet^2$	怎能，表反问。	桔在心头样得淡

7．拟声词和叹词

序号	词	读音	词义	例句
1	唧唧跳	$tsit^5tsit^5tiau^{11}$	圆筒柴受热时发出的声音。	唔曾着火唧唧跳
2	噫的嗳来	$i^{53}ie^{53}oi^{53}loi^{11}$	山歌衬词。	噫的嗳来百花开

8．介词

序号	词	读音	词义	例句
1	同	t^hun^{11}	跟、和。	还座同你歇一晡
2	分	pun^{44}	相当于介词"给、被"。	瞒人带大分你连亲哥送分妹手中
3	啊	a^{53}	相当于介词"在"。	老妹住啊大塘尾

9. 连词

序号	词	读音	词义	例句
1	同	$t^hu\eta^{11}$	跟、和。	今夜同郎眠等唱
2	系	he^{53}	若是。	妹系唔来人情断
3	啊	a^{53}	用于正反疑问句中，连接表示选择项的词或短语，相当于普通话的"还是"。读音会受前面音节的末尾音素同化，产生音变。	唔知死欸啊还在
4	总爱	$tsu\eta^{31} oi^{53}$	只要。	总爱阿妹敢过来

10. 助词

序号	词	读音	词义	例句
1	欸	e^{11}	助词，相当于"了"。	味道到欸心花开 看倒亲哥发财欸
2	哩	li^{11}	助词，相当于"了"。	食哩火炭黑哩心 今朝心肝哪去哩
3	* 个[2]	ke^{53}	结构助词，的。隋炀帝《赠张丽华》："坐来生百媚，实个好相知。"唐齐己《水鹤》："归路分明个，飞鸣即可闻。"	你个髻尾还束长
4	* 撇	p^het^2	用在动词后作结果补语或动态助词，表完结，相当于普通话的"掉""了"。元秦简夫《东堂老》一折："你有祸根有祸苗，你抛撇了这丑妇家中宝。"	大个宕撇细个来
5	等	ten^{31}	动态助词，相当于"着"。	今夜同郎眠等唱
6	啊	a^{53}	放在中心语和补语之间，表示动作的突然、快速。	千斤石板压啊来
7	倒	tau^{31}	补语的标志，相当于"得"。	老妹生倒白飘飘

（续上表）

序号	词	读音	词义	例句
8	擦	ts^hat^2	常出现在"V＋偓＋～"的结构中，表示不屑、反问的语气。	腿上画虎吓偓擦
9	分渠	$pun^{44}ki^{11}$	常用在句末，表不耐烦的语气。	两人伭硬做分渠

11. 成语及四字词

序号	词	读音	词义	例句
1	唔声唔气	$m^{11}saŋ^{44}m^{11}çi^{53}$	不言不语。	唔声唔气偓也知
2	日讲夜讲	$ŋit^2koŋ^{31}ia^{53}koŋ^{31}$	日日夜夜都在讲。	日讲夜讲讲唔清
3	讲讲笑笑	$koŋ^{44}koŋ^{44}siau^{53}siau^{53}$	说说笑笑。	讲讲笑笑无人知
4	无门无窍	$mo^{11}mun^{11}mo^{11}t^hau^{53}$	没有门路、方法。	无门无窍样欸搜
5	*无形无影	$mo^{11}çin^{11}mo^{11}iaŋ^{31}$	空虚不实或消失不见形迹。《孤本元明杂剧·破风诗·第三折》："无形无影透人怀，四季能吹万物开。"	无形无影分人礜
6	手爬脚摆	$su^{31}p^ha^{11}ȶok^2pai^{31}$	形容人落水时挣扎的样子。	手爬脚摆无人救
7	铁打心肝	$t^hiet^2ta^{31}sim^{44}kon^{44}$	铁石心肠。	铁打心肝也会软
8	一时光景	$it^2sɿ^{11}kuoŋ^{44}kin^{31}$	一会儿工夫，形容很短的时间。	一时光景就变精
9	气吹气鼓	$hi^{53}ts^hoi^{44}hi^{53}ku^{31}$	形容气鼓鼓的样子。	气吹气鼓样欸消
10	话到舌脱	$va^{53}tau^{53}sat^5t^hot^2$	费尽口舌。	话到舌脱偓唔同
11	生时月日	$saŋ^{44}sɿ^{11}ŋat^5ŋit^2$	指出生的年月日时辰。	生时月日讲妹知

319

（续上表）

序号	词	读音	词义	例句
12	时衰运败	sⱗ^{11}soi^{44} iun^{53}p^{h}ai^{53}	时运不济，身处逆境。	时衰运败妹来招
13	钩针密步	keu^{44}tsəm^{44} me^{53}p^{h}u^{53}	用钩针编织密实。	钩针密步恋到你
14	枉为心机	voŋ^{44}vi^{11} sim^{44}ki^{44}	枉费心机。	枉为心机日夜缠
15	死良绝心	sⱗ^{31}lioŋ^{11} ts^{h}iet^{5}sim^{44}	形容没有良心，无情无义。	死良绝心就系你
16	恋新丢旧	lian^{53}sin^{44} tiu^{44}k^{h}iu^{53}	喜新厌旧。	恋新丢旧唔单催
17	平平白白	p^{h}in^{11}p^{h}in^{11} p^{h}ak^{5}p^{h}ak^{5}	平白无故。	平平白白两枝梅
18	一钩一挽	it^{2}keu^{44}it^{2}van^{31}	形容再三挽留。	一钩一挽行转来
19	无缘故事	mo^{11}ian^{11}ku^{53}sⱗ^{53}	无缘无故。	无缘故事讲衰催
20	暗打凿记	am^{53}ta^{31}ts^{h}ok^{5}ki^{53}	暗中做标记。	暗打凿记瞒人知
21	*传消寄信	ts^{h}on^{11}siau^{44} ki^{53}sin^{53}	传递消息或信件。元代关汉卿《救风尘》第三折："平生做不的买卖，止是与歌者姐姐每叫些人，两头往来，传消寄信都是我。"	传消寄信费人工
22	同心同胆	t^{h}uŋ^{11}sim^{44} t^{h}un^{11}tam^{31}	同心共胆。	同心同胆怕瞒人
23	风水屋场	fuŋ^{44}sui^{31} vuk^{2}ts^{h}oŋ^{11}	客家先民认为，一个人成功失败与祖坟祖屋的风水有密切的关系，古语有云："头风水（祖坟），二屋场（祖屋），三者命运也。"	风水屋场出妹腈
24	上邻下舍	soŋ^{53}lin^{11}ha^{44}sa^{53}	左邻右舍。	上邻下舍出谣歌

320

（续上表）

序号	词	读音	词义	例句
25	耙床缩脚	$p^h a^{11} ts^h o \eta^{11}$ $suk^2 \underline{t}ok^2$	形容翻动身子、辗转反侧。	耙床缩脚难安身
26	喊夫喊主	$ham^{53} fu^{44}$ $ham^{53} tsu^{31}$	叫丈夫叫主人，形容十分悲戚。	喊夫喊主東孤凄
27	头聋口哑	$theu^{11} lu\eta^{44}$ $heu^{31} a^{31}$	指头晕声哑。	头聋口哑苦难当
28	走神走色	$tseu^{31} s\eta n^{11}$ $tseu^{31} set^2$	形容脸色异常。	面上走神又走色
29	红衣红粉	$fu\eta^{11} i^{44}$ $fu\eta^{11} fun^{31}$	红色的衣服红色的脂粉，形容打扮得很漂亮。	红衣红粉髻尾斜
30	竹叶做船	$tsuk^2 iap^5$ $tso^{53} son^{11}$	比喻想尽办法，创造条件。	竹叶做船撑你走
31	百三百四	$pak^2 sam^{44}$ $pak^2 s\eta^{53}$	一百三十斤或一百四十斤。	百三百四偃也核
32	串三串四	$ts^h on^{53} sam^{44}$ $ts^h on^{53} s\eta^{53}$	指三、四串的铜钱，民间一串铜钱大概是一百个。	串三串四得人恼

321

12. 歇后语、谚语

序号	词	词义	例句
1	钝刀截菜——爱缸（纲）帮	谐音双关，字面指将钝刀在水缸上磨一磨，使其变得锋利，实际指互相帮忙。	東久唔曾到这往这往行当郎唔光有情妹妹郎唔识钝刀截菜爱缸帮
2	纸做财宝——哄鬼神	语义双关，字面指用纸钱和纸做的元宝哄骗鬼神，实际指人做事不实在，善于哄骗他人。	纸做财宝哄鬼神火烧棉绢假热绵打米问仙同鬼讲烂鞋拖静撒死人

（续上表）

序号	词	词义	例句
3	火烧棉绢——假热绨（情）	谐音双关，字面假装加热绨，实际讽刺他人假情假义。	纸做财宝哄鬼神 火烧棉绢假热绨 打米问仙同鬼讲 烂鞋拖静撒死人
4	打米问仙——同鬼讲	语义双关，字面指巫婆"转童"跟死人说话，实际指乱说话，信口雌黄。	
5	烂鞋拖静——撒（趿）死人	谐音双关，字面指烂鞋拖着鞋跟走发出"踢踏"的脚步声；实际影射对方哄骗人。	
6	纸剪猪头——哄鬼神	语义双关，字面指用纸剪成的猪头来供奉，是哄骗鬼神，实际指花架子，哄骗人。	纸剪猪头哄鬼神 火烧棉卷假热绨 旧年约偃八月半 水打棺材溜死人
7	水打棺材——溜死人	语义双关，表面指踩在长期浸泡在水中的棺材板上容易滑倒，实际指骗死人。	
8	味碟种菜——园分浅（缘分浅）	谐音双关，字面指用味碟来种菜太小了，实际指缘分浅薄。	味碟种菜园分浅 扁樵烧火炭唔圆 哑支食等单只筷 心想成双口难言
9	扁樵烧火——炭唔圆（叹唔圆）	谐音双关，字面指扁的柴烧不成圆的炭，实际是哀叹不团圆。	
10	哑支食等单只筷——心想成双口难言	语义双关，字面指哑巴用单只筷子吃饭有口难言，实际表达的是相思之苦，有口难言。	
11	脚夹禾秧——无手莳（无手势）	谐音双关，字面指没有手插秧，实际指没有本领。	脚夹秧苗无手莳 火炙烧饼扯面皮 鱼子食落茶枯水 肠断正知肚坏哩
12	火炙烧饼——扯面皮	语义双关，字面指烧饼粘锅把饼皮扯烂了，实际指撕破脸皮。	
13	火烧竹筒——心里热	语义双关，字面指竹筒里面很热，实际指心里着急。	食歆饭子出门前 听讲老妹人偷连 火烧竹筒心里热 镬头无盖气冲天
14	镬头无盖——气冲天	语义双关，字面指没有盖的锅热气冲天，实际指人怒火冲天。	

322

（续上表）

序号	词	词义	例句
15	枯木做桥——唔耐行	语义双关，字面指枯木做的桥不牢固，实际指感情不长久。	枯木做桥唔耐行 秀才革了枉成名 火烧棉卷绬难救 水浸垺眼爱断城
16	秀才革了——枉成名	语义双关，字面指科举取消，秀才枉费了功名，实际指枉自得了个不好的名声。	
17	火烧棉卷——绬（情）难救	谐音双关，字面指丝织品救不了火，实指感情难以挽回。	
18	水浸垺眼——爱断城（成）	谐音双关，字面指短墙要被冲断了，实际指感情要断了。	
19	背面穿针——无眼看	语义双关，字面指背面穿针线，眼睛看不到，实际指不想看。	你爱休时尽管休 上昼断欸下昼有 背面穿针无眼看 烂船无篙任其流
20	烂船无篙——任其流	语义双关，字面指没有竹篙的船在随意漂流，实际指放任自由。	
21	白纸糊窗——无个字（事）	谐音双关，字面指白纸没有字，实际指没有的事情，无中生有。	睡目唔得听鸡啼 无缘故事讲衰偎 白纸糊窗无个字 水桶装鲩屈死偎
22	水桶装鲩——屈死偎	语义双关，字面指鲩鱼在水桶里无法伸展，实际指人心情不舒畅。	
23	马褂单重——系无里（理）	谐音双关，字面指马褂没有里布，实际指没有道理。	二丈八布做裳衣 钩针密步恋倒你 你今讲等断情事 马褂单重系无里
24	石灰结路——打白行	语义双关，字面指走白色的石灰路，实际指白走一趟。	隔远听到伢妹声 害偎赶过几多坑 看去又无鬼刁影 石灰结路打白行
25	脱桌食饭——莫斗紧	语义双关，字面指不能拼接在一起，实际指不要着急，一语双关。	丙村行入宫背塘 听倒阿妹想恋郎 脱桌食饭莫斗紧 老鼠缘桁慢上梁
26	老鼠缘桁——慢上梁（慢商量）	谐音双关，字面指慢慢爬上屋梁，实际指慢慢商量。	

（续上表）

序号	词	词义	例句
27	黄蚣傍饭——唔知臊（骚）	指闻不到蟑螂的臊味，实际指不知对方如此风骚。	讲欲爱交就爱交唔怕你夫束精刁十日半月来一转黄蚣傍饭唔知臊
28	驼背下山——屈自家	语义双关，字面指驼背的人下山弯着腰不能伸直身体，实际指让自己受委屈。	学堂里背种盆花踏出踏入望人遮腹中有冤无处诉驼背下山屈自家
29	八股落甑——蒸（真）斯文	谐音双关，字面说蒸八股文，实际讽刺人假斯文。	八股落甑蒸斯文洋毡遮卵盖一春味碟种菜园分浅檀香落炉暗中焚
30	洋毡遮卵——盖一春（盖一村）	字面指遮住蛋，实际指压倒、超过全村的人。	
31	檀香落炉——暗中焚（忟）	字面指在香炉中焚烧，实际指独自发呆、单相思。	
32	新打剪刀——难开口	语义双关，字面指新的剪刀难开合，实际指羞于开口。	新做蓝衫乌托肩去年想妹到如今新打剪刀难开口六月火囵难上身
33	六月火囵——难上身	语义双关，字面指六月天气，火囵靠近不得，实际指妹子难以亲近。	
34	壁上挂网——横眼多	语义双关，字面指渔网被扯开挂墙上时横着的网格子，实际指旁人异样的目光多。	路上逢妹路边坐两人牵手笑呵呵一心都想交情事壁上挂网横眼多
35	冷水治鸡——扯了皮	字面指冷水杀鸡扯烂了鸡皮，实际指双方撕破了脸。	壁上画马郎难骑冷水治鸡扯了皮饭甑肚里蒸子鸭偎今分妹气死哩
36	水浮灯草——放心来	语义双关，字面指放开灯芯浮过来，实际指放心前来。	妹仔爱来只管来莫分两边人阻开莫怕两边人阻隔水浮灯草放心来

324

（续上表）

序号	词	词义	例句
37	贴差门神——难转面	语义双关，字面指门神贴反了，脸转不过来，实际指很难改变态度，语义双关。	讲等惹事一本经日讲夜讲讲唔清贴差门神难转面铁棍做钩难转身
38	铁棍做钩——难转身	语义双关，字面意思是铁棍做成的钩子很硬，很难转变拐弯的方向，实际指人一旦做错事，很难翻身。	
39	灯草打结——心唔开	语义双关，字面指灯芯缠在一起解不开，实际指人心情不舒畅，不开心。	灯草打结心唔开烂疤唔穿无口癖空壳瘌檫无心柿衙门封印状唔来
40	烂疤唔穿——无口癖（无口才）	谐音双关，字面指未破的脓包，实际指不善言辞。	
41	空壳瘌檫——无心柿（事）	谐音双关，字面指无肉的野柿子，实际指没有心情、没有想法。	灯草打结心唔开烂疤唔穿无口癖空壳瘌檫无心柿衙门封印状唔来
42	衙门封印——状（唱）唔来	谐音双关，字面指无处告状，实际指唱不出来。	
43	古井撑船——难开篙（交）	谐音双关，字面指在古井里撑不开船篙，实际指不可开交，难以面对。	私胶贴郎做衣裳守寡阿妹爱提防有日贪花受了孕无人承名同三朝古井撑船难开篙
44	跛脚公王——废（费）神	谐音双关，字面指没用的神仙，实际指耗费精力。	搭信当过兼敧身唔系相好无柬亲见人上下就搭信跛脚公王真费神一时唔见发脑晕
45	玻璃眼镜——假晶（假精）	谐音双关，字面指假水晶，实际指虚情假意，想谈恋爱却又假正经。	一时唔见发脑晕玻璃眼镜是假精妹约十五成双对害郎到今打单身和尚齐铍研死人

（续上表）

序号	词	词义	例句
46	耙头晒衣——铁叉衣（忒差哩）	谐音双关，字面指用耙子叉着衣服晾晒，实际指太差劲了。	耙头晒衣铁叉衣 断片对联字坏哩 盘装团鱼鳖脚出 火烧树根根死哩
47	断片对联——字（事）坏哩	谐音双关，字面指对联上的字看不出来了，实际指事情搞砸了。	
48	盘张团鱼——鳖脚出	语义双关，字面指装在盘里的团鱼脚出来了，实际指事情败露了。	
49	火烧树根——茎（今）死哩	谐音双关，字面指树根死了，实际指现在死定了、完了。	
50	隔山照镜——难见面	语义双关，字面指镜子照不到脸，实际指见不到面。山歌借用了歇后语的谜面。	半山后土系闲坟 阿妹相似穆桂英 阿哥好比杨宗保 隔山照镜爱兼身
51	煮粥话出煮饭米青菜缴出肉价钱	比喻要价或所提条件很高，亦形容人势利、贪心。	无情妹子切莫连 唔曾相交喊买棉 煮粥话出煮饭米 青菜缴出肉价钱
52	云下日，晒死人。	客家气象谚，意思是夏季有淡积云，太阳时隐时现，特别闷热。	顶身白衫件件新 裙短衫长脚髀清 你今好比云下日 阴阴沉沉热死人
53	唔曾落雨先起风，有雨也系空。	客家气象谚，意思是若刮大风，则雨会下不成。	唔曾落雨先起风 柬好老妹无老公 妹今好比沙桐泛 月月开花肚里空
54	洗碗也有相碰时	比喻人与人之间相处难免有磕碰、矛盾。	问妹唔答真稀奇 哪句言语得罪你 句把言语你爱受 洗碗也有相碰时

326

参考文献

1. 陈厚诚：《死神唇边的笑：李金发传》，上海：上海文艺出版社，1996 年。

2. 房学嘉：《客家民俗》，广州：华南理工大学出版社，2006 年。

3. 汉语大字典编辑委员会：《汉语大字典》（共 8 卷），成都：四川辞书出版社；武汉：湖北辞书出版社联合出版，1986—1990 年。

4. 汉语大词典编辑委员会：《汉语大词典》（共 12 卷），上海：汉语大词典出版社，1986—1993 年。

5. 胡希张：《程楷七山歌注释》，北京：中国文联出版社，2007 年。

6. 胡希张：《客家山歌史研究》，广州：广东人民出版社，2013 年。

7. 黄雪贞：《梅县方言词典》，南京：江苏教育出版社，1995 年。

8. 蓝小玲：《客家方言的"荷"》，《语言研究》1996 年增刊。

9. 李金发：《岭东恋歌》，上海：光华书局，1929 年。

10. 李如龙、张双庆主编：《客赣方言调查报告》，厦门：厦门大学出版社，1992 年。

11. 李如龙、潘渭水：《建瓯方言词典》，南京：江苏教育出版社，1998 年。

12. 林伦伦：《广东闽粤客方言古语词比较研究》，《汕头大学学报》（人文科学版）2000 年第 1 期。

13. 林朝红、林伦伦：《潮汕方言歌谣研究》，广州：暨南大学出版社，2016 年。

14. 刘红花：《〈广韵〉所记"方言"词》，《古汉语研究》2003 年第 2 期。

15. 刘晓春：《客家山歌传承的文化生态》，《文艺研究》2008 年第 2 期。

16. 罗家珍、林立芳、饶长溶主编：《客家话通用词典》，广州：中山大学出版社，2004 年。

17. 罗香林：《粤东之风》，上海：北新书局，1936 年。

18. 曲彦斌主编：《中国民俗语言学》，上海：上海文艺出版社，1996 年。

19. 汪国胜、徐采霞：《客家山歌的生态语言学考察》，《南昌大学学报》（人文社会科学版）2014 年第 4 期。

20. 温昌衍、王秋珺编著：《客家方言》，广州：暨南大学出版社，2015 年。

21. 温昌衍：《客家方言特征词研究》，北京：商务印书馆，2012 年。

22. 温昌衍：《客家方言本字举例》，《中国语学研究·开篇》第 24 期，好文出版，2005 年。

23. 温美姬：《梅县方言古语词研究》，广州：华南理工大学出版社，2009 年。

24. 温美姬：《客家山歌的语言学研究》，《嘉应大学学报》2002 年第 1 期。

25. 严修鸿、侯小英、黄纯彬：《梅州方言民俗图典》，北京：语文出版社，2014 年。

26. 严修鸿：《坪畬客家话古浊上字的调类分化》，见：李如龙、周日健主编《客家方言研究：第二届客家方言研讨会论文集》，广州：暨南大学出版社，1998 年。

27. 严修鸿：《闽客方言与"脖子与下巴之间的部位"意义有关的本字》，汕头大学新闻学研究中心编《新国学研究》（第二辑），北京：人民文学出版社，2005 年。

28. 严修鸿：《客家话及部分粤语 aŋ⁵（再）字考释》，《语言研究》2006 年第 4 期。

29. 严修鸿：《客家地名中"陡坡"含义之本字》，《客家》2007 年第 6 期。

30. 严修鸿：《KW→P 音变与方言本字考证》，《中国语文研究》（香港中文大学）2008 年第 2 期。

31. 严修鸿：《客家话"牛岗"考》，《中国语文研究》（香港中文大学）2009 年第 2 期。

32. 张维耿编著：《客家方言标准音词典》，广州：广东人民出版社，2020 年。

后　记

　　小时候，家住在农村，傍晚时分，偶尔会听到从河对面传来一阵阵悠扬的歌声，曲调惆怅绵长，使乡村的傍晚显得更加幽寂、辽阔。长大后，偶尔在公园、小巷听到有人唱山歌，也只是远远地听着，那时，客家山歌于我而言，就是一阵遥远的歌声，一种模糊的记忆。

　　真正近距离地感知客家山歌，是认识了我先生的外婆以后。我结婚时，她已经八十多岁了，但一双灵动的眼睛让人不敢相信她的年龄。那时候，她一有空就给我们讲她年轻时"风流快活"的经历——溜山歌：经常趁上山"割烧（割柴火）"时，就跟山背的乡人对山歌，有时一唱就是一整天，饭也不用吃，直到天黑了，唱开心了，才挑着一担柴回家。我笑问："不会被您家娘骂吗？"她笑眯眯地说："不会。"眼睛里泛着少女才有的亮光。她是一个很讨喜的女人，嘴唇薄薄的，嘴巴特别甜，应该没有人舍得骂她。在与她相处的日子里，时不时会听到她念出一首首合乎情境的山歌，例如我们临时跑回家吃饭时，她会念道"唔田打米煮惹饭，唔曾朒［nuk⁵］倒你来哩"；我们夸她的衣服漂亮时，她会用山歌回应："你莫嫌𠊎老人家，老欸正来开嫩花"；我们与她腻在一起无聊时，她想调动气氛："你无山歌𠊎教你，旧年六月教晓你。教晓你来同𠊎对，对𠊎唔赢搞衰你。"有时她不开心了，我们便会逗她唱山歌，她则会半嗔半喜地念道："听伢山歌无𫟷该，你爱包倒红包来，唔爱包倒九十九，你爱凑倒一百来。"……这些山歌，常常令我们忍俊不禁，给我们这个四代同堂的大家庭增添了无限的乐趣。

　　曾有一段时间，我想让她放开歌喉，展示一下昔日在大山里唱山歌的风采，而不仅仅是念，她也配合着试了几次，但嗓子始终都吊不起来。"哎呀，声不好啊死，唱唔出来了。"这是我第一次看到山歌给她带来的失落和懊恼。之前每次提到山歌，她的眼神都是发亮的。从那以后，我再也不忍心逗她唱了，而只是让她念，每听到一首便记下来，那语言、那情境，遥远又熟悉，一种非常奇妙的感觉涌上心头。只字不识的外婆，在九十多岁的时候，依然能随口念出十几首山歌，直到生命的最后一年，即

101 岁、小脑严重萎缩的状态下，她还依然与我三岁的儿子一起念着："排排坐，唱山歌……"临终前，我先生在病床前给她念着熟悉的山歌，她的眼中依然会泛出亮光，嘴角微微上扬。这是一种对山歌何等的热爱啊，深入骨髓、融入血液。也正是这样一个有歌、有趣的灵魂，伴随着她在艰苦的岁月里幸福地生活了一个世纪，让我真正近距离地感知到了客家山歌的魅力以及它给人的生命带来的温暖和光芒。

从此以后，但凡听到有老人在唱山歌，我都会不由自主地凑过去，对那种传统的、原汁原味的客家山歌更是情有独钟。机缘巧合，一次偶然的机会，我在孔夫子旧书网上买了一本影印本《岭东恋歌》，刚翻开看时，发现自己竟然很多都看不懂，作为一个土生土长的梅县客家人，且一直从事着客家方言与文化研究的人，竟然看不懂这些客家山歌，我震惊了！也正因为此，萌发了我为它校勘作注的想法。后来，在尝试寻找原版书的过程中，意外而幸运地遇到了民间山歌爱好者邓平原先生，在邓先生等人的热心帮助和耐心讲解下，才逐一"破译"了传统情歌的"密码"，慢慢有了解读传统情歌的语感和思维。

读懂仅仅是开始，更细致的工作或者说更大的问题是如何记录。在记录的时候，我尽量想去弥补现实中的一种遗憾现象：近几十年来，客家方言研究取得了丰硕的成果，但这些成果一直深藏在方言字典里或论文著作里，并没有从田野中来，回到民间去。当今记录山歌最大的问题是用字不规范、不统一，出现了滥用同音字或用普通话词汇记录的现象。因此，我尝试将方言学的一些研究成果合理地运用到客家山歌的记录中，特别是用字方面，希望能够遵循一定的用字原则，较为规范地记录这些口传文学，使其能够更好地阅读和传承。遵循怎样的原则？如何遵循这个原则？在深入整理山歌的时候，一个个问题接踵而来，有些方言字不知本字，常常为了一个本字，查找了一个晚上的工具书仍没有结果；有些已考释出来的本字，却又仍有争议，或比较生僻，不便普及。经历过无数次的纠结与更改后，终于定下了基本的用字原则。随着整理的不断深入，我觉得自己就像一个好奇的考古队员，时不时会"出土"一些自己之前压根没听过的方言词，如获珍宝，然后又在乡间的走访调查中得到印证，这种感觉跟之前的方言词汇调查是完全不同的。这些尘封的方言词，如今却鲜活地出现在山歌里，古老而又清新，陌生而又熟悉。无数个深夜，我陶醉于这种"挖掘工作"而乐此不疲。

需要说明的是，《岭东恋歌》记录的是传统情歌，里面有一部分是描写情爱的、性欲的、比较直白露骨的"半荤斋"山歌，这是传统客家山歌最真实的面貌，不浮夸也不掩饰。想想《诗经》三百多篇，不也是从最初众多的民歌，历经时间的洗礼与沉淀，才成为今天我们所看到的经典吗？《岭东恋歌》作为文人收集的早期客家山歌，保留了传统山歌最原始的面貌，只要里面有人类共通的情感和个体独特的感悟，我们就无须担心，相信经过时间的洗礼，同样可以沉淀出客家山歌的经典与精华。

最后要感谢年近八旬的邓平原先生，他是我解读传统客家情歌的引路人，感谢他的热忱帮助和耐心讲解，记得他曾感慨地说："你们生在了一个好的时代。"我能感受到他的遗憾，凭着他对客家文化的执着和热爱，如果再给他二十年，相信会有更大的成就。感谢文学院侯小英副院长一直以来的支持和陪伴，在成书过程中，但凡遇到不确定的用字或纠结的问题，我都会与她商量，她也总会在百忙之中给予解答并提供建议，不仅如此，还要经常听我"贩卖"各种焦虑，她都统统接纳还能共情、鼓励。感谢严修鸿教授，在书稿定稿之际，不仅提出了宝贵意见，一首首过目，有问题的地方还要详细给我讲解，经常不知不觉就从晚上讨论到凌晨。他希望我能够做得再认真细致一点，尽量少出差错，感动之余更多的是不安，唯愿书中的错漏能少点、再少点。一直敬仰严老师的学识与为人，但真正与他接触时，最受益的还是他做学问时洋溢着的学术快乐精神，以及深植于内心的"乐于助人、成人之美"。感谢素未谋面的罗可群教授，在耄耋之年阅读不便的情况下，还欣然为本书作序，并多次打电话来询问书稿的进展，给予太多的厚望。何德何能，受之有愧！感恩之情，无以言表，唯有砥砺前行，少留遗憾。上述四人，不同年龄、不同区域、不同身份，但都是客家文化最忠实的守护者和传承者。本书封面图片由梅州市摄影家协会汤伟青副主席友情提供，一并致谢。

成书过程中，要感谢的还有许多领导、同事，以及默默陪伴给予理解和支持的家人朋友，恕不一一具名，所有的关爱与扶持，我都将永远铭记于心。感谢我的学生及其家里的爷爷奶奶们，感谢他们不厌其烦地配合我进行"翻箱倒柜"式的调查。

10月8日是出版社要求交稿的最后期限，也正好是我儿子五周岁的生日，而书稿却还有很多细节要处理，根本无暇顾及，便想着日后再补了。谁知女儿趁傍晚放学回家时偷偷给弟弟买了一个小蛋糕和一份小礼物，如愿给弟弟过了一个简单而又温馨的生日，让我们备感欣慰与幸福！

黄映琼

辛丑秋于梅州客天下